MANHATTAN
by Goldmann

Buch

Hochzufrieden ☺ und vergnügt lebt in der New Yorker Wohnung des jüdischen Rechtsanwalts Ira Fishblatt eine hochgebildete 👓 Kakerlakenkolonie der Spezies *Blattella germanica*. Als Larven haben die putzigen Kerlchen in der Bibliothek 🕮 des Anwalts gehaust und sich eine erstaunliche Bildung angefressen. Die Probleme der Kakerlaken beginnen erst, als Fishblatts anarchistische und lustvolle Freundin, von den Tierchen liebevoll »die Zigeunerin« genannt, den Anwalt verläßt ☹ und ihre Nachfolgerin Ruth sich als Putzteufel ☠ und neurotische Hygienefanatikerin entpuppt. Mit immer neuen Attacken 💣 und Intrigen versuchen die Krabbeltiere nun, ihre Feindin zu vertreiben. Ein abenteuerlicher Kampf um Leben und Tod beginnt. Doch gegen die Liebe ♥ ist selbst der tapferste Kakerlaken-Anführer nicht gefeit. Tragisch nur, daß es sich bei seiner Angebeteten um die ansonsten so verhaßte Ruth handelt …

Autor

Daniel Evan Weiss, geboren 1953 in Manhattan, lebte bis 1976 in New Jersey. Dann kehrte er nach Manhattan zurück, wo er und seine Katze erste nähere Bekanntschaft mit Kakerlaken schlossen. Als der Autor das Manuskript zu *La Cucaracha* fertiggestellt hatte, floh er vor den Hauptpersonen seines Buches. Und um ganz sicherzugehen, wechselte er seinen Wohnort und lebt seitdem unter anderem Namen.

Daniel Evan Weiss

LA CUCARACHA
ODER
DIE STUNDE DER KAKERLAKEN

Roman

Aus dem Amerikanischen
von Thomas Ziegler

MANHATTAN
by Goldmann

Die Originalausgabe erschien unter dem Titel
»Unnatural Selection«
bei Transworld Publishers Ltd., London

Umwelthinweis:
Alle bedruckten Materialien dieses Buches
sind chlorfrei und umweltschonend.

Manhattan Bücher erscheinen im Goldmann Verlag,
einem Unternehmen der Verlagsgruppe Bertelsmann

Neuveröffentlichung 12/98

Die Nutzung des Labels Manhattan
erfolgt mit freundlicher Genehmigung
des Hans-im-Glück-Verlags, München
Umschlaggestaltung: Design Team München
Umschlagfoto: G+J/Photonica
Satz: IBV Satz- und Datentechnik GmbH, Berlin
Druck: Graphischer Großbetrieb Pößneck
Verlagsnummer: 54088
AB · Herstellung: Sebastian Strohmaier
Made in Germany
ISBN 3-442-54088-7

1 3 5 7 9 10 8 6 4 2

Für John Speicher

Prolog

Was macht es schon, wenn einem die Liebste wegläuft? Im Königreich der Tiere ist das keine Frage – es macht überhaupt nichts. Für den Verlust der Frau wird man mit seinem Seelenfrieden entschädigt. Damit soll nichts gegen weibliche Gesellschaft gesagt werden; neben der Fresserei und dem Stuhlgang ist der Koitus eine der großen Erfahrungen, und erst Frauen machen ihn möglich. Aber alle Dinge finden ein Ende, besonders die guten, und die Liebste macht sich davon, und bald ist sie nur noch eine unter all den anderen.

Aber nicht für lange. Im Gegensatz zu den Menschen, die sich ernsthaft Sorgen darüber machen, ob sie je wieder zusammenkommen, haben wir keine Probleme. Wenn die Pheromone inaktiv sind, sind wir sexuell nicht interessiert. Wenn der Sturm der Pheromone losbricht, liefern uns diese wunderbaren Chemikalien jedesmal einen idealen Partner, der genauso perfekt zu einem paßt wie der letzte. Wo es ums Prinzip geht, gibt es keine unerwiderte Liebe.

Was den Nachwuchs betrifft, so verfolgen wir eine genetische Politik, die wir von den Vorsichtigeren unter den dunkelhäutigen Stadtmenschen übernommen haben – niemand kennt seinen Vater. Eine einmalige Spermaabgabe kann alle Eier befruchten, die ein Weibchen im Lauf seines Lebens produziert – oder auch nicht. Nach keiner Paarung weiß man, ob die nächste Brut das eigene Werk oder das eines Vorgängers ist. Aber wer will so etwas schon wissen?

Das ist keine Prahlerei. Als ich in die unheimliche Welt des

Homo sapiens entlassen wurde, waren es seine sexuellen Eigenheiten, die mir den ersten Trost brachten; mir wurde klar, daß diese Spezies nur ein gespenstischer Besucher in unserer Ökosphäre sein kann, wie ein Irrlicht in einer stürmischen Nacht, furchterregend, aber bereits flackernd und dazu bestimmt, in Kürze zu verlöschen. Der Grund dafür ist einfach: Menschen können sich nicht anpassen, weil sie nicht für die Vermischung ihrer Gene belohnt werden. Eine Trennung erfüllt sie weder mit der Befriedigung, gute Arbeit geleistet zu haben, noch mit der Vorfreude auf die nächste Gelegenheit, sondern mit einem bedrohlichen, lähmenden Gefühl der Unsicherheit. Um genau zu sein, eine Trennung entzündet menschliche Leidenschaften, deren Verwirklichung unerreicht bleibt.

Während meiner frühen Kindheit fand ich in der *Bibel* erste Hinweise auf diesen Wesenszug, aber ich weigerte mich, so etwas für möglich zu halten; später überzeugte mich die *Ilias* davon, daß es doch möglich war. Wie Homer sie erzählt, ist die *Ilias* die Geschichte eines Mannes, der seine Landsleute an einer fremden Küste in einen blutigen Tod führt, weil seine Herzensdame eine saftigere Weide gefunden hat. Ich sollte bald die ganze Wahrheit erfahren, von einer Vorfahrin überliefert, die dabeigewesen war – der Bericht einer glaubwürdigen Zeugin mit Facettenaugen, nicht das trunkene Gebrabbel eines blinden Mannes.

Helena wurde nicht entführt. Menelaos' Knoblauchatem hatte sie frigide gemacht, und durch das reichlich bemessene Olivenöl in den Speisen litt sie an chronischem Durchfall (und an einem wunden Hintern, da ihr für die Reinigung nur Weinblätter zur Verfügung standen). Eines Tages hörte Aphrotella – meine Vorfahrin und die wahre Heldin dieser Geschichte –, wie Helena mit ihrer Magd heimlich die Flucht plante. Aphrotella war hin- und hergerissen. Griechenland hatte seine Vorzüge – eine vierzigköpfige Familie konnte sich mühelos von den Essensresten im Bart eines einzigen Mannes ernähren, um so leichter, weil er sich jede

Nacht nach dem Abendessen in den Schlaf trank. Aber selbst Aphrotella störten die sanitären Zustände. Und sie hatte schon immer Troja besuchen wollen.

Während Helena in ihrem Zimmer die Möbel umwarf und so ihre Entführung durch Paris vortäuschte, erregten Aphrotellas Pheromone das lebhafte Interesse eines zufällig des Weges kommenden Casanovas. Am Abend brachen sie und Helena nach Troja auf. Die Tore öffneten sich für Helenas Kutsche, aber erst einen Moment später, als Aphrotella folgte, wurde Troja wirklich erobert; ihre erste Brut wurde bald darauf geboren, und unsere neue Kolonie erblühte.

Dann kam die griechische Flotte. Die idiotischen jungen Männer von Griechenland und Troja schlugen sich an den grauen Stränden von Troja gegenseitig zu Brei. Kein Homo sapiens protestierte gegen diese absurde Tragödie. Nein, man hielt es für den Gipfel der Männlichkeit, zu kämpfen und zu sterben, weil ... eine Frau mit einem anderen Mann kopulierte.

Es kostete die Griechen zehn Jahre, Tausende von Männern und ein großes Pferd, um die Tore von Troja zu überwinden; unsere Eroberung war das Werk einer einzelnen Frau auf der Spur der Pferdepisse. Menelaos hatte seine schöne Helena wieder, aber nicht ganz: Aphrotella berichtete, daß ihre Herrin die meiste Zeit allein mit einem speziellen Gipsabdruck von Paris verbrachte. Dann steckten die Griechen die Stadt in Brand und töteten dadurch nicht nur die meisten Trojaner, sondern auch die meisten von Aphrotellas Nachkommen, von denen zu diesem Zeitpunkt zwölftausend auf einen Trojaner kamen. Einige der Überlebenden kehrten mit der Flotte nach Mousaka zurück; die anderen machten mit dem weiter, was die Griechen nicht konnten – Asien und die Neue Welt erobern.

Beide Versionen der Sage stimmen in einem Punkt überein: Wenn Menschen von ihren Liebsten getrennt werden oder wenn eine Trennung auch nur droht, reagieren sie maßlos übertrieben, egal, wie langweilig und sinnlos die Beziehung geworden ist. Ich empfinde keine Schadenfreude angesichts dieser häßlichen Tatsache, die von Anfang an mein Verhältnis zu dieser Spezies überschattet hat. Aber als die Menschen mir den Krieg erklärten, drei Jahrtausende nach der Niederlage von Troja, da nahm ich ihre Kriegserklärung an und stellte mich ihnen, wie es jeder andere auch getan hätte, auf dem tückischen Schlachtfeld des Liebeskummers.

Genesis

Meine Mutter hat den Küchenschränken nie getraut. Seit der Gründung der Kolonie ist es Tradition gewesen, die Oothecae – Eiersäcke – in den Schränken zu deponieren, damit die Jungen in unmittelbarer Nähe der Nahrungsvorräte schlüpfen konnten. Aber meine wunderbare Mutter, schwanger mit ihrer achtunddreißigköpfigen Brut, schleppte sich den ganzen langen Weg bis zum Flur, damit wir am Fuß des Bücherregals das Licht der Welt erblickten.

Sie wollte nicht, daß wir lesen lernten; hätte sie auch nur geahnt, was die Bücher ihren Babies antun würden, sie hätte uns vermutlich alle auf der Stelle umgebracht. Sie wollte uns nur stillen; der süße, klebrige Leim, der die Bücher zusammenhielt, war unsere Muttermilch.

In dem Moment, in dem sie die Oothecae ablegte, brach eine wilde Panik aus. Wirbelnde Beine trampelten über meinen Kopf hinweg und ließen mich kaum etwas sehen. Ich schlüpfte und krabbelte über das Regal zu einem Buch mit einem beruhigenden Geruch nach Erde, der darauf hindeutete, daß es seit langer Zeit niemand mehr in die Hand genommen hatte. Ich konnte die Goldprägung auf dem blauen Einband nicht entziffern. Doch mit der unbeirrbaren Sicherheit der Jugend kletterte ich auf den Buchrücken und begann, mich ins Innere vorzufressen.

In jenen Monaten erschrak ich häufig. Jede Seite war mit Verrat, Mord, Lust, Rache, Täuschung, Völkermord, Heimtücke, Inzest oder anderen unaussprechlichen Sünden gefüllt. Wie war es nur möglich, daß sich jemand dazu entschlossen hatte, diese

Chroniken zu verbreiten, statt sie in eine Grube zu werfen und unter Felsen zu begraben? Verzweifelt krabbelte ich über das unverdauliche Trennblatt hinweg und fraß mir meinen Weg in den kürzeren zweiten Teil des Buches. Er war noch weitaus schlimmer. Ganz gleich, wie grausam das Verbrechen und wie brutal der Verbrecher war, im zweiten Teil wurde alles vergeben! Wenn Teil eins unaussprechlich war, so war die Fortsetzung unnatürlich! Wäre der Mensch tatsächlich Herr über alles, was auf Erden kriecht und fliegt, ich hätte mich trotzdem dort versteckt und nur die Niederschrift seiner Perversionen erlitten.

Jedoch, meine Mutter hatte recht: Dieses Buch förderte das Wachstum. Ich verdoppelte meine Größe. Der Platz wurde bedrückend knapp. Es war Tag, als ich meinen Kopf zwischen den Seiten hervorquetschte. Ich betrachtete den Buchrücken. Die Goldbuchstaben waren jetzt lesbar: Ich war ein *Bibelbaby*.

Zwanzig oder dreißig von meiner Sorte erforschten unter mir neugierig die Weiten des Flures. Ich sah keine Morde, Heimtücke oder Grausamkeiten – nichts, was man vergeben mußte. Aber ich wußte zuviel, um in der Außenwelt leben zu wollen.

Ich sprang auf den benachbarten Band, ein zerlesenes, schlecht gebundenes Taschenbuch, und vergrub mich darin. Die Geschichten der *Ilias* waren so haarsträubend wie die der Bibel. Aber für mich waren sie schicksalshaft: Neugier hatte mich gepackt. Wie ein Anthropologe mußte ich herausfinden, ob diese so selbstverständlich dargestellten menschlichen Greuel irgendeinen Wert hatten. Mich aus meiner trojanischen Zuflucht herauszulocken, war des Menschen erster Triumph über meinen gesunden Kakerlakenverstand.

Als ich das Regal erreichte, sah ich zwei von meinen Geschwistern. Obwohl wir jetzt viermal so groß waren wie bei unserer letzten Begegnung, erkannte ich sie sofort wieder.

»Du erinnerst dich bestimmt noch an Phil«, sagte einer und deutete auf den anderen. »Und ich bin Columbo.«

Im Sack hatten wir noch keine Namen gehabt. »Numeri«, sagte ich. Mir fiel nichts Besseres ein.

Phil fuhr mit der Unterhaltung fort. »Je entwickelter eine Sprache ist, desto spezifischer sind ihre Begriffe. Im Altägyptischen bedeutete der Begriff ›ab‹ tanzen, Herz, Wand, fortfahren, verlangen, linke Hand und Gestalt. Alles zusammen. Könnt ihr euch das vorstellen?«

»Kein Wunder, daß der Herr das auserwählte Volk aus dem Land des Pharaos geführt hat«, warf ich ein.

»Derselbe Begriff bedeutete gleichzeitig schwach und stark, ein anderer auf und ab«, sagte Phil. »Diese frühen Menschen konnten keine These ohne die entsprechende Antithese entwickeln.«

Hinter mir auf dem Regal tauchte Miller auf. »Armer Scheißwilder. Wenn er schon mal ein Rendezvous hat, weiß er nicht, mit wem. Die Tussi kann schlank oder fett sein, groß oder klein, schlau oder bescheuert. Wenn sie gegessen haben oder auch nicht, bekommt der Wilde eine Jungfrau oder eine Hure, und wenn er die Muschi dann vögelt oder auch nicht, ist sie nicht mehr frisch oder süß.«

»Kein Wunder, daß sie sich so langsam vermehrt haben«, meinte Columbo.

»Sie waren nicht besonders fruchtbar«, stimmte ich zu. Erst dann bemerkte ich, daß die Luft von den Düften exotischer Speisen gesättigt war.

Columbo sinnierte: »Was soll man von einem Begriff mit folgender Bedeutung halten: ein kleiner Fisch aus der Familie der Karpfen, ein Kohlenflöz, verschiedene Sorten Portlandsteine, ein Riß in einem Rahsegel, das Striegeln einer Pferdemähne und der Filter einer Marihuanazigarette?«

Phil schüttelte den Kopf. »Außerordentlich primitiv.«

»Es gibt noch eine weitere Bedeutung«, erklärte Columbo. »Ein verflucht hübsches Insekt ist ebenfalls damit gemeint.« Er wedelte mit seinen Fühlern.

Phil lachte. »›Kakerlak‹ bedeutet all das? Was für ein häßliches Wort. Ich möchte lieber ›ab‹ heißen.«

»Es gibt auch einen lateinischen Begriff dafür«, sagte Columbo. »1758 beschloß ein Bursche namens Carolus Linnaeus, Ordnung in die Welt der Lebewesen zu bringen. Aus dem Begriff ›blatta‹, was ›lichtscheu‹ bedeutet, entwickelte er folgende Klassifizierungen: Unterordnung Blattaria, Überfamilie Blaberoidea, Familie Blattellidae, Unterfamilie Blattellinae, Gattung Blattella.«

»Der primitive Lichtscheue«, sagte Phil. »Der Strauß? Die Maus? Der Wurm?«

»Der Schänder«, warf Miller ein.

»Satan!« rief ich.

Columbo erklärte: »Das sind wir.«

»Lichtscheu?« fragte Miller. »Ich wollte gerade ein bißchen Sonne tanken.«

»Und der Name der Spezies ...«, fuhr Columbo fort. »Nein, versucht ihn zu erraten.«

»Lichtscheues Gesindel?« schlug Miller vor.

»Wer das Licht scheut, spart die Stromrechnung«, meinte Phil.

»Nicht bei Schwarzlicht.«

»Wie wäre es mit lichtscheuer König der Könige?« sagte ich.

»Euer wissenschaftlicher Name«, erklärte Columbo, »ist ... Blattella germanica.«

»Aber wir sind Amerikaner!« protestierte Phil.

»Ja«, nickte Columbo, »aber unseren eigentlichen Ursprung haben wir in Afrika. Die westdeutschen Menschen nennen uns Französische Schabe, und die Ostdeutschen nennen uns Russische Schabe, während wir für die Süddeutschen die Norddeutsche und für die Norddeutschen die Süddeutsche Schabe sind. Wir haben ein Imageproblem. Aber vergessen wir nie, wer sich den Namen ausgedacht hat ... das Tier, das sich selbst ›Homo sapiens‹ nennt.«

»Lateinisch für ›denkender Schwuler‹«, erläuterte Miller.

Columbo widersprach. »Die Menschen führen ›Homo‹ auf das indoeuropäische ›dhghom-on‹ zurück, was ›Erdling‹ bedeutet. Aber es ist Afrikanisch, Savannendialekt. Als der erste haarige Wicht vom Baum fiel, riefen wir: ›Hoho!‹ Der Name blieb hängen.«

Ich erfuhr, daß Phil seinen Namen der *Klassischen Philologie* entlehnt hatte, seinem ersten Zuhause. Es war eine gute Wahl, ein alter Band, mit Vorkriegsleim durchtränkt, ein zerlesenes Lehrbuch, von dem zu erwarten war, daß es niemand mehr in die Hand nehmen würde. Columbo war in der umfangreichen *Columbia Encyclopedia* herangewachsen.

Selbst Iras billigste Bücher waren auf holzfreiem Papier und deshalb für die Ewigkeit gedruckt; wir vergaßen nie unsere ersten Lektionen. Für die meisten von uns blieben sie Kuriositäten. Nur wenn wir unter großem Streß standen, drohte das Bücherdogma eine scheinbare Realität zu gewinnen; aber selbst dann ließ es sich noch unterdrücken. An meinem ersten Tag in der Außenwelt wirbelten in meinem Kopf die Buchstaben meines Buches umher und versuchten, Gewalt über mich zu gewinnen. Ich wußte, daß sie mich nie besiegen würden.

Aber einige andere Bewohner erwischte es auf eine tragische Weise. Viele Bücher waren so selten aufgeschlagen worden, daß keine Luft an ihre Seiten gedrungen war. Säuglinge, die diese Bücher wählten, fanden den Tod; einmal im Jahr hielten wir eine Gedenkfeier für die vielen Unglücklichen ab, die von *Ulysses* und *Finnegan's Wake* verschlungen worden waren. Andere, wie die Philosophen, quälten sich durch sauerstoffarme Atmosphären, die ihnen ihre natürliche Immunität gegenüber den Büchergiften raubten. Wörter entfremdeten sie der dreihundert Millionen Jahre alten Blattella-Weisheit in ihren Genen.

Ich fand bald heraus, daß ein bestimmter Teil des gedruckten Schwachsinns eine bleibende, wenn auch weniger bösartige Wirkung auf die Kolonie hatte – die »Germanica« in unserem Verbund. Diese hohle Idee hatte sich in der Kolonie zu einer Art Besessenheit entwickelt. Zwei Generationen vor mir war das Apartment von Heidis und Siegfrieds überfüllt gewesen, und in meiner Generation sah es nicht viel besser aus.

Ich hätte mich weiter nicht darum gekümmert, wäre nicht ein ganz besonderer Umstand eingetreten: Wir lichtscheuen Deutschen lebten unter der Ägide von Ira Fishblatt, einer Lichtgestalt von einem Juden. Von diesem Tag an sah ich mich nicht nur durch seinen alttestamentarischen Zorn bedroht, sondern auch durch seine moderne ethnische Rachsucht. Oft wachte ich morgens mit dem Gedanken auf, daß der Tag der Vergeltung gekommen war. Und als er schließlich kam, fühlte ich mich wie der unglückliche Prophet, dazu verdammt, die Hiobsbotschaft zu überbringen.

Aber diese Gedanken kamen mir nur, wenn ich mich von dem geschriebenen Wort beeinflussen ließ. Der Krieg hatte überhaupt nichts Religiöses an sich. Er war biologisch, durch Überbevölkerung ausgelöst – unsere genau ausbalancierte Ökosphäre geriet aus dem Gleichgewicht, als Ira sie mit dem *Homo yidus* erfüllte.

Dies geschah aber erst später. Ich wurde in eine Zeit des Wohlstands hineingeboren. Um es genau zu sagen, an meinem Geburtstag fand ein Ereignis statt, das quasi einer Rekordernte entsprach.

Ira genoß gelegentlich die Gesellschaft einer selbsternannten Zigeunerin, die ich bald zu bewundern begann. Den Zeitpunkt eines wichtigen Ereignisses beschrieb sie wie eine mathematische Gleichung – etwa, die Nacht, in der Mars in Opposition zu Uranus stand. Aber in unserer ersten Nacht sorgte sie dafür, daß das Abendessen als Opposition an die Wand kam.

Nach dem Gespräch mit meinen Mitbürgern auf dem Bücherregal wurde ich wie magisch von der Quelle der verlockenden

Düfte angezogen. Es war die Zigeunerin, die eine ihrer Spezialitäten zubereitete, aus ihrer osteuropäischen Stammesküche.

Ira, von dem man mir schon seit Stunden erzählt hatte, kam zu einer Uhrzeit nach Hause, von der ich annahm, daß sie seine gewohnte Heimkehrzeit war. Er war der reizloseste Feind, den man sich als Kakerlak nur wünschen konnte. Er hob den Deckel des Kochtopfs. Dampf beschlug seine Brille. »Hmm. Was ist das, Gulasch?«

»Siehst du das denn nicht?«

Er kostete mit einem Holzlöffel. »Schmeckt gut. Nur etwas zu sehr nach Paprika.«

Sie stieß ihn zur Seite und probierte. »Es ist vollkommen richtig so.« Sie knallte den Deckel auf den Topf. »Was verstehst du schon von ungarischer Küche, du mit deinen Schmorbraten und Hühnersuppen. Das nennst du Küche?«

Ira zuckte die Schultern. »Du bist der Experte.«

»Ich habe genau eine Handvoll Paprika hineingetan.«

»Diese Kartoffeln müssen kleiner sein. Daran liegt es.« Er wandte sich zur Küchentür.

Sie stellte sich ihm in den Weg. »Beim nächsten Mal kannst du dir das Abendessen selber machen.«

»Ich arbeite schließlich den ganzen Tag.«

Und nun erlebte ich die erste praktische Demonstration menschlicher Wut. Sie lief rot an, mit hochgezogenen Brauen, bebenden Lippen und geblähten Nasenflügeln. »Das reibst du mir jeden Tag unter die Nase.«

»Ich reibe dir überhaupt nichts unter die Nase.«

»Vielleicht haben die Martinis während deiner dreistündigen Mittagspause deinen Geschmack verdorben.«

»Ich trinke nie beim Mittagessen.«

»Ich auch nicht.«

Pause. »Ich muß mich umziehen.«

»Wage es ja nicht, durch diese Tür zu gehen.«

»Ich bin gleich wieder zurück.«

»Wage es ja nicht, mich mit all diesem schrecklichen Gulasch allein zu lassen.«

»Oh, das ist großartig. Davon war überhaupt nicht die Rede.« Er schüttelte den Kopf und ging ins Eßzimmer.

Sie sah den Kochtopf an, wie Moses das Goldene Kalb angesehen haben mußte. Mordlüstern! Schade, daß ihr nur ein einziges Opfer zur Verfügung stand.

»Na warte!« Sie stürmte zur Tür und warf den Topf nach ihm. Der Topf prallte neben ihm gegen die Wand, übergoß seinen Anzug mit flammendroter Soße und bekleckerte das ganze Zimmer.

Ira war wie erstarrt, sprachlos.

»Ich werde mir diesen hochnäsigen Mist keine Sekunde länger anhören«, sagte sie und stürmte aus der Tür.

Er sofort hinterher. Die bisher unsichtbaren Legionen schwärmten aus ihren Verstecken und machten sich ans Plündern. Fleisch und Kartoffeln und Gemüse verschwanden in ihren gierigen Mäulern, und ihre Gesichter und Glieder troffen von Säugetierblut. Nur der Paprika wurde verschont. Es war ein überwältigendes Gefühl, meine erste richtige Mahlzeit Seite an Seite mit kraftstrotzenden, erwachsenen Blattellae-Männern zu verzehren, die zwanzigmal so groß waren wie ich, als Teil einer Heerschar durch dickflüssige Soße zu marschieren, anzugreifen, wie die Menschen es, nach den Büchern zu urteilen, vor Tausenden von Jahren getan hatten.

Zur gleichen Zeit war mir unbehaglich zumute; ein Überfluß wie dieser schrie geradezu nach Strafe. Im Buch der Bücher wird nicht von den fetten Jahren gesprochen, wenn es den Insekten gutgeht, sondern von den Plagen. Aber wie konnten wir bestraft werden, wo wir doch die Strafe waren?

Ich feierte die Bewältigung meiner ersten moralischen Krise mit einem saftigen Tropfen Fett, lauwarm und mit dem ersten Hauch einer Haut, wie ich es seitdem am liebsten mag.

»Es wird noch mehr geben. Sie kommt zurück. Szenen wie diese haben sie alle ein bis zwei Wochen«, sagte ein Erwachsener namens Bismarck.

Obwohl es sich bei der Gulaschschlacht um ein außergewöhnliches Ereignis handelte, war die Zigeunerin auch sonst ein hitzköpfiges, aggressives und halsstarriges Persönchen – eine natürliche Verbündete für uns. Ihre sexuelle Unersättlichkeit verschaffte uns viele Stunden, in denen wir gefahrlos ausschwärmen und plündern konnten. Iras Vorstellungen von einem geregelten Haushalt ignorierte sie einfach; sie demonstrierte ihre Macht über ihn, indem sie jede Form von Ordnung schlichtweg ablehnte. In der Küche war sie großzügig. Wenn ein Rezept zwei Teelöffel vorsah, gab sie mindestens einen dritten dazu. Eine Tasse Wein? Sie schenkte uns ebenfalls eine ein. Die Zutaten ergossen sich über Tische und Bänke, tropften in jede Ritze, hinter jeden Schrank. Was sie fallen ließ, hob sie niemals wieder auf – schließlich war der Boden schmutzig; was hatte es dann für einen Sinn, etwas zu retten, was ohnehin viel zu dreckig war, um gegessen zu werden?

Als ich geboren wurde, befand sich die Kolonie hinter den Küchenschränken, wie seit fünfundsiebzig Jahren. Wir hatten nie Probleme bei der Futtersuche. Wir brauchten nur den Spuren zu folgen, die die Zigeunerin hinterließ, und nie drohte uns irgendeine Gefahr.

Eines Tages krabbelte ich hinunter auf die Anrichte zu einer Lache Kartoffelsuppe.

Bismarck speiste bereits. »Ich wünschte, sie würde sparsamer mit dem Paprika umgehen.« Mit der eingetrockneten Suppe an seinem Kopf sah er wie ein Albino aus. Er warf mir einen Blick zu und rülpste. »Unsere menschliche Gastgeberin ist großzügig. Aber wenn sie ausgetauscht wird, werde ich mich nach den Zeiten sehnen, in denen ich mich noch über das Essen beschweren konnte.«

Noch immer neu in diesem Leben und schon an seine reichen Gaben gewöhnt, beunruhigte mich die Andeutung, daß das Wohlleben enden könnte.

Bismarck wischte sich den Mund ab. »Die anderen wollen auch nichts davon hören. Aber keine Panik. Wir kommen schon durch. Wir kommen immer durch.«

An diesem Abend begleitete ich ihn auf einem Erkundungsgang, um mir ein Urteil über seine Prophezeiung zu bilden, und begann mit meinem lebenslangen Studium des zeitgenössischen Menschen. Es war kein reines Vergnügen. Ich kannte mich in der biblischen Hygiene aus: Bohr dir so oft in Nase und Arsch, daß beides offenbleibt, und wechsle deine Lumpen, wenn sie zu faulen beginnen. Der graue Schmierfilm auf unserer Haut schützt uns vor Insekten und Infektionen, aber einmal im Jahr baden wir, schon um die Damen zu beeindrucken. Ira jedoch, der moderne Mann, wusch sich morgens und abends und wechselte täglich seine Designerlumpen. Seine Körperöffnungen wurden wie Flußmündungen ausgebaggert, leichte Beute für die Infektionen. Obwohl er seine Zähne wie besessen putzte, waren sie flächendeckend plombiert.

Die Wohnung behandelte er genauso besessen und irrational. Durch den rituellen Gebrauch giftiger Lösungsmittel machte er nicht nur in regelmäßigen Abständen die Mühen der Zigeunerin zunichte (zumindest an jenen Stellen, die er sehen konnte), sondern er ging auch so weit, selbst jenen Schmutz zu entfernen, der nicht einmal für das winzigste, genügsamste Geschöpf Lebensraum bot. Ich verstand einfach nicht, warum.

»Die Säugetiere haben eben diesen Hang zur Show«, meinte Bismarck. »Sie gehen mit ihren Geweihen aufeinander los, trommeln sich auf die Brust oder bauen Schiffsschrauben. Ira putzt.«

Heute gab es Hamburger zu Mittag. Bismarck wischte etwas Rotes von seinen Fühlern und zuckte zusammen.

»Es ist nur Ketchup«, beruhigte ich ihn.

»Danke … Sie macht alles schmutzig; das ist ihre Show. Deshalb ist ihre Beziehung auch zum Scheitern verdammt. Er reagiert völlig falsch. Weil er hinter ihr her saubermacht, anstatt ihr ein paar zu knallen, beweist Ira, daß er zivilisiert ist. Aber sie haßt ihn für seine Sanftmut.«

An diesem Tag speiste Reud mit uns. Ebenfalls auf dem Bücherregal geboren, war sein erstes Zuhause *Das Unbehagen in der Kultur* gewesen, ein derart grauenhaftes Milieu, daß er geflohen war, noch ehe er das »F« aus dem Namen des Autors verzehren konnte. Jetzt sagte er: »Eine recht freie Interpretation.«

»Ich pfeife auf die Theorie«, wehrte Bismarck ab. »Ich sage euch, sie wird davonlaufen, und dann wird sich Ira auf uns stürzen, wie wir es nie zuvor erlebt haben. Habt ihr schon einmal von der Großen Depression gehört?«

Ich hatte nicht das Gefühl, daß ich etwas davon hören wollte.

»Vor zwölf Jahren hat es eine Ausräucherung gegeben. Die Kolonie mußte fliehen – durch deckungslose Korridore und über tückische Straßen und Bürgersteige. Die meisten, die unter freiem Himmel starben, wären lieber im Gas erstickt. Ihr Babies habt ja keine Ahnung, was es für Schrecken auf dieser Welt gibt.«

»Wo könnten wir uns denn verstecken?« fragte ich.

»Es gibt keinen sicheren Ort«, sagte Bismarck.

»Sollten wir dann nicht anfangen, Nahrungsmittelvorräte anzulegen?«

»Das machen die Ameisen. Sie sind so davon besessen, sich vor den schlechten Zeiten zu schützen, daß sie die guten Zeiten gar nicht genießen können.« Bismarck spuckte aus. »Das ist kein Leben.«

»Was sollen wir dann tun?«

Bismarck antwortete nicht.

Reud lächelte mich onkelhaft an. »Die beste Methode, sich auf eine Krise vorzubereiten, Bübchen, ist, zu essen und sich zu wappnen.«

Das war genau das, was ich auch vorhatte. Und so drehte ich mich erleichtert zu der Pfütze Hamburgerfett um – und mußte feststellen, daß sie von den beiden längst verputzt worden war.

Drei Wochen später, nachdem sie bereits mehrere Nächte hintereinander fort gewesen war, kehrte die Zigeunerin eines späten Abends in die Wohnung zurück. Sie nahm sich nicht einmal die Zeit, ihren Mantel auszuziehen, geschweige denn, uns einen Imbiß zuzubereiten, sondern marschierte direkt ins Schlafzimmer und schaltete das Licht ein. »Laß uns das jetzt ein für allemal klären. O Gott, Ira, wie soll ich mit dir reden, wenn du diesen Schlafanzug anhast? Was bist du, ein Großvater?« Einige von uns krabbelten durch den Flur, um zuzusehen. Vor Furcht konnte ich kaum atmen. »Du machst mich fix und fertig. Großer Gott, Ira, du bist Rechtsanwalt. Wie könnte ich dagegen ankommen?«

Er setzte sich auf und tastete auf dem Nachttisch nach seiner Brille. »Bist du jetzt erst gekommen?«

»Hör mit diesem Kreuzverhör auf. Genau das meine ich. Selbst im Schlaf benimmst du dich wie ein Rechtsanwalt.«

»Willst du damit andeuten, daß ich dich über meinen Anwaltsberuf im unklaren gelassen habe?«

»Oh, Ira, du Idiot, verstehst du denn nicht? Immer hältst du dich an die Spielregeln. Spielregeln erregen mich nicht.« Ira zuckte zusammen. Sie lachte häßlich. »Frauen wollen Spaß, Leidenschaft, harte Schwänze. Ich bin ein freier Mensch. Du unterdrückst mich.«

»Ich unterdrücke dich? Ich unterdrücke dich? Ich kann dich kaum erkennen …«

Während er noch stotterte, drückte sie ihm eine Reisetasche in die Hände. »Halte das.« Sie sammelte die zerknitterten Kleidungsstücke auf, die auf dem Boden und der Kommode lagen, und stopfte sie in die Tasche. Dann zog sie ihn ins Bad und machte weiter.

Er hielt die Tasche auf, während er sie anflehte. »Ich liebe dich.

Ich behandle dich gut. Wir schlafen dauernd miteinander. Ich weiß nicht, wovon du redest. Wo bist du die letzten Nächte gewesen? Darüber sollten wir reden.«

Sie hielt inne und starrte ihn an. Sie war eine kleine, dunkelhaarige, auf exotische Weise schöne Frau. Aber jetzt sah ich die Anspannung in ihrem Gesicht. Ihre Augen blitzten, ihr Mund war verkniffen. In ihr tobte ein Konflikt, der nichts mit dem Mann im blauen Schlafanzug zu tun hatte. Bismarck hatte recht. Ira würde nie mit ihr zurechtkommen.

Sie seufzte. »Vielleicht liegt es gar nicht an dir, Ira. Vielleicht komme ich mit einem netten Mann einfach nicht zurecht. Glaube ja nicht, daß ich es bereue. Es war eine wertvolle Erfahrung.« Sie nahm die Tasche und klappte sie zu.

»Eine Erfahrung? Ich liebe dich. Das ist nicht nur eine Erfahrung.«

»Oh, Ira, laß die Liebe aus dem Spiel.« Sie ging ins Wohnzimmer, und er warf seinen Morgenmantel über und folgte ihr. Wir hefteten uns an seine Gummilatschen, zwei große Zungen, die in bösem Sarkasmus schnalzten. An der Haustür angekommen, griff sie in ihre Tasche und sagte: »Die brauche ich nicht mehr.« Seine Augen hatten sich noch nicht an das Halbdunkel gewöhnt, und sportlich war er schon gar nicht. Die Schlüssel trafen ihn mitten ins Gesicht. Seine Brille fiel zu Boden, als die Tür zuschlug.

Die Glocken an den Stiefeln der Zigeunerin entfernten sich über die Treppe. Die zweitbeste aller Frauen, die ich je kennenlernen sollte, verschwand aus meinem Leben.

»Finis«, sagte Bismarck. »So weit ist sie bisher noch nie gegangen.«

Die Veränderung in Ira machte sich sofort bemerkbar. Er war verzweifelt, verängstigt, weinerlich. Am nächsten Tag begann er lange, schreckliche Telefongespräche mit seinem Vetter Howie zu führen. Recht bald hörte Howie auf, ans Telefon zu gehen, und Ira sah sich gezwungen, kürzere Gespräche mit Howies Anrufbeantworter zu führen. Traurig wanderte Ira durch die Wohnung. Ich war überzeugt, daß er nach einem der schmutzigen Höschen der Zigeunerin oder nach einem der eselsohrigen Gedichtbände suchte, mit denen sie ihren Anspruch auf die Wohnung erhoben hatte; wenn er eines von diesen Dingen fand, blieb ihr Anspruch bestehen. Dann hatte er einen Vorwand, um sie anzurufen. Aber diesmal war sie endgültig fertig mit ihm.

Sehr bald ersetzten seine Kleidungsstücke ihre Sachen auf den Rückenlehnen der Stühle und zwischen den Sofakissen. Er vernachlässigte seine Körperpflege. Ein bakterieller Geruch ging ihm bei seinen Wanderungen durch die Wohnung voraus.

Die von Bismarck vorhergesagte Hungersnot trat nicht ein. Aber er war voller Zuversicht. Ich konnte seine Theorie nicht widerlegen, und Ira legte ein derart sprunghaftes Verhalten an den Tag, daß ich alles für möglich hielt. Die Hälfte seiner reproduktionsfähigen Lebensphase lag bereits hinter ihm, und nun hatte ihn seine Gefährtin verlassen. Jeder andere Organismus hätte sich sofort einen Ersatz gesucht. Ein schlanker, liberal gesinnter, jüdischer Rechtsanwalt, vierzig Jahre alt, alleinstehend, solvent und kinderlos – war er nicht die archetypische Beute für eine ganze Generation moderner Frauen, die ihr Diaphragma erst dann entfernten, wenn ihre Zeit fast abgelaufen war?

Aber er war Opfer eines Zustands, den ich heute als »Romantisches Trauersyndrom« bezeichnen würde. RTS, eine Perversion, die in menschlichen Liedern und Versen auch noch verklärt wird, stürzt ihre Opfer in Selbstmitleid und lähmende Schwäche und treibt sie manchmal in die Selbstzerstörung. Sie annulliert jene persönlichen Qualitäten wie Würde und Selbstachtung, die für das einzige Heilmittel benötigt werden: eine neue Liebe. Sie macht das Opfer außerdem immun gegen das stärkende Wissen, daß es meist ohne die verlorene Liebe weit besser dran ist.

»Wie konnten sich die menschlichen Gene nur dermaßen fehlentwickeln?« fragte ich Reud.

»Ich schätze, es liegt am Mysterium der Liebe«, antwortete er.

Shelley erläuterte ausführlich die Chemie der Liebe, aber die Chemie des Lebens hängt davon ab, daß man seinen Körper regelmäßig entschlackt, um die Antigene loszuwerden. Ira schien sich dessen nicht bewußt zu sein. Adam war es nicht anders ergangen.

Aber ich konnte nicht klagen; Iras RTS war für uns nur von Vorteil.

»Die Schickse macht ihren Schmutz jetzt Gott sei Dank woanders – und was machst du, Ira? Du kannst jetzt ihren ganzen Dreck wegmachen«, schimpfte Faith Fishblatt, seine Mutter.

»Übertriebene Sauberkeit ist nicht gesund«, erwiderte er und zitierte damit die Zigeunerin. Er war wirklich tief gesunken.

»Gesund? Tante Jemima könnte diese Wohnung nicht gesund machen, selbst wenn sie Tag und Nacht dafür schuften würde.« Faith türmte ihre Putzutensilien – Mop und Eimer, Besen und Kehrschaufel, sogar den Staubsauger – im Wohnzimmer auf.

Ira setzte sich. »Hör auf damit, Mutter. Wenn dein Arzt das sehen könnte, würde er dich sofort einliefern lassen.«

Sie nahm ihr Kopftuch ab und richtete ihre Frisur. »In Ordnung, dann leide eben. Lebe wie ein Schwein. Laß dich ruhig weiter von dieser Böhmin quälen. Wer bin ich denn, daß ich mich da einmischen kann.«

Die Utensilien blieben eine Woche lang an ihrem Platz mitten im Wohnzimmer – eine große Trophäe, sichtbares Zeichen, daß der Sieg unser war.

Ira kochte jetzt weniger, aber zum erstenmal begann er vor dem Fernseher zu essen und vermehrte so unsere Futterplätze. In der Spüle stapelte sich das Geschirr. Lange Fluchtwege hatten sie zu einem ungeliebten Futterplatz gemacht, aber nun rechtfertigte die reiche Beute das Risiko.

Cuisinart klebte sich ein menschliches Wimpernhärchen mit Spucke an sein Clypeus, drehte es zu einem Schnauzbart und empfing die Bewohner am Rand der Spüle. »*Mesieurs, Mesdames,* guten Abend, *bon soir. Enchantée.* Heute kann ich Ihnen *albacore* aus dem Pazifik empfehlen, sechs Tage alt, abgeschmeckt mit köstlich verdorbener Mayonnaise, und, ah! *Mesieurs et Mesdames,* prickelnd vor Gärung wie sprudelnder Champagner. Außerdem haben wir für Sie Mohnbrötchenkrümel, delikat im Geschmack und mit Schimmel verfeinert, dicht und grün wie Moospolster. Lassen Sie sich auf keinen Fall unsere Ketchuphydrokultur entgehen, eine exotische Flora, wie es sie in diesem grausamen, herzlosen Zeitalter des Fast-Food nur selten zu bestaunen gibt. Sie finden sie im vierten Stock rechts, direkt über der kleinen Bratpfanne (verkrustet mit Cornedbeefhaschee, das am Dienstag die *specialité du jour* sein wird). *Bon appetit!* «

Die Fühler und alle sechs Beine mit Alfalfakeimen gefesselt, ließ sich Houdini in einen Brei aus Meerrettich und Fischresten werfen. Niemand rechnete damit, daß er diesen Härtetest überleben würde. Aber fünfzehn Minuten später durchbrach sein Kopf die Oberfläche, und die Zuschauer empfingen ihn mit brausendem Applaus.

Bismarck sah sich wegen seiner düsteren Vorhersage der Lächerlichkeit preisgegeben. »Was meinst du, Numeri? Bin ich ein Narr?«

Ich zuckte die Schultern, während ich mich an einem braunen Reiskorn labte, das am Programmknopf des Fernsehers klebte.

»Ein Tier kann nicht ewig am Rande des Abgrunds leben«, sinnierte er. »Entweder es stirbt, oder es erholt sich wieder. Ich fürchte, daß Ira nicht sterben wird.« Er legte mir ein Bein auf den Rückenpanzer. »Ich habe die Zukunft dieser Wohnung gesehen ... Interessiert es dich?«

Ich wies mit meinem linken Fühler zum Eßzimmer. »Das Paradies liegt direkt hinter dem Horizont?«

»Grubstein.«

Vielleicht hatten sie recht; vielleicht war er ein Narr. Ich konnte mir nicht vorstellen, daß unsere Zukunft aus großen Füßen, dicken Waden, fettem Hintern, speckigen Hüften, hängenden Brüsten, breiten Lippen und kleinen Augen bestehen sollte: Ruth Grubstein war eine Freundin von Iras Vetter Howie und kreuzte gelegentlich mit ihm in unserer Wohnung auf. Ira hatte mir demonstriert, daß männliche Vertreter dieser unansehnlichen Spezies bereit waren, widernatürliche Opfer in Kauf zu nehmen, um Weibchen zu gewinnen, die nur um eine Spur weniger unansehnlich waren. Aber obwohl er ein Ausbund an Häßlichkeit war – mit einer Frau wie ihr konnte er sich unmöglich zufriedengeben.

Dennoch, Bismarcks unerschütterliche Überzeugung ließ Zweifel in mir aufkeimen. In der nächsten Woche beobachtete ich Ruth, Ira und Howie aus dem sicheren Versteck einer Deckenritze. Ira war zwar höflich, aber noch immer mit den Gedanken ganz woanders. Howie machte sich über ihn lustig. Ruth rief ihn daraufhin zur Ordnung, aber Ira zeigte weder Dankbarkeit noch irgendein Interesse an ihr.

Ruth kam nun regelmäßig zu Besuch. In den folgenden Wochen lenkte sie die Gespräche sanft in die Richtung von Iras Lieblingsthema, Rechtshilfe für die Unterprivilegierten.

Eines Nachmittags nahm sie ein Buch mit dem Titel *Die Eroberung Neuspaniens* vom Regal und schlug es auf. »Ist das ein Schulbuch? Ich habe auf dem College einen Kurs in mexikanischer Geschichte belegt. Eine Illustration werde ich nie vergessen, ich glaube, es war ein Kupferstich, der zeigte, wie die Azteken den Konquistadoren das Herz bei lebendigem Leib aus der Brust gerissen haben.« Sie schlug das Buch zu. Zwei Corteze-Babies vom Stamm der Blattellae kreischten.

Ira erzählte ihr das wenige, was er von Montezumas tragischem Leben wußte. Howie erzählte eine Geschichte von Montezumas

Rache, in der Howie die tragische Gestalt gewesen war. Ruth lachte. »Ich hatte damals für Montezuma geschwärmt – der wehrlose Prinz. Komisch, daß ich mich nach der ganzen Zeit überhaupt noch an etwas erinnere. Wahrscheinlich, weil ich keine Prüfung machen mußte. In jenem Jahr haben wir den Kurs boykottiert – der Krieg, Rassismus in Amerika, die Öffnung der Universitäten für die Öffentlichkeit. Alles ist schon so schrecklich lange her. Was ist nur aus dem Idealismus geworden?« In Iras Augen trat ein Funkeln. Sie holte ihn in die Welt der Lebenden zurück.

Eine Woche später, als sie Cappuccino machte, fiel sie über die Töpfe und Teller in der Spüle her. Von da an nutzte sie jede sich bietende Gelegenheit, den Berg schmutzigen Geschirrs abzutragen, und bezwang ihn endgültig einen Monat später. Wenn sie im Wohnzimmer war, stand sie auf, griff verstohlen nach einem der herumliegenden Kleidungsstücke und verstaute es im Wäschekorb im Bad. »Hat sie eine Blasenentzündung?« fragte Ira Howie nach ihrem vierten Gang während eines einzigen Nachmittags. Bald wurde ihr Sauberkeitswahn ansteckend.

»Merkst du es jetzt?« fragte Bismarck.

»Sie ist immer noch nur ein Gast«, sagte ich. »Sie hat noch viele Prüfungen zu bestehen.«

Bei ihrer ersten Begegnung mit Ruth hielt Faith Fishblatt eine nicht enden wollende Rede über den Verfall der Sitten in der Generation ihres Sohnes, den Triumph schnellen, billigen Sexes über eine dauerhafte Beziehung und die schändliche Tatsache, daß die Menschen nicht mehr wußten, wie sie einander glücklich machen konnten.

Ira verdrehte die Augen.

»Was meinst du, Liebes?« wandte sie sich an Ruth. Ihre roten Augenbrauen hoben sich herausfordernd.

Ruth lächelte und sagte: »Ich glaube, Sie haben recht.«

Später am Tag schrieb Ruth einige Rezepte auf, von denen Faith behauptete, daß sie ihr Gewicht in Gold wert waren.

Aber Ruths Hauptwidersacherin war die Zigeunerin. Eines Nachts, als wir uns im Schrank an der Lauchsuppe delektierten, sagte Sufur: »Wenn die Zigeunerin aufkreuzt, wird sie Ruth den fetten Arsch aufreißen, jede Wette. Pummelchen wird sich nie wieder hier blicken lassen.«

»Ha!« machte Reud. »Im Vergleich zu Ruth ist sie wie ein Junge gebaut. Das ist das Problem mit dieser Spezies, die Verwirrung der Geschlechter.«

»Ruth würde nicht einmal Ira fragen. Sie würde den Willen des Volkes anerkennen und gehen«, erklärte Rosa Luxemburg. Das kam mir nicht besonders glaubwürdig vor, aber mir gefiel auf jeden Fall, wie sie roch, als sie das sagte.

»Wie kommst du eigentlich darauf, daß sie glauben könnte, es mit überlegenen Pheromonen zu tun zu haben?« fragte Bismarck.

Rosa lächelte. »Was kümmern sich die Menschen schon groß um die Pheromone? Sie interessiert nur die Verpackung, wie beim Titelblatt von *Vogue*.«

»Ruth ist das wahre Weibchen hier«, erklärte Reud.

Bismarck pflichtete ihm bei. »Unterschätzt sie nur nicht.«

»Ich unterschätze sie auch nicht«, sagte Rosa. »Wenn ich hier jemanden unterschätzen muß, dann ist es Ira. Männer!« Ich nickte und rückte näher an sie heran. Irgend etwas ging in meinem kleinen Körper vor.

Wahrscheinlich ist es töricht, verpaßten Gelegenheiten nachzutrauern, aber ich glaube, die größte Tragödie unserer Kolonie war, daß die Zigeunerin nicht leibhaftig zurückkehrte. So hatte Ruth Gelegenheit, ihr Bild in Iras fiebriger Erinnerung auszuradieren. Sie ging dabei überaus gerissen vor; sie kratzte an seinen kaum verschorften Wunden, bis die Zigeunerin aus ihm herausblutete. Sobald die Wunden wieder bloßlagen, genügte ein kleiner Anstoß, daß er sich stundenlang über die rätselhafte und tragische Trennung ausließ. Lange nachdem Iras nervtötende Bekenntnisse Howie und den Rest von uns vertrieben hatten, saß

Ruth mit teilnahmsvollem Ohr und tröstenden Worten neben ihm auf dem Wohnzimmersofa. Ira behandelte sie wie eine selbstlose Vertraute, ohne Rücksicht auf ihren weiblichen Stolz zu nehmen. Ruth ertrug es mit Fassung. Das beunruhigte mich, bis Rosa darauf hinwies, daß es sich dabei nur um einen vorübergehenden Zustand handelte; Ruth hatte nicht die Absicht, ihm auf Dauer als Abfalleimer für seine Gefühle zu dienen. Während die Vorstellung von Ruth als egoistisch und ehrgeizig – und damit als natürlich – einerseits beruhigend war, fürchtete ich andererseits eine natürliche Ruth als noch größeres Hindernis für die Rückkehr meiner geliebten Zigeunerin.

Bald hatte Ruth vollständig das Kommando übernommen. Ira blühte auf. Ich spürte, wie die große, tote Bürde seiner Abhängigkeit von der Zigeunerin zu der Frau wanderte, die sich bereit erklärt hatte, sich seine Klagen anzuhören. Aber trotzdem behandelte er Ruth auch noch nach drei Monaten als selbstlose Vertraute. Er machte keine jener peinlichen Gesten menschlicher Zuneigung. Er zeigte kein sexuelles Interesse an ihr. Ich hoffte weiter auf die Rückkehr der Zigeunerin.

Eines Nachts, als einige von uns an einem verkohlten Tomatensoßenfleck auf dem Herd knabberten – so sehr hatte sich unsere Versorgungslage verschlechtert –, sagte ich: »Kann mir einer das erklären? Wo gibt es denn so etwas, daß sich zwei Tiere im fortgeschrittenen reproduktionsfähigen Alter monatelang umwerben, ohne miteinander zu kopulieren?«

»Laß mich überlegen«, sagte Columbo. »Ja, es gibt eine Untergattung von Rankenfüßlern, die wochenlang auf eine Reproduktion verzichten, wenn sie einer hohen Konzentration ungeklärter Abwässer ausgesetzt sind.«

»Das sind die einzigen?« fragte ich.

»Die einzigen. Von Nonnen und Priestern abgesehen.«

»Ich weiß, daß Ruth ein funktionsfähiges Weibchen ist«, warf Bismarck ein. »Gestern nach diesem Gespräch über die Bürgerrechtsbewegung habe ich mich in ihrem Rockschoß verfangen. Sie roch nach Hormonen. Ich glaube, Iras Drüsen sind abgestorben.«

Rosa schnitt eine Grimasse. »Wenn sie das nur wären. Gestern abend war ich bei ihm im Schlafzimmer und wurde unter einem samengefüllten Taschentuch begraben. Brrrr. Zumindest war es fein säuberlich gefaltet.« Die Vorstellung machte mich schwindlig.

Clausewitz spuckte einen verkohlten Brocken Tomatensoße aus. »Es liegt an ihrem Aussehen. Er wird sich nie daran gewöhnen.«

»Den Menschen gefällt es, wie Menschen aussehen«, widersprach Reud. »Sie machen sogar Bilder von sich.«

»Und den Schnecken gefällt es, wie Schnecken aussehen«, meine Columbo. »Vielleicht, weil sie nicht besonders gut sehen können.«

»Das ist eben die natürliche Auslese«, sagte Bismarck.

Er und Sufur schüttelten sich die Fühler.

Die nächsten Wochen waren eine einzige Tortur; jede unschuldige Geste versetzte mich in Alarmstimmung. Dann, am Montagabend um 11.35 Uhr, klingelte das Telefon. Um elf Uhr hatte Ira einen letzten Rundgang durch die Wohnung gemacht, seine Kleidung aufgehängt, seine Schuhe geputzt und geduscht. Um 11.20 Uhr hatte er die Decke seines frischbezogenen Bettes zurückgeschlagen und war hineingekrochen. Es war das übliche Ritual.

Müde griff er nach dem Telefonhörer. »Hallo? Ruth ...? Wie ...? Was hast du gesagt ...? Du hast deine Schlüssel verloren ...? In einem Taxi ...? Wie hieß denn der Fahrer ...? Vielleicht schon früher ...? Hast du nachgesehen ...? Wie bist du hineingekommen ...? War der Hausmeister denn noch wach ...? Junge, Junge, das wird er dir noch Weihnachten unter die Nase reiben.«

Ich kletterte auf den Nachttisch, um hören zu können, was

Ruth sagte. »Ich laufe ständig herum und suche nach einem Zeichen dafür, daß jemand hiergewesen ist. Ich könnte es nicht ertragen, wenn jemand meine Sachen durchwühlt hätte.«

Ihre Stimme klang jetzt aufgeregter und schriller, als ich es je zuvor bei ihr erlebt hatte. Aber war sie aufgeregt genug?

»Es tut mir leid, daß ich dich damit belästige, Ira. Ich bin nur so nervös. Willst du weiterschlafen?«

Ich hielt es für das beste und suchte auf dem Nachttisch nach einem schweren Gegenstand, den ich auf seinen Kopf kippen konnte.

»Sei nicht albern«, sagte Ira. »Was willst du jetzt machen?«

»Wenn ich hierbleibe, werde ich keine Sekunde Schlaf finden.«

»Hast du kein Valium?«

»Ich will nicht einschlafen. Was, wenn jemand eindringt, ein Psychopath oder ein Sittenstrolch … Ich weiß nicht, Ira, ich bin so nervös.«

Ira griff nach seiner Brille und sah auf die Uhr. »Hast du denn niemand, der heute nacht bei dir bleiben könnte?« fragte er. »Morgen kannst du das Schloß auswechseln lassen.«

»Nein, eigentlich nicht. Es ist zu spät, um jetzt noch jemanden anzurufen. Tut mir leid, daß ich dich so spät noch gestört habe, Ira. Ich hätte es nicht getan, wenn ich nicht so verängstigt wäre. Bei jedem Geräusch zucke ich zusammen.«

Bismarck erschien auf dem Nachttisch.

Ira stützte sich auf einen Ellbogen. »Gib mir deine Adresse. Ich bin gleich bei dir.«

Ruth zögerte und sagte dann: »Das ist wirklich süß von dir, aber ich kann hier unmöglich bleiben. Ich muß hier raus.«

»Aber wohin?«

»Ich weiß es nicht … einfach raus …«

Einen Moment später hatte sie ihre Einladung. Bismarck ließ den Kopf hängen. Er hatte keinen Grund zum Triumphieren; er würde mit uns anderen leiden.

Ruth mußte von einem Zweitapparat direkt neben der Tür angerufen haben, in Hut und Mantel und die Reisetasche fertig gepackt, denn in erstaunlich kurzer Zeit kreuzte sie auf. Ira war kaum mit dem Zähneputzen fertig, als es klingelte. Bekümmert ließ sie ihre Tasche fallen; wenn das nicht ihre Schlüssel waren, die ich da klappern hörte, dann mußte sie ihre Alteisensammlung mitgebracht haben. Sie vergrub ihr tränenüberströmtes Gesicht an seiner Brust und umklammerte ihn mit ihren Armen. Ihr schwerer Busen drückte gegen seinen Bauch. Parfüm stieg ihm in die Nase.

Drei Wochen später zog sie ein. »Ich hoffe, du bist jetzt zufrieden«, sagte Julia Child zu Bismarck.

Der Terror

Zwei Wochen nach Ruths Einzug verbrachten Bismarck und ich einen Nachmittag mit der Erforschung des Bücherregals. Obwohl es in unserer Nahrungsmittelversorgung keine radikale Veränderung gegeben hatte, bereiteten wir uns auf den Tag vor, an dem wir auf die restlichen Vorräte an Bücherleim zurückgreifen mußten. Entsetzt mußten wir feststellen, daß unser Bevölkerungswachstum die Reserven bedrohlich aufgezehrt hatte. Der Nährstoffgehalt der Bibliothek wurde außerdem noch von Ruth verringert, die viele von Iras alten Bänden gegen ihre neuen Bücher austauschte, die von unverdaulichen Klebstoffen des Weltraumzeitalters zusammengehalten wurden.

»Machen wir ein andermal weiter«, schlug ich vor.

Als wir von dem Regal herunterkletterten, tauchte Reud aus dem Buchrücken von *Jenseits des Lustprinzips* auf. »Thanatos!« rief er. Am Tag von Ruths Einzug hatte er sich zu seinen Büchern geflüchtet, auf der verzweifelten Suche nach einer Erklärung. Obwohl ich schwer unter meiner biblischen Bürde zu tragen hatte, war die Last seines Wissens weitaus schrecklicher.

Bismarck und ich wechselten verärgerte Blicke; wir waren nicht in der Stimmung, um uns seine komplizierten Entschuldigungen für das Verhalten der Menschen anzuhören.

Reud sprang aus dem Regal und verstellte uns den Weg. »Der Todestrieb. Es gibt ihn wirklich! Von ihm bekam ich in meiner Jugend schon immer Sodbrennen.«

»Es ist vermutlich auch der Todestrieb, der dich dazu treibt, im hellen Licht auf diesem Regal zu stehen«, bemerkte ich.

Reuds Augen blitzten. »Dieser Mensch, dieses Weib – habt ihr sie beobachtet? Einfallsreich, intelligent, ein perfekter Manipulator. Und habt ihr auf ihre riesigen Drüsen geachtet? Aber hallo! Wäre ich ein paar Jahre jünger ...«

»Du bist erst sechs Monate alt«, unterbrach ihn Bismarck.

»Was weiß sie über ihren auserwählten Partner?« fuhr Reud fort. »Daß seine letzte Gefährtin die Instinkte einer Schwarzen Witwe hatte. Daß er in Krisenzeiten schwach wird, sich aufgibt, eine leichte Beute für Krankheiten ist. Wenn sie ihre Gene mit seinen vermischt, verdirbt sie ihren gesunden Stammbaum. Warum macht sie das? Für Freud war der Todestrieb eine Sache des Individuums. Ich glaube, er lebt in dieser ganzen Spezies.«

Diese Theorie erweckte Bismarcks Interesse. »Das habe ich schon immer gesagt«, meinte er. »Psychiater, Rechtsanwälte, Schönheitschirurgen, Sozialarbeiter, Demokraten – all diese Menschen sind dafür verantwortlich, daß sich die Reproduktionserfolge jener maximieren, die die Überlebenschance der Spezies minimieren.«

»Demnach muß die Unfähigkeit dieser Leute der beste Schutz der Spezies sein«, sagte ich.

»Ja, genauso ist es«, stimmte Reud zu und krabbelte an einem Malinowski-Band hinunter auf das nächste Regalbrett. »Thanatos muß unfähig sein, ja, oder es könnte ihn gar nicht geben ...«

Diese Diskussion blieb mir noch lange nach meiner Rückkehr in die Küche im Gedächtnis haften. Als Ruth hereinkam, betrachtete ich sie ausgiebig. Sie zog ihre Jacke aus, und ihr enges Kleid betonte die Konturen ihrer ansehnlichen Schenkel und Pobacken. Ihre Hüften waren breit, für Eiersäcke wie geschaffen, und ihre Beine waren dick und kräftig. Ihr Fett, das über ihren ganzen Körper verteilt war und nicht einmal die Knie und den Nacken aussparte, garantierte ihr Überleben bei Hungersnöten und Kältewellen. Und trotzdem galt sie als unattraktive Frau. Wie hatten derart unnatürliche Schönheitsideale nur entstehen können?

Die Schranktüren quietschten, als sie mit dem Kochen begann. »Ira, die Schränke sind verzogen. Die Türen schließen nicht mehr richtig. In der Anrichte sind Risse. Warum unternimmst du nichts dagegen?«

»Wenn der Vermieter die Küche renoviert, wird er die Miete erhöhen, und das kostet mich mehr, als die ganze Einrichtung wert ist«, sagte Ira.

»Dann sollten wir es selbst tun. Ich wollte schon immer eine Küche einrichten.«

»Ich weiß nicht«, sagte er.

»Mit diesen Türen lockst du Ungeziefer geradezu an.«

»Keine Sorge. Ich habe alles unter Kontrolle.«

Hunderte von Oberkiefern preßten sich zusammen, als die im Schrank schlemmenden Bewohner von Gelächter geschüttelt wurden.

Später in der Woche riß Ira ein Stück der Tapete ab. »Ich weiß gar nicht, wann ich zuletzt renoviert habe. Man kann nicht einmal mehr das Muster der Bodenfliesen erkennen. Oder siehst du die kleinen Pferde?«

»Was machst du da?« fragte Ruth.

»Das Zeug hier ist Linoleum. Heute wird Linoleum gar nicht mehr hergestellt. Meine Mutter hat mir ein paar Ersatzfliesen an ihrem dreißigsten Hochzeitstag geschenkt, als sie neue bekommen hat. Selbst damals waren sie schon alt.«

Er schwieg einen Moment. Sein Lächeln machte mich nervös. Dann sagte er: »Es ist alles arrangiert. Wir werden die Küche renovieren. Willkommen daheim.«

Sie klatschte in die Hände. »Wirklich? Wie aufregend.« Sie küßten sich.

Später im Küchenschrank sagte Bismarck: »Wir sind verloren. Ich hätte nie gedacht, daß sie so schnell so brutal zuschlagen würde.«

»Das Ende einer Ära«, sagte Kotex wehmütig.

»Was soll dieses Geschwätz?« bellte Clausewitz. »Wir werden uns dem Feind entgegenstellen, neue Fronten bilden, den Druck aufrechterhalten.«

»Wir haben diese Schränke erobert«, erinnerte Snot, »und wir werden auch die neuen erobern.«

»Ruth hat ihn dazu getrieben«, sagte ich. »Wir müssen sie loswerden. Das sollte uns ja nicht schwerfallen.«

»Nein, nein«, widersprach Reud. »Die Zigeunerin ist schuld. Sie hat überall in der Küche ihre Spuren hinterlassen, und Ruth reinigt die Wohnung von ihrem Erbe. Es ist ein Ritualmord. Danach wird sie damit aufhören.«

»Sobald sie das erst einmal gemacht hat, spielt es keine Rolle mehr, ob sie wieder damit aufhört«, widersprach Bismarck. »Dann wird es zu spät sein.«

Woher sollte die Nahrung kommen? Nur in den Schränken gab es genug Vorräte, um eine Kolonie von unserer Größe am Leben zu erhalten.

Sufur kam unter der Schranktür hereingekrabbelt. »He, Leute, euch kann man noch auf der anderen Seite des Zimmers hören. Was habt ihr vor? Wollt ihr vergast werden?«

»Hast du schon die Neuigkeiten gehört?« fragte Rosa.

»Ja, ist das nicht toll?« Er sah sich im Schrank um. »Was ist mit euch los? Sie werden die Wand aufreißen, na und? Wir verziehen uns in die Wandritzen, und dann können wir jederzeit von hinten wieder in den Schrank schlüpfen. Wir brauchen auch nicht mehr über den Boden zu laufen. Platz genug, ganzjährig warm. Paradies! Ihr solltet euch eigentlich auf die Socken machen und der Dame den fetten Hintern küssen.«

Im Schrank wurde es still. Daran hatte niemand gedacht. Warum hatten wir, Optimisten aus Tradition, angenommen, daß es eine Veränderung zum Schlechten sein würde? War dies nur ein gerissener psychologischer Schachzug Iras, oder verloren wir bereits die Nerven?

Als er und Ruth eingeschlafen waren, nahm eine Hundertschaft Bewohner die Möbel der Wohnung unter die Lupe und entdeckte im Wohnzimmer die Fußleiste, die unser neues Heim wurde. Wir begannen die Nahrungsvorräte aus den Küchenschränken hinter die Fußleiste zu schaffen. Weder Bismarck noch ich empfanden es als Schande, daß wir uns wie die Ameisen benahmen.

Als Ira zwei Nächte später seine Pläne auf der Anrichte liegenließ, erfuhren wir mehr über die Schränke, den Fußboden und die Küchengeräte, die der Nahrungsmittelversorgung unserer zukünftigen Generationen dienen würden. Sufur hatte recht; die Zeichnungen boten verlockende Möglichkeiten.

Wir fuhren mit den nächtlichen Nahrungsmitteltransporten fort, bis Ira und Ruth die restlichen Vorräte in Kartons packten und in die Speisekammer stellten. Ira legte einen Todesstreifen aus Borsäure um die Kartons – eine seltsame Handlungsweise für einen Mann, der behauptet hatte, sein Ungeziefer unter Kontrolle zu haben.

Am nächsten Abend stellte sich Ruth auf einen Stuhl und steckte den Kopf in den Schrank. »Was sind denn das für kleine Flecken?« kommentierte sie den Kot vieler Generationen. Mit einem Schwamm wischte sie alles fort; zusammen mit den verbliebenen Nahrungsmitteln und den Erinnerungen vieler Jahre, die zu entfernen wir nie Zeit gehabt hatten.

Sie warf einen letzten Blick hinein. »Was ist das?« fragte sie und zog eine Rolle Geldscheine hervor.

»Das Geld? Nur ein kleiner Notgroschen. Für den Notfall habe ich immer etwas Bargeld zur Hand«, erklärte Ira.

»Notgroschen? Das sind ein paar hundert Dollar. Sie sollten Zinsen verdienen. Glaubst du nicht an Geldautomaten?«

»Meine Großmutter pflegte immer zu sagen: ›Lege ein Drittel deines Vermögens in Bargeld an, für den Fall, daß du plötzlich fliehen mußt; ein Drittel in Gold, für den Fall, daß die *Gojim* dein Bargeld nicht nehmen wollen; und ein Drittel in Grundbesitz, für den Fall, daß die *Gojim* dir kein Land verkaufen wollen.‹ «

Ruth lachte. »Deshalb also der Mietvertrag, deine goldenen Zahnfüllungen und das Bündel Geldscheine in deinem Schrank. Sehr traditionsbewußt, Ira.«

Er nahm das Geld an sich. »Es kann nicht schaden.«

Als es am nächsten Morgen um acht Uhr klingelte, war die gesamte Kolonie in den Ritzen in der Flurdecke aufmarschiert, um unseren Retter zu begrüßen. Herein kam ein buckliger Asiate mittleren Alters.

Ira führte ihn in die Küche und zeigte ihm die Pläne. »Der neue Kühlschrank wird sich zur anderen Seite hin öffnen«, erklärte Ira.

Der Asiate verengte die Augen.

»Der Kühlschrank wird sich zur anderen Seite hin öffnen«, wiederholte Ira langsamer und lauter. Wie alle Menschen weigerte er sich, anzuerkennen, daß seine Welt nicht die einzige Welt war.

Tiefe Falten zerfurchten das Gesicht des Asiaten.

Ira kehrte wieder zu den Plänen zurück, deutete auf jedes Symbol und dann auf das entsprechende Objekt im Raum. Jetzt lächelte der Asiate und nickte.

Nachdem Ira und Ruth fort waren, brütete der Asiate lange Stunden über den Plänen. Er ging zur Türschwelle und betrachtete von dort aus die Küche. Unheilverkündend blieb er dreißig volle Minuten an derselben Stelle stehen. Plötzlich sprang er mit einer Behendigkeit, die ich nie zuvor bei einem Menschen erlebt hatte, durch den Raum. Neben dem Fenster erstarrte er wieder zur Bewegungslosigkeit und setzte seine Beobachtungen fort. Dann verließ er zu unserer Verblüffung die Wohnung, ohne die Küchenmöbel auch nur angerührt zu haben. Voller Unbehagen ließen wir ihn ziehen.

In dieser Nacht gelang es mir, Rosa zu einigen Kekskrümeln einzuladen. Während wir speisten, legte sie einen ihrer Fühler auf meinen, und der Duft, der von ihr ausging, elektrisierte mich erneut. Ich war rasch gewachsen; bisher hatte sie mich frustriert und gelähmt, aber nun kannte ich plötzlich all die Antworten.

Ich ließ den Krümel fallen; ich wollte nur sie. Ich traf Anstalten, sie auf der Stelle zu nehmen, neben dem Eßzimmertisch. Aber dann wurde mir der Zauber dieser Nacht bewußt, und in einem seltenen Anflug von Blattella-Sentimentalität bezwang ich meine Biologie und führte sie in die Küche und die Wand hinauf zum Schrank über der Spüle. Ich hatte immer davon geträumt, an diesem Ort zum erstenmal mit ihr Chemikalien auszutauschen, zwischen den Sieben, überzähligen Topflappen und Kerzenhaltern, die nun in der Speisekammer verstaut waren. Wir schlüpften unter der Tür hindurch, die einladend einen Spalt weit offenstand. Ich genoß die leichte Feuchtigkeit, den Fäulnisgeruch, der von dem Holz aufstieg, und die Düfte der Nahrungsmittel, die einst hier gelagert hatten. Sogar der Spaziergang über die verzogenen Bretter hatte etwas Romantisches an sich. Klumpen aus Borsäure, seit langer Zeit trocken und harmlos, säumten unseren Weg wie Parkbänke. Der Wohlgeruch des Schrankes vermischte sich auf magische Weise mit Rosas Chemie, und die

Heftigkeit, mit der ich nach dem ersten Mal verlangte, sowie das Bewußtsein, daß diese romantische Umgebung zum Untergang verdammt war und wir nur diese eine Chance hatten, trieb uns dazu, exzessiv und bis in den frühen Morgen zu brunsten wie junge Menschen.

Ajax, Persil, Spüli, Sunil, Meister Propper und die Omo-Waisen gehörten zu jenen, die für eine letzte Nacht in den Schrank unter der Spüle zurückkehrten. Auch Bismarck und Barbarossa, die in einer Schachtel Stahlwolle aufgewachsen waren, tauchten auf. Melancholie erfüllte die Ritzen, als wir uns am Morgen trafen.

Um acht Uhr erschien der Asiate mit einer Tasche. Nachdem Ira und Ruth gegangen waren, inspizierte er sorgfältig die Schrankbefestigungen. Ich fragte mich, wie er mit seinen altertümlichen Werkzeugen wohl die von uns erwartete Zerstörung anrichten wollte. Er löste Schrauben und Muttern, stocherte im Mörtel herum, sprang dann wie ein Karatemeister die Schränke an und baute sie rasch und fast lautlos ab. An einer Stelle bröckelte der Verputz, aber der Rest der Wand blieb intakt.

Wir sahen Sufur an.

»Keine Panik«, beruhigte er. »Wenn er die Schränke wieder anbringt, fällt die halbe Wand runter.«

In dieser Nacht nahmen wir die Wände genauer in Augenschein und stellten fest, daß sie in einem weit besseren Zustand – also löchriger – waren als erwartet. Viele kleine Mörtelbrocken waren herausgebrochen und hatten Risse hinterlassen, die zwar für uns groß genug, aber so klein waren, daß sich der Asiate nicht die Mühe machen würde, sie zu verputzen.

Am folgenden Tag tauchte der Asiate nicht auf. Drei lärmende Weiße mit Schnauzbärten und Bäuchen rissen den alten Boden heraus und legten neue Fliesen. Am Nachmittag wurde der neue Kühlschrank geliefert. Er öffnete sich zur anderen Seite hin.

Die Risse im Verputz lockten. »Laßt uns die Höhlen jetzt besiedeln, solange wir noch die Chance haben«, drängte Clausewitz. »Niemals darf man sich auf die Gnade des Feindes verlassen.«

»Jetzt?« fragte ich. »Aber was ist, wenn sie sich als Fallen entpuppen?«

»Cool bleiben, nur nichts überstürzen«, meinte Sufur.

»Er kann unmöglich alle Ritzen verputzen«, versicherte Rosa. »Nicht, wenn er Geld verdienen will.«

Poe hatte seine Entscheidung getroffen. »Auf längere Sicht würde sich das rächen«, sagte er und schnappte sich ein Spaghettistück, das so groß wie er selbst war. »So viel steht fest.« Er verschwand durch ein Loch in der Wand. Ich konnte meine Furcht nicht überwinden, ebensowenig der eiserne Clausewitz. In der Tat zog es die ganze Kolonie vor, erst einmal abzuwarten.

Meine Bedenken gegenüber dem Asiaten wurden bald bestätigt. Eine ganze Woche verbrachte er damit, die unzähligen Risse und Unebenheiten, die unsere Hoffnung gewesen waren, mit Gips und Spachtel zu verputzen. Nicht einmal die kleinste Ritze entging seiner Aufmerksamkeit.

»Gott, was ist der gründlich«, sagte Ruth.

»Er ist ein Handwerker der alten Schule«, nickte Ira stolz.

»Glaubst du, du könntest ihn dazu bringen, noch dieses Jahr fertig zu werden?«

Aber diesen Mann als Handwerker der alten Schule zu bezeichnen, wurde seinen Leistungen bei weitem nicht gerecht. Indem er sogar jene Stellen verputzte, die später gar nicht sichtbar sein würden, drohte er unserer Kolonie den Zugang zum Gelobten Land zu versperren und uns in die Vinylwüste zu verbannen. Seit der Zeit des Paradieses ist der Mensch ein Zerstörer gewesen. Aber im Gegensatz zu seinen Ahnen zerstörte der Asiate ohne Leidenschaft oder Selbstgerechtigkeit.

»Er ist einfach glücklich, daß er im Westen jemand gefunden hat, der kleiner ist als er, an dem er seine Wut auslassen kann«, meinte Columbo.

»Ich glaube nicht, daß er hinter uns her ist«, widersprach Rosa. »Vielleicht will er den Auftrag nur in die Länge ziehen, um Ira, den kapitalistischen Ausbeuter, bluten zu lassen.«

Zwei Tage fuchtelte der Asiate mit einer Gipsplatte herum, wies auf ein ansehnliches Loch in der Wand und schnitt ein bestürztes Gesicht. Ira schüttelte den Kopf und sagte: »Nein, der Schrank wird es verdecken.« Der Asiate wiederholte seine Gesten. »Nein. Das bleibt so. Zuviel Geld. Zu ... viel ... Geld«, wiederholte Ira langsam. Zweifellos war dies allgemein verständlich.

Später in der Woche kam die Tapete an die Wand, eine wasserundurchlässige Plastikfolie in Pastellrosa. Sie reichte nicht bis zu dem Loch, das in Kürze hinter den Schränken verschwinden würde. Trotzdem kam ich mir wie ein Idiot vor, daß ich davon ausgegangen war, daß das Muster der alten Tapete – schwarzäugige Frauenköpfe, die perfekte Tarnung – übernommen werden würde. Die neue Tapete hätte ebensogut mit Fadenkreuzen bedeckt sein können.

Die Schränke wurden geliefert. »Sie sind so konstruiert, daß sie sich leicht anbringen lassen«, erklärte Ira. »Erledigen Sie das so schnell wie möglich. Seit drei Wochen sind Sie schon hier zugange. Seit drei Wochen!« Er deutete auf seine Uhr. Der Asiate sah auf seine eigene Uhr.

Die nächsten drei Tage verbrachte der Asiate damit, die Kanten der Schränke zurechtzuschleifen, damit sie genau mit den winzigen Unebenheiten der Wand abschlossen. Unzufrieden mit den vorgebohrten Löchern in der Rückwand, bohrte er zwei neue.

Ira verlor die Geduld. Er baute sich vor den Schränken auf, die sich noch immer auf dem Boden stapelten, und befahl:

»Keine Gipsplatten, kein Hobeln. Schränke sofort anbringen. Abmachung nicht vergessen: Sie schnell arbeiten, ich helfen bei Einwanderung.« Beim letzten Wort riß der Asiate die Augen weit auf.

»Das ist die Antwort«, kommentierte Bismarck. »Je länger er bummelt, desto länger kann er bleiben.«

»Du glaubst doch nicht, daß dieser jüdische Verteidiger der Unterdrückten diesen müden, armen, gebeugten Mann ausweisen lassen würde, oder?« fragte ich.

»Nein, aber er hätte sicher nichts dagegen, ihm ein wenig Angst einzujagen, wenn die Küche dadurch schneller fertig wird«, antwortete Bismarck.

Am nächsten Tag wurden die Schränke angebracht, und in der Nacht wurden sie von uns Bewohnern inspiziert. Der Mann war ein guter Handwerker. Alles war perfekt aufeinander abgestimmt, alles paßte millimetergenau. Türen und Rahmen schlossen fugenlos. Als ich die Tür über der Spüle abschritt, machte ich die ungeheuerliche Entdeckung – ich konnte nicht hinein. Ein Kakerlak konnte nicht in den Schrank schlüpfen. Es war unmöglich.

Rosa und ich hatten geplant, diese Schränke mit einem Festakt einzuweihen. Jetzt ließ mich die Furcht alles vergessen. In der Wand gab es ein großes Loch. Wenn ich es nicht durch den Schrank erreichen konnte, dann vielleicht außen um den Schrank herum. Aber ich mußte feststellen, daß der Asiate zu gute Arbeit geleistet hatte; es gab keine Lücke zwischen Schrank und Wand. Verzweifelt begann ich an der Tapete zu kratzen.

Rosa versuchte mich zurückzuhalten.

Meine Gedanken rasten. »Ich werde dir sagen, was geschehen wird. Das Holz ist noch nicht trocken. Es wird sich zusammenziehen. Und dann wird eine Lücke entstehen, die groß genug ist, daß wir nebeneinander hindurch und geradewegs in die Wand gehen können.«

»Klingt gut«, meinte Rosa besänftigend.

Bismarck tauchte auf. »Wenn erst einmal die Dosen und Flaschen eingeräumt sind, werden sich die Schränke etwas nach vorn neigen.«

In dieser Nacht mußte ich immer wieder daran denken. Warum sollten sich die Schränke nach vorn neigen? Die alten hatten es nicht getan. Das Holz war wahrscheinlich trocken; und selbst wenn es noch feucht war – es verzog sich nur langsam. Was sollten wir bis dahin tun?

Die Ermordung der Rosa Luxemburg

»Das kommt nicht dahin.«

»Warum nicht?«

»Gemüsesuppe kommt vor Tomatensuppe. Das ist die alphabetische Reihenfolge.«

»Aha.«

»Das kommt nicht dahin.«

»In meinem Wörterbuch kommt Cremesuppe vor Eintopf.«

»Es heißt: Pilzcremesuppe. Es hätte keinen Sinn, alle Cremesuppen nebeneinanderzustellen.«

»Ja, natürlich. Hätte ich mir auch denken können.«

In der Nacht nach der Entdeckung des schändlichen asiatischen Verrats an uns protzten Ira und Ruth mit ihrem Nahrungsmittelreichtum, während sie die Vorräte aus den Kartons in die uneinnehmbaren Schränke räumten.

Ira stutzte und starrte sie an. »Was ist denn jetzt schon wieder?« fragte sie.

»Tomatenketchup kommt nicht neben Tomatenmark.«

»Okay, Mr. Alphabet. Wohin dann?«

»Flaschen in die linken Schränke, Konserven in die rechten. ›F‹ vor ›K‹. Das ist die alphabetische Reihenfolge.«

Zum erstenmal in meinem jungen Leben bemerkte ich Anzeichen von Resignation in der Kolonie, die ich instinktiv als völlig untypisch und als böses Omen einstufte. Clausewitz, der es bis dahin sogar vermieden hatte, Sätze im Passiv zu bilden, sagte: »Wir werden warten müssen, bis er von sich aus einen Fehler macht.«

Die Kolonie zog sich recht früh ins Eßzimmer und hinter die Fußleiste zurück.

Am nächsten Morgen begab ich mich mit Rosa wieder in die Küche. Ihre Schwester Kotex war bereits dort. Sie wühlte in einem Berg aus Haaren und Staub, der sich hinter dem Kühlschrank angesammelt hatte.

Rosa stürzte sich sofort auf sie und geriet dabei auf dem glatten Vinyl ins Rutschen. »Was machst du da? Wo bleibt deine Selbstachtung? So leicht machst du es Ira, dir alle Hoffnung zu nehmen?«

Kotex tauchte aus den Staubflusen auf, am ganzen Körper schmutzig und ohne etwas Eßbares gefunden zu haben.

»Es gibt wichtige Dinge zu erledigen«, erklärte Rosa. »Warum bist du nicht beim Spähtrupp?«

»Warum sollte ich?«

»Warum sollte ich!« explodierte Rosa. »Her damit!« Sie griff nach dem letzten Staubklumpen.

Kotex brachte ihn in Sicherheit, aber nachdem sie ihn kurz untersucht hatte, drehte sie sich um und warf ihn Rosa an den Kopf, wo er wie eine überdimensionale Dornenkrone hängenblieb. Rosa zerfetzte ihn mit ihren Beinen und war kurz darauf genauso schmutzig wie ihre Schwester.

»Das lasse ich nicht zu!« kreischte Rosa und rannte aus dem Raum, einen Duftstreifen ihres köstlichen Körpergeruches hinter sich herziehend.

Den Rest des Tages sah ich sie nicht mehr. An diesem Abend entschloß ich mich, allein auf Nahrungssuche zu gehen.

Der Weg über den Fußboden erwies sich als mühsam. Meine Beine blieben an der Imprägnierung des Vinyls kleben, und in den Löchern verstauchte ich mir die Knöchel. In jeder normalen Küche wären die Vertiefungen ein idealer Schmutzfänger gewesen, aber hier waren sie glatte Verschwendung.

Ich erreichte den Schrank unter der Spüle. Das Polyurethan gab guten Halt, ließ sich aber nur schwer wieder loslassen. Ich zog mich über den Rand und stieg in die Spüle hinunter, einen Ort, der kaum Sicherheit versprach.

Nachdem ich meinen Durst gestillt hatte, sah ich mich um. Das trostlose Panorama erinnerte mich daran, daß ich keinen vernünftigen Plan hatte. Die sich über mir auftürmenden Einbauschränke erklimmen? Ich bezweifelte nicht nur, daß ich dort oben etwas Eßbares finden würde, ich bezweifelte auch, daß ich es bis zum Gipfel schaffen konnte. Ich entschloß mich, es in einer anderen Nacht zu versuchen, wenn ich ausgeruhter war und Helfer bei mir hatte.

Ich sah hinunter zum Abfluß, und die Furcht vor dem schwarzen Unbekannten trieb mich aus der Spüle. Auf der Anrichte konnte ich nicht bleiben, aber ich wollte auch nicht hinter die deprimierende Fußleiste zurückkehren. So machte ich mich an den kurzen Aufstieg zur Hakenleiste neben dem Herd, wo die Töpfe und Pfannen hingen.

Ich geriet vor Freude ganz außer mir, als ich am Rand der Bratpfanne einen Krümel Eierkruste entdeckte. Meine erste Mahlzeit seit Tagen! Bald darauf schlief ich gesättigt ein.

Wasserrauschen weckte mich. Ich hatte bis zum Morgengrauen geschlafen. Dann näherten sich polternde Schritte. Ich Idiot! Wie hatte ich mich zur Frühstückszeit nur in die Bratpfanne verirren können!

Ich schaute über den Rand der Pfanne. Mir blieben nur Sekunden, um mich zu entscheiden: Der Weg über den Fußboden war mir versperrt: einen Wettlauf mit diesen Schritten konnte ich unmöglich gewinnen. Aber ich konnte auch nicht in der Pfanne bleiben. Der kleine Soßentopf an meiner Seite? Nein, vielleicht wollte er Eier kochen. Der größere unter mir? Vielleicht wollte er sich Haferbrei machen. Die Schritte waren jetzt ganz nah. Ich mußte mich entscheiden. Ich rannte zum kleinen Soßentopf und hoffte, daß heute einer von Iras cholesterinfreien Tagen war.

Entsetzen erfüllte mich. Ich spähte nach draußen. Ira griff nach Schüssel und Löffel. Das konnte alles bedeuten – von Rührei abgesehen. Ich hätte in der Pfanne bleiben sollen.

Jetzt konnte ich nur noch warten. Dann glaubte ich eine Bewegung direkt neben der Schranktür zu erkennen. Ich starrte ins Halbdunkel, hielt Ausschau nach einer braunen Gestalt auf braunem Grund. Aber ich tat es mit gedämpfter Hoffnung – schließlich war meines Wissens nach noch niemand in den Schrank gelangt. Doch ich täuschte mich nicht: Ich konnte die Spitzen zweier Fühler erkennen. Kurz darauf wurde ein Kopf sichtbar. Die Gestalt wand sich, zwängte sich unter Einsatz von Fühlern und Beinen aus dem Holz hervor. Quälend langsam, Stück für Stück, tauchte der Körper auf. Das zweite Beinpaar kam frei, und in dem Moment, als sich die Gestalt zu mir umdrehte, fing ich ihre Duftnote auf. Es war Rosa. Sie grüßte mich über das Tal des Todes hinweg.

Was, in Gottes Namen, hatte sie dort zu suchen? Wie war es ihr gelungen, in den Schrank einzudringen, und warum kam sie ausgerechnet jetzt heraus? In einer halben Stunde hätte sie völlig gefahrlos entkommen können. Jetzt mußte Ira nur den Kopf drehen, und dann war es aus mit ihr.

Sie kam ganz frei und rannte über die Schränke. Ira holte eine Flasche aus einem Karton Orangensaft heraus und stellte sie neben die Schüssel mit dem Löffel. Er legte sogar eine Serviette zurecht. Er bot ihr jede Chance, den Boden zu erreichen und aus dem Raum zu entkommen.

Aber sie wollte nicht. Nach einem spektakulären Sprung vom Schrank über dem Kühlschrank landete sie auf dem Karton mit den Rosinenflocken, rannte über den Deckel und verschwand durch den Öffnungsschlitz. In dieser Küche waren die Frühstücksflocken unser einziges Paradies und der Kühlschrank seine Grundfeste.

Ira hatte seine Frühstückswahl immer noch nicht getroffen. Rosinenflocken, gekochte Eier oder Haferbrei? Haferbrei schied wahrscheinlich aus, da er ihn nie allein kochte, und Ruth war nicht da.

Rosinenflocken oder gekochte Eier. Dann durchschaute ich seinen diabolischen Plan: Er spielte Rosa in dem einen Topf gegen mich in dem anderen aus – in einem grausamen russischen Frühstücksroulette.

Schande über die Natur, die zuließ, daß einer wie er eine wie sie bedrohen konnte. Arme Rosa, Licht meines jungen Lebens.

Aber dann drehte sich Ira zu mir um. Wie hatte ich nur annehmen können, daß er zu den Frühstücksflocken greifen würde? Jetzt konnte ich nur noch darauf hoffen, daß sein Dickdarm wie jeden Morgen auf Entleerung drängte. Er trat an die Spüle, war nur noch eine Armeslänge von mir entfernt. Würde er nach meinem Soßentopf greifen? Konnte er wirklich mit ansehen, wie ich im Wasser schwamm, mich auflöste und seine Eier verkrustete? Die Rosinenflocken waren doch viel bekömmlicher!

Ich hörte, wie er sich die Hände wusch. Mein schwerer Chitinpanzer knirschte, als ich mich gegen den Topfboden preßte. Aber dann hörte ich Schritte. Er kehrte zum Kühlschrank zurück.

Ich spähte nach draußen. Er griff nach der Schachtel Rosinenflocken. Arme, liebe Rosa. Er hielt die Schachtel über die Schüssel und schüttete braune Kornflocken und kakerlakengroße Rosinen hinein. Die Schachtel war fast leer, als er damit fertig war.

Befand sich meine Rosa in der Schüssel? Ich konnte sie nicht sehen, aber dann wurde mir klar, daß sie nicht oben liegen würde. Ich wollte nicht nach ihr rufen und sie ablenken. Aber die Ungewißheit machte mich krank. Ich fröstelte, als er fettarme Milch in die Schüssel goß. Das konnte sie nicht lange überleben. Aber sie konnte auch nicht auftauchen, denn dann würde er sie entdecken. Vielleicht klammerte sie sich an eine der Flocken, die aus der Milch ragten. Doch die würde er als erste löffeln.

Ira drehte die Schachtel und beantwortete laut die Quizfragen auf der Rückseite. »Thomas Jefferson ..., die Freiheitsstatue ... Philadelphia, Mist, New York, ich meine New York ...«

Aber wenn sie in der Schüssel blieb, würde sie in der Milch ertrinken. Falls es zum Schlimmsten kam und er sie entdeckte, würde sie über die Anrichte fliehen? Seine kleine Frühstücksserviette war so dünn, daß er ein Papierhandtuch holen mußte, um sie zu zerquetschen; das würde ihr vielleicht genug Zeit verschaffen, um den Rand der Anrichte zu erreichen.

Aber selbst wenn es ihr gelang, welche Chance konnte sie auf diesem tückischen, unwegsamen Fußboden gegen seine Riesenschritte haben? Vielleicht würde sie auch auf der Anrichte bleiben und sich auf ihn stürzen, einen Ausfall in seinen Ärmel machen und sich ihm dort zum Kampf stellen.

Die Schüssel leerte sich rasch. Iras Schneidezähne troffen vor Milch, während er die Flocken verschlang und mit seinen goldgekrönten Backenzähnen zermalmte. Nach jedem Bissen schoß seine Zunge aus ihrer finsteren Höhle hervor und leckte über die Zähne, verharrte dann einen Moment, wie um Luft zu holen, ehe sie wieder zurückglitt. Flockenkrümel flogen von seinem Mund und in die Schüssel, nur um erneut gelöffelt und zermalmt zu werden. Ich hoffte für Rosa, daß er sie mit einem Bissen verschluckte, wenn es denn sein mußte.

Während Ira sein Frühstück verzehrte, las er das Zutatenverzeichnis auf der Seite der Schachtel und verzog das Gesicht bei den vielsilbigen Chemikalien. Er sah auf seine Armbanduhr und stand auf. Er stellte die Milch fort, verschloß den Deckel der Rosinenflockenpackung und stellte sie wieder auf den Kühlschrank Ich hoffte, er würde mir die Schüssel mit dem Rest aus Milch überlassen, kühl und süß von den gezuckerten Rosinen. Aber an der Spüle führte er die Schüssel zum Mund und trank sie leer. Seine Mutter wäre stolz auf ihn gewesen.

Er stutzte. Seine Zunge arbeitete, leckte über einen unsichtbaren letzten Bissen. Eine Rosine? Oder eine letzte Frühstücksflocke? Zufrieden blinzelnd, schob er den Nachzügler nach vorn und biß zu; aus der Höhle seines Mundes drang ein leises Knacken, gefolgt von einem erstickten Schrei: »Imperialist!«

Tapfere Rosa! Als er den Mund weit öffnete, sah ich meine unbeugsame Geliebte. »Nimm das!« schrie sie atemlos, aber trotzig, und trat mit ihren Hinterbeinen gegen seinen Eckzahn. Ihre Vorderbeine waren gebrochen, nutzlos. Seine Kiefer mahlten, während er nach dem letzten Krümel suchte, seine Schneidezähne hoben und senkten sich wie die Klinge einer gierigen Guillotine.

Rosa hatte noch nie etwas für die Tugend des Schweigens übrig gehabt. Sie schlug um sich, bis sie schließlich von der Zunge entdeckt und nach vorn geschoben wurde, mit dem Kopf auf den Henkersblock, und dann sauste die Elfenbeinklinge auf sie nieder, schnitt sie entzwei. Es klang, als würde eine Selleriestange zerbrechen, gefolgt von einem letzten Schrei, der grausig in meinem Topf widerhallte.

Ira bohrte seinen kleinen Finger in sein Ohr und roch dann an dem Ohrenschmalz.

Rosa hatte noch immer keinen Frieden gefunden. Ihr abgetrennter Kopf, an seinem Schneidezahn klebend, wurde sichtbar, als sich seine Lippen öffneten. Sie starrte mich an, und ich wußte, daß sie sprechen würde. Ich wollte fliehen, aber eine unsichtbare Kraft hielt mich an meinem Platz.

Ohne ihren Körper war ihre Stimme matt, kaum mehr als ein Flüstern. Ich konzentrierte mich auf ihren Mund und las die erschütternde Anklage von ihren Lippen: »Numeri! Numeri! Warum hast du mich verlassen?«

Ich war erleichtert, als die Zunge hervorschnellte und sie holte; ich wartete sogar, bis sich die Lippen wieder öffneten, um sicherzugehen, daß sie nicht mehr am Schneidezahn klebte. Ira pfiff, während er die Schüssel spülte. Einen Moment später ging er.

Ich stand auf der Hakenleiste, zutiefst verwirrt und niedergeschmettert. Ich konnte nicht verstehen, warum Rosa so grausam gewesen war und versucht hatte, die Verantwortung für ihren Tod meiner biblisch verwirrten Seele aufzuladen. Aber ich rief mir ins Gedächtnis, daß sie den Satz nur unter ungeheuerlichem Zwang von sich gegeben hatte – es war Iras Tat, Iras Verantwortung.

Wie konnte ich mit einem Tier zusammenleben, das fähig war, meine Kolonie auszuhungern, meine Liebste hinzumetzeln und dann zur Arbeit zu gehen, als wäre nichts geschehen?

»Rosa Luxemburg ist ermordet worden«, sagte ich. Die meisten Bewohner hinter der Fußleiste ignorierten mich.

»Wie hat es sie denn erwischt?« fragte Sufur.

»Ira hat sie aufgefressen.«

»Er hat sie aufgefressen?« wiederholte Barbarossa. »Er frißt ja nicht mal seine eigene Freundin!«

Vielleicht können wir sie retten. Wie Jonas«, sagte ich. Julia Child lachte. »Dann ab zum Klo!«

»Selbst wenn es dir gelingt, sie zu finden«, wehrte Bismarck ab, »sie wird dann nichts weiter als eine verdaute Masse am Grund der Kloschüssel sein.«

»Sie hatte großartige Pheromone«, sagte ich. »Die besten.«

»Oh?« machte Kotex.

»Eines der besten«, sagte Bismarck. »Aber das gehört der Vergangenheit an.«

Der Morgen verging, dann der Nachmittag. Niemand sprach. Wir waren erschöpft, entmutigt.

Ira und Ruth kamen von der Arbeit nach Hause und bereiteten das Abendessen zu. Erst dann sprach ich die Frage aus, die mich die ganze Zeit beschäftigt hatte. »Was wollte Rosa in der Küche?«

Bismarck zuckte die Schultern. »Ich dachte, das wüßtest du.«

»Warum ist sie bis zum Morgen in einem der Schränke geblieben? Sie muß etwas entdeckt haben. Ja, bestimmt. Wir müssen es herausfinden.«

Sechs Stunden später, als Ira und Rutli schliefen, untersuchte ich allein die Frontseite des Wandschranks. Die Öffnung, wo ich Rosa zuerst entdeckt hatte, war an den scharfen Kanten mit ihrem Chitin bedeckt. Sie mußte schreckliche Qualen gelitten haben; langsam und vorsichtig zwängte ich mich hindurch und schürfte mir ebenfalls auf schmerzhafte Weise die Schale ab.

Die Essensdüfte im Schrank wurden von dem Gestank des frischen Holzlacks überlagert. Hier standen die geordneten Lebensmittel, von Aprikosen bis Zucker. Aber ihre geschlossenen Reihen erinnerten mehr an Grabsteine als an einen Garten irdischer Köstlichkeiten. Sicher, hier konnten wir alles finden, aber wozu? Die Flaschen und Konserven waren undurchdringlich. Die Kartonpackungen konnten durchbohrt werden, doch das würde Tage dauern. Wenn wir hier oder in der Wand lebten, war es machbar. Aber nicht in Anbetracht nur eines einzigen, noch dazu gefährlichen Fluchtwegs.

In der alten Küche hatten wir uns an den Schachteln und Päckchen gütlich getan. Die generöse Zigeunerin pflegte sie achtlos aufzureißen und offen wieder zurückzustellen, bedeckt mit schmierigen, öligen Fingerabdrücken. Selbst Ira glaubte, daß es genügte, den Innenbeutel sorgfältig zu verschließen, und dieser seltene taktische Fehler hatte uns mit einem unerschöpflichen Vorrat an Nahrungsmittel versehen.

Aber an diesem Tag fand ich keine offenen Schachteln. Als ich auf das nächste Regal kletterte, entdeckte ich, warum: Ruth war eine Verschlußspezialistin. Sie hatte einen der Todfeinde jeder Blattella ins Spiel gebracht – Tupperware. Ich spazierte über den Deckel eines Linsensarkophags. Es brachte mich fast um den Verstand, diese armen toten Linsen unter mir zu sehen, auf ewig unerreichbar, und zu wissen, wie einfach es für mich gewesen wäre, ihnen Leben einzuhauchen. Nudeln, Rosinen, Hafermehl – Sarg auf Sarg. Hatte sich Ruth für durchsichtige Deckel entschieden, nur um uns zu quälen?

Ich krabbelte an der Rückseite des Regals entlang, auf der Suche nach einem Riß in einem der Särge. Plötzlich fühlte ich mich unbehaglich, als wäre ich nicht mehr allein. Ich blieb stehen und sah mich um. Wer außer mir konnte sich noch in diesem schwarzen Schrank aufhalten? Vielleicht das Wesen, vor dem Rosa geflohen war?

Ich ging weiter und spürte noch immer unsichtbare Augen auf mir ruhen. Ich sprang auf den Hafermehlsarg und wirbelte herum. Dann sah ich sie – es waren Ben Franklins Augen, die mich von den Dollarscheinen anstarrten, die Ira im alten Schrank versteckt hatte, das Drittel seines Reichtums, das ihm im Fall des Falles zur Flucht verhelfen konnte – was ich mir von ganzem Herzen wünschte. Niemand hatte mir gesagt, daß er seinen Notgroschen im neuen Schrank deponiert hatte.

Ich wanderte über das fleckige, seidige Papier. Mir gefiel Bens angenehm häßliches, derbes Gesicht, sein verständnisvoller Ausdruck. Er sah immer so aus, als wüßte er etwas. Ich vermutete, er wußte alles über Rosas tödliche Verspätung.

Seiner Blickrichtung folgend, wanderte ich über das Regal. Auf der anderen Seite stieß ich auf ein Loch, das durch die Rückwand des Schranks gebohrt worden war, aber es schloß bündig mit der Wand ab. Doch warum war es da?

Dann fiel es mir ein: Der Asiate hatte zwei Löcher durch die Rückwand gebohrt. Wo war das andere? Ich spekulierte, daß dieser symmetrischste aller Menschen sie auch symmetrisch angebracht hatte. Ich zählte meine Schritte, während ich wieder zurückging. Nach meiner Berechnung würde sich das andere Loch, das geradewegs zum Riß in der Wand führen mußte – unsere einzige Überlebenschance in dieser verfluchten neuen Küche –, direkt hinter Ben Franklin befinden. Zweifellos lächelte er mich deshalb an.

Ich bat Ben, einen Schritt zur Seite zu treten. Als er nicht reagierte, zwängte ich meinen Kopf, so weit es ging, hinter die Geldscheine; Ira hatte sie fest in die Ecke gedrückt, als fürchtete er, daß sie weglaufen würden.

»Das würde ihm auch gar nichts schaden«, kommentierte ich, als ich mit einem Fühler in dem schmalen Spalt zwischen Geld und Wand tastete. Ich registrierte den Geruch frischgebohrten Holzes. Ich spürte die leichte Erhebung in der Rückwand. Das Loch war da. Das war es, was Rosa entdeckt und was sie das Leben gekostet hatte.

Also gab es einen Weg ins Gelobte Land. Aber das Tor war so furchterregend, daß ich es nur zu gern gegen ein Nadelöhr eingetauscht hätte. Ben Franklin und seine Kumpane waren skrupellos genug gewesen, Rosa dem Feind als Opfer darzubringen, und wenn wir nichts unternahmen, würden sie keine Sekunde zögern, auch uns zu opfern.

»Ihr scheint nicht zu verstehen«, sagte ich. »Wenn es uns gelingt, das Geld fortzuschaffen, wird es wie in den guten alten Zeiten sein. Besser sogar, weil sicherer.«

»Dann schaff es doch fort«, meinte Julia Child.

Wir waren hinter der Fußleiste und teilten uns eine armselige Mahlzeit aus getrocknetem Abfall.

»Er hat Kreditkarten, Schecks, einen Geldautomaten an der nächsten Ecke«, sagte Columbo. »Wofür braucht er also dieses Geld?«

»Es ist sein jüdisch-paranoider Notgroschen«, erklärte Kotex.

Ein Plan entstand in meinem primitiven Gehirn. »Vielleicht verschwindet er, wenn wir wie Heuschrecken über ihn herfallen.«

Kotex strich mir über den Kopf. »Ja, mein Bester. Er packt seine Matze* ein und haut ab.«

»Er wird dieses Geld niemals anfassen. Für ihn ist es eine Art Mesusa** im Schrank«, meinte Clausewitz.

Bismarck, der die ganze Zeit gegessen hatte, sagte jetzt: »Er benutzt es. Ich habe es gesehen.« Die anderen verstummten. »Das letzte Mal, als die Zigeunerin noch bei ihm war. Sie rief ihn an, und er schnappte sich das Geld und rannte raus. Ich habe nie herausgefunden, warum. Davor, bei seiner Freudin Esther, geschah es genauso plötzlich. Meine Vermutung ist, daß Ira Bargeld braucht, wenn er sich spontan und regressiv verantwortungslos fühlt. Kreditkarten haben etwas zu Erwachsenes an sich.«

»Also hängt es von Ruth ab, ob er in die richtige Stimmung kommt«, sagte Kotex.

»Er hat die Schlampe doch schon im Sack«, widersprach Sufur.

* *Matze* – ungesäuertes Passahbrot der Juden.

** *Mesusa* – kleine Schriftrolle in einer Kapsel am Türpfosten jüdischer Häuser (Anm. d. Übers.).

»Völlig sinnlos, Bargeld für sie rauszuwerfen. Das spart er sich für 'ne neue Pussy auf.«

Kotex trat ihm gegen die Vorderbeine. »Schwein. Wo hast du das denn aufgeschnappt?«

»Wahrscheinlich ist es schon zu spät für sie«, sagte Bismarck. »Als sie die Initiative übernahm, hat sie ihm gleichzeitig die Spendierhosen ausgezogen. Und es gefällt ihm. Ich glaube nicht, daß sie ihn jemals so schröpfen wird, wie es die beiden anderen getan haben.«

»Wie ich hörte, hat Esther drei Kinder«, warf ich ein. »Willst du damit sagen, daß unsere einzige Hoffnung die Zigeunerin ist?«

»Oder irgend jemand anders, der ihn so durcheinanderbringen kann wie sie.«

Ich heftete mich an die Fersen meiner Menschen und begann sie zu beobachten, auf der Suche nach jener Marotte, die Iras Notgroschen unter unsere Kontrolle bringen konnte. Da diese Marotte der Kolonie im Lauf der Jahre entgangen war, wußte ich nicht einmal, worauf ich achten mußte.

An einem Abend in der folgenden Woche waren Ira und Ruth mit ihren Nachbarn, den Wainscotts, essen gegangen. Ich wartete in einer Deckenritze des Flurs auf ihre Heimkehr.

Als Ira die Tür aufhielt, schlüpfte Ruth an ihm vorbei herein. Dann tauchte Oliver Wainscott III. im Türrahmen auf. Die Schwelle knirschte unter dem Gewicht des großen, feisten Mannes, der mit einem Schuh ein ganzes Bataillon Blattellae zermalmen konnte. »Ich begreife einfach nicht, wie du diese Leute verteidigen kannst, wo du sie offenbar nicht einmal verstehst«, sagte er.

»Die meisten Leute begehen nur deshalb Verbrechen, weil die Umstände sie dazu zwingen«, erwiderte Ira.

»Oh, Pipifax. Ist das ein Rechtsverdrehertoast?«

Ira zog seinen Mantel aus und legte ihn über seinen Arm. Ruth hängte ihren an der Garderobe auf. Elizabeth Wainscott, groß, dünn, blond und hübsch, stand schweigend an der Seite ihres Mannes.

»Du wirst es mir zwar nicht glauben, Oliver, aber Bankrott ist nicht das Schlimmste auf der Welt«, sagte Ira, »sondern moralischer Bankrott. Und die Leute wissen es.«

Oliver bildete mit seinen beiden Zeigefingern ein Kreuz und hielt es hoch, um Iras Worte zu bannen.

Elizabeth trat von einem Stöckelschuh auf den anderen und sagte leise: »Ollie, ich bin sehr müde.«

»Wenn du deinen Klienten ein Ticket zum Himmel geben würdest«, erklärte Oliver, »dann gehe ich jede Wette ein, daß zumindest einer von ihnen es zu Geld machen oder beim Pferderennen versetzen würde.«

»Gute Nacht«, sagte Ira. »Bis Freitag.« Er gab Oliver die Hand und bekam von Elizabeth einen Kuß auf die Wange. Ira schloß die Tür. »Er hört nicht auf. Immer dasselbe.«

»Sie muß ein Engel sein, daß sie es mit ihm aushält«, meinte Ruth.

»Ich weiß nicht, wie sie es schafft. Sie war ganz schön aufgedonnert, was?«

»Ja.« Sie ging ins Bad. Kotex, die sich ebenfalls in der Nähe herumtrieb, schloß sich mir an, als ich die Verfolgung aufnahm.

Als wir ankamen, hatte Ruth die Tür verriegelt. »Sie hat irgend etwas zu verbergen«, sagte ich. »Ein gutes Zeichen.«

»Aber sie ist klug genug, es zu verbergen«, meinte Kotex.

Wir kletterten an der Tür hoch, um nicht die hellen Keramikfliesen überqueren zu müssen. Ich war sehr froh über das Entenmuster der alten Tapete. Als wir Ruths Brille auf dem Waschbecken entdeckten, wußten wir, daß wir sicher waren. Wir kletterten auf das Badezimmerschränkchen.

Ruth stand ein paar Schritte vom Spiegel entfernt, aufrechter als gewöhnlich, und betrachtete sich mit einem kritischen

Gesichtsausdruck. »Genau, Elizabeth, früher war ich Tänzerin. Wahrscheinlich hättest du das nie von mir gedacht.« Sie schüttelte den Kopf.

»Ich hätte das nie von ihr gedacht«, kommentierte Kotex.

»Weißt du, Elizabeth, hinter dieser wohlgenährten Hülle verbergen sich die zarten Knochen einer Tänzerin.« Sie schnitt ihrem Spiegelbild eine Grimasse. Langsam drehte sie ihren Kopf von einer Seite zur anderen, die Augen starr wie die Nadel eines Kompasses. Dann drehte sie ihren Kopf in die entgegengesetzte Richtung. Der Anfang war gut, im Profil war ihr Kinn gerade und ihre Nase perspektivisch verkürzt, aber am Ende war wieder das vertraute Doppelkinn da und die Nase in ihrer ganzen Pracht und Größe zu erkennen. Sie runzelte die Stirn.

Ruth trat an den Spiegel und beugte sich nach vorn, den Bauch auf das Waschbecken gestützt. Ihre Nase malte eine Fettspur auf das Glas. Der fade Geruch von Feuchtigkeitscreme, Make-up und Haarspray stieg zu uns auf. Sie fuhr mit den Fingerspitzen über ihr Gesicht und legte dann die beiden Zeigefinger an die Augenwinkel und zog die faltige Haut glatt. Als sie losließ, erschienen die Falten wieder.

»Arme Ruth«, sagte Kotex. »Die Frau lebt in einer Männerwelt, die bei einer Frau fünfzig IQ-Punkte nicht einmal im hellen Licht erkennt, aber jeden hundertstel Zentimeter ihrer Nase oder ihrer Wangen selbst im Dunkeln bemerkt. Aber wenn ein Mann sich den Kopf kahl schert oder vierzig Pfund zunimmt, ist es für die Frau nicht weiter wichtig. Wieso haben Körperteile, die absolut keine sexuelle Funktion haben, für Männer eine so große Bedeutung? Es ist pervers.«

»Alles in allem ist der menschliche Intelligenzquotient ein sexuelles Hindernis.« Es fiel mir schwer, ausgerechnet für Ruth, der Mutter der Tupperware, Mitleid zu empfinden. Aber Kotex hatte recht, was das Aussehen betraf. Als ich an die Weibchen dachte, die ich befruchtet hatte, konnte ich mich an ihr Aussehen nicht mehr erinnern, abgesehen von dem Fühler, den Legs durch einen Splitter verloren hatte, und Persils Beinstumpf. Ich sah Kotex an. Hatte sie ein höheres Epikranium als Rosa? Größere Palpen als Julia? Festere Sterniten als Pfirsichkern? Bei den Weibchen sind nur die Chemikalien und Genitalien von Bedeutung. Was konnte ein Gesicht überhaupt mit dem Bumsen zu tun haben?

Es machte mir Sorgen, daß sich Kotex offenbar mit Ruth zu identifizieren schien. Ich streichelte Kotex' Vorderbein und flüsterte: »Ich habe es dir noch nie gesagt, aber ich habe immer die Form deines Clypeus gemocht, deine zarten, glänzenden Mandibeln und deine dunklen, braunen Augen … alle zweihundert.«

Sie stieß mich fort und blies mir dann eine winzige Dosis Pheromone entgegen. Die riesige Erektion, die dadurch ausgelöst wurde, ließ mich fast das Gleichgewicht verlieren und abstürzen. Sie lachte. »Das ist alles, was du kannst. Manchmal frage ich mich, ob wir besser als die Menschen sind.« Von einem Moment zum anderen war ich wieder auf allen sechs Beinen. Es war das erste Mal, daß eine Frau etwas so Widerliches zu mir gesagt hatte, daß meine Erregung in sich zusammenfiel.

Ruth trat vom Spiegel zurück und legte die Hände auf ihre üppigen Hüften. Sie ließ ihr Becken kreisen und sagte: »Weißt du, Elizabeth, ich war eine Tänzerin, bis ich mit diesen großen Brüsten geschlagen wurde.« Sie lächelte.

Das war falscher Stolz. Brüste sind trügerische Organe, die die Jungen ernähren, wenn das Überleben einer Spezies davon abhängt, die Jungen großzuziehen, bis sie auf eigenen Beinen stehen können. Im Leben einer Frau sind sie nur ein paar Monate, höchstens ein bis zwei Jahre wirklich von Nutzen, dann beginnt der langsame, unaufhaltsame Verfall der Fettsäcke, der ihr solchen Kummer bereitet, bis sie eines Tages so nutzlos und verloren wie verlassene Pirolnester herabhängen.

Aber wen interessierte die Wahrheit schon? Ich mußte mir nur Ruths Lächeln ansehen, während sie ihr Becken kreisen ließ, um mich daran zu erinnern, daß menschliche Männer, genau wie Babies, Titten liebten. In den meisten Kulturen und Zeiten hätten Ruths gewaltige Brüste alle männliche Aufmerksamkeit auf sich gezogen, die sie sich wünschte. Aber ich wußte anhand der Magazine auf dem Kaffeetisch, daß in dieser Gesellschaft, in dieser Zeit ihre Brüste zu groß waren und eigentlich durch Diät, Joggen oder einen chirurgischen Eingriff verkleinert werden mußten. Unwillkürlich bewunderte ich Ruth für ihre – wenn auch nur vorübergehende – Gleichgültigkeit gegenüber dem Diktat der Mode. Sie faltete die Hände und drückte mit den Unterarmen ihre Brüste nach oben.

»Wow!« machte Kotex.

Ruth beugte sich nach vorn und kratzte an ihrem Gesicht. Erneut runzelte sie die Stirn. »Was ist los mit ihr?« fragte Kotex. »Normalerweise ist sie doch nicht so. Glaubst du, daß beim Essen etwas passiert ist?«

Ruths Gesicht enthüllte nichts, da es bereits alles verriet. Als sie sich einseifte, huschten über ihre verzerrten Züge alle erdenklichen Gefühlszustände, angefangen von Glückseligkeit über Niedergeschlagenheit bis hin zum Wahnsinn. Nachdem sie sich gewaschen hatte, rieb sie ihr Gesicht mit einer dicken Creme ein und rubbelte so lange, bis das Weiß verschwand und nur ein Schmierfilm übrigblieb, so daß sie aussah, als wäre sie in Fett getaucht worden.

»Die armen Poren. Allein vom Zuschauen tun mir die Stigmen weh«, bemerkte Kotex.

Während sich Ruth die Zähne putzte, krabbelten Kotex und ich die Wand hinunter, und als sie sich anschickte, ihr Kleid zu heben, erklommen wir das Klosett und versteckten uns in der Schüssel direkt unter dem Rand. Dies war unsere Chance, mehr über den Verlauf des heutigen Abends zu erfahren.

Ihr Hintern senkte sich mit erstaunlicher Geschwindigkeit auf uns nieder und füllte das ganze Blickfeld aus. Primitive Panik packte mich, Urängste stiegen in mir auf. Als ihre Hinterbacken das Licht verdunkelten, kauerte ich mich neben Kotex zusammen. Diese Klosettschüssel erbebte wie Golgotha. Schwärze, Stille, Bewegungslosigkeit. Ich war tot.

Dann hörte ich ein leises *pfff!* Meine Fühler registrierten Methan.

Die Erde hatte gebebt, und jetzt öffnete sie sich, genau wie es in der Bibel stand. Als das Licht hereindrang, wußte ich, daß es nicht der Tag des Jüngsten Gerichts gewesen war. Ich befand mich noch immer im Klosett, und das Licht drang durch eine keilförmige Lücke zwischen ihren Schenkeln, als wäre aus einer Torte ein Stück herausgeschnitten worden.

Eine außergewöhnliche Veränderung war eingetreten. Der Aufprall auf dem Toilettensitz hatte die kraterübersäte Halbkugel aus Fleisch in eine festere, glattere Form verwandelt, feingeädert wie eine junge Wassermelone. Die Krater verschwanden. »Und Jesus legte seine Hand auf und berührte sie, und er sagte: ›Du bist rein‹ . Und ihre Lepra ward geheilt«, intonierte ich.

»Verschone mich damit.«

Ruths Spalt, im Stehen von ihren Backen größtenteils verdeckt, war jetzt entblößt. Eine Linie aus krausem schwarzen Haar führte von hinten nach vorn und erinnerte an den Schwanz einer kleinen Wüstenspringmaus.

»Was passiert jetzt?« fragte ich. »Das Warten macht mich nervös.«

»Ruth ist zuverlässig. Ihre Verdauung ist gut, und ihre Fäkalien sind fest und dunkel, fast so wie unsere.«

»Einmal habe ich gesehen, wie die Zigeunerin einen Halbmond von sich gegeben hat, der so groß war, daß er halb aus dem Wasser ragte, wie ein Kanu an einem Seeufer.« Ich wußte, daß Ruth da nicht mithalten konnte.

Ruth machte heute keinen besonders zuverlässigen Eindruck. Sie rutschte hin und her. Ich fühlte mich unwohl.

»Keine Sorge«, beruhigte mich Kotex.

Ich konnte Ruths gesenkten Kopf durch die Lücke zwischen ihren träge wogenden Schenkeln erkennen. Ihre Atemzüge waren gepreßt und laut. Sie grunzte. War es jetzt soweit? »Da kommt die ganze Herrlichkeit«, sagte Kotex. Ich wich zurück.

Ruth stöhnte. »O Gott!«

Ich zerrte Kotex zurück. Obwohl Ruth uns nicht direkt treffen konnte, fürchtete ich die Gischt.

Ätzender Urin ergoß sich über die Vorderseite des Beckens.

»Ich habe sie noch nie so erlebt«, sagte Kotex. »Irgend etwas stimmt nicht mit ihr.«

Als Ruth nach dem Toilettenpapier griff, fiel mir eine Diskussion zwischen Ira und ihr über dieses Thema ein:

»Es ist zu rauh«, sagte er.

»Dafür ist es saugfähiger«, sagte sie.

»Aber nicht so hygienisch.«

»Das glaube ich nicht«, widersprach sie. »Schließlich ist es teurer.«

Er lachte. »Aber nur, weil es gemustert ist.« Er dachte einen Moment lang nach. »Ich wette, das Muster ist nur da, um zu verbergen, daß es weniger Lagen hat als ungemustertes Papier. Deshalb muß man mehr davon nehmen.«

»Oh, Ira, ich mache das schon seit fünfunddreißig Jahren. Ich will nicht angeben, aber ich verstehe wirklich mehr davon.«

Ihr philosophischer Ratgeber in Sachen Vaginalpflege, *Candida,* der auf der Fensterbank lag, gab die Empfehlung, die Öffnungen separat zu säubern. Zumindest sollte von vorn nach hinten gewischt werden, um die Bakterien vom fruchtbaren Grund der Vagina fernzuhalten. Aber an diesem Abend riß sie einfach eine Lage Toilettenpapier von der Länge einer Schriftrolle ab, knüllte sie zusammen und wischte planlos hin und her.

Wir duckten uns unter dem Sitz, als sich Ruth erhob. Das Wunder verflüchtigte sich – augenblicklich tauchten die Krater und Furchen an ihrem Hinterteil wieder auf. Nach der ersten Spülung blieb noch Treibgut zurück, und so spülte sie erneut. Sie wusch sich die Hände und verließ das Bad.

Bevor wir ihr folgen konnten, kam Ira herein. Wir entschieden uns, auch seine Version des heutigen Abends zu begutachten.

Sobald er seine Brille abgenommen hatte, kletterten wir wieder auf das Badezimmerschränkchen. Iras selbstkritische Untersuchung war weniger ästhetischer und mehr medizinischer Natur. In regelmäßigen Abständen bekam er Pickel, die er nicht ausdrückte oder öffnete, weil er befürchtete, wie er der Zigeunerin einmal erklärt hatte, daß dann die Bakterien in sein Gehirn eindringen würden, wie es einst die Nazis in Polen gemacht hatten. Seine Waffe war der Waschlappen, seine Strategie die Hoffnung, daß die Bakterien eher fliehen als sich dem erbarmungslosen Einsatz von Antiseptika aussetzen würden.

Er schrubbte sich das Gesicht, dann putzte er sich die Zähne. Während er gurgelte, kehrten wir ins Klosett zurück.

Ira drehte sich um und ließ seine Hose wie ein Exhibitionist fallen. Als abgebrühter Veteran, der ich jetzt war, betrachtete ich kühl jedes Detail seines kleinen, grübchenbedeckten Hinterns, das schwarze krause Haar, die leuchtenden Pickel, die schlaffen Falten, die wundgescheuerten Flecken. Selbst als er saß, fiel genug Licht durch die breite Lücke zwischen seinen knochigen Schenkeln in das Becken. Nun machte ich eine andere bemerkenswerte Entdeckung: Obwohl Iras Hintern wesentlich kleiner als Ruths war, obwohl seiner zerfurcht und schlaff und ihrer kraterbedeckt und prall geworden war, obwohl seiner die Umrisse eines verkrüppelten Baumstamms und ihrer den eines Teufelsrochens hatte, so waren sie doch, auf dem Toilettensitz hockend, buchstäblich identisch.

»Hundertmal habe ich gehört, wie Ira behauptet hat, daß alle

Menschen gleich geboren sind«, sagte ich, »und bis zu diesem Augenblick habe ich nie verstanden, was er damit sagen wollte.«

»Ich frage mich, wie Jefferson darauf gekommen ist«, erwiderte Kotex.

Der einzige Unterschied zwischen den beiden Hinterteilen war Iras Babyboa. Als erfahrener Profi packte Ira sie dicht hinter dem Kopf. Sie spuckte eine wütende Fontäne, die er um die ganze Klosettschüssel führte. Wir duckten uns unter den Sitz – auf diese Weise hatte Ira vorigen Monat Hamlet in sein nasses Grab gespült.

Obwohl es offensichtlich war, daß Ira keinen regelmäßigen Sport trieb, war er auf der Toilette ein wahrer Athlet. Er trainierte jeden Abend, doch richtigen Stuhlgang hatte er nur ein- bis zweimal die Woche, ganz gleich, wieviel Rosinenkleie er zu sich nahm. Seine Gesäßmuskeln spannten sich und erschlafften, hoben und senkten ihn auf dem Sitz, als wäre er ein gehorsames Opfer von Ruths Jane-Fonda-Aerobic-Platten.

»Das ist obszön«, stellte Kotex fest.

Nach fünfundzwanzig Durchgängen hörte Ira auf. Obwohl es nicht die leiseste Spur von irgendwelchen Fäkalien gab, nicht einmal einen minimalen Gasausbruch, beugte er sich nach vorn und wischte sich mit einer säuberlich gefalteten Lage Toilettenpapier den After ab. Als das Papier im Wasser landete, wiederholte er die Prozedur mit einer zweiten Lage. Die schwarzen Haare, nun mit statischer Elektrizität geladen, richteten sich auf und spreizten sich fächerförmig wie ein antipodischer Federbusch. Pfeifend betätigte Ira die Spülung, wusch sich die Hände und ging.

»Wenn irgend etwas nicht stimmte, dann hat er nichts davon bemerkt«, sagte ich.

»Ich verlasse mich da ganz auf Ruth. Bleiben wir noch eine Weile bei ihr.«

Wir spazierten am Stuck der Schlafzimmerdecke entlang, bis wir am Kopfende des Bettes waren. Ruth hatte sich zugedeckt und sah zu, wie Ira sich auszog. Er wollte eben seinen Anzug in den Schrank hängen, als er zu schnüffeln begann. Dann vergrub er seine Nase in den Stoff.

»Oliver sagte, das Parfüm wäre billig. Er meinte, es würde nicht lange vorhalten«, rief Ira triumphierend. »Wie lange ist das jetzt her? Sechs Stunden? Riech selbst.«

Ruth schnüffelte kurz. »Ja, du hast Elizabeth ein schönes Geschenk gemacht. Müssen wir das schon wieder erörtern? Wie ist das Parfüm überhaupt auf deinen Anzug gekommen?«

»Beim Essen. Sie saß doch neben mir. Wie sonst?«

»Ich weiß es nicht, Ira. Du bist ein ungewöhnlicher Mann. Ich kenne nicht viele Männer, die etwas von Parfüm verstehen oder deren Anzüge danach riechen. Die meisten Männer, die ich kenne, würden nicht einmal ihren eigenen Achselschweiß riechen, wenn eine nackte Frau vor ihnen liegt.« Sie setzte sich auf und ließ die Decke nach unten sinken, forderte ihn mit den gewaltigen Wölbungen ihrer Brüste heraus, zwei Torpedos auf einer sexuellen Abschußrampe.

Ira starrte sie an, den Anzug immer noch an der Nase.

»Das ist peinlich«, sagte Kotex. »Vielleicht sollten wir gehen.«

Ruth packte ihn an der Hüfte und zog ihn auf sich. Er schaffte es gerade noch, den Anzug zur Seite zu legen, bevor sie sich auf ihn rollte. Sie nahm ihm die Brille ab und zog sein Gesicht an ihres. Ihre Nasen stießen zusammen. »Ups!« machte Ira.

»Stell dir vor, um wieviel weniger eklig die Küsserei der Menschen wäre, wenn sie durch den Rücken atmen würden«, meinte Kotex. »Und Ruth würde mit Stigmen großartig aussehen.«

»Warten wir ab, wie sie mit den Löchern zurechtkommt, die sie hat.«

Ira löste sich von ihr und keuchte. Sekunden später verschloß sie ihm wieder den Mund mit ihren Lippen.

»Das reicht«, erklärte Kotex. »Laß uns gehen. Ich habe wirklich genug gesehen.«

Aber jetzt wollte ich bleiben. Unter der Oberfläche dieses widerwärtigen Schauspiels war eine Wahrheit verborgen, und die wollte ich kennenlernen.

Ich hatte eine Idee. »Zoologie! Genau wie auf der Toilette.« Ruths Zunge, die in seinem Mund wühlte, kam einen Moment zwischen seinen Lippen hervor, und sie stöhnte vor Leidenschaft. »Das ist überhaupt nicht menschlich. Es ist wie der Paarungstanz der Schnecken.«

Ruth zog ihm das Hemd und dann das Unterhemd über den Kopf und warf beides gegen die Wand. Ihr Mund fand seinen Adamsapfel. Dies löste in mir eine mächtige Kindheitsangst aus.

Sie arbeitete sich rasch zu seinen Brustwarzen vor. Kotex nahm daran Anstoß. »Numeri, sie weiß doch, daß sie nicht funktionieren. Was macht sie da?« Sie versuchte, ihre großen Facettenaugen mit den Fühlern zu bedecken.

Ich begann in diesem Moment zu begreifen, daß Ruth genau wußte, was sie da tat. Sie saugte und kaute, bis die Rollen vertauscht waren; er stöhnte, als wäre er an ihren Zitzen zugange. Dann rutschte sie nach unten zu seinem Nabel.

»Sie wird es nicht wagen!« rief Kotex. Sie wagte es. Wir schauderten, als Ruth ihre Zunge in die übelriechende Höhle steckte, sein Geburtstrauma weckte, die Erinnerung an den Moment, als er ein hilfloser, winselnder Hampelmann gewesen war – genau wie jetzt, nach Ruths Spezialbehandlung. Sie streifte ihm die Unterhose ab, und sein Penis sprang hoch wie ein Stehaufmännchen. Ira lag reglos da, die Augen geschlossen, die Finger verkrampft, hyperventilierend.

Als Mensch war er den ganzen Weg zurückgegangen. Aber ich konnte mich des Eindrucks nicht erwehren, daß die Geschichte weit älter war als diese Spezies.

»Jetzt schau dir dieses Ding an«, sagte ich. »Keine Haare, kein Rückgrat, keine Lunge. Der Penis ist eine Molluske. Der kleine Freund des Mannes ist kein Organismus, sondern eine ganze Kolonie zusammenlebender Organismen. Das gleiche trifft auch auf Mann und Penis zu – Säugetier und Molluske.«

»Und was sind das für Dinge, die da auf Ruth wachsen?« fragte Kotex. »Entenmuscheln?«

Ruths Zunge glitt über Iras Glied, Molluske umwarb Molluske. Plötzlich verschlang sie es.

»Vielleicht ist sie eine Gottesanbeterin«, spekulierte Kotex. »Aber dann müßte sie eigentlich bis zur Spermaabgabe warten, ehe sie ihn auffrißt.«

Der Penis kam wieder heraus, blieb aber mit Ruths Mund verbunden. »Hör nicht auf«, flehte Ira.

Ruth stützte sich auf die Ellbogen. Ihre Brüste, die seine Schenkel bedeckt hatten, nahmen wieder ihre Torpedoform an.

»Was ist?« fragte Ira verzweifelt.

»Ich fühle mich zurückgesetzt und so getrennt von dir.« Sie kroch nach oben und hob dann ihre Hüften. Ihre Vulva, ein leuchtendes rosa Ellipsoid, sah wie eine Seeanemone aus.

»Ah, Gerechtigkeit!« seufzte sie, als sie seinen Penis in ihre Vagina führte. Dies war ein besonderer Tag; ich mußte einem von Iras Gesetzesbüchern zustimmen: Sex zwischen den Spezies war unnatürlich und verabscheuungswürdig.

Ruth begann wild mit ihren dicken, aber geschmeidigen Hüften zu pumpen, so daß ihre Brüste mit feuchtem Klatschen tanzten. Ira blickte zu ihr auf, ließ dann seinen Kopf wieder zurück aufs Kissen fallen, die Augen fest geschlossen. »Oh, meine Knie«, sagte sie kurz darauf und streckte sie, legte sich auf ihn. Sie rollte sich herum und zog ihn über sich.

Ira atmete durch zusammengebissene Zähne. Als seine schmale Brust auf Ruths feuchten Titten landete, begann Ruth zu stöhnen: »Ooh, ooh, ooh!« Ira grunzte, als sie ihre Finger wie Sporen in sein Hinterteil bohrte.

Ruth furzte. »O Ira, es tut mir so leid.« Aber einem Moment später ließ die Erregung sie alles vergessen.

»Eine tolle Serenade«, sagte Kotex.

»Bist du nicht froh, daß wir geblieben sind?« fragte ich.

»Nein! Nein! Nein!« schrie Ruth. Miller hatte mir erklärt, daß die menschlichen Weibchen damit gewöhnlich ja, ja, ja! meinten. Aber diesmal hatte Ruth wirklich nein gemeint. Sie griff nach unten. Der kleine Satansbraten war herausgerutscht, und er war so gut mariniert, daß sie Schwierigkeiten hatte, ihn zu ergreifen.

Ihre Ausdünstungen stiegen zur Decke herauf. »Ich kenne diesen Geruch«, meinte Kotex.

Ira brach nach mehreren Minuten zusammen. Das Kinn auf ihrer Schulter, pumpte er weiter. Es gab jetzt keine Worte mehr, nicht einmal Grunzer oder Stöhner. Primitive Doppelvokale grollten in ihren Kehlen, urzeitliche semitische Relikte des Kampfes mit der sengenden Hitze in der Levante.

»Was sagen sie?« fragte ich Kotex.

Sie summte laut, um ihre Worte zu übertönen.

Ich mußte es wissen. Ich verließ mein Versteck und krabbelte die Wand hinunter. Auf halbem Weg bemerkte ich, daß das Licht von Iras Nachttischlampe einen riesigen Schatten von mir an die Wand warf mit einem stacheligen Hinterteil so groß wie Ruths.

»Heilige Scheiße!« schrie Ira. Blattellae konnte er auch ohne Brille erkennen.

»Ja, du Tier!« jubelte Ruth.

Er stützte sich auf. »Schau dir dieses verdammte Ding an.«

»Welches Ding?«

»Der Käfer. Direkt hinter deinem Kopf.«

»Hör jetzt bloß nicht auf.«

Ich zog mich rasch zurück. Seit meinem ersten Tag im Garten Eden wußte ich, daß es nicht ratsam war, sich auf die Macht der menschlichen Liebe zu verlassen.

»Er haut ab. Das kann ich nicht zulassen.«

Sie hielt ihn an den Schultern fest und umschlang ihn mit ihren Beinen.

»Laß los«, sagte er. »Ich muß ihn töten.«

»Ich brauche dich da, wo du jetzt bist.« Sie legte ihm die Arme um den Hals und küßte ihn leidenschaftlich.

Ira machte sich frei und verfolgte, wie ich im Stuck verschwand. Dann sank er wieder auf seine Geliebte und sagte: »Es ist widerlich. Mitten im Schlafzimmer.«

Kotex hörte auf zu summen. »Genau das sage ich.«

»Oh, Liebster«, säuselte Ruth. »Ich bin noch nicht fertig mit deinem Kleinen.«

Als Kotex und ich losmarschierten, um das Zimmer zu verlassen, bemerkte sie: »Ruth hat ihn völlig unter Kontrolle. Es ist einfach mitleiderregend.«

Es war viel schlimmer als mitleiderregend. Ich machte mir bereits ernste Sorgen, daß nach all der Zeit meine geliebte Zigeunerin nicht mehr zurückkehren würde. Ruth, der offenbar die Fähigkeit fehlte, Ira zu inspirieren, seinen Notgroschen auszugeben, schien inzwischen solche sexuelle Macht über ihn zu haben, daß sie es vielleicht sogar mit der Zigeunerin aufnehmen konnte.

»Ich verstehe es einfach nicht«, sagte ich. »Ist es wirklich möglich, jemanden zu kontrollieren, ohne ihn ›zu schröpfen‹?«

Kotex nickte. »Schau Ruth an. Sie kontrolliert ihn.«

»Konzentriere dich nur auf das Gefühl, Süßer«, flüsterte Ruth.

Kotex kreuzte ihre Fühler mit meinen, als wären es Florette. Die Nerven in meinem Rücken explodierten, als ihre Pheromone mich überwältigten. Ich verlor das Interesse an Ruth, an der Übernahme der Wohnung, an allem, außer an Kotex. »Und ich schröpfe dich, Baby«, lachte sie.

Ich duckte mich, und sie glitt über mich wie parfümierte Seide. Ich spürte kaum ihr Gewicht, obwohl eine derartige Last unter anderen Umständen unerträglich gewesen wäre.

Meine Augen richteten sich auf die ineinander verschlungenen, haarigen Beine von Ruth und Ira. Sie versuchte noch immer, ihn zu erregen. Was hatte ihre Scharade mit Sex zu tun? Wen interessierte schon sein Geld?

Meine Flügel hatten sich geöffnet, und Kodex labte sich an meiner Pheromonquelle. Ich spürte ihr Herz an meinem Rücken klopfen. Ich griff mit meinem phallusähnlichen Greifhaken, der dafür sorgte, daß sich das, was in den unteren Regionen geschehen war, hier oben nicht wiederholte, in ihre geschützte Genitalienkammer. Herausrutschen! Konnte es denn ein schlimmeres Omen für das Schicksal des Homo sapiens geben?

An den Genitalien verhakt, drehten Kotex und ich uns so, daß wir in die entgegengesetzte Richtung blickten. Ich würde auf keinen Fall zulassen, daß der Anblick meines Gesichts sie von ihrer Lust ablenkte, und ich wollte meine ebenfalls ungestört genießen. Die Luft aus unseren freiliegenden Tracheen nährte unser Feuer.

Ira und Ruth traten in den Hintergrund. »Ich komme, Ruth. O Gott!«

Hätten Kotex und ich uns dabei angesehen, hätten wir dann vielleicht auch so geklungen?

Mein Stahlphallus schoß in Kotex' Schoß, fest und sicher. Teleologisch. Ich kann es nicht anders beschreiben.

Es gibt keine größere Vorfreude, als absolut still dazusitzen und zu wissen, daß unsere Chemie mit aller Macht für unsere ultimate Lust arbeitet. Die Welt jenseits des glühenden Reaktors unserer Genitalien hörte zu existieren auf.

In einer mächtigen Entladung ergoß ich meine Spermatophore, eine winzige DNA-Kapsel, in Kotex' Schoß. Die Hitze ließ nach. Es war totale, ewige Befriedigung.

»Das war wundervoll«, sagte Ruth mit zärtlicher Stimme. »Aber wir müssen dafür sorgen, daß wir bis zum Ende zusammenbleiben. Es ist eine solche Verschwendung.«

Wie befreiend es doch war, hinterher, wenn die Begierde vorbei war, nicht miteinander reden zu müssen. Keine Lügen, keine

Übertreibungen, keine Versprechen. »Warum machen die Menschen nur so ein Theater daraus?« fragte ich. »Weil sie sexuell unterbelichtet sind? Oder ist das die wahre Romanze?«

Ruth lag auf Ira und streichelte sein schütteres Haar.

»Es liegt am Pheromonmangel«, erklärte Kotex. »Wie soll man ohne die lebenswichtigen Chemikalien einen halbwegs vernünftigen Partner finden? Auf was kann man sich denn verlassen? Es ist das Chaos. Stell dir vor, wie Pheromone ihr Leben verändern könnten!«

Ich stellte es mir vor:

Die Chemikalien würden Ira dazu bringen, sein Leben radikal zu ändern und ihr auf der Stelle einen Heiratsantrag zu machen. Er würde auf die Knie sinken und ihr ewige Treue und Liebe schwören. Doch obwohl er nur ihren Sekretionen verfallen war, würde er sich in seinen einsamen Stunden einreden, daß ihre Beziehung auf kulturellen und spirituellen Gemeinsamkeiten beruhte.

Aber warum sich mit ihm abgeben? Sie brauchte nur um den Block zu spazieren, und schon würde sich eine Horde hungriger Verehrer an ihre Fersen heften, als wäre sie eine Art Rattenfängerin. Die ihr gefielen, würde sie sich nehmen, und die anderen zurückweisen – ein Vergnügen, das sie mit Sicherheit noch nie gehabt hatte –, überzeugt davon, daß sie jederzeit andere finden würde, die ihrem Geschmack entsprachen. Gegen diese Konkurrenz konnte Ira keine Chance haben. Sie würde ihn nicht länger lieben. Sie würde zu selbstsicher sein, zu glücklich.

»Ich nehme an, sie würde ihn dazu überreden, seinen Notgroschen auf die Bank zu bringen«, sagte ich.

»Oder das Bündel Geldscheine nehmen und es ihm in die Nase schieben. Das liegt ganz an ihr. Wer weiß denn, welche unterdrückten Wünsche in diesem anständigen Mädchen verborgen liegen?«

Ich wedelte mit meinen Fühlern. »Das hat alles keinen Sinn. Ich könnte ebensogut hoffen, daß Ben Franklin aus dem Schrank springt und eine Joggingrunde dreht.« Postejakulatorische Schwermut erfüllte mich. »Im Ernst – welche Frau wird diesen kleinen Feigling schröpfen?«

Ich überflog die kurze Liste: Ruth, nein; die Zigeunerin, nein; Faith, nein. Das war es dann wohl.

Die Toilette rauschte, und Ruth kehrte ins Bett zurück. »Nun, hast du noch etwas zu Elizabeths Parfüm zu sagen?«

Kotex fielen fast die zweihundert Augen aus dem Kopf, und mir erging es nicht anders. Elizabeth! Blond und von ihm noch nicht gehabt! Natürlich!

Wir mußten sie nur noch mit Ira zusammenbringen.

Ein Schloß wird geknackt

Kotex und ich gingen ins Eßzimmer. Der kalte Holzboden glänzte ein wenig, als wäre er aus Eis, durch das von unten Licht fiel.

Wir erreichten unser neues Heim, einen Teil der Fußleiste, hinter der es auch nicht wärmer war. Eine Ritze in den sechzehn Lagen Wandfarbe – das Werk von achtzig Jahren – stellte den einzigen Zugang dar. Der winzige Riß war für das menschliche Auge unsichtbar, aber oft wünschte ich, ich hätte ihn ebenfalls nie gesehen. Früher hatte uns die Nacht gehört, und unsere Patrouillen waren bis in die entlegensten Bereiche der Wohnung vorgedrungen. Jetzt drängten sich die Bewohner dicht an dicht in der kleinen Höhle. Es war nur zu einfach, sich von diesem Anblick demoralisieren zu lassen.

Als wir eintraten, mußten Kotex und ich über die Köpfe der anderen hinwegkrabbeln. »'tschuldigung, 'tschuldigung, 'tschuldigung ...«, sagte sie, während unter unseren Füßen Köpfe knirschten. Plötzlich stieß uns Harris Tweed zur Seite und sprang durch die Öffnung, um sich dort von einer Blähung zu erleichtern, die eines Pferdes würdig gewesen wäre. Es war anständig von ihm, daß er es draußen erledigt hatte. Aber ich fragte mich trotzdem, ob ihn die Klaustrophobie, die an einem Ort wie diesem unvermeidlich war, nicht gewalttätig gemacht hatte.

Kotex und ich entdeckten die Gruppe, mit der wir am Vortag gesprochen hatten. Ich berichtete von den Ereignissen des Abends und schloß: »Elizabeth ist der Schlüssel zum Geld. Mit ihrer Hilfe wird es verschwinden. Sie kann ihn schröpfen.«

»Sie sieht selbst schon ziemlich geschröpft aus, das stimmt«, nickte Reud. »Aber bedenkt, daß die beiden Frauen, die er geliebt hat, dick waren wie seine Mutter. Und dunkelhaarig. Wie Ira selbst.«

»Elizabeth ist hübscher«, wandte Kotex ein. »Und sie ist eine Schickse.«

Reud schüttelte den Kopf. »Glaubst du wirklich, Ödipus hätte lieber eine Schickse gehabt?«

»Wie dem auch sei«, sagte Bismarck, »du hast gerade behauptet, daß Ruth ihn so meisterlich dominiert, daß selbst die Zigeunerin nicht in der Lage wäre, sie zu entthronen. Wieso sollte es dann unserer gewissenhaften, gefühlsarmen Elizabeth gelingen? Warum sollte sie es überhaupt versuchen?«

Kotex schwieg. Sie kannte die Antwort nicht.

»Der sexuelle Geschmack eines Tieres mit Pheromonen ist so spezifisch, daß er sich auf das Atom genau bestimmen läßt. Ira, der keiner chemischen Steuerung unterliegt, geht völlig wahllos vor. Welchen Geschmack er auch immer haben mag – er läßt sich wahrscheinlich verändern.«

»Trotzdem«, beharrte Barbarossa, »wie kommst du darauf, daß Elizabeth etwas schaffen könnte, was der Zigeunerin nicht gelang?«

»Elizabeth ist Ruth gegenüber im Vorteil, weil sie groß und

blond und schlank und hübsch ist. Da ihre Ehe und seine Religion sie für ihn unerreichbar machen, wirkt sie noch begehrenswerter. Sie hat außerdem den Vorteil gegenüber der Zigeunerin, daß sie noch nicht erobert ist und direkt nebenan wohnt.«

»Selbst wenn all das stimmt«, sagte Bismarck, »wie willst du sie zusammenbringen? Die gesellschaftlichen Konventionen sind gegen sie, und sie sind zivilisierte Leute.«

»Wenn man sie nicht direkt überzeugen kann«, schlug Goethe vor, »muß man ihre Partner dazu bringen, daß sie uns helfen.«

Dies war ein großartiger Vorschlag. Aber ein paar Minuten später, als ich nach Freiwilligen für den Feldzug suchte, meldete sich niemand. »Das ist eine Sache zwischen dir und Ira«, sagte Goethe.

»Aber du hast den Vorschlag gemacht. Wir alle werden davon profitieren«, rief ich.

Bismarck hob die Fühler. »Sobald jemand glaubt, daß es in seinem eigenen Interesse ist, dir zu helfen, wird er es gewiß tun.« Typisch Blattella.

Ich verließ sie. Es war also eine Sache zwischen mir und Ira – kein noch so guter Rat konnte etwas an dieser beunruhigenden Tatsache ändern. Konnte ich ihn überhaupt von irgend etwas überzeugen? Ich mußte mir nur die dunkle, überfüllte Höhle hinter der Fußleiste ansehen, um zu wissen, daß ich es mit einem Tier zu tun hatte, dem nicht nur jedes Gefühl, sondern auch jede Vernunft und Ehre abgingen. Ein Liberaler, der angeblich auszog, Diskriminierung und die fauligen Stellen der verrottenden Stadt zu bekämpfen, die die Sinnbilder der menschlichen Unmenschlichkeit waren, diskriminierte uns aufgrund unserer Größe und Hautfarbe und sperrte uns in dieses übelste aller Gettos, wo er uns dem Hunger, der Furcht und einem gewaltsamen Tod aussetzte. Er würde alles tun, um für seine Artgenossen die Freiheit zu erringen und uns die Freiheit zu rauben. Während ich meinen Kampf durchdachte, fragte ich mich, ob er meine sanften

Blattella-Methoden ignorieren oder verspotten, ob er mich erst dann achten würde, wenn ich so brutal wie ein Mensch vorging.

In den Tiefen hinter der Fußleiste spielten unsere Jungen – die Larven – Plemplem, ein Spiel, das sie in den Wochen nach unserem Einzug erfunden hatten. Dreißig von ihnen hingen an den Hinterbeinen an der Decke, die anderen Beine und Fühler frei. Ziel des Spieles war es, ausdauernder als die anderen zu sein und als einziger oben zu bleiben.

Sich zu berühren war offiziell verboten, aber bald pfiffen die Fühler wie Bolas, als die Larven versuchten, die Konkurrenten in die Tiefe zu stoßen. Die Erwachsenen, die in der Höhle schliefen, fluchten, wenn die Larven auf sie fielen.

Je mehr Larven abstürzten, desto mehr lichteten sich die Reihen an der Decke. Während ich nach oben schaute, wurde das Muster immer abstrakter, und dann hatte ich eine Vision: Es sah wie der Bart eines Schlüssels aus!

»Mir reicht es«, sagte Julia, als die dritte Larve auf sie gefallen war. Sie verpaßte der nächsten hängenden Larve einen derart mächtigen Schlag, daß er sie alle wie Dominosteine von der Decke fegte. In der kleinen Höhle wurde es bald sehr laut. Ich schlief draußen.

Blattellae wachsen schubartig. Mit jedem Schub nehmen wir an Größe zu; acht Schübe dauert es, bis ein Neugeborenes zum Erwachsenen wird. Larven nennen wir die Jungen, die bestimmte Wachstumsphasen bereits hinter sich gebracht haben.

Früh am nächsten Morgen kehrte ich zum Ort des Plemplem-Spiels zurück und stieß dort auf einen kompletten Satz Larven, von jeder Größe eine. Da ich sie bereits im Kampf beobachtet hatte, wußte ich, welche mir bei der Befreiung der Küche helfen konnten.

Ich suchte mir meine Gruppe aus und informierte sie mit allgemeinen Worten über die Lage; ich sah keinen Grund, sie mit überflüssigen Dingen zu belasten. Was wußten sie schon von dem Leben jenseits der Fußleiste. Sie hatten noch nicht einmal Namen.

Aber sie erfaßten sofort, worauf ich hinauswollte. Die siebte Larve meinte: »He, das ist ein Plan. Warum brauchen wir einen Plan?«

»Ja, wer bist du überhaupt?« fragte die fünfte.

Skeptizismus ist gesund, sagte ich mir. Genau wie einen weinerlichen Erwachsenen zu beleidigen. »Die Nahrungsmittelvorräte schwinden«, erklärte ich. »Wir müssen etwas dagegen unternehmen.«

Sie sahen mich zweifelnd an.

»Wächst du normal?« fragte ich die fünfte Larve.

»Könnte sein, daß ich ein paar Wochen hinterherhinke. Kein Grund zur Panik.«

Ich klopfte mit einem Fühler auf ihren Rückenschild. »Klingt für meinen Geschmack ein bißchen hohl.« Zu der jüngsten sagte ich: »In ihrem Alter wirst du Monate hinterherhinken. Du wirst wie ein Bonsai aussehen.«

»Verarsch mich nicht«, rief sie mit ihrer Piepsstimme. »Findest du das etwa gut?«

»Ich glaube nicht, daß es funktionieren wird«, mischte sich die siebte ein. »Menschen können nicht so dumm sein.«

Die vierte Larve meldete sich zum erstenmal zu Wort. »Essen ist nicht alles. Dieser Plan ist imperialistisch. Wir müssen den Menschen mit dem gleichen Respekt begegnen, den wir auch von ihnen erwarten.«

Mein intriganter Ira hatte also auch diese Generation bereits vergiftet. Seine schrille Stimme mußte bis hinter die Fußleiste gedrungen sein.

»Der Respekt, mit dem man uns begegnet, trägt den Namen Hungertod«, wandte sich die Jüngste an ihre Schwester.

Die vierte Larve sagte: »Deshalb sind wir auch ständig in Schwierigkeiten. Wir sind einfach zu egoistisch und kurzsichtig.«

Ihre erschreckenden Worte machten mir bewußt, daß ich mich ebenfalls wie ein Mensch benahm, weil ich versuchte, die Larven mit Worten zu manipulieren. Um etwas zu bekommen, mußte ich zuerst geben.

»Kommt mit«, sagte ich. Die Larven folgten mir nach draußen. Hinter dem Bein eines Radiators zog ich eine versteckte Blattella-Delikatesse hervor, ein Stück Harzer Käse. »Er gehört mir. Ich habe ihn in der alten Küche gefunden. Hier ist mein Angebot: Wenn ihr bereit seid, mir zu helfen, werden wir ihn jetzt gemeinsam essen. Aber ich brauche euch alle; entweder alle oder keiner. Entscheidet euch.«

Der duftende Harzer Käse überzeugte sie. Wir fielen über den köstlichen Brocken her und verspeisten ihn in Windeseile. Dann führte ich die Larven über den Fußboden des Eßzimmers. Sie bestaunten die Ausmaße des Raums, der seit ihrer Geburt ihre Heimat gewesen war, den sie aber erst jetzt zum erstenmal sahen. Ihre erste Begegnung mit der Nachmittagssonne erschreckte sie. *Blatta.* Lichtscheu.

Wir durchquerten den Flur und krabbelten über die Türschwelle in den Einbauschrank. Mein Herz klopfte beim Anblick der monströsen Sammlung ordentlich aufgereihter Stiefel und Schuhe. Ich wußte, daß sie keine Gefahr darstellten, solange sie nicht getragen wurden. Aber für mich blieben sie trotzdem das Waffenarsenal meines Todfeindes. Ich roch mehr als nur Gummi und Leder. Der Chitinstaub und das verkrustete Blattella-Blut an den Schuhen ließen mich nie vergessen, welchem Zweck Schuhe dienten.

Wir waren nicht wegen der Schuhe gekommen. Ich faßte mich wieder und winkte dann den Larven zu, die auf der Türschwelle erstarrt waren; die Angst vor Schuhen war in unseren Genen verankert. Ich führte sie zwischen einem Paar Überschuhe hindurch und in die Tiefe des Schranks. Auf ihre Reaktion war ich nicht vorbereitet.

»Vorsicht!« kreischte die siebte Larve. Sie floh zur Tür.

Ich lief ihr nach und packte sie. »Er ist völlig ungefährlich«, sagte ich. »Er ist tot, wie die Schuhe.«

Sie wand sich in meinem Griff. Die anderen verkrochen sich unter den Schuhen. Mein Alptraum.

»Seht her.« Ich ließ die Larve los und ging zum Staubsauger. Im nächsten Moment war ich im Schlauch verschwunden.

»Er ist tot.«

»Gut, daß wir ihn endlich los sind.«

»Laßt uns von hier abhauen.«

Ich kam wieder heraus.

»Der Scheißer ist wieder da!« schrie die siebte Larve. »Ich glaub's einfach nicht!«

»Der Schwanz ist im Innern aufgerollt«, erklärte ich. »Die Menschen ziehen ihn heraus und stecken ihn in ein Loch in der Wand. Solange er nicht drin ist, so lange ist der Staubsauger harmlos.«

»Du kannst uns viel erzählen«, höhnte die vierte Larve.

An Elektrizität zu glauben, fällt vielen schwer. Ich redete den Larven gut zu und ging dann zum Ende des Schlauchs. »Haltet euch von dem Maul fern, nur für den Fall des Falles. Folgt mir ins Arschloch.« Ich zeigte ihnen das Loch, wo das Kabel im Leib verschwand.

»Was sollte es daran hindern, uns da herauszulecken?« fragte die vierte Larve. »Alle Tiere können das.«

Sah man vom Homo sapiens ab, hatte sie recht. »Schaut euch doch diesen kleinen After an«, forderte ich sie auf. »Und jetzt schaut euch die Größe des Maules an.« Ich deutete auf den Schlauch mit der großen Bürste. »Es könnte uns nie erwischen.«

»Es könnte uns ausscheißen«, meinte sie siebte Larve. »Das wäre wirklich ein Erlebnis.«

Ich wollte schon aufbrausen, als ich unerwartete Hilfe erhielt. »Attacke!« brüllte die Jüngste. Sie rannte am Kabel hinauf und verschwand in der Öffnung. Einen Moment später steckte sie den Kopf heraus. »Ein Kinderspiel.« Ich glaube, es war Scham und nicht Ehrgefühl, das die anderen dazu veranlaßte, ihr zu folgen. Bald erforschten sie mutig das Innere des Behälters und wurden von der Vielzahl der Gerüche verzaubert.

Ira hatte eine panische Angst vor Stromschlägen und tauschte Kabel und Anschlüsse beim ersten Anzeichen von Abnutzung aus. Soweit ich wußte, gab es in der ganzen Wohnung nur einen einzigen blanken Draht – und zwar an der Stelle, wo das Kabel in den Motor des Staubsaugers führte.

Ich wählte eine dünne Kupferfaser aus, die sich von den anderen gelöst hatte, und mit vereinten Kräften gelang es uns, sie so lange zu biegen, bis sie abbrach.

Ich sah zu dem geschwollenen, überfressenen Staubbeutel hinauf und schauderte bei dem Gedanken an das Grauen, das sich in seinem Innern abgespielt hatte. »Kommt, kommt, bewegt euch. Wir haben einen weiten Weg vor uns.« Wir schleppten den Draht über das Kabel und durch das Loch.

Wir durchquerten den Flur und krochen durch den Spalt unter der Wohnungstür. Draußen im Hausflur wurden wir von grellem Neonlicht geblendet. Im vierten Stock fiel eine Tür zu. Ein heftiger Luftzug pfiff über uns hinweg. Dies waren beunruhigende neue Erfahrungen für die Jungen.

»Seht euch das an«, forderte ich sie auf. Eine graue Faser eines übelriechenden Lappens lag auf dem Boden. »Es ist heute schon gewischt worden. Die Putzfrau wird uns also nicht mehr stören.« Die Larven schien das nicht sehr zu beruhigen; sie schlichen in den Ritzen zwischen den Fliesen weiter.

Es war nicht weit bis zur Tür der Wainscotts. Die drei größten Larven und ich schleppten den Draht hinauf zum Türknauf und legten ihn auf dem hervorstehenden Zylinder des Schlosses ab.

»Yale?« sagte die siebte Larve zögernd, während sie mit ihrem Vorderbein über das eingestanzte Warenzeichen tastete. Ich war froh, daß sie überhaupt lesen konnte.

»Keine Sorge«, sagte ich. »Hineinzukommen ist viel leichter, als es aussieht.«

Die größte Larve nahm das Ende des Drahtes und blieb vor dem Schlüsselloch stehen. »Das ist wirklich lächerlich.« Ich versetzte ihr einen Tritt, und sie kletterte hinein. Sie kam nicht weit, dann mußte sie wieder umkehren. »Erledigt. Zufrieden?« Sie wischte etwas Graphit von ihren Beinen. Die nächste, etwas kleinere Larve verschwand im Schlüsselloch und schob den Draht etwas tiefer hinein. Als sie herauskam, war die nächste, noch kleinere Larve an der Reihe. Etwa zehn Minuten später erklärte die zweitkleinste Larve stolz, daß sie es bis zur anderen Seite geschafft habe.

»Du weißt, wo du den Draht befestigen mußt?« sagte ich zu der Jüngsten. »Wenn du es richtig anstellst, ist das Schloß blockiert.« Aber ich hatte Bedenken, sie hineinzuschicken; sie war mir inzwischen ans Herz gewachsen.

»Kinderspiel«, sagte sie und verschwand im Loch.

Obwohl ich wußte, daß der Weg lang und mit schlüpfrigem Graphit gepflastert war, schien sie viel zu lange fortzubleiben. Ich würde sie retten müssen. Zum erstenmal im Lauf dieses langen, abenteuerlichen Tages dachte ich an eine bestimmte Eigenschaft von uns Blattellae: Wir haben vierzehn Bruchstellen, zwei an jedem Bein und eine an jedem Fühler; wenn wir in Gefahr geraten, können wir entkommen, indem wir die entsprechenden Gliedmaßen zurücklassen. Aber dort, wo die Jüngste nun war, mochte eines ihrer abbrechbaren Glieder alles sein, was ein Retter zu fassen bekommen konnte. Bei jeder Wachstumsphase können wir verlorene Glieder regenerieren, aber aus einem ihrer Beine diese tapfere Larve zu regenerieren, war unmöglich.

Ich rief in das Schlüsselloch, bekam aber keine Antwort. Kleinere Köpfe als ich erzielten auch kein besseres Ergebnis. Was war nur mit den Menschen los, daß sie selbst aus einer so harmlosen Sache wie einem Türschloß eine Todesfalle machen mußten?

Wer würde zuerst auftauchen, Elizabeth oder die Jüngste? Das qualvolle Warten begann.

Etwas später hörte ich unten im Treppenhaus Jungenstimmen.

»Ich bin völlig fertig. Wir mußten zwanzig Runden drehen.«

»Warum machst du diesen Scheiß auch mit? Warum hörst du nicht auf?«

»Keine Ahnung. Was soll ich denn sonst nach der Schule machen?«

»Vielleicht könntest du bumsen... Aber wenn ich darüber nachdenke, ist es doch besser, wenn du in der Mannschaft bleibst.« Sie lachten. Die Schule war aus. Es war später Nachmittag.

Ich mußte unsere Verluste begrenzen. »Bürger, wir ziehen uns zurück.«

Alle waren dazu bereit – verdächtig schnell sogar –, nur die vierte Larve nicht. »Was wird aus ihr? Du hast sie hineingeschickt. Du kannst sie nicht einfach zurücklassen.«

»Wir können nichts für sie tun. Sie schafft es schon allein.«

»Nein«, widersprach sie. »Wenn sie herauskommt, wird sie schmutzig und erschöpft sein. Sie wird Hilfe brauchen.«

»Man kann nicht neun Leben riskieren, um eines zu retten«, erklärte ich. Den Spruch hatte ich von einem unserer Pragmatiker gehört, der in der Kolonie als leicht hirngeschädigt galt.

»Wir werden dein Leben für sie riskieren«, sagte die Larve. »Wir gehen zurück. Du bleibst.«

»Verschwindet, geht mir bloß aus den Augen.« Kurz darauf waren sie unter Iras Tür verschwunden.

Der Schatten des Türknaufs war zu klein, um mir Schutz zu bieten, und die Tür war hellgrün gestrichen. Ich fühlte mich nackt.

Die Haustür öffnete sich erneut, und der Durchzug brachte den Geruch von Knoblauch und Zwiebeln mit. Ich wußte, daß dies Hector Tambellini sein mußte, der Postinspektor, der am Ende des Flures wohnte. Ich gab mir keine Mühe, mich zu verstecken. So geistesabwesend, wie er an der Tür vorbeitrottete, hätte er nicht einmal einen Orang-Utan bemerkt.

Ich rief weiter ins Schloß hinein, von Visionen gepeinigt: Ich sah Elizabeths blonden Haarschopf auf der Treppe auftauchen, hörte das Klappern ihrer hochhackigen Schuhe auf den Bodenfliesen, roch ihr Parfüm, sah, wie sie nach dem Türknauf griff ... Was machte ich hier überhaupt? Ich würde sterben!

Ich krabbelte die Tür hinunter. Als ich den Boden erreichte, hörte ich die piepsende Stimme: »Wo seid ihr alle?«

Ich krabbelte wieder nach oben. Die Larve saß auf dem Schloßzylinder, ein Graphitklumpen mit Beinen. Ich kratzte ihren Rücken frei, damit sie besser atmen konnte. »Wo bist du gewesen? Ich habe stundenlang nach dir gerufen«, sagte ich, froh, daß sie derzeit nichts sehen konnte. Mein Gesicht brannte aus Scham über meine eigene Feigheit.

»Im Schloß. Ich habe dich nicht gehört.«

»Hast du den Draht angebracht? Ist das Schloß blockiert?«

Sie wischte sich den Kopf ab, und ihre Fühler hoben sich zum ›V‹ des Siegeszeichens.

Ich brachte sie in unsere Wohnung. Dann kehrte ich ins Treppenhaus zurück und kletterte hinauf zur Decke.

Von den vier Personen, die in den Apartments 3A und 3B wohnten, kam Ira meistens als erster nach Hause. Dieser Tag war keine Ausnahme. Erschöpft vom Treppensteigen, stellte er seine Vinylaktentasche neben die Tür. Er schob den Schlüssel ins Schloß, sah dann zur Treppe und anschließend auf seine Uhr. Warum? Weil um diese Zeit gewöhnlich auch Elizabeth Wainscott auftauchte. Er hätte seine Wohnung betreten, sich umziehen und sie dann besuchen können. Aber er tat es niemals. Warum nicht? Ein abendlicher Besuch, sie beide allein, das war zu intim. Indem er so tat, als wäre ihre Begegnung zufällig, machte er sich selbst vor, daß er sie nicht begehrte.

Er wartete, und kurz darauf tauchte sie auf der Treppe auf. »Hallo, Nachbarin«, sagte er lächelnd.

»Hi, Ira.«

Sie schob ihren Schlüssel ins Schloß, drehte ihn, stutzte, rüttelte an der Tür. Hilfesuchend sah sie ihn an.

»Stimmt etwas nicht?«

Ira versuchte es ebenfalls, zuerst sanft, dann mit Gewalt, drehte den Schlüssel hin und her, ignorierte ihre Bemerkung, daß es entgegen dem Uhrzeigersinn immer funktioniert hatte.

Elizabeth legte ihre Hand auf seine. »Holen wir Hilfe.«

»Vielleicht ist das Schloß nur verstopft.«

Sie schob sich zwischen ihn und den Schlüssel. Ira wollte nicht aufgeben. Er legte von hinten beide Arme um sie, so daß nun vier Hände den Schlüssel festhielten. »Wir schaffen es schon. Mit einem Ruck. Ich zähle bis drei …«

Obwohl ich einiges über die Prinzipien menschlicher Werbung und Eitelkeit herausgefunden hatte, war ich doch überrascht, wie gut meine Manipulation funktionierte. Obendrein hatte ich auch noch Glück. Ich hörte schwere, polternde Schritte auf der Treppe. Oliver, der abends gewöhnlich als dritter auftauchte, erschien auf der Bildfläche.

Elizabeth und Ira waren so sehr mit sich beschäftigt, daß sie ihn nicht hörten. Er räusperte sich laut. »Oh, ihr seid schon da?«

Sie fuhren auseinander. Beide sprudelten gleichzeitig Erklärungen hervor, verstummten dann, um dem anderen das Wort zu überlassen, und begannen anschließend wieder von neuem. Sie wirkten verlegen und schuldbewußt.

Oliver hob seine Hand. »Darf ich?« Er schob sich an ihnen vorbei zur Tür. Er probierte den Schlüssel, zog ihn heraus, gab ihn ihr und versuchte es mit seinem eigenen. »Das Schloß ist kaputt. Ira, es war nett von dir, daß du uns geholfen hast, dies festzustellen. Guten Abend.«

»Guten Abend.« Ira verschwand in seiner Wohnung.

»Ich werde den Hausmeister holen«, erklärte Oliver. »Genau für derartige Gelegenheiten stecke ich ihm immer Weihnachten ein paar Scheine zu.«

Elizabeth wartete im Flur. Bald trat sie von einem Bein auf das andere. Sie konnte nicht in Iras Wohnung warten; schon jetzt büßte sie für ihre Unbesonnenheit.

Es dauerte zwanzig Minuten, bis Oliver mit dem Hausmeister zurückkehrte, einem bulligen Westinder Mitte Fünfzig, der nach scharf gewürztem Essen roch. Ich mochte diesen Mann, weil er meinen Respekt für die Mächte teilte, die jenseits des menschlichen Vorstellungsvermögens lagen.

Der Hausmeister trug an seiner Seite einen Schlüsselring, der wie der Türklopfer eines Herrenhauses aussah. Er probierte einen Schlüssel aus, dann den nächsten, dann einen dritten. »Ich nicht verstehen, Mister. Vielleicht verflucht.«

»Nein, James. Wir sind hier in Amerika. In Amerika gehen die Dinge nur kaputt«, widersprach Oliver.

»Schlüssel sagen Hallo, aber keine Antwort innen.« James schüttelte den Kopf.

»Mein Freund, wir müssen in unsere Wohnung. Können Sie uns helfen?«

James dachte nach. »Ich sehr bedauerlich für Sie und Ihre schöne, schöne Frau, Mr. Wainscott.« Seine Miene erhellte sich. »Sie und Mrs. Wainscott kommen und bleiben Nacht bei uns. Meine Frau sehr stolz sein werden.«

»Das ist sehr freundlich von Ihnen, James. Aber wir müssen in unsere Wohnung.« Oliver zog seine Brieftasche heraus. »Es ist sehr dringend.«

James lächelte. Er suchte in seinem Ring nach einem anderen

Schlüssel. »Vielleicht dieser Geist im Schloß finden.« Er ging die Treppe hinauf.

»Was steht ihr denn hier draußen herum?« fragte Ruth, die kurze Zeit später auftauchte. »Seid ihr ausgesperrt? Ist Ira noch nicht zu Hause?«

»James will uns über die Feuertreppe retten«, erklärte Oliver. »Ich muß das Geld hier bereithalten, damit er dem Geruch folgen kann.«

»Warum kommt ihr nicht herein und setzt euch? Ihr seht beide müde aus.«

»Danke, Ruth, aber wir warten hier.«

Es überraschte Ruth offenbar, daß Oliver eine Gelegenheit ungenutzt ließ, zu einem kostenlosen Abendessen zu kommen. »Sagt Bescheid, wenn wir euch helfen können«, erklärte sie und verschwand durch die Tür.

Ich konnte die Wut in Olivers Schweiß riechen. »Verdammt noch mal, wie lange braucht der denn für den Weg über die Feuertreppe?«

Im Innern der Wohnung erklang ein leises Klirren, wie von Porzellan, das auf einem Tisch zerbrach, gefolgt von einem lauten Krachen. »Zum Teufel, was geht da drinnen vor? Nehmen Sie die Möbel auseinander oder was?«

Schließlich öffnete sich die Tür, und aus der Dunkelheit tauchte James' Gesicht auf. »Sehr, sehr schwarz hier.«

»Ja«, sagte Oliver und gab ihm einen Dollar, den James gegen das Licht hielt und begutachtete. Elizabeth und ich folgten Oliver in die Wohnung.

Ohne seinen Mantel auszuziehen, goß sich Oliver einen Martini ein und ließ sich in einen Wohnzimmersessel fallen. Elizabeth eilte zu den Vasenscherben neben dem Fenster. »Ts, ts, ts«, machte sie, während sie die Bruchstücke zusammenfügte. »Ich glaube, man kann sie wieder kleben.«

Er sah sie nicht an, als sie an ihm vorbei in die Küche ging.

Einige Zeit später rief sie: »Das Essen ist fertig.« Er zog seinen Mantel aus und gesellte sich zu ihr.

Sie sah ihm ängstlich beim Essen zu. Weder erwiderte er ihre Blicke, noch sprach er mit ihr.

Schließlich sagte sie: »Ich glaube, die Vase läßt sich kleben.« Er nickte und aß weiter. »Du hast sie sowieso nicht gemocht. Sie war dir zu auffällig.« Er antwortete nicht. Sie konnte nicht essen. »Was ist los? Geht es um den Dollar?« Sie holte ihre Handtasche und legte einen Geldschein vor ihm auf den Tisch. Er schob ihn in seine Brieftasche.

Bald hatte er genug Essen in sich hineingeschaufelt, um unsere Kolonie für Monate zu ernähren. Nach einem lauten Rülpser kehrte er ins Wohnzimmer zurück. Elizabeth warf ihre Gabel in die Salatschüssel. Sie räumte den Tisch ab und spülte Töpfe und Teller. Dann stellte sie sich in die Küchentür und starrte ihren Mann an, der schon wieder trank und die Zeitung las.

Schließlich sagte er: »Mir mißfällt es, daß meine Frau öffentlich mit meinem semitischen Nachbarn herumpoussiert.«

»Oliver, um Gottes willen, wovon redest du? Wir haben nur versucht, die Tür zu öffnen.«

»Du bist eine emanzipierte Frau, und es liegt mir fern, dir vorzuschreiben, wie du zu leben hast. Ich bitte nur um ein Mindestmaß an Anstand. Ihr könntet es wenigstens hinter der Tür treiben.«

»Wie kannst du nur so über mich oder Ira, deinen Freund, reden? Du solltest dich schämen.«

»Mehr habe ich nicht zu sagen«, erklärte er und hob hoheitsvoll die Hand.

Sie ging ins Schlafzimmer. Nach einer Weile kam er nach. Als ich dort eintraf, waren die Lichter gelöscht, und beide lagen im Bett, Elizabeth in embryonaler Stellung, das Gesicht von Oliver abgewandt, der auf dem Rücken lag, den Hintern in der Matratze vergraben, mit offenen Augen.

Was ist los, Oliver? Du liegst da neben dieser begehrenswerten Frau, im Dunstkreis ihres Parfüms, und du rührst sie nicht an? Nimm sie, Mann, es ist dein Recht. Aber nein. Du willst ihr nicht die Befriedigung verschaffen, daß du sie begehrst, nicht, nachdem sie dich in aller Öffentlichkeit betrogen hat. Heute nacht muß sie ohne dich auskommen.

Und Elizabeth? Du fühlst dich mißverstanden und ungerecht behandelt, wieder einmal als Opfer deines jähzornigen Mannes. Wenn er dich doch nur berühren und etwas Liebes sagen würde, dann würdest du ihm alles verzeihen. Aber du weißt, daß er zu stolz dafür ist. Und unternimm ja nichts, was sein männliches Vorrecht unterlaufen würde. Das würde ihm nicht gefallen. Zumindest weißt du, daß du dich anständig verhalten und dir nichts vorzuwerfen hast.

Elizabeth schlief bald ein. Oliver hörte ihre regelmäßigen Atemzüge und sah zu ihr hinüber. Er seufzte laut und zerrte an der Decke. Er warf sich auf die Seite, aber selbst die seismischen Erschütterungen der Matratze konnten sie nicht wecken.

Ich war überzeugt, daß Elizabeth im Moment noch nicht daran dachte, ihren Mann zu betrügen. Aber das spielte keine Rolle. Wenn ich für Spannungen zwischen ihnen sorgte, würde Oliver ihre Zuneigung für Ira überinterpretieren. Sein Zorn würde sie zuerst in die Arme eines liebevolleren, freundlicheren Mannes – Ira – treiben, und dann würde sie Ira dazu treiben, an sein Geld zu gehen.

Ich war so zufrieden mit den Ergebnissen der Nacht, daß ich mich entschloß, dieselbe Technik nebenan anzuwenden. Ich fragte mich, ob Ruth mitmachen und Elizabeths anmutiges Gesicht hinter meinem Werk vermuten würde.

Ich pflückte ein blondes Haar von Elizabeths Kissen und kehrte in meine Wohnung zurück.

Als wär's 'ne überreife Wassermelone

Als Ira die Tür aufschloß, blickte er sich zwar verstohlen um, betrat die Wohnung aber ohne Zögern. Er setzte sich mit seiner Post an den Küchentisch. Der Stapel herzzerreißender Briefe kündete nicht nur von kranken und armen Menschen, sondern auch von zivilisationsbedrohten großen, bunten Vögeln und Säugetieren – schlecht angepaßten Arten, schon deshalb zum Aussterben prädestiniert. Bei ihm waren diese Gesuche in den richtigen Händen.

Es klingelte. Ira zupfte seine Krawatte zurecht und öffnete.

»Was haste denn zu grienen?« fragte eine heisere Gettostimme.

»Oh, komm rein. Das ist aber eine Überraschung.« Rufus kam immer Freitagabend; es war Mittwoch.

Seine Plexiglasabsätze klapperten über den Boden. Rufus war ein großer, anämischer Mann irgendwo in den mittleren Jahren, der einen knöchellangen schwarzen Ledermantel samt dazu passendem Lederhut, schwarze Lederhose und exotisch geschuppte Stiefel trug. Stets umgab ihn ein medizinischer Geruch.

»Ein wandelndes Leichenschauhaus«, kommentierte Bismarck. Hinter der Fußleiste war es ihm zu langweilig geworden, und so machte er wieder seine Rundgänge.

»Mußte heute reinschneien, Whitey. Hab' Ärger mit der Karre. So 'n Arschloch hat meinen brandneuen Seville geknackt und mir dafür 'ne 64er Rostkiste angedreht, mit der ich nich' mal zum Schrottplatz fahren würd'.«

»Jemand hat deinen Cadillac gestohlen und dir dafür einen anderen dagelassen?«

Rufus starrte ihn an. »Sonst wär's doch unmoralisch gewesen. Als Anwalt solltest du das doch wissen.«

Ira schüttelte den Kopf. »In all diesen Jahren habe ich so etwas noch nie gehört.«

»Freitag kauf' ich 'nen neuen.«

Es klopfte an der Tür. Ira öffnete. »Hi, Ira. Hi, Rufus«, sagte Elizabeth. »Ich wollte nur sagen, daß das Schloß wieder in Ordnung ist.« Sie zeigte Ira ihren glänzenden neuen Schlüssel.

»Großartig. Nun, tschüs!«

»Nun, gute Nacht.«

Ira schloß die Tür. Im Wohnzimmer machte Rufus eine Ecke des Kaffeetisches frei, setzte sich und legte seine Stiefel auf den Tisch. Er drückte die Ellbogen gegen die Rückenlehne des Sofas, spreizte die Finger und preßte die rosa Fingerspitzen aneinander.

Ira haßte Schuhe auf dem Tisch. Aber er sagte nur: »Woraus sind deine Stiefel gemacht?«

»Aus was, das blöd genug war, sich erwischen zu lassen. Is' aber weich. Gut für meine Hühneraugen.«

Der Zeitpunkt für die rituelle Kokainübergabe war gekommen. Da der Besuch überraschend kam, hoffte ich, daß Ira nicht genug Bargeld hatte – und auf den Notgroschen im Schrank zurückgreifen mußte. Aber er öffnete seine Brieftasche und zählte das Geld auf den Tisch. Rufus zog aus dem Schweißband seines Hutes einen kleinen, weißen Beutel.

Nach der Übergabe sagte Rufus: »Diese Minideals haben doch keinen Sinn. 'n schlauer Jude wie du sollte doch wissen, daß die Preise runtergehen, wenn die Mengen raufgehen. Heute hab' ich fabrikfrischen Stoff ganz kostengünstig bekommen.«

Als er Menge und Preis spezifizierte, zuckte Ira zusammen. »So viel Geld habe ich dafür nicht übrig.« Er trat an den Kaminsims und verschob eine Figur auf dem Schachbrett. Er wirkte verwirrt, schuldbewußt. Rufus schwieg.

»Das ist nervenzerreißend«, sagte Bismarck. »Rufus ist clever.«

Schließlich meinte Rufus: »Hab' 'ne Frage. Warum läßt du mich so oft kommen, wo's so doch teurer is'? Paßt gar nich' zu 'nem Juden wie dir. Willst wohl allen zeigen, daß du 'nen richtigen lebenden Nigger im Haus hast, was?«

Eine Sprungfeder aus Speichel vibrierte zwischen den Lippen von Iras ungläubig aufgerissenem Mund.

Rufus erhob sich und baute sich auf der anderen Seite des Schachbretts auf, das die derzeitige Stellung einer Partie zeigte, die Ira per Post mit einem Dissidenten in der Sowjetunion spielte. Es stellte ein spirituelles Band zwischen ihm und seinem eingesperrten Bruder dar, und Ira wachte mit Argusaugen über das Brett.

Dies sehr wohl wissend, ergriff Rufus die weiße Dame und drehte sie um, als wollte er ihr unter den Rock schauen. »Bist in der Vorstadt groß geworden, was? In 'nem großen Haus mit Gartenzwergen, kleinen Niggern auf'm Rasen, was?«

Rufus ließ die Figur fallen. Als Ira sie wieder an ihren richtigen Platz stellte, ergriff Rufus das andere unberührbare Objekt auf dem Kaminsims, die Menora. Er hielt sie hoch, hob gleichzeitig das rechte Bein, als würde er gehen, und grinste mit öliger Unterwürfigkeit. »So etwa? Regen oder Sonnenschein, Rufus leuchtet dir heim.«

»Ich bin ein Anwalt, der kostenlos die Armen berät«, jammerte Ira. »Warum redest du mit mir, als wäre ich irgendein ignoranter Rassist?«

Rufus lachte. Die Plomben in seinen Zähnen paßten zu seinen goldenen Armkettchen. Seine breite Nase lag flach auf seinem Gesicht und sah im Gegensatz zu Iras zeltgroßem Riechorgan recht bescheiden aus.

»Warum lachst du?«

»Nur so, Alter, hat nichts zu bedeuten.« Er wischte sich die Augen ab. »He, du brauchst ja neun Kerzen, wenn du dieses Ding in Betrieb nehmen willst. Kein Wunder, daß du kein Geld hast. Sag mal, is' das nich' der berühmte jüdische Leuchter, der Gott sagt, daß er Frösche und Heuschrecken und so 'n Scheiß von deinem Haus fernzuhalten hat?«

»Etwas in dieser Art.«

Rufus sah sich im Zimmer um und lächelte. »Keine Frösche. Keine Heuschrecken. Funktioniert großartig. Ich muß mir auch einen besorgen. Die sind aus Gold? Sehen verdammt scharf aus.«

Er setzte sich wieder aufs Sofa. Ira gesellte sich zu ihm. Auf einem der Sessel lag eine kleine, in Geschenkpapier eingeschlagene Schachtel. »Für mich?« fragte Rufus. »Is' aber nett von dir.«

»Es ist für Elizabeth. Ein Schal. Sie hat nächste Woche Geburtstag.« Seine Stimme klang wie die eines zum Tode verurteilten Mannes, der soeben begnadigt worden war.

»Warum läßt du es dann so rumliegen? Was is', wenn deine Alte es sieht?«

»Nichts ist. Sie hat es gekauft.«

»Sie läßt sich von dir wie 'n Fußabtreter behandeln?«

»Wie bitte?«

Rufus deutete auf die Menora. »Das Ding bedeutet, daß du die Gebote befolgst. Aber du lebst in Sünde und treibst Unzucht.«

»Die Bibel wurde vor Tausenden von Jahren geschrieben«, erklärte Ira. »Das Leben hat sich verändert. Ich gehorche ihr im Geiste.«

Rufus lachte. »Das gefällt mir. ›Jawoll, Herr Richter, ich hab 'n Kilo Koks von dem Nigger gekauft, aber ich gehorche dem Gesetz – im Geiste.‹ «

»Wenn ich am Sabbat arbeite, dann für meine Klienten. Ich töte nicht; ich bewahre meine Klienten davor, getötet zu werden und falsches Zeugnis abzulegen. Ich begehe auch keinen Ehebruch – denn keiner von uns ist verheiratet. Ich stehle nicht. Und jeder weiß, daß ich meine Mutter ehre.«

»Wie steht's mit Auge um Auge, Zahn um Zahn, Leben um Leben?«

Darauf hätte ich gern eine klare Antwort gehört, vor allem nach dem Tod von Rosa und all den anderen. Aber er wich aus. »Das ist kein Gebot. Außerdem wird es mißverstanden. Als es niedergeschrieben wurde, ging es darum, die Barbarei zu bekämpfen – in jener Zeit konnte man wegen des Diebstahls eines Huhns sein Leben verlieren.« Er schwieg für einen Moment und sagte dann: »Wieso weißt du soviel über die Bibel?«

»Sonntagsschule. Meine Mom hat mich zehn Jahre lang hingeschickt. Aber verrat mir eines: Wie steht's mit ›Du sollst nicht begehren deines Nächsten Weib‹? Das is 'n Gebot.«

»Was ist damit?«

»Soll das 'n Witz sein? Die Tussi kommt vorbei, und du bist ganz Strahlemann und Söhne.«

»Elizabeth?« Ira zuckte die Schultern. »Sicher, sie ist eine attraktive Frau. Ich bin kein Araber; ich brauche meine Augen nicht abzuwenden.«

»Scheiße, die sind sowieso gestört, das einzige zu verstecken, was sich auf der großen grünen Erde anzusehen lohnt.« Er verdrehte die Augen, sah zur Decke und schüttelte den Kopf. »Aber ich frag' mich, Whitey, was du mit dem ganzen Schnee machst, wenn du damit nich' die Blonde auf Touren bringst. Du gibst das Zeug doch nich' ihrem angetrauten Fettsack, damit du sie pimpern darfst, oder?«

Ira sprang auf. »Sie sind meine Freunde. Hast du so etwas etwa in der Sonntagsschule gelernt?«

Rufus knackte mit den Fingern. »Ich frag' mich, warum ihr Juden auf die teure Universität geht, wo ihr da doch nichts lernt.« Er knöpfte seinen Mantel auf. Der Kragen seines schwarzen Seidenhemds war mit seinem Namen bestickt.

»Das ist das Hemd«, sagte Bismarck. »Kaum war mein Bruder geboren, kletterte er hinauf und las die verdammte Namensstickerei von innen: ›Sufur‹.«

Rufus zog ein silbernes Fläschchen aus der Manteltasche und nahm einen Schluck. »Du kaufst Kleckerkram und verlierst Geld, Alter. Du lebst die ganze Zeit nur mit einer Tussi zusammen – nette Tussi, aber mit zuviel Fleisch –, und diese geile blonde Pussy läßt du links liegen, Alter. Ich glaub's einfach nich'.

Wenn ich du wär', Scheiße, ich wüßte, daß meine Alte nich' abhaut, stimmt's? Was Besseres wie mich würd' sie eh nich' kriegen. Und ich wüßte, daß der Alte der Blonden auch nich' abhaut, also gäb's auch keine geschiedene blonde Tussi, die mich hinterher nerven könnte, stimmt's? Alles wäre völlig problemlos. Ich würd' meine haben, und ich würd' seine haben. Ich würd' mir 'nen großen Beutel Schnee für die Blonde besorgen, und Gelegenheit gäb's massenhaft. Und dieser Plantagennigger würd' auch ohne Doktorgrad dieser Tussi die Beine spreizen und ihre Pussy pimpern, als wär's 'ne überreife Wassermelone.

Selbst 'n Gettoniggerdealer wie ich könnt' seinen Zauberstab in diese Tussi stecken. Ich hab' geschnallt, wie sie mich angesehen hat ...« Er war großartig.

»Aufhören!« Ira hatte die Fäuste geballt.

Rufus lachte erneut. »Reg dich nich' auf, Alter. Ich mein' doch nur, ich würd's tun, ich würd' mir alles holen. Du kannst machen, was du willst.« Er stand auf und knöpfte seinen Mantel zu. »Aber der Discountpreis gilt nich' ewig.«

Er ging mit schlenkernden Armen zur Tür. Er hatte gelernt, seine vorderen Gliedmaßen zur Fortbewegung zu benutzen, wie jede höherentwickelte Art, während Ira steifbeinig daherstakste. Als Rufus die Wohnungstür öffnete, kam ihm Ruth entgegen. »Wie geht's?« fragte er. Ohne eine Antwort abzuwarten, schob er sich an ihr vorbei und verschwand Richtung Treppe.

Sie küßte Ira auf die Wange. »Wieso ist er heute gekommen? Stimmt irgend etwas nicht?«

»Das frage ich mich manchmal auch.«

Ruth schlüpfte aus ihren Schuhen und legte die Beine auf den Wohnzimmertisch.

»Bitte nicht«, sagte Ira.

»Tut mir leid. Was wollte Rufus?«

Ira setzte sich. »Er wollte mir eine größere Menge verkaufen. Sein Auto ist gestohlen worden, und er braucht Geld.«

Ruth lachte. »Du machst Witze. Allein sein Schmuck und seine Kleidung sind ein ganzes Auto wert.«

»Das hat nichts zu bedeuten. Im Büro sehe ich jeden Tag Leute, die wie er gekleidet sind, aber bis über beide Ohren in Schulden stecken, man hat sie aus der Wohnung geworfen und ihre Möbel gepfändet. Sie meinen, sie müssen sich so herausputzen. Das läßt sie dann kriminell werden.«

Ruth massierte die dunkelroten Druckstellen an ihren Füßen. »Wieso ist es dein Problem, wenn sich Rufus lieber Schmuck kauft, als seine Rechnungen zu bezahlen?«

»Er wollte sich kein Geld leihen. Er hat mir ein Angebot gemacht. Wie kommst du überhaupt darauf, daß er mich anpumpen wollte?«

»Genügt es denn nicht, daß du deine Gesundheit und deine Karriere riskierst und ihm diese horrenden Summen in den Rachen wirfst? Schuldest du ihm denn noch mehr, nur weil er der Gefangene seiner Verschwendungssucht ist?«

Er trat wieder an den Kaminsims. »Es handelt sich dabei um ein Vergehen, bei dem es keine Opfer gibt, wie bei der Pornographie oder der Prostitution. Die Politiker machen einen Riesenwirbel darum, nur um wiedergewählt zu werden, während Armut und Diskriminierung das Land zerstören. Diese Gesetze gehören in den Mülleimer.«

Ruths Stimme klang jetzt weicher. »Ganz egal, ob sie dir nun richtig oder falsch vorkommen, du hast geschworen, sie zu achten. Wenn du sie ändern willst, mußt du in die Politik gehen.« Sie ging zu ihm und umarmte ihn. »Aber tu es bitte nicht. Ich möchte nicht mit einem Politiker leben.«

»Wenn ich Rufus Geld gebe, stärkt es die schwarze Subökonomie. Das ist nur gerecht.«

Ruth schüttelte den Kopf. »Was willst du eigentlich? Ein Ausbildungsprogramm für Prostituierte und Dealer finanzieren? Oder eine Patenschaft für Cadillacdiebe und Kokainverkäufer übernehmen? Wenn du Drogen kaufst, schaffst du nur neue Opfer.«

»Sie ist wundervoll«, bemerkte Bismarck.

»Würdest du auch so über ihn reden, wenn er nicht schwarz wäre?« fragte Ira.

Ruth lachte. »Ich kann mir Rufus nur als Schwarzen vorstellen.«

»Oh?« meinte Ira verbittert. »Dieser Drogenhändler, Zuhälter und Autodieb kann also nur ein Schwarzer sein?«

Ruth zog ihn an den Schultern zu sich herum. »Was ist los, Schatz?«

Ira schwieg. Ich hoffte, daß es in erster Linie an dem Bild lag, das Rufus vor seinem inneren Auge heraufbeschworen hatte: Elizabeth, lächelnd auf dem Boden liegend, das Kleid hochgeschoben ... Wenn dem so war, dann disqualifizierte sich Ruth durch ihre mütterliche Art selbst.

Bismarck widersprach. »Es liegt an den Drogen. Im Grunde seines Herzens weiß er, daß es falsch ist. Es ist das Schuldgefühl, das aus ihm spricht, und ich werde dir auch sagen, warum.

Ich war dabei, als die Zigeunerin Ira zum erstenmal in seinem Leben mit Kokain in Berührung gebracht hat. Es war lange vor deiner Geburt.

Sie nannte es nicht beim Namen. ›Es ist ein Elixier, das die Sinne schärft und die Lust verstärkt‹, sagte sie mit einem lasziven Lächeln. Was für eine Frau!

Ira fragte: ›Du glaubst doch nicht an Aphrodisiaka?‹

›O ja, mein Süßer. Ich habe es ausprobiert, und es wirkt.‹ Sie zeigte ihm eine kleine Glasphiole.

›Danke für die Aufklärung.‹ Er hielt die Phiole gegen das Licht und sagte: ›Ich hatte etwas Pflanzliches erwartet, wie eine Wurzel.‹ Er wurde blaß. ›Das ist doch nicht *Kokain*, oder?‹ Er flüsterte das Wort. Damals war er noch in der Rechtsabteilung einer Firma und hatte mit Strafverfahren nichts zu tun.

Sie streichelte seine Wange. ›Der Stoff, aus dem die Liebe ist. Glaube mir.‹

›Ich glaube es einfach nicht‹, schrie Ira. ›Weißt du nicht, daß der Besitz dieses ... Stoffes ... verboten ist?‹

Die Zigeunerin zuckte die Schultern. ›Na und? Das ist ganz allein meine Sache.‹

›Na und? Na und?‹ rief er lauter und wurde wieder rot im Gesicht. ›Was heißt hier na und? Ich bin Rechtsanwalt, verstehst du?‹

Die Diskussion begann jener zu ähneln, die du soeben gehört hast, nur daß er dagegenargumentierte. Er sagte: ›Ich habe geschworen, die Gesetze zu achten, alle Gesetze. Du kannst dir nicht einfach die Gesetze aussuchen, wie es dir gerade paßt.‹

Die Zigeunerin führte ihn ins Schlafzimmer. Mit ihrer freien Hand knöpfte sie ihre Bluse auf und streifte ihren Rock ab. ›Ira, wenn es ein Gesetz gegen das Vögeln gäbe, würdest du es achten?‹

›Das ist lächerlich‹, sagte er. Aber seine Stimme klang unbehaglich.

›Ich will es wissen, Liebster.‹ Sie war jetzt nackt und legte sich in unzüchtiger Pose aufs Bett. ›Was wäre, wenn die Regierung ein Gesetz gegen das Vögeln erließe? Und was, wenn ich von dir verlangen würde, mich zu vögeln, und zwar jetzt? Was würdest du tun, Liebster? Würdest du mir helfen?‹«

»Soviel zu seinem Eid«, unterbrach ich. »Menschliche Männer sind so leicht zu beeinflussen. Wenn Ruth ihn heute nacht verführt, wird er alles vergessen.« Ruth hatte ihn bereits beruhigt. Sie kochten zusammen. Elizabeth wurde nicht einmal erwähnt.

»Aber Ira hat die Zigeunerin nicht gevögelt«, erklärte Bismarck. »Er stand da und sagte: ›Du willst meine Loyalität testen.‹

›Genau das will ich‹, antwortete sie lasziv.

Aber er blieb eisern. Seine Augenlider flatterten, während er darauf wartete, daß sie explodierte. Doch sie überraschte uns beide, indem sie ihre Blöße züchtig mit einem Morgenmantel bedeckte. In zerknirschtem Tonfall sagte sie: ›Wir sollten dem Gesetz gehorchen. Ich danke dir, Ira. Ich hätte dies schon viel früher tun sollen.‹ Sie setzte sich ans Telefon. Ich hatte nicht die leiseste Ahnung, was sie im Schilde führte. Zuerst glaubte ich, sie würde nur bluffen, weil sie nicht sieben Ziffern wählte. Dann erkannte ich, daß es ›110‹ war.

Sie sagte: ›Ich möchte ein Verbrechen melden … in der Wohnung meines Freundes …‹

Ira gestikulierte und zischte: ›Nein!‹

›Ja, der Komplize ist hier, Ira Fishblatt.‹ Er legte seine Hand auf die Sprechmuschel, aber sie entriß ihm den Hörer. ›Wir wollen uns stellen.‹

›Was machst du da?‹ flüsterte Ira wütend.«

»Warum hat er nicht einfach aufgelegt?« wollte ich wissen.

»Zum Teufel, keine Ahnung«, sagte Bismarck. »Vielleicht wollte er ihre verfassungsmäßigen Rechte nicht beschneiden.

Sie war den Tränen nahe. ›Ich schäme mich so. Analverkehr. Mindestens hundertmal. Ja, auch oral-genitaler Sex …‹

›O Gott‹, rief Ira und riß das Telefonkabel aus der Wand.

Zehn Minuten später, nachdem er seine juristischen Bedenken einer gründlichen Prüfung unterzogen hatte, lag Ira im Bett und vögelte im Drogenrausch.«

Die seltene Auseinandersetzung des heutigen Abends mußte verlängert werden. Ich krabbelte zu der Ecke im Flur, wo ich das Haar von Elizabeths Kissen deponiert hatte.

Ira und Ruth saßen am Eßtisch. Die Asche des Konflikts schwelte noch. »Aber er kommt doch nicht aus Liebe«, sagte sie.

»Ich glaube, er mag uns.«

»Ich glaube, er mag unser Geld mehr.«

»Du machst ihn schlecht.«

»Das ist nicht schlecht«, widersprach Ruth. »Jeder mag Geld. Aber wie er es sich verdient, ist unmoralisch. Und er flößt dir ein schlechtes Gewissen ein, um noch mehr zu verdienen.«

Ich kletterte mit dem Haar an Iras Stuhl hinauf. Bismarck, der noch immer an der Decke wartete, rief ich zu: »Wohin schaut sie?«

»Direkt in seine Augen.«

»Sieh es doch einmal so«, sagte sie. »Wenn Rufus uns besucht, wird er gut bewirtet und gut unterhalten, und er geht reicher, als er gekommen ist. Wenn wir beide nur ebensolche Freunde hätten!«

Ich erreichte seine marineblaue Wolljacke – tückischer Grund. »Ist die Luft noch immer rein?«

»Mach's jetzt«, rief Bismarck. »Ich glaube, sie regt sich gleich auf.«

Ich rannte seinen Rücken hinauf und drapierte das Haar über seine Schulter, daß es bis zum Revers reichte. Das helle Blond hob sich gut vom dunkelblauen Stoff ab.

»Ich gebe ihm keine Almosen«, beharrte Ira. »Ich kaufe ihm etwas ab.«

Sie beugte sich nach vorn und küßte ihn auf die Wange. Ich war inzwischen wieder auf dem Boden. »Es ist wirklich rührend von dir«, sagte sie. Als sie sich zurücklehnte, entdeckte sie das Haar und wischte es von seiner Jacke. »Das ist so blond wie die Haare von Elizabeth.«

Ira bekam ein Doppelkinn, als er nach unten blickte. »Warum sagst du das? Es stammt wahrscheinlich aus dem Büro.«

»Nein, Liebster. Es hat keine schwarze Wurzel.«

Er fand es und reichte es ihr. »Dann übergib es der Spurensicherung.«

»Was ist los mit dir?«

»Was ist das heute, eine Inquisition?« Er ging aus dem Zimmer. Ruth folgte ihm.

Ich gesellte mich wieder zu Bismarck an der Decke. »Ich habe es bis jetzt nicht geglaubt, aber es scheint zu funktionieren«, meinte er. »Gemeinsam mit Ruth und Oliver wirst du die Romanze ins Rollen bringen.«

»Und mit Rufus.«

Der Streit ging im Wohnzimmer weiter. Ich fragte mich, ob Ira auch in dieser Nacht die Krater in ihrem Hintern nicht sehen würde. »Es ist nur eine Frage der Zeit«, sagte ich.

Direkt unter uns erklang eine chitinöse Antwort. David Copperfield kam durch die Öffnung in der Fußleiste und rieb sich den Kopf. »Ich bin einsam und verloren, und alles geht schief.«

Cicero kam hinterher und schrie ihm nach: »Wie lange, Catilina, willst du unsere Geduld noch mißbrauchen?«

Bismarck und ich rannten die Wand hinunter. Vielleicht überschätzten wir die Zeit, die uns noch blieb.

Das heißeste Rezept der Julia Child

Wir waren einen Meter von der Öffnung in der Fußleiste entfernt, als Snot uns entgegengerannt kam. »Es ist Julia Child. Ihr werdet es nicht glauben«, rief er aufgeregt. »Hier oben ist es sicherer. Paßt auf. Achtet genau auf die Ritze.«

Eine kleine Rauchwolke stieg über der Fußleiste auf und verwehte rasch. »Hat sie die Höhle in Brand gesetzt?« fragte ich.

Als Ira und Ruth ins Eßzimmer zurückkehrten, rannten wir die Wand hinauf und versteckten uns im Stuck. »Das nächste Mal, wenn er dich aufregt, sagst du es mir, ja, Schatz? Friß es nicht in dich hinein.« Sie trug die schmutzigen Teller in die Küche.

»Ich glaube, du hast recht«, sagte Ira. Er wischte die Krümel vom Tisch. Der Streit war beendet. Ich würde ihnen eine weitere Dosis verpassen müssen.

Währenddessen stiegen neue Rauchwolken von der Fußleiste auf. »Julia läuft Amok«, erklärte Snot.

»Warum haltet ihr sie nicht auf?« fragte Bismarck.

»Man kann sich nicht in ihre Nähe wagen.«

Ira sprühte den Tisch mit Möbelpolitur aus einer Dose ein, die aussah, als würde sie Gift beinhalten. Künstliches Zitronenaroma brannte in unseren Tracheen. Als er sich zur Wand drehte, um das Zimmer zu verlassen und ins Bett zu gehen, stieg die bisher größte Wolke von der Fußleiste auf. Ira sah nach unten.

»Genau darauf habe ich gewartet«, kommentierte Bismarck. »Das wäre es dann wohl.«

Ira reagierte nicht sofort. Der flüchtige Vorfall war von ihm noch nicht registriert worden. Blockiert vom Stolz des Menschen auf sein übergroßes Gehirn, waren seine Gedanken konditioniert. So wie er mehr auf die Bewegungen in der Küche achtete, vermutete er Intelligenz nur im Verhalten seiner eigenen Spezies. Von dieser Selbsttäuschung hing meine große Strategie ab.

Aber Ira beugte sich zu dem Schutt hinunter, der von der Fußleiste auf den Boden gerutscht war.

»Wotan, sorg dafür, daß sie ruhig bleibt«, murmelte Bismarck.

Ohne nachzudenken, wischte Ira den Schmutz auf, schaltete das Licht aus und ging. Wir rannten die Wand hinunter, hielten uns aber von der Öffnung fern. Kotex und Pfirsichkern, Julia Childs Schwestern, warteten auf dem Boden.

Jetzt erkannte ich, was aus der Öffnung geflogen war – feingehäckselte Brocken unserer spärlichen Nahrungsmittelvorräte. Da wir seit der Renovierung der Küche auf Minimalrationen gesetzt worden waren, konnte ich nur vermuten, wie viele hundert Mahlzeiten Ira soeben weggewischt hatte.

»Ich glaube, sie ist, ohne es zu merken, durch die Borsäure gekrabbelt«, sagte Kotex. »Sie ist vergiftet.«

Bismarck und ich kletterten die Wand hinauf und spähten hinter die Fußleiste. Julia saß bis zu den Knöcheln in einem Haufen aus Nahrungsmitteln; da diese am anderen Ende der Fußleiste gelagert gewesen waren, mußte sie hart gearbeitet haben, um sie bis hierher zu schaffen. Sie hielt den Kopf gesenkt und wühlte geschäftig in dem Haufen.

Plötzlich kreischte sie: »Lagerung bei Zimmertemperatur!« Zwei Geschosse kamen durch die Öffnung geflogen. Ich duckte mich rechtzeitig, aber eines der Geschosse bohrte sich in Bismarcks Auge.

Er fluchte auf deutsch, als ich das Geschoß vorsichtig herauszog. Ich hatte angenommen, daß hinter Julias Aktivitäten ein Plan steckte. Jetzt wurde mir klar, daß sie die Nahrungsmittel nicht aussortierte, sondern unterschiedslos vernichtete.

Vor dem mit Bismarcks Tränen und Eiter und Blut durchweichten Krümel Vollkorntoast hätte ich mich normalerweise geekelt. Aber wochenlanger Hunger hatte meine Ansprüche heruntergeschraubt. Hungrig schlang ich ihn hinunter.

Barbarossa, ein Tier, viel größer, als es die Chromosomen erlaubten, schrie im Kommandoton: »Julia, stell sofort das Feuer ein. Wenn du nicht gehorchst, holen wir dich.«

In der Höhle wurde es plötzlich totenstill. Ungeduldig trat Barbarossa einen Schritt nach vorn.

Fühlerspitzen wurden in der Öffnung sichtbar. »Wartet«, sagte Kotex. »Sie kommt heraus.«

Aber es war nicht Julia. Es war Sufur. Er rannte die Wand hinauf. »Das Feuer einstellen, Scheiße!« Er rieb sich mit einem Fühler das Hinterteil. »Sie wollte mir das Essen hinten reinschieben. Sie hielt mich für einen Backofen!«

Ich konnte das einfach nicht verstehen. Ihre Schwestern fragte ich: »Ich wußte gar nicht, daß Julia in einem Kochbuch aufgewachsen ist.«

»Die Zigeunerin hat etwas Paprika zwischen den Seiten verstreut, und Julia ist hineingeschlüpft«, erklärte Kotex. »Ich schätze, die Zigeunerin hat das Buch nicht oft benutzt.«

»Warum reagiert sie erst jetzt, nach dieser langen Zeit?«

»Nur eine Prise!« hörten wir sie kreischen, und wir waren froh, daß eine Prise alles war, was diesmal herausflog. Barbarossa grollte.

»Sie hatte das Buch erst vor einer knappen Woche verlassen, da begann sie, alles viel zu fad zu finden«, berichtete Pfirsichkern. »Sie wollte unbedingt Gewürze haben. Salz und Zucker waren natürlich pures Gift. Aber abgeblätterte Farbe, die sie mit ihren Mandibeln zerbröselte, sah genauso gut aus, und ich muß zugeben, daß sie wesentlich besser schmeckte. Ich habe sie nur einmal probiert; aber Julia hat sich die ganze Zeit daran gemästet.«

Eine Motte läßt sich auf einer weißgestrichenen Wand nieder, weil sie sie für eine Blume hält. Sie frißt. Binnen weniger Tage verbrennt sie sich an einer heißen Glühbirne oder flattert so lange gegen die Decke, bis sie stirbt. Ghettobabys kauen Farbbrocken, weil sie sie an die Kartoffelchips erinnern, mit denen ihre Mütter sie fütterten. Wenn sie älter werden, geben sie sich anderen Vergnügungen hin, wie Drogen oder Waffen, und sterben daran. Welche Chance hatte dann Julia, die sich seit Wochen nur von Farbe ernährte und trotzdem allmählich verhungerte?

»Rühren!« Julia lag auf dem Lebensmittelberg, während ihre Beine, Fühler und Palpen wie wild rührten und die Nahrungsmittel durch die Gegend schleuderten.

»Wir müssen sie aufhalten«, sagte Kotex. »Und ihr das Versprechen abnehmen, daß sie es nicht wieder tun wird.«

»Schlagen!« schrie Julia. Die Essensbrocken flogen jetzt bis zur Höhlendecke hinauf.

»Und wenn sie es nicht verspricht?« fragte Bismarck.

»Dann schmeißen wir sie raus«, erklärte Pfirsichkern.

»Und sie kommt schnurstracks wieder zurück«, sagte Barbarossa.

»Brecht der Schnepfe alle Knochen«, empfahl Sufur. »Dann wird sie schon draußen bleiben.«

Pfirsichkern verpaßte ihm einen Hieb gegen die Flügel.

»Sie wird sich neue Beine wachsen lassen«, gab Bismarck zu bedenken.

»Vorausgesetzt, Ira entdeckt sie nicht vorher ...«, meinte ich.

Dreihundert Millionen Jahre lang war unser Hauptinstinkt simpler Optimismus gewesen. Aber Julia stellte jetzt eine zu große Gefahr für die Allgemeinheit dar; wir konnten nicht warten, bis die Natur diese Bedrohung beseitigte. Für die Kolonie war es ein bemerkenswerter Fortschritt: Wir diskutierten nicht nur, wir trafen eine Entscheidung.

»Das Wichtigste ist, daß wir ihr nicht weh tun«, sagte Pfirsichkern. »Sie hat ja auch keinem von uns weh getan.«

»Versuch doch mal, ihr 'n Klistier zu verpassen, ohne ihr weh zu tun«, höhnte Sufur.

»Was ist mit deinen sechzehn anderen Schwestern«, fragte ich Kotex, »und deinen hundertvierundzwanzig Halbschwestern? Julia bringt sie alle in Gefahr. Nur jemand wie Ira könnte ihre Untaten verteidigen.«

»Zumindest bestrafen die Menschen ein Verbrechen«, sagte sie bitter. »Was weißt du denn schon, Numeri? Sie könnte jeden Moment aufhören, und morgen wäre wieder alles in Ordnung, ohne daß jemand etwas zugestoßen ist. Aber du kannst es ja kaum erwarten, ihr etwas anzutun. Vielleicht bist du, der Prophet, die eigentliche Gefahr.«

»Wenn sie nicht deine Schwester wäre, würdest du nach ihrem Blut lechzen«, widersprach ich. Aber sie hatte mich nachdenklich gemacht.

»Worauf warten wir noch?« fragte Barbarossa.

»Das hätte ich nicht von dir erwartet, Numeri«, rief Kotex. »Du wirst mich nicht mit dem Blut meiner Schwester besudeln.« Sie rannte mit Pfirsichkern die Wand hinauf. Snot, der eine so große Klappe gehabt hatte, zögerte und rannte dann hinterher. Julia warf wieder mit den Nahrungsmitteln um sich, die ich mühsam aus der Küche hinter die Fußleiste geschleppt hatte. Der Haufen auf dem Boden wuchs bedrohlich.

Ohne ein weiteres Wort krabbelten Bismarck, Barbarossa, Sufur und ich zur Öffnung, so dicht an den Boden gepreßt, daß unsere Sterniten, unsere Bauchplatten, über die Unebenheiten in der Wand schabten. Es erfüllte mich mit Schrecken, daß dieses Weibchen, das mir einst so nahegestanden hatte, nun eine Fremde war.

Auf Bismarcks Zeichen hin stürmten wir hinein. Julia kreischte und empfing uns mit Wurfgeschossen, traf jeden von uns mehrere Male, aber ohne uns ernstlich zu verletzen. Wir stießen tiefer in die Höhle vor. Bis auf Julia schien das dunkle Gewölbe leer zu sein.

»Es ist aus, Julia«, rief ich.

»Eisgekühlt!« Die Nahrungsbrocken wirbelten um sie herum wie wütende Bienen.

Bismarck, der sich Julia von der anderen Seite her näherte, schlich sich an sie heran. Sie fuhr herum und richtete ihre Lippenpalpen wie Kobras auf. Sufur und ich stürmten los. Als sie sich zu uns umdrehte, zogen Bismarck und Barbarossa den Kreis noch enger. Ich fühlte mich elend.

Aber als Bismarck schrie: »Jetzt«, griffen wir an.

In diesem Moment begann Julia zu rotieren, und die Nahrungsbrocken explodierten. Wahnsinnig, aber berechnend, hatte sie große, scharfkantige Geschosse gehortet, die jetzt auf uns niederprasselten. Mein Blickfeld verschwamm, als Schmerz meine Augen durchzuckte. Als die Spitze meines rechten Fühlers abgetrennt wurde, ergriff ich von Entsetzen geschüttelt die Flucht.

Langsam ließ der Schmerz nach, und ich stellte fest, daß ich mich am anderen Ende der Fußleiste befand; trotz meiner Blindheit hatte ich eine beachtliche Strecke zurückgelegt. Meine blutbefleckte Epidermis brannte. Das Grauen hielt mich in seinem

Griff. Mich kümmerte nicht mehr, daß Julia ein Opfer des Hungers war; sie hatte aus mir ein Opfer gemacht.

Welche geistigen Mechanismen sind dafür verantwortlich, daß man von einem Moment zum anderen die Realität völlig verändert wahrnimmt? Wie kommt es beispielsweise, daß man einen wunderschönen Traum zugunsten eines grauen Morgens aufgibt? Ich weiß es nicht. Aber in jener Stunde hatte mich Julia in eine neue Realität gestoßen. Als meine Instinkte mich verließen, übernahm die Bibel die Kontrolle.

»Und all das Volk sah es donnern und blitzen und Rauch über dem Berg aufsteigen; und als das Volk dies sah, floh es.«

Ja, das stimmte. Aber was tun?

»Einen Altar aus Erde sollt ihr errichten, und darauf sollt ihr mir Brandopfer bringen und Sühneopfer, euer Schaf und euren Ochsen; und dann werde ich über euch kommen und euch segnen.«

So sollte es sein.

Während der nächsten Stunden handelte ich im Interesse der Kolonie. Spielte es eine Rolle, daß ich von Mythen geleitet wurde, die ich zufällig als Kind verschlungen hatte? Ohne sie wäre ich vielleicht instinktiv am Ende der Fußleiste gestorben.

Wieder näherten wir uns dem Bereich von Julias Chaos. Auf Bismarcks Kommando hin griffen wir an, dieses Mal gleichzeitig, um ihren Widerstand zu brechen.

Jeder klammerte sich an eines ihrer Beine. Ihr linkes Hinterbein erwischte mich mehrmals am Kopf, ehe es wieder im Wirbel der hochgeschleuderten Nahrungsbrocken verschwand. Ich war bereit, die Strafe anzunehmen; das Ende war vorherbestimmt. Als ich ihr Bein endlich zu fassen bekam, hielt ich es fest. Sie schüttelte uns vier wie Puppen hin und her.

Unser Gewicht ließ sie langsamer werden, und die Wolke aus Nahrungsbrocken sank in sich zusammen. Bald konnte ich meine Kameraden sehen, über und über mit Kleie, Weizenkeimen, Pfeffer und Reis bedeckt, mit allen sechs Beinen eines ihrer Gliedmaßen festhaltend, genau wie ich. Ich öffnete den Mund und schnappte ein paar Körner auf.

Schließlich gab Julia Child auf. Eine Minute lang war sie still, dann trat sie mit ihren mittleren Beinen um sich, aber sie konnte uns keinen Schaden mehr zufügen.

Ihre Augen loderten. »Laßt sie ja nicht los, nicht einmal für einen Moment«, sagte ich.

»Scheiße, dieses Miststück hat mir meine neue Schale zerkratzt«, fluchte Sufur. Er sah aus, als wäre er ein Reibeisen hinuntergerutscht.

»Wir müssen sie fesseln«, sagte Bismarck.

Wir drehten sie um und preßten ihre Beine an ihren Körper, verhakten sie in den Stacheln und Borsten. Sie konnte sich zwar wieder befreien, doch das würde mit Schmerzen und Lärm verbunden sein, der uns rechtzeitig warnen würde.

Vorsichtig, einer nach dem anderen, ließen wir sie los. Sie heulte und bäumte sich auf, aber vergeblich. Zum erstenmal seit unserer Ankunft wagten sich die anderen Bewohner aus ihren Verstecken in der Fußleiste.

»Was werdet ihr mit ihr machen?« fragte Navel Lint.

»Was ihr machen werdet, Süßer? Ich werde es dir sagen«, gackerte Julia. Die Neuankömmlinge wichen zurück. »Zuerst schnetzeln und dann schlagen und dann mixen und dann reiben ...«

Die Entscheidung war gefallen; ich würde keine weitere Diskussion zulassen. Ich bat die anderen drei, mir beim Tragen zu helfen. Von jeder Verantwortung befreit, waren sie nur zu gern dazu bereit. Wir hoben sie hoch und schleppten sie durch die Öffnung.

Kaum lag die Fußleiste hinter uns, gab Julia jeden Widerstand auf. Sie wußte, daß sie verloren hatte. »Vorsichtig schütteln«, sagte sie leise.

»Was hast du vor?« fragte Bismarck.

Sie waren schockiert, als ich es ihnen sagte.

»Heuchler«, rief ich. »Es ist genau das, was ihr vorgeschlagen habt. Hier. Sie gehört euch.«

Erneut zeigte sich unser Instinkt der Krise nicht gewachsen. Nach kurzer Debatte lag die Verantwortung wieder bei mir. Julia hörte teilnahmslos zu, was ich als Beweis für die göttliche Gerechtigkeit meines Plans interpretierte. Im nachhinein glaube ich, daß sie lediglich unter Schock stand.

Wir schleppten sie zur Gasheizung. Dies war der tödlichste Ort in der ganzen Wohnung, sengend heiß, mit glatter und verräterisch weißer Emailleverkleidung. Wir legten Julia auf den Rücken und zerrten sie zur Zündflamme. Hier im Gehäuse fühlte ich mich ein wenig sicherer. Die Zündflamme, das ewige Feuer dieses Altars, wärmte uns.

Julia war völlig katatonisch. Ich befreite ihre Beine. Bismarck packte mich. »Was hast du vor?«

Aus tiefster Überzeugung sagte ich: »Fürchte dich nicht, denn Gott ist gekommen, um die Sünder zu richten.«

»Bei diesem Scheiß rollen sich mir glatt die Fußnägel auf«, meinte Sufur zu Bismarck.

Ihre Beine waren jetzt frei, aber ich war sicher, daß sie keinen Fluchtversuch machen würde. Ich wies die anderen an, sie an den Gliedmaßen zu packen, doch sie schienen jetzt genausoviel Furcht vor mir zu haben wie vor ihr.

»Er will die Schlampe braten«, sagte Sufur. »Ich glaub's einfach nicht.«

Bismarck starrte mich an. »Warum machst du das?«

Ich wollte ihm demonstrieren, daß er genau wie ich handeln würde, wenn er klar denken könnte. Doch bescheiden intonierte ich nur: »Du sollst der Hexen Leben nehmen.«

Lange Zeit herrschte Schweigen. Zum erstenmal hatte ich Angst – daß sie mich verlassen würden und ich mein Werk nicht vollenden konnte. Mir war es egal, ob sie mit meinem Vorhaben einverstanden waren oder nicht.

Schließlich sagte Bismarck, mein einziger wahrer Freund: »Ich verstehe dich nicht, Numeri. Aber ich werde alt und habe wenig zu verlieren. Dies ist meine erste religiöse Handlung. Hoffentlich werde ich sie nicht bereuen.«

Er nahm ihre Vorder- und ich ihre Hinterbeine, und wir schleppten sie zur Zündflamme. Dann war das Werk vollbracht, der Gerechtigkeit Genüge getan, das Gemeinwohl vor Schaden bewahrt. Wir hatten sie nur ein paar Sekunden über die Flammen halten müssen, bis ihr Chitinpanzer zischte und Blasen warf. Bald hüllte uns der Gestank verbrannten Proteins ein – er hätte mir Angst einflößen müssen, doch ich blieb gelassen, weil ich ihn nicht mit dem Tod, sondern mit den Kochkünsten der Zigeunerin assoziierte.

Julia nahm es fatalistisch hin. Ihr Körper zuckte in der Hitze, aber nur aus einem Reflex heraus, nicht um Widerstand zu leisten. Ihre letzten Worte waren: »Auf jeder Seite zwei Minuten braten.«

Nach zwei Minuten drehten wir sie um. Wieder ging es mit dem Zischen und Blasenwerfen los, und der Gestank wurde stärker, doch es war sinnlos. Sie war bereits tot.

»Ich hoffe, daß wir damit leben können«, sagte Bismarck. »Ich hoffe es wirklich.« Als wir sie neben die Flamme legten, brach eines von Julias spröden Beinen ab. Er starrte es an. Die beiden anderen zuckten zusammen und wichen zurück.

»Geht«, sagte ich.

Als sie die Küche verlassen hatten, schulterte ich ihren Leichnam. Mein Unbehagen war verflogen; dies war nur noch ein verkohltes Etwas, viel schwärzer und viel leichter, als es Julia gewesen war. Es roch nach Kohle, nicht nach Pheromonen. Sie hatte eine glatte Haut gehabt; dieses Etwas fühlte sich rauh und klebrig an.

Ich kletterte an der Heizung hinauf und quetschte sie durch den Lüftungsschlitz. Ihr schwarzes, entstelltes Gesicht hatte einen resignierten Ausdruck. Das gefiel mir; in diesem Leben erwartete ich keinen Dank.

Ich wußte, daß ich nicht das würdigste Grab für sie ausgewählt hatte; zu den entsprechenden Bibelversen bin ich nie gekommen. Aber es genügte mir zu wissen, daß Ira sie nie wegwischen oder aufsaugen würde, als wäre sie ein Haufen Unrat. Wenn er seine Technik gegen sie einsetzte, dann würde sie fliegen und mit den Engeln tanzen.

Amerikanische Legionen

»Noch vor Sonnenaufgang hätte sie uns alle ins Verderben gestürzt.«

»Ich weiß«, sagte Bismarck.

»Ich hatte keine andere Wahl.«

»Ich weiß.«

Trotzdem fühlte ich an diesem Tag ihr Blut an meinen Händen kleben. »Was hat das alles für einen Sinn? Wenn es mir endlich gelungen sein wird, Ira und die Blondine zusammenzubringen, werden wir alle entweder verrückt oder tot sein.«

»Das gehört zu der Herausforderung«, meinte Bismarck. »Du mußt alle lange genug am Leben erhalten, um sie zu retten.«

Trotzdem sah die Zukunft weit düsterer aus als noch am Vortag. Julias Amoklauf hatte mich und viele andere Bücherkinder in die totale Resignation getrieben. Warum hatte er nicht inspirierte heroische Akte der Selbstverteidigung ausgelöst? Wenn der Hunger uns doch mehr zusetzte als vermutet, was würde dann erst jetzt aus uns werden, wo Julia einen Großteil unserer Vorräte vernichtet hatte?

Bismarck hatte wahrscheinlich recht; es gab nur eine Möglichkeit, die Kolonie moralisch und körperlich wieder aufzurichten und ihr verlorenes Vertrauen zurückzugewinnen – ich mußte sofort für Nahrung sorgen.

Mir fiel nur ein Ort ein, wo ich welche finden konnte, am Ende des Flures. Obwohl ich nicht sicher war, ob ich es allein schaffen konnte, wußte ich doch, daß nach dem Vorfall in der Heizung niemand mit mir kommen würde.

Selbst wenn mir Julia alle meine Augen ausgestochen hätte, ich hätte den Weg zur Wohnung der Tambellinis mühelos gefunden. Die Gerüche von Olivenöl, Tomaten, Knoblauch, Zwiebeln, Käse und Pepperoni, die unter ihrer Tür durchdrangen, ließen unsere eingelegten Heringe mit Meerrettich so appetitanregend wie Gummihandschuhe erscheinen. Diese begehrteste Wohnung im ganzen Gebäude war seit Generationen der Sitz einer großen Kolonie Blattellae germanicae gewesen. Vor zehn Jahren hatten Periplanetae americanae – Mutantenkakerlaken, die uns an Körpergröße vielfach übertrafen – die Wohnung in einem viermonatigen blutigen Krieg erobert. Seitdem war die Verbindung abgebrochen; ich krabbelte unter der Tür hindurch und fragte mich, ob ich auf eine wohlgenährte und glückliche Kolonie oder auf bösartige Riesen stoßen würde, die meine Spezies noch immer mit Haß verfolgten.

Überrascht stellte ich fest, daß die Tür nicht bewacht war. Ich ging in die Wohnung. Von der Schlafzimmertür aus sah ich den gespenstischen Widerschein des Fernsehers über die grelle Tapete tanzen – die Hölle im modernen katholischen Haushalt.

Hector Tambellini, der für mich nicht sichtbar im Bett lag, sagte gerade: »Schau dir Johnny an. Seine Exfrau preßt ihn bis auf den letzten Groschen aus. In ihrem ganzen Leben hat sie keinen einzigen Tag gearbeitet. Weißt du, was du von mir bekommst, wenn du mich verläßt, Vi? Das hier …« Klatsch.

Aus dem Fernseher drang Gelächter. Ich ging an der Tür vorbei.

»Wie könnte irgendeine Frau einen Gentleman wie dich verlassen?«

Ich trat über die Schwelle der Küchentür und rechnete jeden Augenblick mit einem Angriff. Aber der Raum war leer. Ich war erleichtert – aber zur gleichen Zeit auch verärgert, daß die Periplanetae so sorglos mit ihrem Reichtum umgingen, während meine Kolonie darbte.

Plötzlich spürte ich strafende Blicke in meinem Rücken, als hätte jemand meine Gedanken belauscht. Aber ich konnte niemanden sehen. Ich machte ein paar zögernde Schritte nach vorn, dann zurück, und die Blicke folgten mir. Ich sprang in einen Riß im alten Linoleum.

Doch nichts rührte sich. Es konnte sich nur um eine Periplaneta americana handeln, die sich irgendwo in den Schatten verbarg und sich ihren hochgeistigen Vergnügungen hingab. Es hatte keinen Sinn, sich vor ihr zu verstecken.

Kaum hatte ich den Riß verlassen, erkannte ich, daß ich mich geirrt hatte. Die Augen, die mich beobachteten, waren nicht ständig in Bewegung wie die einer Periplaneta; um genau zu sein, sie waren starr auf einer Rotholzunterlage angebracht. Es waren auch keine Facettenaugen, nicht einmal normale Menschenaugen – sondern Menschenaugen im Stil des Quattrocento, die keiner anderen als der Freundin meiner Kindheit gehörten, der Madonna. Sie hing einen halben Meter über der Zuckerdose an der Wand. Ihr Sohn, ebenfalls aus Holz geschnitzt, lag in ihren Armen und sah gar nicht gut aus. So etwas Grauenhaftes war mir noch nie begegnet. Und obwohl ich erst in der vergangenen Nacht auf biblischen Befehl hin gehandelt hatte, bezweifelte ich, daß ich jemanden um Gnade bitten konnte, der mir so etwas antat.

Gnade war nicht das Thema des Abends. Ich stieg vom Stuhlbein herab, nur um der Larve einer Periplaneta americana gegenüberzustehen. Larve – sie war bereits doppelt so groß wie ich. Als sie zu schreien begann, stopfte ich ihr eine Handvoll Staub in den Mund. Aber schnell waren wir von ihren Watusi-Brüdern umringt.

Die Größe dieser Tiere überwältigte mich. Ira katzbuckelte vor Leuten, die hundert Pfund schwerer und dreißig Zentimeter größer waren als er. Diese Periplaneta-Ungeheuer waren viermal so groß und dreißigmal so schwer wie ich; ich war nicht nur kein Gegner für sie – ich konnte ihnen nicht einmal als Fußabtreter dienen. Ich fragte mich, wie sich Ira gegenüber einem Schwarzen von der Größe eines Busses verhalten würde.

Ein spielerischer Klaps der Larve schmetterte mich zu Boden. Irgendein Herkules stemmte mich über seinen Kopf, so daß ich mir den Boden ansehen konnte, auf dem er mich zu Brei stampfen würde. »Wir mögen keine Hunnen«, sagte er.

Er schleuderte mich quer durch den Raum. Mein erster Flug endete unvermittelt, und ich rutschte bäuchlings über den schmutzigen Boden. Vor einem Zahnstocher, der aus den nackten Dielenbrettern ragte, kam ich zum Stehen. Auf seine Spitze war ein verwesender Blattella-Kopf aufgespießt.

Ein menschliches Totem. Warum waren die Americanae trotz ihres Reichtums so grausam geworden, und warum waren sie kulturell so tief gesunken?

»Schafft den anderen Zahnstocher her«, sagte eines der Ungeheuer.

»Wir können seinen Kopf zu dem alten stecken. Das ergibt einen guten Schaschlikspieß.«

Meine Zeit lief ab. »Ich bin gekommen, um an eure Kakerlaken-Ehre zu appellieren.«

»Ehre? Ihr Hunnenbastarde habt euch im Kampf gegen uns wie Läuse benommen«, sagte ein runzliger Americana, der alt genug aussah, um am Krieg teilgenommen zu haben.

»Das war Jahre vor meiner Geburt«, sagte ich.

»Hört euch diese Stimme an. Ist er überhaupt ein Mann? Vi würde ihn als Kontratenor bezeichnen.« Sie lachten, und ich haßte sie mit jeder Faser meines Herzens.

»Es ist politisch klug, Verbündete in anderen Wohnungen zu haben«, erklärte ich mit meiner tiefsten Stimme.

Der Kriegsveteran zog den Zahnstocher aus dem Boden und drohte mir mit ihm; es war so schrecklich, als hätte Ira eine Eiche entwurzelt. Der Kopf nickte höhnisch. »Wir brauchen euch nicht, und wir werden euch auch nie brauchen. Was willst du von uns? Sag es. Nein, bitte darum.«

Der Kreis um mich zog sich enger. Ein Weibchen überschüttete mich mit Pheromonen (die Americana-Version der menschlichen »Direktwerbung«). Sexuelle Reize überwinden nicht die Barrieren zwischen den Spezies, und wenn doch, so waren ihre von toxischen Dosen Knoblauch vergiftet.

Die anderen Männer schienen nicht so zu empfinden; sie begannen mit den Albatrosflügeln zu flattern. Der heftige Luftzug fegte mich über den Boden. Ich stemmte mich ab und bohrte mir einen Splitter ins Bein, der sich wie ein Speer in meinem Fleisch anfühlte. Als ich ihn herauszuziehen versuchte, prallte ich gegen die Wand.

Jedesmal, wenn ich mich von der Wand abstieß, wurde ich wieder zurückgeschleudert. Während mich der Sturm gegen die Wand preßte, balancierte ich auf meinem Hinterteil, die Beine in der Luft. »In Ordnung, Goliaths, hört mir zu. So, wie ihr lebt, können euch die Itaker mit einem Becher Borsäure auslöschen. Ich bin gebildet; das heißt, ich kann lesen. Ich kann euch über die Welt informieren, euch warnen. Als Gegenleistung verlange ich nur eine eurer abgeworfenen Schalen. Das ist alles.«

Die Bestien lachten und erfüllten die Luft mit italienischen Gerüchen. Der Kriegsveteran sagte: »Wie hättest du sie denn gern? Mit Ricottakäse oder Parmaschinken gefüllt?«

»Nur die Schale.«

Enttäuschtes Gemurmel kam auf; meine Bitte war zu bescheiden, um abgelehnt werden zu können. Abgeworfene Schalen sind wichtige Bestandteile der Nahrung vieler Insekten. Aber da sie nicht besonders schmackhaft sind, lagen sie hier ungenutzt herum.

Ein häßlicher Periplaneta mit einer großen Narbe am Kopf drängte sich zwischen die anderen. »Für uns sind sie nichts wert, aber vielleicht will er uns eine Falle stellen. Uns auffliegen lassen. Schaut euch doch seine Augen an; er haßt uns wie die Pest.«

Das stimmte. Aber die anderen wandten sich ab. Als der Sturmwind nachließ, fiel ich zu Boden.

Ich blickte auf und sah die vollkommenste aller Periplanetae, groß und schlank, mit Schenkeln wie polierter Obsidian. Ihr Gesichtsausdruck war verführerisch, aber bösartig. Ich steckte in Schwierigkeiten.

»Ich habe gehört, du willst dir ein Stück von unserem Leben holen«, sagte sie und führte mich zu einem Haufen Kadaver.

»Nur eine abgelegte Schale, das heißt natürlich, wenn du nichts dagegen hast.«

»Ich bin Frau Amerika, Königin dieses Volkes. Unsere Kultur basiert auf dem Austausch von Waren und Dienstleistungen.« Mit einem ihrer mittleren Beine stieß sie gegen einen Rückenschild. »Wir sind nicht von der Wohlfahrt.«

Die anderen drängten sich um uns. »Meine Kolonie ist so arm, daß ich euch nichts anbieten kann, was ihr nicht schon habt«, antwortete ich.

Sie streichelte mich. Ihre Liebkosungen fühlten sich wie Hammerschläge an. »Na, na, wenn du die Schale wirklich willst, dann wird dir schon etwas einfallen.« Ich sah mich nach dem Notausgang um. »Wir sind nicht herzlos. Ich werde dir geben, was du brauchst, wenn du mir gibst, was ich brauche.«

Die Menge johlte.

»Ich bin geschmeichelt«, sagte ich. »Aber was könnte ich einer begehrenswerten Stute wie dir schon bieten, die so viele potente Bullen um sich hat?«

Die Männchen klatschten, die Weibchen pfiffen. Sie sagte: »Sie langweilen mich, diese Tölpel. Immer dasselbe: Eins, zwei, drei, schon ist's vorbei. Sie wissen nicht, was ich brauche.«

Sie trat auf mich zu. Ich wollte zurückweichen, aber die Menge hinderte mich daran.

»Begehrst du mich nicht?« Sie sprühte mich voller Verlangen mit ihren Pheromonen ein wie eine Kosmetikvertreterin.

Mein Puls beschleunigte sich, und meine Flügel bebten. Es war unmöglich. »Ich bin nur ein kleiner Hunne, der dich nicht enttäuschen will.«

Ihre zweite Pheromonwolke verkrampfte meine Beine und blendete mich. Sie wetzte ihre Fühler an meinen wie Messer an einem Schleifstein.

Als ich meine Flügel spreizte, hatte aller gesunder Kakerlakenverstand mich verlassen: Ich dachte nicht an den Schmerz, den Größenunterschied, nicht einmal an die Perversität der Szene. Ich dachte nur daran, daß Sex möglich war. Seltsamere Dinge waren geschehen – Ira und die Zigeunerin, Sodom und Gomorrha.

Dann sprach ich einen der bedauerlichsten Sätze meines Lebens aus: »Okay, Frau Amerika, tu es.«

Ich erwartete die Berührung ihres Mundes an meiner Drüse. Als sich mein Blickfeld klärte, sah ich, wie ihr Kopf nach unten stieß. Ich kauerte mich auf den Boden. Aber sie war sanft. Die Macht meiner Chemikalien würde uns auf die gleiche Stufe stellen; bald würde auch sie meinem Zauber erlegen sein. Ich würde sie mit zu Ira nehmen, und sie würde Ben Franklin aus meinem Schrank werfen, als wäre er aus Luft. Wir konnten zusammen jenen Plan ausführen, der eine Romanze zwischen Ira und der Blondine zum Ziel hatte. Und dann, wer weiß, vielleicht sogar eine Familie gründen.

Plötzlich warf mich Frau Amerika hoch in die Luft. Ich glaubte schon, meine Drüse würde abreißen. Während ich hin und her geschleudert wurde, zappelte ich verzweifelt mit den Beinen, und das ließ das Gelächter der Bestien noch lauter werden. Der glühende Schmerz in meiner Drüse pulsierte – Frau Amerika lachte ebenfalls.

»Diesmal hast du aber einen Heißsporn erwischt«, meinte ein Kriegsveteran.

Sie spuckte mich aus. Als ich auf dem Boden aufprallte, konnten meine Flügel meine geschwollene Drüse nicht mehr vollständig bedecken.

»Ihr kennt doch die Pfütze in der Waschschüssel«, sagte sie lachend und spuckend. »Der hier schmeckt genauso.«

Während sie sich weiter amüsierten, schlüpfte ich zwischen ihren Beinen hindurch. Selbst wenn ich es nicht bis zur Tür schaffte, konnte ich vielleicht eine Ritze in den Holzdielen finden, in der ich mich vor ihnen verstecken konnte. Sie hatten ihren Spaß gehabt; früher oder später würden sie meiner überdrüssig werden.

Aber ich war noch nicht weit gekommen, als ich Frau Amerikas liebliche Stimme hörte. »Wo willst du hin, mein Prinz? Du hast gesagt, du würdest mir geben, was ich brauche, und dein Wunsch ist mir Befehl.«

Gebieterisch stellte sie sich mir in den Weg. Ich schlüpfte unter sie; genausogut hätte ich eine Scheune betreten können. Es gab keine Möglichkeit, ihr zu entkommen.

»Frau Amerika«, rief ich. »In meiner Heimat heißt es: ›Sie bückt sich, um zu erobern.‹«

»Aber in Rom, amore, mußt du es auf die Art der Tambellinis machen.«

Die Tambellinis hätten die ganze Bande unter einem Stiefel zermalmt.

Ich orientierte mich an Frau Amerikas Schatten, um ihre Genitalien zu finden. Mein hakenähnlicher Phallus war noch nie zuvor voll ausgefahren worden; bisher war es noch nicht nötig gewesen. Aber ihre Genitalien waren schrecklich weit entfernt.

»Komm mir etwas entgegen oder vergiß es«, sagte ich.

Sie sah zu mir herunter; der Spott war aus ihrem Gesicht verschwunden. Ich zielte. Mein Phallus schwoll zu Rekordgröße an. Ich spürte Muskeln, von deren Existenz ich bisher nie etwas geahnt hatte. Als er zu schmerzen begann, tastete ich nach ihrer Öffnung, konnte sie aber nicht finden. Die Periplaneta-Wilden verhöhnten mich. Ich sah mich um; mein stolzer Phallus pulsierte zwischen ihren glänzenden Schenkeln, noch weit von seinem Ziel entfernt.

»Paß auf, sonst zerreißt er dich noch mit diesem Ungeheuer«, rief der Veteran.

Die hochmütige Schlampe wollte sich nicht bewegen. Ich pumpte Blut in meinen Unterleib. Aber ich war für ein derartiges Vorhaben einfach nicht gebaut.

»Achtung!«

Die Eingeborenen pfiffen und ahmten eine fallende Bombe nach. Jetzt senkte sich Frau Amerika auf mich. Kaum spürte ich ihr Gewicht, bog ich meinen Phallus und stieß ihn in sie hinein. Ihr spöttisches Gelächter brach ab; die Stille war süße Erleichterung. Aber ihr Loch war so groß, daß ich mich nicht festhaken konnte. Mein Phallus kreiste zweimal in der Höhlung und rutschte dann erschöpft heraus.

»Sie bückt sich, um zu erobern«, flüsterte Frau Amerika. »Du hast recht gehabt, es ist eine wundervolle Idee.« Sie ließ sich mit ihrem ganzen Gewicht auf meinen Rücken fallen.

Ich streckte alle sechs Beine von mir wie eine Krabbe. Die ungeheuerliche Last preßte mich flach auf den Boden. Frau Amerika veränderte ihre Position ein wenig und verstopfte noch mehr von meinen Tracheen. Bald konnte ich kaum noch atmen. Was hatte sie vor? Es gab einfachere Arten, mich umzubringen.

»Nicht so heftig, Hengst«, sagte der Veteran. »Sei zärtlich zu ihr.«

Es kostete mich all meine Kraft, ihr Gewicht zu ertragen. Ich hoffte, daß das Essensgeschoß, das ich aus Bismarcks Auge gezogen und verzehrt hatte, vorhalten würde, bis sich die Meute wieder beruhigte. Aber der Lärm schwoll an. Bald war er zu einem wilden Heulen geworden. Die Periplanetae sprangen wie die Menschenaffen herum. Noch nie zuvor hatte ich bei einer höheren Lebensform ein derartiges Benehmen beobachtet.

»Ein Bulle! Ein echtes Monster! Sie wird für immer verunstaltet sein.«

Ich hatte nicht die leiseste Ahnung, wovon sie überhaupt sprachen, und ich hielt es auch nicht gerade für einen feinen Zug, daß sie sich hinter mir zusammenrotteten. Alles in meinem Unterleib schien so zu sein, wie es sein sollte. Ich spannte die Muskeln, um sicherzugehen.

Und dann begriff ich. Das Undenkbare war geschehen. Das Gewicht von Frau Amerika hatte meinen Phallus wie Zahnpasta aus einer Tube herausgequetscht. Zweifellos lag er jetzt schlaff und nutzlos auf dem Boden.

Ich war zu schwach, um die ultimate Erniedrigung verhindern zu können.

»Alarm! Alarm! Deutsche Atomraketen im Anflug!«

Und so fiel meine kostbare Spermatophore, der genetische Garant für die Zukunft meiner Spezies, Traum jedes attraktiven Blattella-Weibchens, schmählich auf den schmutzigen Fußboden der Tambellinis. Die Meute kreischte triumphierend.

Frau Amerika löste sich von mir. Von ihrer Last befreit zu sein, war ein großartigeres Gefühl als jede sexuelle Befriedigung, die ich bisher erlebt hatte. Sie rollte sich auf den Rücken, wackelte mit den Beinen und seufzte: »Oh, Baby, so schön war es noch mit keinem.«

In diesem Moment wäre ich glücklich gewesen, hätten uns

Hec und Vi mit dem Insektenspray getötet. Während sich die Meute wie garstige Kinder um meine Spermatophore scharte, nahm ich die Schale einer früheren Version meiner Frau Amerika und schleppte sie davon. Ich hatte sie mir redlich verdient. Niemand kümmerte sich mehr um mich; sie waren zu sehr damit beschäftigt, meine Nachkommen zu belästigen.

Ich schleppte die Schale durch den Flur. Sie war dicker und schwerer, als ich geglaubt hatte.

Vi sagte: »Mein süßer Hec.« Zärtliche Klapse auf nacktes Fleisch folgten. »Du bist einfach nicht skrupellos genug, um Lettermans Job zu kriegen. Bleib ruhig im Postamt. Vielleicht steigen die Briefmarkenkurse.«

»Oh, Vi, meine Magdalena!«

Der Fernseher wurde dunkel. Ich hörte lautes Küssen, gefolgt vom Quietschen der Bettfedern. Ich machte, daß ich davonkam.

Es waren seltsame Zeiten, in denen der sicherste Ort für mich der Treppenhausflur im dritten Stock war, wo das Neonlicht mich wie einen Rockstar anstrahlte. Ich hatte die Nahrung für meine Kolonie, aber ich mußte befürchten, daß ich zusammen mit der Schale geröstet werden würde, wenn ich damit auftauchte. Und selbst wenn sie sie akzeptierten, würden wir uns nur ein paar Tage satt essen können, um dann wieder in Lethargie und Hoffnungslosigkeit zu verfallen. Eine zweite Chance würde ich nicht bekommen. Ich mußte mehr aus Frau Amerikas früherem Selbst machen.

Ich versteckte die Schale in einer Wandritze. Als am nächsten Tag James und die anderen auftauchten, mußte ich mich neben sie quetschen. Selbst im Tode erfüllte sie mich mit Haß und Furcht und – wie ich zugeben muß – mit Lust. Aber es war eine nützliche Folter: Mir wurde klar, wie mir Frau Amerika sowohl langfristig als auch kurzfristig helfen konnte. Ich mußte mich zunächst in Geduld üben.

Jeden Tag durchsuchte ich die Post auf Iras Fußmatte. Der Brief traf erst zwei Wochen später ein. Ich schleppte Frau Amerika bis zur Tür. Dann stülpte ich sie mir über, wie ein Indianer ein Büffelfell, und trug sie in die Wohnung.

»Überfall, Überfall!« kreischte Kirrer Leim. Ich war geschmeichelt. Die Handvoll Bürger auf dem Fußboden flohen zur Fußleiste. Ich marschierte durch den Flur.

Mehrere der Vibrams zerrten an einem Staubknäuel, das in der Türangel hing. Als einzige Überlebende einer tapferen Familie kamen sie mir gerade recht. Mit meiner tiefsten Stimme sagte ich: »Befolgt meine Befehle, oder ihr seid Antipasta.«

Goosh Vibram sah mich vorsichtig an und nickte dann. »Okay.« Ich war enttäuscht.

»Hoch mit euch, auf den Kaminsims.« Ich ließ sie zuerst nach oben steigen. Ich hatte nicht nur die Schale zu tragen, sondern mußte auch verhindern, daß ich enttarnt wurde. Oben angekommen, sagte ich atemlos: »Dieser weiße Bauer. Rückt ihn ein Feld weiter.«

Beine rutschten und kratzten über den Marmor, bis der Bauer das Feld gewechselt hatte. Für meinen Geschmack verhielten sich meine Mitbürger dem Feind gegenüber viel zu kooperativ.

Gnädig entließ ich sie anschließend in die Freiheit. Goosh fragte: »Warum verschieben wir nicht alle Figuren, Numeri? Das würde das Spiel wirklich durcheinanderbringen.«

Wir lachten. Ich stieß Frau Amerika vom Sims und kletterte nach unten. Dann deponierte ich sie im Schlafzimmer und kehrte ins Wohnzimmer zurück.

Kaum hatte Ruth die Wohnung betreten, sagte Ira: »Ich habe einen Brief von Lew Dubalew bekommen. Ich wollte ihn gerade öffnen.«

»Das ging aber schnell«, meinte Ruth. »Diesmal hat er nicht länger als vier Monate gebraucht.«

»Genau das macht mir Sorgen.« Er stellte das Schachbrett auf den Kaffeetisch. »Ich fürchte, ich habe etwas übersehen.«

»Sei nicht so pessimistisch. Vielleicht hat in Sibirien die Schneeschmelze eingesetzt, und der Postesel blieb im Schlamm stecken.«

Er öffnete den Brief. Ruth stand hinter ihm und hatte ihm ihre Hand auf die Schulter gelegt. Er starrte das Brett an und murmelte vor sich hin. Ich hatte Glück – Lews Zug galt einer Figur in der Mitte des Bretts, wo wir auch den Bauern verschoben hatten. »Ich glaube es einfach nicht. Siehst du? Dame nach B 6. Das ist sein Zug. Ich kann sie nehmen, und er ist geschlagen. Es ergibt keinen Sinn.«

»Aber wo ist das Problem?«

»Er macht keine Fehler. Es muß ein Trick sein.«

»Auch Russen machen Fehler, Ira. Deshalb haben sie ja den Gulag-Club.«

»Nicht dieser Russe.«

Ruth musterte den Briefumschlag. »Vielleicht hat der KGB den Brief heimlich geöffnet und seinen Zug verfälscht – damit du deinen Respekt vor Lew verlierst und aufhörst, deinen Kongreßabgeordneten zu belästigen.« Sie küßte die kahle Stelle auf seinem Kopf. »Warum wartest du nicht, wie es nach dem Essen aussieht?«

»Ich komme gleich nach.« Aber kaum daß sie gegangen war, zog er einen Stapel ähnlicher Briefe aus der Schublade des Lampentischs. Sie dokumentierten jeden Zug dieses Spiels. Ira stellte die Figuren auf ihre Startfelder, öffnete den ersten Briefumschlag – er hatte sie in den Ecken numeriert – und machte den entsprechenden Zug.

Ruth ließ ihn in Ruhe, bis das Essen fertig war. Zu diesem Zeitpunkt hatte er die Hälfte der Züge nachgespielt.

»Wie war dein Tag?« fragte sie bei Tisch.

»Okay.«

»Findley hat eine obskure Klausel in dem ursprünglichen Leasingvertrag entdeckt, der die gesamte Akquisition, an der ich gearbeitet habe, über den Haufen werfen könnte. Alle sind wie aufgeschreckte Hühner herumgerannt – ich eingeschlossen.« Sie war sehr aufgeregt.

Ira starrte auf seinen Teller und sagte: »Ich glaube es einfach nicht.«

»In Ordnung, Ira.« Ruth legte Messer und Gabel zur Seite. »Aber iß wenigstens noch etwas.«

Er brauchte eine weitere halbe Stunde, um bis zum aktuellen Zug zu kommen. »Der Bauer!«

Die Vibrams hatten aus Lews Bauer ein sinnloses, würdeloses Opfer gemacht; seine richtige Position war stark – er beherrschte die Felder vor Iras König. Ira lächelte; im Moment freute er sich mehr über Lews Können, als daß er sich seiner eigenen mißlichen Lage bewußt war. Das würde sich bald ändern.

Dies war der kritische Moment der Schuldzuweisung. Hatte er den Brief nicht richtig gelesen? Hatten Rufus oder Oliver die Figuren verstellt?

Ira stand auf und ging in die Küche. Ruth trocknete das Geschirr ab. »Nun, was macht die Schlacht?« fragte sie.

»Du hast das Spiel noch nie sehr ernst genommen, nicht wahr?«

»Natürlich nehme ich es ernst. Ich weiß, was es dir bedeutet. Ich habe mich nicht einmal beklagt, daß du das Essen stehengelassen hast, obwohl ich mir soviel Mühe damit gegeben habe.«

»Warum hast du dann die Figuren verstellt?«

»Ich kann nicht mal Schach spielen. Warum sollte ich?«

»Genau das möchte ich gern wissen. Es ist der einzige Gegenstand in der ganzen Wohnung, bei dem ich dich gebeten habe, ihn nicht zu berühren.«

»Ira, du benimmst dich einfach lächerlich. Ich habe das Brett noch nie berührt.«

Ira sah sie mißtrauisch an. »Und wie wischst du den Staub weg?«

»Gar nicht. Ich habe dir soeben gesagt, daß ich das Brett noch nie angerührt habe.«

Ira marschierte zurück ins Wohnzimmer und strich mit dem Finger über den Marmor. Er betrachtete ihn und rieb dann den Staub von der Fingerspitze.

Ein paar Sekunden später kehrte er in die Küche zurück. »Ich wollte dich nicht beschuldigen. Ich fürchte, das Spiel hat mich zu sehr gepackt.«

Ruth verzieh ihm sofort. Wieder einmal weigerte sie sich, ihm einen gerechten Verweis zu erteilen. Aber ich würde sie heute nacht noch zur Vernunft bringen.

Nach einem ereignislos verlaufenen Abend schaltete Ira das Licht aus. Ich zerrte ein Stück Cellophan, das von Rufus' Zigarrenschachtel stammte, hinter dem Sofa hervor, wo ich es versteckt hatte, und deponierte es in der Mitte des Flures.

Ruth saß im Bett und trug eines ihrer hübscheren Nachtgewänder, ein weißes Spitzenhemdchen, das ihre Brüste perfekt zur Geltung brachte. Es war, als würde sie glauben, daß seine Anschuldigung ihm ein schlechtes Gewissen machte und er besondere Zuwendung benötigte. Dies war die Art von Appeasement-Politik, die Kriege erst ermöglichte.

Aber Iras abendliche Routine war für mich günstig; er stand immer an derselben Stelle neben dem Nachttisch, wenn er seine Armbanduhr abnahm. Genau dort hatte ich Frau Amerika plaziert.

Eine Fahne aus Mundwasser wehte vor ihm her, als er das Schlafzimmer betrat. »Vergiß Lew«, sagte Ruth. »Komm her und mach bei mir ein paar Züge.«

Einen Moment später trat er mit dem großen Zeh auf Frau Amerika; wenn sie es doch persönlich gewesen wäre! Er griff nach seiner Brille. »In diesem Zimmer ist ein verdammter Wasserkäfer!« Er sprang aufs Bett. Mir gefiel der Ausdruck »Wasserkäfer«. Er war so erniedrigend. Ich wünschte, mir wäre er in der anderen Wohnung eingefallen. »Ruth, ich lebe schon seit fünf Jahren in diesem Apartment, und ich habe noch nie einen Wasserkäfer gesehen.«

»Was willst du damit sagen?«

Er zitterte. »Ich stelle nur eine Tatsache fest. Dies ist nicht der erste Zwischenfall. Seit du eingezogen bist, haben wir Ungeziefer im Schlafzimmer.«

Ruth kehrte auf ihre Seite des Bettes zurück. Ich zog Frau Amerika zurück in den Schatten des Bettbeins.

»Und da Leben nicht spontan entsteht ...«

»Ja?« Endlich, nach all den Monaten, machte sich Zorn in ihrer Stimme bemerkbar.

»Du willst, daß ich es ausspreche? Okay. Demnach muß es etwas mit deiner Hygiene zu tun haben.«

»Meiner Hygiene? Wie kannst du es wagen? Was war denn mit der Schlampe, die vor mir hier gelebt hat? Ich muß noch immer ihren Dreck wegmachen. Meine Hygiene!«

»Laß sie gefälligst aus dem Spiel«, brüllte Ira. »Als sie hier lebte, hat es hier keine Wasserkäfer gegeben.«

»Nein, so schlampig wie sie war, hat sie mindestens Krabben eingeschleppt.«

»Versuch nicht, vom Thema abzulenken«, sagte Ira. »Warum schaust du dir deinen Schlafzimmergast nicht selbst an?«

Ruth schnaubte. Jetzt hatte ich sie. »Falls mir das weitere Ausbrüche deiner kindischen Hysterie erspart, bitte. Geh mir aus dem Weg.« Sie rutschte über das Bett und schaute über den Rand. »Wo ist er?«

»Direkt unter deiner Nase.«

Das deckte ein großes Gebiet ab. »Nun, er ist weg.«

»Ich bin direkt draufgetreten. Er muß da sein.« Frau Amerika war in Sicherheit; Ruth interessierte sich nicht für sie, und

Ira würde es nicht wagen, auf allen vieren nach einem lebenden Wasserkäfer zu suchen. »Ich werde nicht schlafen, solange ein krankheitsübertragendes Ungeziefer in diesem Zimmer herumläuft. Ich hole das Spray.«

Mit zusammengebissenen Zähnen machte er einen beeindruckenden Sprung vom Bett zur Tür und marschierte dann mit Riesenschritten durch den Flur. Beim vierten Schritt verfing sich das Cellophan zwischen seinen Zehen. Iras Schrei ließ Ruth mit wogenden Brüsten in den Flur eilen.

Er sprang auf das Wohnzimmersofa. »Das reicht!« Er knipste die Lampe an und hob den Fuß. Aber dann senkte er ihn wieder, überrascht, sogar enttäuscht, daß seine Sohle nicht rot und braun gefleckt war.

»Was ist passiert?« fragte Ruth.

»Ich bin wieder auf dieses widerliche Tier getreten.«

»Zeig her.«

»Du wirst mir schon so glauben müssen.«

Ruth hatte sich bereits wieder beruhigt. Besänftigend sagte sie: »Worauf du auch immer getreten bist, es ist längst auf und davon. Laß uns ins Bett gehen. Wenn du willst, rufe ich morgen den Kammerjäger an.«

»Ich schlafe hier. Für heute habe ich schon genug Abenteuer erlebt.« Ira zog sich das Kissen über den Kopf und drehte sich auf die Seite.

Sie streichelte seinen Rücken. »Komm ins Bett, Liebster. Du wirst dir hier in der Kälte den Tod holen.«

Nach einer Weile ging sie.

Ich rannte ins Bad und versteckte mich unter dem Toilettensitz; ich mußte herausfinden, welche Wirkung mein Manöver auf sie hatte. Kaum hatte sich ihr Hinterteil herabgesenkt, pfiff ihr Schließmuskel eine fröhliche Melodie. Sie hatte ihre Lektion gelernt.

Ich hörte Cellophan rascheln. Offenbar hatte sie es im Flur

gefunden. Es kümmerte mich nicht; ich hatte meinen Job erledigt.

Ein kratzendes Geräusch, und ich roch ein Streichholz, eine Zigarette. Einmal hatte ich eine Packung Virginia Slims in Ruths Handtasche gesehen, aber bisher hatte sie in der Wohnung noch nie geraucht. Warum jetzt? Warum rauchten die Frauen, wenn sie aufgeregt waren; wirkte Sauerstoffmangel beruhigend auf sie? Oder hatte Nikotin einen tröstenden Effekt? War die Zigarette für sie eine Art Phallus, auf dem es sich nach Herzenslust herumkauen ließ?

Dies war ein unverzeihliches Vergehen. Wenn Ira Ruth verstieß, würde Elizabeth oder eine andere Frau – es spielte keine Rolle – ihren Platz einnehmen. Selbst wenn er es nicht tat, würde Ruth in seinen Augen für immer minderwertig sein, und jede andere Frau würde besser aussehen – vor allem jene, die sowieso besser aussahen.

Ich wünschte, ich könnte die Zigarettenglut sehen, den kleinen Scheiterhaufen ihrer Liebe. Aber ihre fleischigen Schenkel deckten die Schüssel vollständig ab.

Dann hatte ich einen beunruhigenden Gedanken. Diese Schenkel hielten das Methangas im Klosett gefangen. Ihre Zigarette brannte ab, und es gab nur einen Ort, wo sie die Kippe loswerden konnte – hier unten. In dem Moment, in dem die Glut mit dem Gas in Berührung kam, würde es explodieren und uns geradewegs durch die Decke jagen. Ruths Kopf würde in der Toilette über uns landen, und sie würde die Howards aus Apartment 48 so sehen können, wie ich Ruth jetzt sah. Und ich …

Wo konnte ich mich verstecken, wohin konnte ich fliehen? Der letzte Zug. Die Zigarette war zu Ende. Ihre Schenkel öffneten sich. Ich raste los. Ihre Hand senkte sich zwischen ihre Beine, und sie neigte den Kopf. O Gott, nein! Gib mir Zeit! Aber sie ließ die Kippe los.

Ich war tot. Ich wartete auf die Harfenklänge, auf die wundervollen Verse, die ich als Larve gelesen hatte. Aber ich hörte nur ein *Sssss*. Und es war vorbei. Beschämt kehrte ich unter den Sitz zurück.

Ruth stand auf und warf einen Blick auf die schwimmende Kippe, die sich langsam in der Schüssel drehte; sie schien sich zu fragen, ob sie sie als Zeichen ihres Trotzes dort lassen sollte. Aber dann zog sie ab, öffnete das Fenster und setzte sich schniefend auf den Rand der Badewanne.

Jetzt war ich gefordert. Ich raste aus dem Bad und die Flurwand hinauf. Als ich in das Gehäuse des Rauchdetektors kroch, war ich völlig außer Atem.

Bei dem Detektor handelte es sich um ein photoelektrisch arbeitendes Modell. Ira weigerte sich, durch den Vermieter das billigere, auf Ionisierungsbasis arbeitende Modell einbauen zu lassen – das ich nicht hätte manipulieren können –, da er Angst vor einer Strahlenbelastung hatte.

Ich wußte, daß es ein fürchterlicher Schock werden würde. Ich nahm allen Mut zusammen und krabbelte über den kleinen Spiegel, blockierte den Lichtstrahl und löste den Alarm aus. Das Heulen traf mich wie eine Schuhsohle. Meine intersegmentären Membranen fühlten sich wie Bruchstellen an, die mich zu einem Haufen kleiner Larven reduzieren würden.

Ich fiel von dem heftig vibrierenden Spiegel auf den Boden des Gehäuses. Durch Iras wöchentliche Tests wußte ich, daß die Qual nur eine Minute dauern würde.

Als mein Hörvermögen wieder zurückkehrte, war die Schlacht in vollem Gang:

»Machst du das oft?«

»Dies war das erste Mal.«

»Es ist ekelhaft, abscheulich. Wie kannst du das in meinem Haus tun? Weißt du nicht, daß mein Vater an Lungenkrebs gestorben ist?«

»Hör auf damit, Ira. Es tut mir leid.«

»Es tut dir leid. Großartig. Zuerst die Wasserkäfer, jetzt das, und dir tut es leid.«

»Hör auf damit! Du bist so ungerecht!« Und sie begann zu weinen.

Das war's, Süße. Du brauchst dir so etwas nicht gefallen zu lassen. Trenn dich von ihm. Soll er doch versuchen, jemanden wie dich zu finden!

Aber als sie sich nach vorn beugte und ihr Gesicht in den Händen vergrub, legten sich die Fettrollen ihrer Hüften wie Decken über ihre Schenkel. Sie war ein Opfer des Schönheitsideals dieser Zeit und eine Gefangene ihres Alters. Sie konnte ihn nicht verlassen; es war zu spät für sie. Arme Ruth.

Mein Plan war, den Schrank für uns zu öffnen, und ich war zufrieden mit meinen Fortschritten. Aber es kümmerte mich nicht, warum oder für wen Ira sein Geld ausgab, solange er es nur tat. Ruth hatte ihre eigenen Probleme. Jetzt, wo ich mein Ziel erreicht hatte, hoffte ich auf ihre Kooperation, und ich würde sie nicht mehr als unbedingt nötig in die Sache verwickeln. Es machte mir keinen Spaß, ihr Kummer zu bereiten.

Elizabeth friert

Wieder einmal war es an der Zeit, den Samen der Unzufriedenheit ins Herz der Wainscotts zu säen. Selbst mit ausgestochenen Augen hätte ich ihr Apartment gefunden. Ihr Markenzeichen war Frische – das Fehlen von Gewürzen, der feinen Düfte von Brot und Butter, von Tiefkühlgerichten und Konservendosen. Auf gepflegten Kleidern, Möbeln und Teppichen wuchsen Kolonien bläßlicher WASP-Mikroorganismen. Die hier ansässige kleine, zähe Blattella-Kolonie, an chronischer Tracheelitis leidend, zeigte sich gegenüber allen Besuchern oder Nachrichten aus der Außenwelt verschlossen, denn sie wußte, daß draußen das Leben besser war.

Hätte ich die Expedition in Iras Apartment unternommen, sie hätte mich tief in die Schränke geführt, an unendlichen Reihen sorgfältig gestapelter Vorräte vorbei. Es hätte Tage dauern können. Aber hier in der Wohnung der Wainscotts war mein Ziel deutlich sichtbar und mühelos erreichbar, auf einem Berg aus Unrat, der den Schreibtisch krönte.

Ich kletterte am Schreibtischbein zur Platte hinauf. Staub bedeckte dick und bitter die Ebene. Über einen Stapel vergilbter, ungelesener Zeitungen gelangte ich zur »Bernstein's«-Schachtel, die Elizabeth vor ein paar Wochen von Ruth und Ira zum Geburtstag geschenkt bekommen hatte.

Ich schlüpfte in die Schachtel. Der Schal war maulwurfsgrau und auf jene schlichte Art gemustert, die Ruth so sehr liebte. Das Muster verlief in der Mitte und ließ an beiden Seiten breite Ränder. Diese waren mein.

Ich kletterte in die Schreibtischschublade. Hinter den abgebrochenen Bleistiften und minenlosen Kugelschreibern stand die Klebstoffdose mit dem schief sitzenden Deckel. Klumpige Fäden aus getrocknetem Klebstoff überzogen die Außenseite der Dose. Am Dosenrand, wo einer der Fäden am dünnsten war, biß ich ihn durch, krabbelte an der Dose hinunter und pellte dabei den Klebstoff ab. Schließlich fiel der Faden auf den Boden der Schublade und zog sich wie eine Uhrfeder zusammen.

Obwohl der Klebstoffaden außen sehr hart war, erwies er sich im Innern als weich und formbar. Ich riß sechs Stücke ab und umwickelte damit meine Füße.

Dann begann ich mit meinen gymnastischen Übungen, die ich Elizabeth abgeschaut hatte. Zuerst verschränkte ich die Vorderbeine über dem Kopf, während ich mit den vier anderen auf und ab hüpfte. Dann verschränkte ich das mittlere Beinpaar und anschließend die Hinterbeine, während die jeweils anderen Gliedmaßen das Hüpfen übernahmen. Am Schluß war ich ein erschöpfter Aerobic-Kakerlak mit gummiähnlichen Klebstoffturnschuhen. Ich kam mir albern vor; ich konnte kaum gehen. Von den Ausdünstungen des Klebstoffs leicht benebelt, dachte ich sogar daran, diese Erde zu verlassen und in den Schoß des Meeres zurückzukehren, wie die Wale es getan hatten. Aber ich verwarf die Idee sofort – ich konnte nicht riskieren, mich in eine entwicklungsgeschichtliche Sackgasse zu manövrieren und zu einer bedrohten Tierart zu werden, die die Menschen zu retten versuchten, indem sie entsprechende Aufrufe auf ihre T-Shirts druckten.

Ich hüpfte zu einem roten Kugelschreiber und stolperte über dessen Spitze. Die Mine war ausgetrocknet und wollte nicht schreiben, so verpaßte ich ihr eine Ladung meiner potenten Pisse, und der Kugelschreiber sprudelte wie die Quelle einer Oase. Ich färbte meine sechs Turnschuhe ein und spazierte davon, rote Spuren hinterlassend, als befände ich mich in einem Horrorfilm.

Schnell kehrte ich in die Schachtel zurück und lief über den Schal, übersäte ihn mit leuchtendroten, keilförmigen Flecken, die selbst meiner nachsichtigen Elizabeth das Grausen beibringen würden. Als meine Fußabdrücke blasser wurden, zog ich die Turnschuhe aus und ließ sie in der Schachtel liegen. Ich hoffte, daß die Augen von Oliver und Elizabeth scharf genug waren, um sie zu entdecken; zu gern würde ich mit anhören, wie sie sich stritten, um was es sich dabei wohl handelte.

Ich spazierte über die Wand zum Thermostaten. Ich hätte unter die durchsichtige Plastikskala schlüpfen und die Anzeigenadel verbiegen können, doch Oliver würde dies sofort bemerken und reparieren. Statt dessen arbeitete ich mich in das Gehäuse bis zum Bimetallstreifen vor, der die Zimmertemperatur kontrollierte. Das schmale Metallstück, das beide Streifen verband, war so fragil, daß ich es mit einem Tritt zerbrechen konnte. Die Zimmertemperaturanzeige würde auf dem jetzigen Stand stehenbleiben, ganz gleich, wie die Temperatur im Zimmer tatsächlich war; in der Nacht schaltete sich die Heizung ab. Wind blies durch die Ritzen in den alten Fensterrahmen. Es wurde kalt.

Elizabeth kam heim und begann sofort zu kochen, so daß sie von der Kälte zunächst nichts merkte; Oliver wurde durch seinen Martini gewärmt. Ich fror.

Erst nach dem Abendessen, als der Herd abkühlte, sah Elizabeth auf den Thermostaten. »Was ist mit dem Ding los?« sagte sie und klopfte gegen das Plastik. Nach dem dritten Drink innerlich glühend und von seinen Fettmassen geschützt, blieb Oliver sitzen. Elizabeth zog einen dicken Pullover an und fror weiter.

Schließlich sagte sie: »Ollie, ich glaube, die Heizung funktioniert nicht.«

Ächzend erhob er sich aus seinem Sessel und schüttete einen Teil seines vierten Martinis über seine Hose. Er betrachtete den Thermostaten. »Wir haben zweiundzwanzig Grad im Zimmer. Was verlangst du, eine Sauna?« Er klopfte so heftig gegen den Regler, daß die Verkleidung abfiel.

Oliver kehrte zu seiner Lektüre zurück. Elizabeth setzte sich neben ihn, die Füße unter ihre festen kleinen Pobacken gezogen, statt sie unter seinem mächtigen Hinterteil zu wärmen. Die Hände in den Achseln vergraben, sah sie sich im Zimmer um. Schließlich fiel ihr Blick auf die Schachtel.

Sie ging zum Schreibtisch, öffnete die Schachtel und nahm den Schal heraus, rieb ihn lächelnd an ihrer Wange.

Oliver sah auf. »Wieviel hast du denn dafür schon wieder ausgegeben?«

»Ruth und Ira haben ihn mir zum Geburtstag geschenkt. Weißt du das nicht mehr?«

»Nun, dann vergiß ja nicht ihre Geburtstage – sonst werden sie es dir ewig nachtragen.«

»Ollie, bitte!« Elizabeth faltete den Schal der Länge nach zusammen; ich fürchtete schon, daß sie meinen künstlerischen Beitrag nicht bemerken würde. Doch dann hielt sie den Schal ins Licht der Leselampe und rieb ihn vorsichtig mit ihrem Finger. »Ollie, es geht nicht ab.«

»Was, das Preisschild? Gib mal her.« Mit dem Nagel seines dicken Daumens kratzte er über meine Fußabdrücke. »Das, mein Schatz, ist Schmutz. Ruth und Ira haben dir Schmutz zum Geburtstag geschenkt.«

»Glaubst du, daß man ihn auswaschen kann?«

»Das läßt sich bei diesem koreanischen Polyester schwer sagen.«

»Hör auf damit. Es ist Chaly. Glaubst du, es wäre ungehörig, wenn ich es ihnen sagen würde?«

»Warum nicht? Bei Bernstein's brauchen sie nur ihre Jesusmördernummer aufzuführen, und sie bekommen alles umgetauscht, was sie wollen.«

Elizabeth wickelte sich den Schal um den Hals. »Ollie, mir gefällt nicht, wie du über die Leute sprichst, die sich die Mühe gemacht haben, mir ein Geburtstagsgeschenk zu kaufen – im Gegensatz zu dir.«

»Habe ich dich nicht zum Essen ausgeführt? Das war doch eine romantische Sache.«

»Bei Burger Brigade. Zwei Portionen zum Preis von einer.«

Er senkte die Zeitung. »Was verlangst du eigentlich von mir? Mißt sich meine Liebe zu dir in Dollars? Hätte ich dich in irgendein Luxusrestaurant ausführen und gleich den ganzen Laden mieten sollen? Vielleicht möchtest du ja lieber einen gottesfürchtigen Verschwender wie unseren Nachbarn haben.«

Ich liebte ihn; er ging wesentlich weiter, als ich es mir von dem Manöver mit dem Schal erhofft hatte. »Sie sind die besten

Freunde, die wir haben. Sie sind freundlich und großzügig. Aber du sagst nur häßliche Dinge über sie. Du willst wohl, daß ich mich unserer Freundschaft zu ihnen schäme. Nun, es wird nicht funktionieren, okay? Das ist allein dein Problem.«

Später am Abend stieg Oliver vom Alkohol erhitzt ins Bett. Als er Elizabeths Schulter streichelte, schlug sie ihm auf die Finger und sagte: »Heute nicht.«

Die Paare waren in der richtigen Stimmung für das gemeinsame Essen am Freitag abend. Ich mußte nur noch meine letzten Vorbereitungen treffen.

Der Tisch ist gedeckt

Einige Stunden vor der Morgendämmerung kam ich nach Hause; es war die sicherste Zeit für einen Beutezug. Ich hatte gehofft, daß der Zwischenfall mit Julia allen die heimtückischen Gefahren des Hungers bewußtmachen und sie zu verstärkten Streifzügen durch unsere karge Welt veranlassen würde; statt dessen schien die Kolonie nun völlig entmutigt zu sein. Ich hörte nur einen Abweichler: »Proletarier aller Länder, vereinigt euch! Ihr habt nichts zu verlieren außer eure Ketten.« Ich wünschte nur, jemand hätte auf ihn gehört.

Aber ich war voller Entschlossenheit, und mein heutiges Ziel war es, meine Staubsaugerlarven wiederzufinden. Die erste entdeckte ich später am Morgen, nachdem Ruth und Ira zur Arbeit gegangen waren, wie sie mit ihren Kumpanen an der Fußleiste herumlungerte. Als ich sie erreichte, stampfte sie mit einem Vorderbein auf das Holz. »Erwischt, Schwanzlutscher!« rief sie. Die anderen lachten.

Sie zertraten Bakterien. Von Sport konnte dabei keine Rede

sein; die langsamen, wehrlosen Mikroorganismen hatten keine Chance. Die Hoffnungslosigkeit ihres Lebens hatte die Jugendlichen so bösartig wie die Menschen werden lassen. Und wie konnten sie auf diesen Einfall gekommen sein, wenn nicht durch die Menschen, die uns auf die gleiche Weise behandelten?

Ich hob die Larve an den Vorderbeinen hoch. »Was versuchst du zu beweisen?«

»Leck mich am Arsch«, fauchte sie. Was war aus dem Selbsterhaltungstrieb geworden, daß dieses kleine Miststück mit seinem großen Maul sein Leben riskierte? Ich drückte so fest zu, bis ich das Chitin knirschen hörte. Die Larve wimmerte leise, flehte aber nicht um Erbarmen, da ihre Freunde zuschauten. Ich hatte gute Lust, ihr das Bein zu brechen. Aber ich brauchte sie.

Sie war für ihr Alter viel zu leicht. Als wir das Schloß der Wainscotts blockiert hatten, war sie die zweitgrößte Larve gewesen; inzwischen hätte sie ausgewachsen sein müssen. Aber seitdem hatte sie nur zwei Wachstumsschübe erlebt, die darüber hinaus nur zum Teil erfolgreich verlaufen waren; sie war lang und schlank, mit dünnen, schwachen Gliedern.

Ich ließ sie fallen. Sie rieb sich das Bein. Als ich sie um ihre Hilfe bat, verhöhnte sie mich.

»Für dich ist ein gutes Essen drin«, sagte ich.

Es dauerte nicht lange, da hatte ich alle sieben Überlebenden aufgespürt; die achte hatte sich in einer Tischdecke verfangen und in der Waschmaschine den Tod gefunden. Alle waren so unterentwickelt, anämisch und frech wie die erste Larve, was mich wütend machte; als verwöhntes Kind der »Zigeunerin-Generation« wollte ich nicht akzeptieren, daß die nachfolgenden Generationen weniger stolz waren als wir, die Prinzen der Ökosphäre, Meister im Überlebenskampf.

Ich erklärte ihnen, daß Frau Amerika ihre Belohnung sein würde; ich wußte, daß die Vibrams die Neuigkeit inzwischen überall verbreitet hatten. Auf dem deckungslosen Boden verhielten sie sich jetzt viel mutiger als noch vor ein paar Monaten und zeigten keine Angst. Ohne zu zögern kletterten sie in die Kabelbuchse des Staubsaugers.

»Diesmal brauche ich sechs Drähte«, sagte ich, »jeder doppelt so lang wie der, mit dem wir das Schloß blockiert haben. Und ich brauche sie bis zum Nachmittag.«

Ich kehrte zur Fußleiste zurück und stieß dort auf eine Mauer von Anklagen. Offenbar galt ich jetzt nicht nur als Mörder, sondern auch als Hamsterer. Wenn die Mitbürger wußten, daß Frau Amerika in der Wohnung war – warum schwärmten sie nicht aus und suchten sie? Ich hätte es getan. Der Hunger lähmte sie, machte Feiglinge aus ihnen.

»Einen Moment«, rief ich. »Schließlich habe ich gegen die Wasserkäfer gekämpft. Ich werde sie mit euch teilen, aber nur, wenn ihr tut, was ich euch sage.«

Aber sie wollten alles auf einem Silbertablett serviert bekommen.

Im Hintergrund rief eine Stimme: »Jeder gegenwärtige Zustand einer gegebenen Substanz ist die natürliche Folge ihres vorherigen Zustands, so daß in diesem Sinne die Gegenwart die Basis der Zukunft ist.« Es war Hegel, der da ungestraft lange Reden hielt.

Ich machte mir seine Worte zunutze. »Das ist genau das, was ich gesagt habe. Und gibt es eine bessere Basis für eure Zukunft als die Schale eines Wasserkäfers?«

»In der Welt ist alles, wie es ist, und alles geschieht, wie es geschieht.«

Mein Mut sank. Wer war ich denn, daß ich diesen lärmenden, anmaßenden Mitbürgern Anweisungen erteilen wollte, wo die Blattellae seit dreihundert Millionen Jahren jedem Führungsanspruch widerstanden hatten? Jeder von uns war geboren, um seinen eigenen Weg zu gehen, und unser Individualismus siegte stets über seinen Gegenpart, den Kollektivismus. Die Biene, wie der Mensch, gedeiht nur in ihrer zugeteilten Kaste und kann allein nicht überleben. Der brave, kleine, faschistische Arbeiter vollführt seine »Tänze«, um endlos Nahrung zu sammeln, von der er kaum etwas erhält, um einen Stock zu bewachen, den er nur selten betreten darf, um ein Weibchen zu verwöhnen, das so fett ist, so grotesk, daß es niemals in die Öffentlichkeit gelassen wird, aus Furcht, daß die Art vom ganzen Königreich der Tiere ausgelacht werden könnte. Und was kostet die Arbeitsbienen diese Ehre? Die Hälfte ihrer Chromosomen, alle Geschlechtsdrüsen und ihre Unabhängigkeit. Alles.

In erster Linie mußte ich mich wie eine Blattella benehmen. Das Problem stellten nicht meine Mitbürger, sondern mein mangelhafter Individualismus dar. Ich wollte die Schränke öffnen, die Küche für die ganze Kolonie erobern. Dies war zu vermessen, zu kollektiv gedacht. Warum suchte ich mir nicht ein paar Traubenkerne oder ein heißes Blattella-Weib? Ich war nicht egoistisch genug.

Ich verließ die Fußleiste und stieß in der Küche auf Bismarck. »Hast du etwas gefunden?«

Er hob die Beine, um seine Beute zu verteidigen. Er machte es richtig – jeder Kakerlak mußte zuerst an sich denken. Aber als er mich erkannte, sagte er: »Eine Rosinenflocke. Ich habe sie beim Frühstück beobachtet und Glück gehabt. Ira hat wieder etwas fallen gelassen.«

Wir teilten uns die Flocke, und einen Moment später schissen wir unkontrolliert auf Ruths sauberen Boden. »Guter Stoff«, sagte er. »Ich möchte wirklich wissen, wie er es schafft, das Zeug bei sich zu behalten.«

Bismarcks Großzügigkeit gab mir erneut frischen Mut. Diesmal war ich mir sicher. Nach den langen Monaten der Vorbereitung konnte ich meinen Plan nicht einfach aufgeben. Ich war genauso egoistisch wie alle anderen, nur war ich auf erleuchtete Weise egoistisch; auch wenn ich keinen sofortigen Vorteil daraus zog, so entsprach der zukünftige Wohlstand der Kolonie gewiß meinen egoistischen Interessen.

»Heute abend beim Essen ist es soweit«, wandte ich mich an Bismarck, »aber bis dahin ist noch jede Menge zu tun, und die anderen wollen mir nicht helfen.«

»Wir brauchen sie nicht.« Binnen Minuten trommelte er Barbarossa, Sufur, Lawrence, Clausewitz und schließlich auch Snot zusammen, der mir nach seiner feigen Flucht vor Julia nicht in die Augen zu schauen wagte. Obgleich diese Mitbürger meine Vision nicht teilten, so teilten sie doch meinen Abscheu vor dem deprimierenden Dasein hinter der Fußleiste.

Die Theorie der Borsäure geht davon aus, daß ein Mensch den feinen weißen Puder dort verstreut, wo wir, die Opfer, uns herumzutreiben pflegen. Zu primitiv, um es überhaupt zu merken, laufen wir hindurch und stürzen uns, wenn nötig, sogar in schulterhohe Giftdünen. Ohne Rücksicht auf den beißenden Geschmack der Chemikalie und ihre Wirkung auf uns beginnen wir uns anschließend zu putzen – ein primitiver Instinkt primitiver Tiere – und uns den Puder, der überall an unserem Körper klebt, ins Maul zu stopfen. Auf diese Weise bringt er uns um. Die Menschen halten nicht viel von der Intelligenz der Insekten, aber auch wenn ich Iras Wohnzimmer mit Tonnen von Giftmüll vollkippen würde, ich würde nicht erwarten, daß er hineinspringt.

Wir suchten uns einen Weg zwischen der ausgestreuten Borsäure in der Speisekammer. Hinter der vorderen Abwehrlinie war der Boden frei; erst an der Rückwand hatte Ira noch mehr Gift gestreut. Ich habe nie den Sinn dieses Manövers verstanden.

Aber es hatte funktioniert. Halb im weißen Pulver begraben lagen die Leichen von drei Blattellae. Es war ein grausiger Anblick. Wo einst Hunderte von Augen geglitzert hatten, starrten uns jetzt leere weiße Höhlen an. Mächtige Flügel und Brustkörbe waren zu einem durchscheinenden Braun geschrumpft; Gliedmaßen hatten sich in grünen Schimmel verwandelt. Am gruseligsten war ihre Haltung, verkrampft wie Goldsucher, die von einer Lawine verschüttet worden waren. Sie waren einen sinnlosen Tod gestorben. Folge der Sorglosigkeit unseres Lebens vor Ruths Einzug. Es erzürnte mich, mit ansehen zu müssen, wie jemand sein Leben leichtfertig aufs Spiel gesetzt hatte, und es schmerzte mich, an den Wohlstand erinnert zu werden, den wir verloren hatten, so daß das Überleben zu unserer einzigen Sorge geworden war.

Ich verteilte die Stücke eines Zahnstochers, den Ira auf den Wohnzimmerteppich gespuckt hatte, und behielt eines für mich.

Bismarck und ich stießen in die Giftdünen vor. Breitbeinig im tödlichen Pulver stehend, bohrte ich die scharfe Spitze meines Holzstabs in eine der Leichen. Sie prallte ab; das Chitin war härter, als es aussah. Dann zielte ich auf die Membrane zwischen zwei Körpersegmenten. Es klang, als hätte ich eine Cellophanfolie durchbohrt. Bismarck spießte die Leiche unterhalb des Kopfes auf.

Gemeinsam schleppten wir den Kadaver aus der Düne. Borsäure rieselte aus den Augenhöhlen und Gelenken, und die Tracheen klapperten. Snot und Sufur wagten sich in die Giftzone und bargen den nächsten Leichnam. Aber Barbarossa weigerte sich wegen Lawrences Homosexualität hartnäckig, mit ihm zusammenzuarbeiten, obwohl Lawrence sich in den Dünen meisterhaft zu bewegen verstand. Clausewitz nahm seinen Platz ein, und der dritte Kadaver wurde geborgen.

Nebeneinander auf dem fleckigen Eichenholz liegend, sahen die staubigen Leichen wie Gespenster aus. Mit meinem Zahnstocher bohrte ich ein Loch in die Schale, um meinen Kadaver bequem tragen zu können, ohne mit der Säure in Berührung zu kommen. Chitinflocken flogen davon; Staub zu Staub. Die anderen machten es mir nach, dann schleppten wir unsere Last langsam wie Sargträger durch den Säurewall und aus der Speisekammer hinaus.

In der Küche war über dem Herd eine Hakenleiste an der Wand befestigt, an der die Töpfe und Pfannen hingen. Als ich als Neugeborener die Leiste zum erstenmal gesehen hatte, waren mir die körpergroßen Löcher an den Seiten, in denen die Schrauben saßen, wie ein idealer Vorposten erschienen. Aber Ira hatte dort eine Patrouille auf frischer Tat ertappt und sie gnadenlos ausgelöscht.

Doch Ira war nicht zu Hause, und wir schleppten die Kadaver rasch zur Leiste hinauf. Nun mußten wir eine wichtige taktische Entscheidung treffen.

In der Spüle lag ein sieben Pfund schweres Huhn zum Auftauen, das zweifellos in den Backofen wandern würde. Uns nützte das wenig, denn der Weg dorthin war uns versperrt.

Ruth war einc treue Anhängerin der vier mythologischen Grundnahrungsmittel, die nach der Ansicht von Wissenschaftlern für die gesunde Ernährung unverzichtbar sind (obwohl Quintillionen meiner Artgenossen seit dreihundert Millionen Jahren von magerer Kost prächtig gelebt haben). Als Stärkelieferant würde sie vermutlich Kartoffeln oder Reis nehmen. Gebackene Kartoffeln waren ebenfalls unerreichbar für uns, aber vielleicht würde sie sie kochen oder zu Pürree verarbeiten; an den Reis konnten wir auch herankommen.

Was das Gemüse betraf, so würde Ruth frisches mitbringen. Aber was würde sie damit machen? Sie konnte es in einem kleinen Topf kochen, dünsten, in der kleinen Bratpfanne sautieren oder es sogar in der Kasserolle zubereiten. Es gab zu viele Möglichkeiten.

Ich mußte raten. Ein gebratenes Huhn von der Größe einer Tellermine ist mild im Geschmack. Kartoffeln sind es ebenfalls. Ich vermutete intuitiv, daß es heute abend zumindest ein scharf gewürztes Gericht gab, das wahrscheinlich gebraten oder sautiert werden würde; wenn nicht, würden wir auf den Reis zurückgreifen müssen.

Damit war die Entscheidung gefallen: der Reistopf und die beiden Bratpfannen würden jeweils einen Kadaver aufnehmen.

Mit dem Zahnstocher schlitzte Barbarossa seine Leiche auf und brach sie entzwei; das Geräusch ließ mich frösteln. Die beiden Hälften wanderten in die kleinere Bratpfanne. Da Barbarossa Gefallen an der Arbeit gefunden hatte, überließen wir es ihm, die beiden anderen Kadaver zu halbieren und zu deponieren. Die Minen waren gelegt.

Ich brauchte jetzt Hilfe im großen Maßstab, aber ich wollte Frau Amerika nicht opfern. Ich fragte Barbarossa, ob er mir in kürzester Zeit vierzig weitere Helfer besorgen konnte.

»Kein Problem«, meinte er und machte sich auf den Weg zur Fußleiste. Ich wünschte, ich könnte meine Ziele ebenfalls mit brutaler Gewalt statt mit Bestechung erreichen.

In der Lücke zwischen dem Kühl- und dem angrenzenden Einbauschrank befanden sich noch Überreste aus der Zeit des Terrors. Obwohl es sich dabei nur um Mörtelstaub handelte, machte uns seine Ähnlichkeit mit der Borsäure sehr vorsichtig. Es dauerte zwanzig Minuten, bis wir die beiden Bruchstücke eines alten Plastiklöffels herausgezogen hatten, aus denen sich ein Katapult basteln ließ. Außerdem bargen wir einen vertrockneten Wassermelonenkern.

Einst, als Larve, hatte ich versucht – wie später die unglückliche Rosa Luxemburg –, in die Rosinenflocken zu fliehen. Von sich nähernden Schritten auf dem Kühlschrank überrascht, rannte ich zur Schachtel und wollte mich in ihr verstecken, doch sie war verschlossen. Ahnungslos, was richtiger Schmerz war, sprang ich auf den Boden. Glücklicherweise heilen in jungen Jahren Wunden schnell, und abgetrennte Gliedmaßen wachsen wieder nach.

Aber das erfuhr ich erst nach meinem qualvollen Aufprall; und genau an dieser Stelle bauten wir unsere Plastikschleuder auf – ich glaubte an die Physik.

Wir wuchteten den Wassermelonenkern auf den Löffel. In diesem Moment kehrte Barbarossa mit einer Horde Mitbürger zurück. »Wo brauchst du deine Freiwilligen?« fragte er.

»Oben auf dem Kühlschrank«, sagte ich.

Niemand rührte sich. Ich wollte ihnen bereits den Plan erklären, als mir nach einem Blick auf Barbarossa klar wurde, daß jedes Wort verschwendet war; diese Masse brauchte einen Führer. »Weiß ist heiß!« schrie ich und rannte die Alabasterwand hinauf. Die anderen griffen den Ruf auf und folgten mir.

»Warum mußtest du ausgerechnet so 'n beschissenen Slogan nehmen?« fragte Sufur.

Auf dem Kühlschrank, neben den Rosinenflocken, stand eine große schwarze Schachtel mit der Aufschrift KAKERLAK-MOTEL. Doch wer »Psycho« gesehen hatte, wußte, was davon zu halten war. Und für den Fall, daß irgend jemand den Film verpaßt hatte, war auf der Schachtel vermerkt, welcher chemische Mr. Bates in diesem Motel lauerte. Nur ein Analphabet würde es wagen, ein Kakerlak-Motel zu betreten.

Aber Ira hielt viel von diesen Motels. Einmal war ich Zeuge, wie er ein neues aufstellte und dabei kicherte: »Arme Bastarde!« Vor dem Terror hatten wir die Motels regelmäßig mit unseren abgeworfenen Schalen ausgebucht, um in Iras militantem Geist die Größe seines Sieges zu multiplizieren. Vom Erfolg seiner Motels entzückt, kaufte er uns ständig neue. Uns machte es großen Spaß, die Evolution ihres graphischen Designs zu verfolgen.

»He, kontrolliert das jemand?« fragte Sufur und deutete auf die Schrift an der Wand.

Barbarossa kam zu uns herüber. »Check bloß nicht ein, sonst kannst du nicht mehr auschecken, steht da.«

Auf dem deckungslosen Kühlschrank begannen meine Leute

nervös zu werden. »Mitbürger!« rief ich. »Laßt uns diesen Schandfleck auf den Fußboden schaffen, wo's dunkler ist.«

Wieder rissen jene, die leicht zu überzeugen waren, den trägen Rest mit. Sie nahmen an der Schachtel Aufstellung, wuchteten sie mit vereinten Kräften hoch und schleppten sie zum Rand des Kühlschranks. Dann kippten sie das Motel vornüber, und unser Feind stürzte in die Tiefe und traf den Löffel, der losschnellte und den Kern nach oben katapultierte. Ich hatte mich verrechnet; der Kern schaffte es nicht auf die Anrichte. Er landete auf der Sitzfläche von Ruths Stuhl.

Ich bemerkte eine Lücke in unseren Reihen. Jemand fehlte. Ein Schrei gellte durch die Küche: »Mutter!« Sufur. Er hatte vergessen, rechtzeitig loszulassen.

Wir eilten zu ihm hinunter. Zum Glück hatte ihn das Motel nicht zermalmt, sondern nur eingeklemmt. Er zog mich an einem meiner Mandibeln zu sich und sagte mit gepreßter, erschüttert klingender Stimme: »Endlich frei!«

»So ist es«, nickte ich und half ihm hoch. Er wankte davon. Dann zogen die Freiwilligen das Motel über den blankgebohnerten Boden in die Lücke zwischen Kühl- und Einbauschrank; ich wollte nicht riskieren, daß Ira mißtrauisch wurde.

Snot war auf Ruths Stuhl geklettert und schnüffelte an dem Kern. »Riecht wie Schellfisch.«

Bismarck tauchte mit einem weiteren Haar von Elizabeths Kissen auf; jenes, das ich damals mitgebracht hatte, war schon lange im Staubsauger verschwunden. Bismarck und ich kletterten auf den Stuhl und banden das Haar um den Wassermelonenkern. Gemeinsam packten wir das Haar und kletterten auf die Rückenlehne und von da auf die Anrichte.

Mit dem Kern im Schlepptau überquerten wir die Anrichte und krabbelten an der Wand hinauf, bis wir über dem Gewürzständer waren. Ich nahm an, daß Ruth ihre Einkaufstasche am Rand der Anrichte absetzen, dann das Gemüse herausholen und den Teller daneben stellen würde, der sich somit unter der Zuckerdose befinden mußte. Großartig!

Wir deponierten den Kern auf dem Henkel der Zuckerdose, und Barbarossa biß mit seinen mächtigen Mandibeln das Haar durch und warf es hinter den Herd.

»Wie willst du daraus einen Kürbiskern machen?« fragte Junior.

»Nur Geduld«, sagte ich und tuschelte mit Houdini. Er kletterte auf den Henkel zu dem Kern. Nach all den Monaten stank er noch immer nach Meerrettich.

»Meine Damen und Herren«, begann er, »für dieses Kunststück brauche ich Freiwillige, die spucken können. Ah ja, kommen Sie herauf, Sir, und zeigen Sie uns Ihre Fertigkeit. Spucken Sie direkt auf diesen Kern. Gut. Nun, das war nicht schlecht, aber ist unter Ihnen nicht noch jemand, der etwas mehr Saft zu bieten hat...?« Bald war der weiße Kern voller Speichel. Houdini drehte uns den Rücken zu und murmelte unheilschwanger: »Die Leber aus des Juden Leibe, gewürzt mit einer Ziege Galle und dem Setzling einer Eibe... Des Pavianes Blut hochwalle, und fertig ist des Zaubers Falle.« Er trat beiseite. Der Kern war so schwarz und glänzend wie an dem Tag, als er von Ira ausgespuckt worden war.

»Das Abendessen wird heute abend um neun Uhr im großen Speisesaal serviert«, sagte ich.

Bismarck, Barbarossa und ich schlüpften in die Schublade, in der Ira seinen Krimskrams aufbewahrte: Nägel, Reißzwecken, Maßbänder, Dosenöffner, Korkenzieher, Plastiktüten. Packpapier, Bindfäden, Schraubenzieher, Schmierölkännchen, Strohhalme, Scheren, Klebstoff und andere Dinge. Das, was wir suchten – die Taschenlampe –, lag am Rand der Schublade.

»Glaubt ihr, wir könnten etwas zwischen die Glühbirne und die Batterien oder zwischen die Batterien schieben?« fragte ich.

Barbarossa schüttelte den Kopf. »Vergiß es. Wie willst du hineinkommen?«

»Indem du das Gehäuse aufbrichst, du Tier«, erklärte Bismarck. »Es mit deiner Riesenkraft zerschmetterst.«

Barbarossa strahlte vor Freude, als hätte er sein ganzes Leben lang auf eine solche Aufforderung gewartet. Er wühlte sich bis zum Boden der Schublade durch und tauchte mit einem kleinen Ziernagel wieder auf. Er holte aus und schleuderte ihn gegen die Plastiklinse. Der Nagel prallte ab und traf ihn so zwischen die Augen, daß er umkippte und in einem Knäuel Bindfaden landete.

Bismarck lachte. Aber plötzlich neigte sich die Taschenlampe zur Seite und hätte uns beide fast zermalmt. Bismarck kletterte auf die Linse. »Seht ihr? Wenn jemand die Schublade aufzieht, treibt er den Schraubenzieher direkt durch die Glühbirne.«

Ich kletterte an seine Seite. »Das scheint mir ein bißchen zu niedrig zu sein.« Wir konnten die Taschenlampe genausowenig wie den Kühlschrank hochheben. So bauten Bismarck und ich aus Bindfäden, Schnüren und Bändern einen Flaschenzug, an dem sich Barbarossa abmühte. Doch nach einer halben Stunde hatte sich die Taschenlampe um keinen Millimeter bewegt. Wir wollten schon aufgeben.

Fast beiläufig zerrte Barbarossa dann an einem Sektquirl, der halb unter dem Gerümpel begraben lag. Plötzlich geriet alles ins Rutschen. Bismarck und ich flohen in die Ecken, während hinter uns Nägel und Batterien alles unter sich begruben. Als es wieder still war, hob ich den Kopf. Die Taschenlampe hatte jetzt die richtige Position.

»Ich sehe die Lichter von Paris!« rief Bismarck von der Spitze des Schraubenziehers.

Im Flur trafen wir auf Goosh und Mayhen Vibram, die zwei große Brocken halbgetrockneten Klebstoffs schleppten. Wir alle marschierten in den Besenschrank.

Die vierte Larve lag zwischen einem Paar Überschuhe auf dem Boden, neben ihr ein Draht.

»Ich sagte, wir brauchen sechs«, erinnerte ich.

»Hol dir den Rest doch selbst«, fauchte sie. »Wo ist die versprochene Mahlzeit?«

Wir krabbelten an der Schnur entlang in den Staubsauger. Neben drei weiteren Drähten lagen meine Larven und schliefen. Ich hatte nicht einmal mit so vielen gerechnet.

Wir fügten die Drähte paarweise zusammen und umwickelten sie mit dem Klebstoff.

Barbarossa trug ein Paar in Iras Küche, und die Vibrams brachten das andere Paar in die Küche der Wainscotts.

Nun blieb nur noch eines zu tun. Ich hatte ein paar Fasern von Elizabeths Schal bereits vorher in Iras Wohnzimmer geschafft. Nun legte ich sie in den schwarzen Glasaschenbecher. Die Wolle hob sich deutlich vom Untergrund ab.

Und jetzt komm heim, Ira. Wir warten schon auf dich.

Letzte Vorbereitungen

Die Tür öffnete sich, und mein Held kam herein. Mit schwungvollen Schritten durchmaß er den Flur und pfiff dabei mißtönend vor sich hin. Im Wohnzimmer nahm er in seinem Lieblingssessel Platz, breitete die Zeitung auf dem Kaffeetisch aus und überflog die Schlagzeilen. Normalerweise suchte er mit griffbereiter Schere nach den großstädtischen Horrorgeschichten, die Wasser auf seine moralische Mühle waren. Aber heute schien er an dieser Lektüre kaum interessiert zu sein.

Als Ruth nach Hause kam, sprang er auf und empfing sie schon auf der Schwelle mit einem Kuß. »Prinzessin!« sagte er und verbeugte sich wie ein Höfling des 18. Jahrhunderts.

»Ira?« Sie schob sich mit ihren drei Einkaufstaschen an ihm vorbei, stellte sie auf die Anrichte in der Küche und drehte sich dann mißtrauisch zu ihm um. »Wie war dein Tag? Gut?«

»Aber ja!« sang er. »Und deiner?« Eine Formalität. Er wollte ihr etwas erzählen.

»Nicht besonders«, sagte sie, während sie ihren Mantel zur Garderobe brachte. Ira folgte ihr wie ein folgsamer Hund.

»Dann laß dir von meinem Tag berichten.« Er nahm ihre Hand und führte sie zum Wohnzimmersofa. Ich folgte ihnen in den langen Schatten des Spätnachmittagslichts. Ira hüpfte auf und ab, als hätte er Probleme mit der Blase. »James Jackson bekommt eine neue Verhandlung.«

»James Jackson. James Jackson. Oh, ist das nicht der, der seine Frau durch den Fleischwolf gedreht und versucht hat, sie an McDonald's zu verkaufen?«

»An Burger King. ›Sonderwünsche sind kein Problem für uns.‹ Nein, das war James Johnson alias Abdullah-Azif Johnson. Er wartet immer noch auf seine Verurteilung.«

»James Jackson. Laß mich überlegen. Er hat seinen Whisky mit Engelsstaub gemischt und wollte dann mit seinem Plymouth einen neuen Geschwindigkeitsrekord aufstellen, richtig? Und zwar auf dem Bürgersteig zur Hauptverkehrszeit.«

Ira strahlte. »Genau der. Und erst heute habe ich herausgefunden, daß man ihn nicht über seine Rechte aufgeklärt hat.«

Ruth stand auf. »Das ist großartig, Liebster. Ich muß mit dem Kochen anfangen. Ich habe ihnen gesagt, sie sollen um sieben Uhr kommen.«

Ira und ich folgten ihr in die Küche. »Der Beamte, der ihn festgenommen hat, hielt es für eine Zeitverschwendung, da Jackson high war«, berichtete er.

»Nun, vielleicht hatte er nicht ganz unrecht.« Sie packte die Einkaufstaschen aus. Ira naschte ein paar Kekse, bis Ruth ihm die Dose wegnahm.

»Komm schon, Ruth, wie kannst du so etwas sagen? In einem Rechtsstaat hat nicht die Polizei zu entscheiden, wann ein Verdächtiger über seine Rechte aufzuklären ist.« Er griff wieder nach der Keksdose. An diesem Abend schien er vor guter Laune fast zu platzen. Das paßte mir gar nicht.

Ruth entriß ihm die Dose und verstaute sie wieder in der Einkaufstasche. »Du willst also beantragen, ihn auf freien Fuß zu setzen?«

»Er hat vier Leute getötet, deshalb wird der Richter auf einer psychologischen Behandlung bestehen, wahrscheinlich auf einer Gruppentherapie. Unfallmördergruppen treffen sich zum Beispiel auf Parkplätzen, um vor Ort zu diskutieren, was sie falsch gemacht haben. Aber der Mann sitzt jetzt schon seit drei Monaten in einem überfüllten Gefängnis. Das ist eine grausame und sinnlose Strafe.«

»Nun, dann wollen wir hoffen, daß James Johnson bekommt, was er verdient«, sagte sie freundlich.

»James Jackson.«

»Der auch.«

Ira verschwand, um seine Schuhe auszuziehen, und wusch anschließend das Gemüse. Zu meiner Überraschung begann Ruth das Huhn zu zerteilen. Es würde also nicht in den Backofen wandern.

Ira war schnell fertig. »Und jetzt?«

»Der Salat. Und du mußt die Pilze einzeln waschen. Beim letzten Mal waren sie noch ganz schmutzig.«

Er gehorchte. »Fertig. Was hast du mit dem Huhn vor?«

»Ich will es schmoren. Das ist mal etwas anderes. Zuerst werde ich die Teile sautieren.«

Ira stellte sich auf die Zehenspitzen und griff nach der Bratpfanne. »Ist es nicht angenehm für dich, mit einem Titan befreundet zu sein ...?« Kaum hatte er die Pfanne von der Leiste genommen, sah er die Leiche. »Jesus Christus!« kreischte er.

Die Pfanne landete mit einem furchtbaren Scheppern auf dem Herd.

Ruth und ich zuckten zusammen; ich brach mir das Fußgelenk meines linken Hinterbeins, und sie schnitt sich mit dem Küchenmesser in den Daumen. »Was ist los?« rief sie. »Was ist passiert? Ist mit dir alles in Ordnung?«

Ira wies auf die Pfanne und zischte: »Schau dir das an!«

»Oje!« Sie preßte ihren blutenden Daumen gegen die andere Hand und trat an den Herd. Unbeholfen nahm sie die Pfanne, kippte die Leiche in die Spüle und drehte den Wasserhahn auf. Sie wusch die Pfanne ab und stellte sie wieder auf den Herd. Von ihrem Daumen tropfte das Blut auf den Vinylboden. »So, alles in Ordnung.«

»Nein, es ist nicht in Ordnung. Beulenpest, Typhus, Ruhr und alle die anderen schrecklichen Dinge, die sie übertragen, kann man nicht einfach in den Abfluß spülen.« Wirklich nicht? »Ich habe wegen dir diese Küche renoviert, Ruth, und du mußt dir mehr Mühe geben, sie sauberzuhalten.«

»Jetzt fang nicht schon wieder damit an. Du hast renoviert, weil die alte ein Schweinestall war. Ich halte die Küche makellos sauber. Ich weiß zwar nicht, wie ein harmloser kleiner Kakerlak in eine saubere Pfanne kommt, aber meine Schuld ist es nicht. Ich bin schließlich keine Dompteuse.« Das Blut tropfte weiter auf den Boden.

»Weißt du was? Du kannst den Kakerlaken meine Portion geben. Mir ist der Appetit vergangen.« Ira wollte mit stampfenden Schritten aus dem Raum stürmen, aber die weichen Sohlen seiner Pantoffeln vereitelten dieses Vorhaben.

War es das, Ira? Du schwebst in Gefahr, einen schrecklichen, unappetitlichen Tod zu sterben. Laß dich von ihren verlogenen Ausreden nicht täuschen. Ruth ist es, die deine Küche in einen Tummelplatz für seuchenübertragende Käfer verwandelt. Hau nicht einfach ab und laß sie in dem Irrglauben, daß sie im Recht ist.

Aber an diesem Tag war er an einem Streit einfach nicht interessiert. Dieser verdammte Erfolg vor Gericht mußte ihn mit Endorphinen überschwemmt haben.

Aber jetzt machte sich die Mühe bezahlt, die ich mir mit Ruth gegeben hatte. Noch vor einer oder zwei Wochen wäre sie ihm hinterhergerannt, hätte ihm wahrscheinlich sogar die sexuelle Versöhnung angeboten, und der Abend wäre weiter so verlaufen, als wäre nichts geschehen. Aber heute zog sie ihre Schürze aus, griff nach der Zeitung und versuchte zu lesen. Als Ira schließlich zurückkehrte und sie daran erinnerte, daß in Kürze die Gäste eintreffen würden, zuckte sie nur die Schultern. Erst als er sich an die Arbeit machte und seltsame Gerüche aus den Töpfen aufstiegen, übernahm sie wieder die Führung in der Küche.

Als es klingelte, war das Essen noch längst nicht fertig. »Kann ich dir helfen?« fragte Elizabeth.

»Oh, nein«, wehrte Ruth ab, »ich habe alles im Griff. Mach es dir im Wohnzimmer gemütlich. Ich bringe gleich ein paar Knabbereien.« Ihre Stimme verriet nichts.

Als Oliver am Kaminsims vorbeikam, griff er nach dem Schachbrett. »Nicht«, sagte Elizabeth. Er zuckte die Schultern und ließ sich in einen Sessel fallen. Es war vorbei; seine Chance auf eine heftige Auseinandersetzung hatte er verpaßt.

»Ira, bist du da?« rief er zur Küche.

»Ja.« Ira labte sich provokativ an Ruths Dessert, da er nur zu gut wußte, daß sie wegen ihrer Gewichtsprobleme keine Extraportion gekauft hatte.

»Du hilfst doch nicht, oder? Das würde mir das Herz brechen. Was ist los, habt ihr Drückeberger heute einen Tag Sonderurlaub bekommen?«

Ruth tauchte im Türrahmen auf, den Daumen verbunden und einen Holzlöffel in der Hand. Sie scheuchte Ira aus der Küche. »Warum erzählst du nicht Elizabeth und Oliver von deinem großen Tag?«

»Hast du es geschafft, daß ein weiterer Killernigger frei herumläuft?« fragte Oliver.

Elizabeth stieß ihn an. »Bitte benutze dieses Wort nicht.«

»Tut mir leid, Liebes«, sagte er zu ihr, dann lauter:

»Ich meine, daß ein weiterer Killernigger frei herumschleicht.«

»Es gibt eine neue Verhandlung«, erklärte Ira.

»Du wirst es schon schaffen«, sagte Oliver.

Ira biß in seinen Keks. »Für Amerika wird es ein schwarzer Tag sein, wenn Unschuldige nicht mehr frei herumlaufen können.«

Ruth tauchte mit einem Tablett Käse und Cracker auf – eine großartige Wahl; es war unmöglich, die Cracker mit Käse zu bestreichen und sie dann zu essen, ohne den Teppich vollzukrümeln. Oliver machte sich schon über den Käse her, ehe sie Zeit fand, das Tablett abzusetzen. »Wo bleiben deine Manieren?« sagte seine Frau. Ich würde später die Beute einsammeln; bis am Samstag morgen staubgesaugt wurde, blieben mir rund zwölf Stunden. Aber meine Ziele für diesen Abend waren noch viel weiter gesteckt.

Oliver leckte sein Messer ab. Seine Frau stieß ihn an. »Wie appetitlich«, meinte Ira voller Abscheu.

»Ira«, sagte Oliver, »ich gehe mit dir jede Wette ein, daß er binnen zwei Monaten nach seiner Entlassung – und ich weiß, daß du es schaffen wirst – wieder im Gefängnis sitzt. Ganz gleich, was er getan hat oder wer er ist.« Seine Frau bohrte verstohlen ihre Fingernägel in die fleischige Unterseite seines Arms. »Das heißt natürlich, unabhängig von seiner Hautfarbe, seiner Religion, seinem Geschlecht oder seinem Vorstrafenregister. Aber er wird wieder im Gefängnis landen.«

Gewöhnlich reagierte Ira mit einem Lächeln auf diese Provokationen. Heute nicht. »Es ist mir immer etwas peinlich, wenn wir nur über meine Arbeit reden. Erzähl uns doch, was es Neues im Baugewerbe und beim organisierten Verbrechen gibt.«

Oliver wirkte überrascht. »Was hast du gegen das Baugewerbe?

Dich scheint die Vorstellung zu stören, daß es Männer gibt, die zur Arbeit gehen, ohne sich vorher ihren Scheck abgeholt zu haben.«

»Nein, mich stört die Vorstellung, daß es Männer gibt, die mit einem Betonklotz am Fuß auf dem Grund eines Flusses enden.«

Oliver schwieg einen Moment. »Möglicherweise gibt es so etwas, Ira. Ich habe mit diesen Dingen nicht direkt etwas zu tun, so daß ich es nicht genau weiß. Aber wenn hin und wieder jemand abserviert werden muß, damit ein großes Geschäft klappt, meinetwegen. Zumindest verdiene ich Geld damit. Aber wenn meine Steuergelder in deine Taschen fließen, damit du einen Strolch rausboxen kannst, der von Sozialhilfe gelebt hat und anschließend wieder jemanden umbringt, nur um sich Drogen kaufen zu können, und der dann auf meine Kosten wieder vor Gericht gestellt wird und ins Gefängnis wandert, das stört mich.«

Ruth sah ihn an. »Das ist das Furchtbarste, was ich je gehört habe.«

Oliver zuckte die Schultern. »Sei nicht naiv. So ist es eben in der wirklichen Welt, wo sich die Menschen ihren Lebensunterhalt verdienen müssen.«

»Bitte, Oliver. Ich bin Finanzberaterin und ...«

Elizabeth unterbrach mit erstaunlich fröhlich klingender Stimme: »Ruth, diese Wolle sieht wie der Schal aus, den du mir geschenkt hast. Hast du dir auch einen gekauft?« Sie hatte die Fäden entdeckt, die ich im Aschenbecher deponiert hatte.

Ruth nahm sie an sich. »Ja, du hast recht. Nein, ich habe nur den einen gekauft.«

»Komm schon, Elizabeth. Wir alle wissen, daß so ein Schal gar nicht zu Ruth passen würde«, warf Oliver ein.

Elizabeth bedachte ihn mit einem warnenden Blick.

»Oh, ich weiß nicht«, sagte Ruth. »Wenn ich etwas geschenkt bekomme, beschwere ich mich nicht.«

Komm schon, Oliver. Sag ihr ins Gesicht, daß du weißt, daß sie eine geizige Schnepfe ist, die ihren Freunden koreanisches Polyester kauft und im Gegenzug chinesische Seide erwartet. Sag ihr: Vielen Dank, aber deine modebewußte dürre Frau trägt keinen Schmutz um ihren Schwanenhals oder um ihr zartes Kinn. Laß nicht zu, daß Ruth ihre große jüdische Nase über dich rümpft, du sächsischer Bauer. Für sie bist du nur ein armer Wicht, der Freitag abends in ihre Suppenküche kommt, um sich kostenlos durchfüttern zu lassen. Was ist mit deinem Stolz, Mann?

Oliver sah seine Frau an und seufzte. »Ich frage mich, ob noch etwas von dem Tangueray da ist.« Sie reagierte nicht darauf, also schlurfte er in die Küche. Sein Durst auf kostenlosen Gin war meine erste Fehlkalkulation an diesem Abend.

Sie begaben sich ins Eßzimmer, und Ruth servierte die Speisen. Ich wartete darauf, daß jemand die Leiche einer Blattella ätherisch aus dem Stew emporsteigen sah – die Wiederauferstehung in 3D – und vor Schrecken totenbleich wurde.

Nichts geschah. Der Tisch war ein krasses Beispiel irdischer Ungerechtigkeit. Diese Aussteiger aus der natürlichen Auslese stopften sich die Bäuche voll, während wir, die Lieblinge der Natur, hungerten. Es wurde Zeit, daß ich mich umzog. Ich holte Frau Amerika aus dem Schlafzimmer und zerrte sie bis zur Schwelle des Eßzimmers.

Schmatz, schlürf. »Es ist köstlich, Ruth.«

»Hmm, hmm. Ja, wirklich.«

Klirr. »Oh, verdammt.«

»Schnell, heb das Glas auf. Und streue Salz über den Fleck. Nimm mehr. Streu weiter.«

»Nicht die Flasche, du Dummkopf. Das Salz.«

Das war mein Einsatz. Ich zog Frau Amerika über den Boden des Eßzimmers und unter den Tisch. Die Spitzentischdecke reichte bis zum Boden und gab dem Ambiente einen Hauch von Exklusivität, und der Tisch war lang genug, daß sich die Schuhe in sicherer Entfernung von mir befanden.

Ich rief zur Fußleiste hinüber, und Bismarcks Kopf tauchte auf. »Lädst du dieses Mal mich zum Opfergang ein?« fragte er.

Über mir ging die Unterhaltung weiter.

»Jetzt ist die günstigste Gelegenheit«, rief ich Bismarck zu.

Er rannte über den Boden und schlidderte prompt gegen die Wasserkäferschale. Reflexartig sprang er davon.

»Bismarck, darf ich dir Frau Amerika vorstellen?« Er schauderte.

Sufur erschien in der Öffnung, gefolgt von Barbarossa. Immer mehr Bürger schlossen sich ihnen an. Jeder, den ich eingeladen hatte, tauchte auf, selbst die Larven aus dem Staubsauger. Da Frau Amerika nicht allen gleichzeitig zu Willen sein konnte, brach Barbarossa sie keuchend und fluchend entzwei. Jetzt hatten wir zwei Eßtische, zwei Gerichte: meine Freunde und ich labten uns an dem einen, die Raid-Waisen, Listerin, Zehnagel, Meister Propper, Ajax, Ponds und die übrigen Freiwilligen an dem anderen. Selbst die Buchkrüppel waren gekommen.

Wir aßen gierig, in der Art Olivers. Mir kam es vor, als wäre unser Feind so närrisch gewesen und hätte uns eine Feuerpause gegönnt, eine Chance, in der Hitze der Entscheidungsschlacht unsere Reihen zu füllen und unsere Waffen zu ergänzen.

»Ein köstliches Essen«, sagte Bismarck. »Auf dich, Numeri.«

»Ein köstliches Essen, Ruth«, sagte Elizabeth.

Oliver scharrte mit den Füßen. Wir brachten unsere Periplanetahälften in Sicherheit; diese Party würde er nicht ruinieren.

»Sei doch mal ehrlich«, sagte Oliver. »Deine beiden Klienten haben bereits fünf Leute abgemurkst.«

Ich beglückwünschte mich, daß ich seinen Animus mit vaginaler Deprivation genährt hatte, als ich etwas Schreckliches sah – Lawrence, bleich, fast gelb, wankte langsam über den Boden, für jedermann am und unter dem Tisch deutlich sichtbar, und übergab sich alle paar Schritte.

Ich brüllte ihm zu, unters Tischtuch zu kommen. Er blieb stehen und sagte schwülstig: »Ich liebte dich, also nahm ich dieses Menschengeschlecht und schrieb meinen Willen als Sterne an den Himmel.« Er übergab sich erneut.

»Der Schwuli wollte eine Larve besteigen«, gestand Barbarossa. »Es war widerlich. Ich habe ihn in die Borsäure geworfen, und ich bereue es nicht.«

»Bleib«, sagte Bismarck zu mir. »Sie werden euch beide erwischen.«

Aber ich eilte schnurstracks über den nackten Boden, packte Lawrence an den Fühlern und zerrte ihn unter den Tisch.

»Tut mir leid«, sagte ich, ohne jemand direkt anzusprechen. »Ich konnte ihn einfach nicht dort draußen lassen.«

»Keine Ehre liegt in einem sicheren Sieg, doch einer sicheren Niederlage läßt sich viel abringen«, sagte Lawrence. Er war verwirrt und stank.

»Du hättest ihn nicht herbringen dürfen«, sagte Bismarck zu mir. »Er wird hier nur die Aufmerksamkeit auf uns lenken. Sorge dafür, daß er keine Dummheiten macht.«

Bismarck hatte recht; wenn Lawrence unter dem Tischtuch hervortorkelte, würde Ira nachschauen, und dann waren wir erledigt. Warum hatte ich das getan? Kalte Angst erinnerte mich an die Worte von Matthäus: »Ist das Leben nicht mehr als nur Fleisch?« Matthäus und Lawrence mußten verschwinden.

»Läuft es wie in den Filmen ab, wenn du sie aus dem Gefängnis holst?« fragte Oliver. »Der Wärter sagt: ›Jungs, diesmal habt ihr noch Schwein gehabt. Aber wenn wir eure Zuckerärsche hier noch einmal sehen, machen wir euch fertig.‹ Er gibt ihnen eine Busfahrkarte und eine Schachtel Camel. Die Kollegen hinter den vergitterten Fenstern brüllen: ›Bis zum nächsten Monat, James.‹« Er wippte mit dem Fuß.

»Ollie, wir sind beim Essen«, sagte Elizabeth.

Ich wandte mich an Lawrence. »Komm, die Türken verlangen nach dem Weißen Gott.« Er putzte sich, dann war es einfach: Ich führte ihn unter den Schuh, und Oliver zertrat ihn, ohne es zu bemerken.

Meine Gewissensbisse verflogen rasch. Niemand machte mir Vorwürfe wegen dieser Hinrichtung; niemand machte sich die Mühe, von seiner Mahlzeit aufzublicken.

»Wo hast du denn das gelesen? Ich meine, in welchem Sender hast du denn das gesehen?« fragte Ira hustend. Sein Husten wurde schlimmer und erstickte seine Worte. Jemand klopfte ihm auf den Rücken.

Keuchen. Er lebte. »Ist alles in Ordnung?« fragte Ruth. Ein verrücktes Design; wenn man durch den Rücken atmet, kann man beim Essen nur ersticken, wenn man sich hineinlegt.

Ich machte mich wieder über Frau Amerika her. Snot hatte sich tief in sie hineingefressen und nagte sich jetzt zu mir durch. »Iß nicht so hastig«, sagte ich. »Verdammt, es ist meine Schale.«

»Iß nicht so hastig«, sagte Ruth. »Dir wird nur schlecht davon, und dann willst du dein Dessert nicht mehr. Falls davon noch etwas übrig ist.«

Dessert!

Sofort stürzte ich unter dem Tisch hervor und rannte in die Küche. Ich hätte schon längst bereit sein sollen. Jetzt war ich in Schwierigkeiten. Ruth brachte die erste Ladung schmutziger Teller herein und blieb, während Elizabeth den Rest anschleppte. Ich kletterte an die Unterseite der Anrichte, so daß mich nur noch ein paar Schritte vom Gewürzregal trennten, aber ich konnte nicht weiter. Ruth stellte die Teller nur in die mit Wasser gefüllte Spüle; abwaschen würde sie sie später. Sie würde mir nicht lange genug den Rücken zuwenden, damit ich mein Ziel erreichen konnte.

Sie hob die Einkaufstüte auf die Anrichte und stellte die Keksdose und eine Schale daneben, genau wie ich es erwartet hatte. Ich roch die fettige Süße der Kekse, als sie sie in die Schale legte, und hörte ihr Schmatzen, als sie sich die Finger ableckte. Ich verfluchte mich. Wenn die Schale die Anrichte ohne die präparierte Garnierung verließ, waren alle meine Vorbereitungen umsonst gewesen.

Das Knistern von Wachspapier; die Kekse waren arrangiert. Vielleicht konnte ich etwas von dem Zuckerguß erbeuten, ehe ich die schlechte Nachricht überbrachte.

Es klingelte. Konnte das schon Rufus sein? Es kümmerte mich nicht. Als Ruth zur Tür ging, rannte ich über die Anrichte, die Wand hinauf und zur Zuckerdose.

»Hi, wie läuft's denn so?«

Ich schubste den Kern vom Henkel. Er rutschte an der Wölbung der Dose hinunter, prallte vom Regal ab und landete in der Keksschale.

»Du kommst sehr früh«, sagte Ruth.

»Nee, pünktlich«, erwiderte Rufus. »Ich bin Geschäftsmann.«

Der Kern klebte an der dicken Glasur eines der oben liegenden Kekse. Das war schlecht; Ruth würde ihn vielleicht sehen und entfernen.

»Du hast recht«, sagte sie. »Ich habe vergessen, daß wir aufgehalten worden sind ..., es ist später geworden. Komm herein. Wir sind gerade beim Dessert.«

Sobald ich ihre Schritte hörte, sprang ich und landete neben dem Kern auf dem Keks, in dessen Glasur ich knöcheltief versank. Die Glasur war klebrig wie Fliegenpapier. Das war zu grausam – nach Monaten des Hungers im Zentrum des Überflusses zu sterben.

Ruths Schritte näherten sich wieder aus dem Eßzimmer. Ich preßte mich gegen den Keks. Ich hatte Glück – sie holte die Kaffeekanne. Bis zu ihrer Rückkehr blieben mir noch dreißig Sekunden. Mit der superhormonalen Kraft, die allein durch pure Angst verliehen wird – die Kraft, die alte Damen dazu bringt, Autos in die Höhe zu wuchten, unter denen ihre Söhne eingeklemmt sind –, gelang es mir, ein Bein zu befreien und dem Kern einen Tritt zu geben, der ihn zwischen den Keksen verschwinden ließ. Mit einem leisen *Ping* landete er auf dem Boden der Schale. Ich zog mich an einer Walnuß hoch und befreite meine anderen Gliedmaßen, wobei ich fast meine Hinterbeine an die Glasur verlor. Dann, trotz meiner Erschöpfung, sprang ich, weiter als jede Blattella germanica in den letzten dreihundert Millionen Jahren, von der Mitte der Schale auf die Anrichte – eine Leistung, die ich hinter der Fußleiste nie erwähnte, da ich wußte, daß niemand mir glauben würde. Nicht einmal die Glasur, die an meinen Beinen klebte, konnte mich bremsen. Ich rannte über die Anrichte und schaffte es hinter den Toaster, ehe Ruth wieder hereinkam.

Diesmal holte sie die Kaffeetassen. Mein Herz raste; ich wünschte, ich hätte dies gewußt. Als sie die Keksschale ins Wohnzimmer brachte, saß ich wieder bei den anderen, die unter den Kaffeetisch umgezogen waren.

»Na, Rufus, mein Alter, wie läuft's denn so?« fragte Oliver.

»Super, Oliver, alter Junge.«

»Wir haben uns schon seit Ewigkeiten nicht mehr gesehen«, sagte Elizabeth.

»Ich wünschte, die Ewigkeit hätte noch ein bißchen länger gedauert«, warf Oliver ein.

»War im Druck, mußte mich ums Geschäft kümmern.«

Oliver wippte wieder mit dem Fuß. »Rufus, dich wird es bestimmt freuen zu hören, daß Ira heute erfolgreich einen Justizirrtum verhindert hat.«

»Hat er 'ne Steuerrückzahlung bekommen?«

»Nein, nein, es war ein Neger. Jemand hat sich geweigert, ihm seine Rechte vorzulesen, nachdem er zwanzig Leute mit seinem Auto totgefahren hat.«

Ira drehte den Kopf hin und her und versuchte vergeblich, zu Wort zu kommen.

Rufus senkte die Stimme zu einem Flüstern. »Klingt nach der Miranda-Gang. 'ne Bande übler Nigger, denen's mächtig Spaß macht, was vorgelesen zu bekommen, wie kleine Kinder. Höre, Mensch! Du bist nichts als Staub!«

»Wow!« machte Elizabeth. »Das muß aber eine gebildete Gang sein.« Oliver senkte den Kopf.

»Wer so bescheuert is' und sich schnappen läßt, dem nützen auch seine Rechte nichts«, meinte Rufus. »So was passiert nur im Fernsehen.«

Oliver sah Ira an. »Das ist es! Du solltest im Fernsehen auftreten. Was hältst du davon, Rufus?«

Rufus streckte die Zunge heraus. »Nüscht.«

Ira reichte ihm rasch die Schale. »Warum nimmst du nicht einen Keks?«

»Das ist die längste Zunge, die ich je gesehen habe«, sagte Ruth. »Kannst du damit deine Nase berühren?«

»Nee, aber deine«, entgegnete Rufus.

»Was soll das?« fragte Oliver seine Frau, deren kleine Zunge kaum bis zur Oberlippe reichte.

»Siehst du, was du angerichtet hast?« fauchte Ira Oliver an.

»Ich kann es«, sagte Ruth zu Ira und lächelte lüstern, während sie über die Spitze ihres Riechkolbens leckte. »Kannst du es auch?«

Mit einem verächtlichen Gesichtsausdruck griff Ira nach dem präparierten Keks und öffnete den Mund. Der Wassermelonenkern, der an der Unterseite klebte, löste sich und landete mit einem leisen Klappern in der Schale. Das Gespräch brach ab.

Sekundenlang sagte keiner ein Wort. Schließlich fragte der Gastgeber: »Woher kam das?«

Elizabeth beobachtete ihren Mann. »Die Kekse sind heute besonders fruchtig.«

Ich winkte Crest im Türrahmen zu, der Bismarck in der Küche informierte. Es war Zeit, das oben an der Wand stationierte Kontingent einzusetzen.

Ich hatte mich all der Mühe mit dem Kern unterzogen, um Olivers Rassismus zu provozieren, was wiederum seinen Gastgeber verärgern und seine Frau erzürnen und das Band zwischen ihnen stärken würde. Oliver reagierte ganz wie geplant. »Sehr appetitlich. Aber das ist in dieser Gesellschaft ja kein Wunder.«

»Halt den Mund«, sagte Ira. Dann wandte er sich an Elizabeth. »War er das?«

»Ich?« Oliver schnaufte. »Frechheit!«

Sie starrten sich an. Der Kern lag in der Mitte der weißen Schale, ein schwarzes Loch mit einer starken Anziehungskraft auf die ihn umgebenden Menschen. Ich hatte es geschafft – ich hatte dafür gesorgt, daß sie aufeinanderprallten. Ich ließ die Tünche der Zivilisation von ihnen abblättern, bis nur noch ihr nacktes Menschsein übrigblieb.

Schließlich brach Rufus das Schweigen. »Laß uns zum Geschäft kommen. Ich hab' nich' die ganze Nacht Zeit.«

Ira sprang auf. »In der Küche.«

Ich gab Crest einen zweiten Wink, und Bismarck leitete die Anweisung an den Sicherungskasten weiter. Im Kasten sorgte ein Trupp Bürger mit den klebstoffisolierten Drähten aus dem Staubsauger für einen Kurzschluß. *Peng!* In der Wohnung wurde es dunkel.

»Zum Teufel, was war das?« entfuhr es Ira.

Oliver lachte. »Die Miranda-Gang. Sie wollen ihre Geschichte vorgelesen bekommen.«

»Die Lichter auf der Straße sind noch an«, stellte Ruth fest. »Es sind nur deine alten elektrischen Leitungen. Kein Grund zur Aufregung.«

Rufus stieß sich das Schienbein an der Tischkante an und sank fluchend und sich die schmerzende Stelle massierend in einen Sessel. Ira tastete sich an der Wand entlang zum Lichtschalter und knipste ihn an und aus.

»Daran liegt es nicht«, sagte Ruth. »Im Flur und in der Küche ist es ebenfalls dunkel.«

»Dann muß es am Sicherungskasten liegen«, erklärte Ira.

»Und da behauptet man, daß die Juden keinen technischen Sachverstand haben«, kommentierte Oliver.

»Warum hilfst du ihm nicht?« fragte seine Frau.

»Ich gehöre nicht zu der Sorte Gäste, die anderen Leuten im Weg stehen.«

Ira kämpfte sich wie ein Maulwurf zur Küche durch; er war den Weg schon tausendmal gegangen, aber jetzt, wo er nichts mehr sehen konnte, war er hilflos. Ich hielt mühelos Schritt mit ihm. »Gute Arbeit«, rief ich Bismarck zu.

Ira hantierte an der Schublade mit dem Krimskrams herum. Sie klemmte natürlich, da wir dafür gesorgt hatten, und er riß sie mit einem brutalen Ruck auf. Das Geräusch splitternden Glases klang wie himmlisches Glockenläuten; die Taschenlampe war zerstört.

Er nahm sie heraus und probierte den Schalter. »Verdammt, Ruth. Du sollst doch die Taschenlampe ausknipsen, wenn du sie weglegst.« Er warf sie zurück in die Schublade.

»Was?« Sie stieß mit den Beinen gegen den Tisch und setzte sich wieder hin.

Ira tastete sich an der Flurwand zurück. »Du sollst das Ding ausschalten. Die Taschenlampe, ist ja auch egal. Oliver, hast du nicht deine von der Arbeit mitgebracht?«

Oliver suchte in seinen Taschen. »Ich muß sie zu Hause gelassen haben.«

»Scheiße, ich hab' keine Zeit für so was.« Rufus stand auf, stolperte über Elizabeths Fuß, ging aber weiter.

»Warte, Rufus«, bat Ira. »Wir haben bald wieder Licht.«

»Aber so ist's doch ganz gemütlich«, meinte Oliver.

»Nächste Woche.« Rufus ging.

Dies war der kritische Moment, und Elizabeth zeigte sich ihm vorbildlich gewachsen. »Komm mit, Ira. Wir haben in unserer Wohnung eine Taschenlampe.«

Als wir ihre Wohnung betraten, schaltete sie die Küchenlampe ein. Zwei Stoßtrupps aus meiner Kolonie hatten bereits Stellung bezogen – mit Erlaubnis der Eingeborenen.

»Ich bin sicher, daß wir eine haben«, sagte sie.

»Es tut mir wirklich leid. So ein Mist. Manchmal frage ich mich, was sie sich eigentlich dabei denkt.«

»Du hast Glück. Ich weiß immer, was er sich bei so etwas denkt.« Sie wühlte in einer Schublade, in der ein ebenso großes Durcheinander herrschte wie in Iras. Ihr Parfüm erfüllte den kleinen, schlecht gelüfteten Raum, und bald begann sich seine Glatze zu röten. In seinem Körper öffneten sich alle endokrinen Schleusen.

Er sah einen Moment lang zu und griff dann ebenfalls in die Schublade, so daß sich ihre Hände berührten. Als sie ihre Schulter an ihm rieb, zuckte er zusammen. Mein lüsterner, impulsiver Ira! »He!« rief sie und brachte eine khakifarbene, L-förmige Taschenlampe zum Vorschein. Die Batterien waren ausgelaufen und hatten sich durch das Gehäuse gefressen, und der Schalter war korrodiert. Sie warf sie wieder hinein und schob die Lade zu.

Clausewitz winkte mir ungeduldig aus einer Steckdose am anderen Ende der Anrichte zu. Ich bedeutete ihm, noch zu warten. Dies war der Höhepunkt monatelanger Vorarbeit. Wir durften ihn nicht durch überhastetes Vorgehen gefährden. Die Tiere in meinen Menschen brauchten Zeit, um sich zu erheben, genau wie ein Hefeteig.

Aber was dachte ich da? Die Tiere in diesen Kreaturen? Iras großes jüdisches Gehirn verstand es perfekt, seinen kleinen jüdischen Penis zu unterdrücken.

Ich gab das Signal.

Clausewitz und die anderen schoben das zweite Drahtpaar in die Steckdose, und in der Küche ging das Licht aus.

»Diesmal muß es ein Stromausfall sein«, sagte Ira.

»Ich glaube nicht, Ira. Der Radiowecker im Wohnzimmer ist noch immer an, siehst du?«

Sie standen nebeneinander im Türrahmen und starrten die leuchtende Digitalanzeige der Uhr an. Allein im Dunkeln, Seite an Seite mit der schönen Blondine, nur auf die Hand konzentriert, die sie ihm auf die Schulter gelegt hatte, und auf das Parfüm, das ihm verführerisch in die Nase stieg – was konnte Ira sich mehr wünschen? Und Elizabeth, allein im Dunkeln mit einem Mann, der mehr wie ein Mensch aussah als ihr angetrauter Fettkloß von einem Gemahl und der sich über die Jahre hinweg ihr gegenüber als einfühlsam und großzügig erwiesen hatte – was brauchte sie mehr? Was dachten sie? Verlor die feiste, stämmige Ruth, verantwortlich für die zunehmenden Kümmernisse in Iras Leben, neben dieser schlanken, begehrenswerten Blondine an Boden? Genau wie der fette, grobe, beleidigende Oliver neben diesem galanten, hageren Verteidiger der Entrechteten an Boden verlor? Nachdem ich sie zusammengebracht und ihre Beziehungen belastet hatte, mußten sie doch bereit sein, sich dem natürlichen Lauf der Dinge zu ergeben!

»Wo ist das Licht?« Die Frage traf mich wie ein Holzhammer. War Ira testosteronfrei? Ein Mann mit moralischen Grundsätzen? Ein häßlicher jüdischer Junge, der fürchtete, zurückgewiesen zu werden? Oder war es eine persönliche Sache zwischen ihm und mir? Ich wußte es nicht.

Aber die wunderschöne Elizabeth sagte: »Warte, Ira, bis sich meine Augen an die Dunkelheit gewöhnt haben.«

Sie bietet sich dir an, du Pimpf. Schau doch, Ira, eine Blondine! Du hast noch nie eine gehabt. Küsse sie! Dann kannst du dein schlechtes Gewissen mit teuren Geschenken beruhigen.

Wofür sparst du dein Geld, Ira? Dein Vater ist mit fünfzig Jahren gestorben, und du bist bereits vierzig. Börsentips kommen und gehen, aber glaube mir – dies ist die beste Investition, die du jemals angeboten bekommen wirst.

»Nimm meinen Arm«, sagte er. »Also, wo ist der Schalter?«

Mach schon, berühre ihn. Möge der Schweiß deiner feigen Hände dafür sorgen, daß du einen Stromschlag bekommst.

Ira und Elizabeth stolperten in den Flur, traten sich dabei gegenseitig wie Karatekämpfer und entschuldigten sich anschließend wie Bibliothekare. Wenn sich Oliver und Ruth nicht so sehr verachten würden, sie hätten nebenan längst miteinander geschlafen.

»Nach rechts«, sagte Elizabeth.

Aber Ira wandte sich nach links, zweifellos aus politischer Überzeugung, und ihr spitzer Absatz bohrte sich in seinen Spann. Er stöhnte und zog den Fuß zurück. Sie kreischte, als sie hinfiel, und klammerte sich an sein Jackett, das am Rücken der Länge nach mit einem leisen *Ratsch* aufriß. Ira verlor das Gleichgewicht und landete auf ihr.

Niemals hätte ich es für möglich gehalten, diese beiden so schnell in die richtige Position zu bringen; ich hatte schon jede Hoffnung verloren, daß es überhaupt noch dazu kommen würde. Vor meinem geistigen Auge sah ich schon, wie Elizabeth ihr enges Kleid hochschob, gierig ihr Höschen auszog, nein, herunterriß und ihm wie im Rausch ewige Treue schwor. Sobald es zwischen den Menschen zum genitalen Kontakt kommt, lösen sich alte Bindungen auf und neue treten an ihre Stelle. Selbst wenn Ira und Elizabeth hinterher dem Stromausfall die Schuld an ihrem Sinnesrausch geben würden, so würden ihre Lenden doch wissen, daß die Dinge niemals wieder so sein konnten, wie sie es gewesen waren. Wie der primitive Araber weiß, gehen magische Strahlen vom Haar der Frauen aus; Elizabeths leuchtendes Blond würde Iras Notgroschen aus dem Schrank locken. Und dann würden wir in einer Nacht in das Versteck hinter dem Schrank umziehen und generationenlang in Frieden und Wohlstand leben können, gemästet von Ira und der nächsten Frau seiner Wahl. Ich wünschte, die ganze Kolonie, selbst meine Verleumder, wären hier, um Zeuge dieser Geburt eines neuen Zeitalters zu werden.

Die anhaltende Stille irritierte mich; ein paar Seufzer wären beruhigend gewesen.

»Ich glaube es einfach nicht!« rief Ira leidenschaftlich. Eine vorzeitige Ejakulation? Impotenz? So etwas kam vor. Laß den Löffel in der Suppe, Mann. Versuch dich zu entspannen. Atme tief durch; genieße ihr Parfüm. Noch immer keine Reaktion? Vergrab dein Gesicht in ihrer Pussy. So gewinnst du Zeit.

Elizabeth überraschte mich noch mehr, indem sie fragte: »Was ist los?«

»Ich glaube, ich habe mir die Hose aufgerissen. Oh, Gott, ich spüre es. Ein nagelneuer Anzug.«

Sie hob den Arm und knipste das Licht an. Ira saß mit angezogenen Beinen auf dem Boden und befingerte einen pfeilförmigen Riß an seinem Knie. Beide waren noch immer angezogen.

»Nagelneu, Pierre Cardin. Hat mich dreihundert Dollar gekostet. Verdammt!«

Die Frau, Ira, die Frau!

»So schlimm sieht es gar nicht aus«, tröstete ihn Elizabeth. »Ein Schneider könnte den Schaden beheben.«

»Nein«, jammerte Ira. »Er wird nie wieder wie vorher sein.«

Ich hatte die ganze Arbeit geleistet – alles, worum ich bat, war ein wenig Kooperation. Sicher, ich bin nur ein kleiner Käfer, und ich verstehe nicht wirklich die Reproduktionsprinzipien höherer Lebensformen – Trägheit, Feigheit, Impotenz und Heirat. Aber haßten sie sich nicht dafür? Nein. Und das war das größte Geheimnis der Fortpflanzung dieser Spezies.

Elizabeth hörte teilnahmsvoll zu, während Ira weiter über die betrügerischen Schneider herzog. Ich wollte schon gehen, als er plötzlich zur Besinnung kam, ihre Hand ergriff und sagte: »Vielen Dank für deine Geduld. Ich weiß, daß manchmal mein Temperament mit mir durchgeht.«

Aber das war auch alles, was ich erreicht hatte. Elizabeth wollte soeben antworten, als Oliver die Tür öffnete. »Genau wie ich es mir gedacht habe. Da hat der Kerl meine Frau hier hereingelockt, um ihr sein nacktes Knie zu zeigen.«

Ich krabbelte ins Treppenhaus und ließ mich an der Decke nieder. Wie konnte ich unter diesen Umständen meiner Kolonie unter die Augen treten? Welche Entschuldigung konnte ich ihr anbieten, welchen Plan, welche Zukunft? Ich mußte es mir eingestehen: Der Mann mit den Rosinenhoden war mir überlegen.

Das höhnische Summen und blendende Licht der Neonröhre erinnerte mich an Ira: dumm, unnatürlich, unbarmherzig. Vielleicht war es an der Zeit, mir einzugestehen, daß ich nicht mehr in diese Welt paßte und Ira die neue Ordnung repräsentierte. Ich war es müde, gegen ihn zu kämpfen. Ich würde mich ihm anschließen.

Ich zwängte mich ins Barfach und fand ganz hinten die unvermeidliche Flasche Manischewitz. Zwei lange purpurfarbene Streifen zogen sich vom Schraubverschluß zum fleckigen Etikett. Kommt an die Theke, Jungs, diese Runde geht auf mich.

Mein Speichel verwandelte den getrockneten Likör binnen kurzer Zeit in einen schäumenden Cocktail. Zuerst wurde mir ein wenig schwindlig, aber dann erreichte ich einen angenehmen, warmen Zustand der Beschwingtheit.

Plötzlich sah ich in einer Vision Oliver vor mir. Er machte einen zerknirschten Eindruck. Bin ich zu hart zu dir gewesen, alter Freund? Vielleicht habe ich die Unterschiede zwischen uns zu hoch bewertet. Immerhin sind wir Nachbarn, und wir haben dieselben Vorlieben: gutes Essen, gute Pussys und viel Schlaf. Warum also sollen wir uns streiten?

Warte. Mich kannst du nicht hinters Licht führen. Du bist ein fetter Idiot, ein egoistischer, taktloser Bauer, und die anderen tolerieren dich nur, weil sie zu höflich sind, um dir zu sagen, was sie wirklich von dir halten. Zum Teufel, Ollie, deine Frau ist blöde und hat keine Titten, also ist es vielleicht gar nicht deine Schuld. Im Grunde deines Herzens bist du wahrscheinlich nur ein armes kleines, zweihundert Pfund schweres Würstchen – allerdings mit dem Herzen eines Schakals. Keine Panik, Ollie, was mich betrifft, es ist okay.

Und Liz, du übergepflegtes, kleines Kätzchen, du goldhaariges Luder. Wenn du ein Gehirn in deinem hübschen Köpfchen hättest, dann hättest du diesen Esel längst zum Teufel gejagt. Er saugt dich aus wie ein riesiger, plattfüßiger Blutegel. Warum kümmerst du dich nicht um Ira. Er respektiert dich – oder gibt es zumindest vor. Aber, zum Teufel, ich kann ihn nicht ertragen, warum also solltest du es können? Ich vergebe dir, Liz. Du bist süß und harmlos, und ich liebe den Duft deines Parfüms und deine hohen Absätze, unter denen man sich so gut verstecken kann. Du bist schon in Ordnung.

Ruth, für dich Verständnis aufzubringen ist schwieriger, denn du, mein Mastschwein, bist klug und hast Klasse. Warum gibst du dich mit diesem scheinheiligen Jammerlappen ab? Das kann doch nicht allein an deinen Elefantenschenkeln und deinem Fettarsch liegen, oder? Halte dich an das, was ein überlegener Geist dir sagt. Kümmere dich nicht um deine Zellulitis; niemand kann etwas dagegen tun, niemand kann ihr entkommen. Irre ich mich? Ist dies nur das Vorurteil eines Tieres, das mit Pheromonen gesegnet ist? Vielleicht hast du ja recht, und Ira ist das Beste, was die Menschheit zu bieten hat. In diesem Fall hast du dir die richtige Wohnung ausgesucht. Aber überleg es dir gut, ehe du diesen Fremden in die Küche läßt. Ich verstehe noch immer nicht, warum du ihn willst, aber du mußt einen guten Grund dafür haben. Du bist schon in Ordnung, Ruthbaby.

Und was dich betrifft, Ira, du glatzköpfige, lahmärschige kleine Nulpe… werde ich dir jemals vergeben können, daß du mir meine Heimat genommen hast? Oder werde ich dir deine nasale Stimme verzeihen können, die jede Ritze, die du mir gelassen hast, mit verdorbenem Humanismus füllt? Aber ich muß dir zugute halten, Ira, daß du eine Kämpfernatur bist. Du bist bereit, dich zu opfern, um mich zu stoppen. Ich habe förmlich gehört, wie deine Drüsen mit quietschenden Bremsen zum Stehen gekommen sind. Ich habe dir diese Blondine zu Füßen gelegt, diese spitzen kleinen Titten und dieses knochige Becken, das sich in deinen weichen, tauben Körper gebohrt hat. Und was hast du getan? Hast du den Kopf gesenkt und geschnuppert, ihr deine Gefühle offenbart oder sie einfach genommen, wie jeder normale Mann es getan hätte? Verdammt, selbst eine Schnecke hätte schneller gehandelt! Nein, du hast sie einfach da liegen lassen, obwohl sie sich sogar mit einem durchschnittlichen Schwanz zufriedengegeben hätte, bis sie sich unsicher, dann ignoriert, dann zurückgewiesen fühlte. Ihr blondes Schamhaar glitzerte von den Tautropfen der Lust, während du deinen scheußlichen Anzug bejammert hast. Es ist keineswegs so, daß ich mit deiner Hilfe gerechnet hätte. Es ist nicht so, als ob ich nicht gewußt hätte, daß du deine Erektion unterdrückst, indem du an Zugunglücksfälle denkst oder an den Parteitag der Republikaner oder an Tintenfische; als Gentleman, der du bist, wolltest du ihr diese Peinlichkeit ersparen. Trotzdem, Ira, ist meine Vernichtung deinen Verzicht auf die Schickse wert? Aber was soll's? Du hast eine gute Frau – warum kaufst du ihr dann nicht etwas Hübsches? Frauen lieben Geschenke; Geld ist das Pheromon des Homo sapiens. Durch Selbstgefälligkeit könntest du sie verlieren, Ira, und du bist ein billiger, feiger Idiot, aber was soll's, es ist schon in Ordnung …

Später in der Nacht erwachte ich auf dem Rücken liegend im Schrank. Die Flaschen türmten sich wie bedrohliche futuristische Wolkenkratzer über mir auf. Ich fror heftig. Als ich mich bewegte, spürte ich den beginnenden Kater in allen Ganglien, ein dumpfes Glockenspiel aus Schmerzen. Aber zumindest war mein Kopf klar.

Zahnstocher, Sicherungskästen, Wassermelonenkerne? Was sollte dieser ganze Mist? Viel zu kompliziert. Viel zu menschlich. Überbleibsel meiner Kindheit auf dem Bücherregal. Das Problem war einfach: Ich wollte, daß das Geld aus dem Schrank verschwand. Dies bedeutete, daß ich Ira und Elizabeth zusammenbringen mußte, was, wie ich jetzt erkannte, in diesem erbärmlichen, monogamen Haushalt nicht geschehen konnte, solange Ruth anwesend war. Wer war die bessere Frau? Wer würde den Sieg davontragen? Ich entschloß mich, es sofort festzustellen.

Oliver und Elizabeth lagen nebeneinander auf dem Rücken, die Decke bis zur Brust hochgezogen und so glatt, als wäre das Bett mit ihnen bezogen worden. Einige Zeit beobachtete ich sie, aber keiner von ihnen bewegte sich. Rein äußerlich paßte Elizabeth besser zu Ira, aber in diesem Wettkampf durfte es nur ein Kriterium geben. In der Vorrunde hatte sie bei Ira bereits versagt.

Ich schlüpfte neben ihrer Schulter unter die Decke und krabbelte an ihrem Arm entlang über das Laken. Noch nie war mir ihr Parfüm so schwer und intensiv vorgekommen. Aber in dieser Nacht spielte Parfüm keine Rolle, so lieblich es auch sein mochte. Ich mußte eine weite Strecke auf dem glatten Seidenstoff zurücklegen, bis ich ihr Handgelenk fand. Aber ihr Nachthemd schien bis in die schwarze Unendlichkeit zu reichen. So weit wollte ich nicht gehen. Empfand Oliver genau wie ich? Ich war versucht, Elizabeth zu disqualifizieren und Ruth zur Siegerin zu erklären. Aber ich mußte weitermachen; ich konnte mit dieser Ungewißheit nicht leben.

Da ich wußte, daß sich die Hand einer auf dem Rücken liegenden Frau in Höhe der Vulva befindet, ärgerte es mich doppelt, daß ich außen am Nachthemd nach unten spazieren und innen denselben Weg wieder zurückgehen mußte. Und obwohl ich inzwischen schon ziemlich weit gekommen war, hatte ich noch nicht den leisesten Hauch eines Pheromons bemerkt. Vielleicht war meine Idee doch nicht so gut gewesen.

Es muß eine volle Stunde gedauert haben, bis ich zum Saum gelangte, den sie zwischen ihre Knöchel geklemmt hatte. Ihr erster Pluspunkt: Dank des straff gespannten Stoffes konnte ich mühelos an ihrem Bein hinaufkrabbeln. Ich kam schnell voran. Ich passierte ihr Knie und folgte der Rundung ihres Oberschenkels.

Aber inzwischen hätte ich längst von Düften umhüllt sein müssen. Unter der Decke konnte ich nicht das geringste sehen. Ich fragte mich, ob ich mich womöglich verirrt hatte.

In diesem Moment prallte ich gegen etwas Glattes und Weiches. Es bestand aus dem gleichen Material wie das Nachthemd. Und das Weiche schien ein Kissen aus Haaren zu sein. Ich war soeben gegen ihr Höschen gestoßen.

Wie konnte Elizabeth sich so etwas nur antun und ihren Vaginalparasiten eine Brutkammer aus undurchlässiger Seide gönnen? Sie mußte über eiserne Selbstbeherrschung verfügen, daß sie sich nicht ständig kratzte; oder sie war eine Zauberin und geschickt genug, die Leute abzulenken, während sie ihre Hand ins Höschen schob.

Ich wünschte, sie würde es jetzt tun. Ich umrundete ihre Schenkel und krabbelte über ihre Hüfte, aber das Höschen lag so eng an ihrer Haut, daß kein Durchkommen war. Und ich hatte noch immer keine Spur von Pheromonen gefunden.

Ich hatte heute einen weiten Weg zurückgelegt, und ein sehr weiter Weg lag noch vor mir. Warum war ich nicht – nur für einen Moment – der Cyrano der Insekten, ein Moskito, in der Lage, meinen Rüssel durch das Gewebe zu bohren und die Proben zu sammeln? Wütend nagte ich mit meinen Mandibeln an den Fasern des Höschens. Zu meiner Überraschung gab der Stoff nach.

Vorsichtig vergrößerte ich die Öffnung, aber meine Erwartung, von heißen Düften empfangen zu werden, wurde enttäuscht. Ich steckte meinen Kopf durch das Loch. Das blonde Haar war fein und flauschig und in der Mitte gescheitelt, als hätte sie es gekämmt. Widerlich süßer Puder rieselte auf meinen Rücken; je heftiger ich ihn wegzuwischen versuchte, desto mehr bekam ich ab.

Eine Zusammenfassung meiner deprimierenden Untersuchung dürfte genügen: Ihre großen Schamlippen waren kühl und trocken. Das Gewebe um die Klitoris war fest, und die Klitoris selbst war winzig, nicht größer als mein Kopf. Ich zog und zerrte an ihr und löste nicht die leiseste Reaktion aus. Enttäuscht von ihrem Geruch, ihrer Beschaffenheit, ihrem Körperpuder und ihrer mangelnden Reaktion auf die Bemühungen eines erfahrenen Liebhabers, gab ich ihr trotzdem mehr als nur eine faire Chance, sich als sexuelles Wesen zu beweisen: Ich steckte meinen Kopf in ihre Vagina. Die trockenen Wände scheuerten an mir, aber meine Fühler registrierten endlich doch eine vage sexuelle Präsenz, in etwa so stark wie die eines Blattella-Weibchens, das seit einer Woche tot und drei Blocks entfernt ist. Oh, es gab mächtige Geschmacksnoten. Die eine war Essig. Die andere war eine armselige chemische Imitation von Erdbeer. Elizabeth hatte ihre Pussy deodoriert, bis sie so steril wie eine Fernsehreklame geworden war, was wahrscheinlich genau den Wünschen ihres Konservengemahls entsprach.

Ich zog meinen Kopf heraus und blickte mich um. Zwischen ihren Beinen führte ein direkter Weg bis zu ihren Füßen. Wäre ich doch nur eins von diesen glücklichen Insekten, die fliegen konnten, dann hätte ich mir diesen mühsamen Marsch erspart. Aber Blattella-Flügel dienen lediglich kosmetischen und rituellen Zwecken und werden nur beim Vorspiel und beim Kopulieren benutzt.

Stunden später verließ ich endlich dieses aseptische Bett. Was für eine Zeitverschwendung! Ich war wütend und erschöpft. Um mich zu beruhigen, kehrte ich noch einmal im Barfach ein, und später wurde mir klar, daß ich den Alkohol schon deswegen gebraucht hatte, um die zweite Kandidatin unter den gleichen Bedingungen wie die erste zu testen.

Ich betrachtete das Bett der Fishblatts von Iras großem Zeh aus, der unter der Decke hervorlugte. Im Zimmer war es ungewöhnlich dunkel. Es dauerte eine Weile, bis ich erkannte, daß der Radiowecker nicht funktionierte; Oliver hatte sich also geweigert, unseren Kurzschluß zu beheben. Im Gegensatz zu ihren ordentlichen Nachbarn schliefen Ira und Ruth wie die Opfer eines Bombenangriffs. Decken und Laken waren zerwühlt, ihre Körper gekrümmt.

Der Zeh zuckte und schoß in die Höhe. »Nicht in diesem Haus!« sagte Ira, während er sich im Schlaf hin und her warf. Einen Moment später stöhnte Ruth leise und rollte zur Seite, zog dabei ihr Flanellnachthemd langsam über die fleischigen Schenkel; irgendwie war ich mir sicher, daß sie kein dazu passendes Höschen trug. Da sie aber selbst im Schlaf auf ihn zu reagieren schien, blieben mir für meine Expedition nur die Pausen zwischen Iras Protesten.

Ich kletterte auf Ruths Schienbein, da ich annahm, daß der Knochen den schnellsten Weg bergauf darstellte. Ich irrte mich. Ruth gehörte nicht zu den Frauen, die sich die Beine rasierten, und sie war stark behaart. Ein Punkt für Elizabeth. Hunderte von steifen, spitz zulaufenden Borsten erschwerten das Fortkommen. Wo waren meine Elefanten, meine Eingeborenenträger, die mir den Weg durch diesen Dschungel bahnen konnten?

Bald waren die Haare so lang, daß meine Beine nicht einmal mehr bis auf die Haut reichten. Ich hatte eine Idee: Ich würde mich wie Tarzan zu ihrem Knie schwingen. Ich hangelte mich von Haar zu Haar, bis eines unter meinem Gewicht nachgab und ich auf dem Rücken landete. Ihre Borsten bohrten sich in meine empfindlichen Tracheen.

Bald aber perfektionierte ich meine Technik. Schnell und geschmeidig schwang ich von Haar zu Haar und minimierte das Risiko, von einer sich im Schlaf bewegenden Hand erschlagen zu werden und ein Grab im Busch zu finden. Trotzdem war die Strecke, die ich von Ruths Knöchel bis zu ihrem Knie zurücklegte, das Vielfache der Luftlinie.

Von einer Lichtung auf ihrem Knie sah ich mit Stolz zurück auf die Wildnis, die ich durchquert hatte, und war gleichzeitig voller Sorge, denn ich wußte, daß ich sie bald ein zweites Mal würde bezwingen müssen.

Ich blickte nach Norden. Ich hatte recht. Im Gegensatz zu Elizabeth trug meine erleuchtete Ruth kein Höschen, und so türmte sich vor mir der haarige Gral auf, verlockend wie des Dschungels verborgene Schätze, schreckenerregend wie des Dschungels Vipern und Kannibalen. Definitiv ein Punkt für Ruth. Der erste hormonelle Warnschuß wurde abgegeben. Vom Zeh aus hatte das Organ so pelzig und freundlich wie ein Plüschtier ausgesehen; jetzt war ich mir nicht mehr so sicher, ob ich damit spielen wollte. Mir fiel eine Bemerkung Juniors ein, die er damals in unserer Larvenzeit auf dem Bücherregal gemacht hatte, voller Hohn über die Gelehrten, die das Wort »pudendum« vom lateinischen »pudens« ableiteten, was »schamhaft« bedeutete. »Es ist nicht völlig lächerlich«, sagte er. »Aber du brauchst dich nur in die Nähe zu wagen, vorausgesetzt, du erträgst es, und dann weißt du, daß es sich vom deutschen ›Puh‹ ableitet!«

Ich marschierte weiter. Der Dschungel lichtete sich, als ich das Knie passiert hatte, aber eine neue Gefahr tauchte auf. Gräben und Gruben, die mit jedem Schritt tiefer wurden. Zweifellos war dies der Ort einer schrecklichen Artillerieschlacht gewesen. Der Boden war tückisch, und die Glasspuren ließen mich befürchten, daß die Schlacht jeden Moment wieder losbrechen konnte. Wo war mein Helm? Nein, noch lieber war mir ein Panzer, mit dem ich über den verdammten Schenkel walzen konnte – ohne

Rücksicht auf Gruben, Gräben oder Fleischdünen nehmen zu müssen –, um dann an jenem Berg das Blattella-Banner in den Boden zu rammen.

Ich sprang in einen Krater. Endlich eine gute Nachricht – das Dickicht jenseits des Randes war völlig zerschossen worden. Wenn ich den Gräben auswich, konnte ich problemlos zum Ziel vorstoßen.

Ich sprang in den nächsten Krater. Ich hatte Angst. Falls sich Ruth, meine jüdische Walküre, zur Seite rollte, würde sie mich zwischen ihren Schenkeln zerquetschen: ein *Liebestod.*

Vor mir lag Niemandsland, und ich rannte, wie noch kein Mann vor mir gerannt war. Ihr Feldherrnhügel beherrschte mein Blickfeld, und der Pulvergeruch wurde fast mit jedem Schritt stärker. Es war kein angenehmer Geruch, komplex, moschusartig, von Urin durchsetzt. Aber mein Pflichtgefühl ließ mich weitermarschieren. Nach zehn Metern machte sich eine Veränderung bemerkbar; dieselben Duftelemente waren zwar vorhanden, aber das Mischungsverhältnis hatte sich verändert. Mein Unbehagen verwandelte sich in Lüsternheit. Aber es herrschte Krieg. Sollte ich von einer Illusion in den Stacheldraht gelockt werden? Vertraue deinem Instinkt: Die Sekretionen des unnatürlichen Tieres sind unnatürlich. Und diese plötzliche Lüsternheit – das konnte nur am Manischewitz-Schnaps liegen, der speziell fermentiert worden war, um diese Reaktion auf jüdische Genitalien auszulösen. Die hohe menschliche Kunst der Trunkenheit – wie würde Ruth in einer Stunde riechen, wenn der Zauber des Alkohols verflogen war?

Ich durfte nicht länger warten. Ich mußte weitermachen. Ihre Oberschenkel waren glatt, aber dann kam das Schamhaar, ein militärisches Meisterwerk, das auf dem weichen, feisten Fleisch völlig fehl am Platze wirkte. Es war eine undurchdringliche, massive Brustwehr aus harten, krausen Haaren, die wie Speere in alle Richtungen abstanden. Wenn ich dort steckenblieb, konnte ich während der morgendlichen Hurerei zerquetscht werden – ein abstoßender Gedanke –, oder ich wurde beim Duschen vom dampfenden Wasser in das große Unbekannte jenseits des Abflusses gespült. Und selbst wenn ich ihre äußeren Verteidigungslinien überwand, was erwartete mich dann? Das Innere dieses Organs schimmerte tückisch wie Fliegenpapier oder Treibsand.

Aber zur Hölle damit! Alles andere hatte ich schon versucht. Ich würde nicht hier stehenbleiben, nur wenige Zentimeter von meinem Ziel entfernt, und zusehen, wie meine letzte Chance auf Ruhm und ein anständiges Leben schwand. Diese Möse würde mich nicht einschüchtern!

Ich marschierte geradewegs in den Busch. Es war ein schrecklicher Fehler. Nach zwei Schritten hatte ich schon zwölf von meinen Augen verloren und mich hoffnungslos verstrickt. Ich zappelte wie ein Kriegsgefangener im Stacheldraht, rechnete mit Scheinwerfern, Wachhunden. Ruths Becken begann sich zu bewegen. Das konnte das Ende sein. Aber sie sank wieder zurück. Es war eine Warnung, vielleicht die letzte.

Vorsichtig kroch ich wieder heraus, riß mir dabei am Stacheldraht den Chitinpanzer auf. Ich zog mich auf ihren Oberschenkel zurück.

Ich wußte nicht, was ich tun sollte. Ich sah kein Durchkommen. Wenn sie doch nur ein Höschen getragen hätte; Elizabeths vermeintlicher Minuspunkt erschien mir jetzt in einem völlig anderen Licht. Während ich mich putzte, eine nervöse Angewohnheit, schmeckte ich Ruths Moschusaroma, das ich mir in ihrem Busch zugezogen haben mußte.

Augenblicklich spürte ich, wie sich die Muskeln meiner Flügel spannten, die einzig und allein auf den chemischen Zauber eines Weibchens reagierten. Das durfte nicht sein. Ruth war nicht nur meine Gegnerin, sie gehörte sogar einer anderen Spezies an. Um Himmels willen, sie hatte eine Wirbelsäule! Aber einen Moment später öffneten sich meine Flügel.

Es war unmöglich. Es war peinlich. Aber ich fragte mich: Wenn sich meine Flügel schon öffneten – und ich nichts dagegen tun konnte –, warum sie nicht benutzen? Was hatte ich schon zu verlieren außer ein paar Augen? Ich krabbelte an Ruths Oberschenkel hinunter und wählte die Startbahn mit den wenigsten Schlaglöchern. Dann nahm ich Anlauf. Je schneller ich rannte, desto idiotischer kam ich mir vor, während jene beiden großen Platten wild auf meinem Rücken tanzten und ich von einer Seite zur anderen schlingerte.

Zwei Schritte von ihrem Bauch entfernt stieß ich mich ab. Es war kein eleganter Start, kein Adlerflug. Nein, ich würde es als einen Verzweiflungssprung bezeichnen, der mich knapp über ihre Stachelwehr trug. Mein Hinterleib schabte schmerzhaft über die spitzen Drähte, aber meine Vorderbeine landeten auf labialem Boden. Ich hatte es geschafft. Ich hatte die Vulva erreicht.

Ich war sicher, daß sie meinen Aufprall gespürt hatte. Schnell, weiter. Ich erklomm die gewaltigen äußeren Lippen. Sie waren elastisch und feucht. Ich hüpfte. Das Fleisch gab leicht unter mir nach, erwies sich aber als fest. Ein Punkt für Ruth.

Ich folgte der Schamlippe in nördlicher Richtung. Sie hatte die dunkle Farbe ihrer mediterranen Vorfahren. Erst tief drinnen präsentierte sich Ruth in leuchtendem Säugetierrosa. Ihr Aroma: das einer komplexen Frau. Ich würde sie als ehrlich, aber nicht selbstgerecht beschreiben, derb, aber nicht vulgär, feurig, aber nicht aufdringlich. Ausgeglichen. Beeindruckend. Elizabeth konnte ihr nicht das Wasser reichen.

Ich krabbelte zum Scheitelpunkt. Eine schimmernde Schicht umgab ein schwarzes Loch, dessen Tiefe meine Phantasie erregte, wie es wahrscheinlich auch ein Vulkan getan hätte. Ich wagte mich weiter vor, schreckte dann aber vor der Hitze zurück.

Erneut, aus Gewohnheit, putzte ich mich. Und wieder verblüffte mich ihr Geschmack. Diese Flüssigkeit war frischer und noch potenter als das getrocknete Zeug in ihrem Busch. Warum einen Vorstoß in das heimtückische Innere ihrer Vulva wagen, wo ich doch schon jetzt so viele Daten gesammelt hatte? Aber bei dieser Expedition war ich ein Fanatiker der absoluten Wahrheit. Diese Flüssigkeit war schon seit Stunden oxydiert, und ich wollte eine Probe von Ruths heißestem Stoff.

Mit zwei Beinen stützte ich mich auf den äußeren Lippen ab und griff mit meinen mittleren Beinen in die Tiefe nach ihrem Kitzler, ein gefährliches Manöver, da der Boden hier wesentlich rutschiger war als nebenan. »Kitzler« war ein Begriff, der dem Organ nicht gerecht wurde – es war eine riesige, unregelmäßig geformte Pyramide, die vage an eine Nase erinnerte, an Ruths Nase, um genau zu sein, nur daß sie runzliger war und keine Nasenlöcher hatte. Meine Beine waren nicht lang genug, um sie völlig zu umfassen. Zum Vergleich: Ebensogut hätte Ruth am Mount Rushmore auf Thomas Jeffersons Riechkolben herumturnen können.

Ich bohrte meine Vorderbeine in den Boden, aber als ich am Kitzler zog, rutschte ich ab, und hätte ich nicht ein Schamhaar zu fassen bekommen, ich wäre in den Schlund gestürzt. Das wäre ein grausiges Ende für mich gewesen.

Ich suchte mir näher an der Klitorisspitze einen Halt und schaukelte dann hin und her, bearbeitete das Organ aus Leibeskräften. Aber ich achtete darauf, sie nicht zu sehr zu erregen – ich wollte nicht, daß ihr Stöhnen Ira weckte, der dann vielleicht sie wecken würde.

Einige Minuten kunstfertiger Manipulation mußten genügen. Ich tauchte meine Fühler in die Flüssigkeit. Dasselbe oxydierte Zeug.

Also war sie doch wie Elizabeth. Was mußte ich tun, um sie zum Sekretieren zu bringen? Vorspiel? Ich haßte das Wort. Es erinnerte mich an einen Golfkurs. Es war ein abstoßendes, unnatürliches menschliches Ritual. Trotzdem, um zu bekommen, was ich wollte, mußte ich bis zum Äußersten gehen.

Ich versuchte, nicht daran zu denken, daß ich Ruth schon lange genug bearbeitet hatte, um zwanzig Frauen von meiner Art zu befriedigen. Ich sagte mir, daß ich ein Forscher war und kein Sittenstrolch. Aber wie konnte ich mich vor perversen Gedanken schützen, wenn ich mit meinem Mund ein menschliches Geschlechtsteil stimulierte? Komm schon, Manischewitz! Sorg dafür, daß es mir gefällt!

Ich leckte mit meiner Zunge an ihrer riesigen Klitoris, rutschte an ihr herunter, kletterte wieder hinauf. Und auf und ab und auf und ab, bis ich erschöpft und schwindlig war, meine Beine schmerzten und meine Zunge sich wie ein Kaktus anfühlte. Aber als ich ihre Chemikalien überprüfte, stellte ich noch immer keine Veränderung fest.

Zum Teufel, wofür hielt sich diese Frau eigentlich, für die heilige Katherina? Bei Gott, in meinem Leben hatte ich eine Menge lächelnder Weibchen beglückt, von denen jedes mehr Sex gehabt hatte als sie, mit leuchtenden Rückenschildern und großen, saftigen Drüsen. Diese Unverschämtheit! Ich sollte eigentlich auf dem Rücken liegen und es mir besorgen lassen.

Ich beugte mich nach vorn und nagte mit meinen Mandibeln an ihrer Klitorisspitze. Plötzlich erwachte die Klitoris zum Leben. Es war wie ein Erdbeben. Die Schamlippen schwollen an und öffneten sich. Ich drohte den Halt zu verlieren. Aber dann kam Ruth wieder zur Ruhe. »Oh, Baby.« Sie meinte mich.

Erneut tauchte ich meine Fühler in ihren Vulkan, und diesmal stieß ich auf frische Lava. Es war beeindruckender Stoff. Ruths Sorgen über Beschaffenheit und Form ihrer Oberschenkel machten sie blind für die ungeheure Macht ihres Schoßes. Ira konnte ihr Lust bereiten, aber ihr nie im Leben das Wasser reichen.

Kühn verließ ich das trockene Ufer und wagte mich auf die dampfenden inneren Lippen. Das riesige Loch, groß genug, daß meine halbe Familie Seite an Seite hindurchmaschieren konnte, klaffte direkt unter mir. Früher am Abend mußte es zum Koitus gekommen sein, was bedeutete, daß mein Plan, Feindschaft zwischen ihr und Ira zu säen, fehlgeschlagen war; er schlief nicht mit ihr, wenn er aufgebracht war, und selbst wenn er gute Laune hatte, kam es nicht allzu häufig vor. Ruth erwies sich als schlimmerer Gegner, als ich es je für möglich gehalten hatte.

Woraus bestand ihr Zauber? Sie strafte alles vermeintlich gesicherte Wissen über die Menschheit Hohn. Ich stemmte meine Beine gegen ihre Schamlippen – als könnte ich sie wirklich bei einem Sexualbeben offenhalten –, legte zum erstenmal in meinem Leben mein Schicksal in die Hand des Blattella-Gottes (weil ich zum erstenmal so betrunken war, daß ich die Existenz eines solchen Wesens für möglich hielt) und steckte meinen Kopf hinein.

Ich geriet außer Kontrolle. Dies war nicht mehr die Erde. Dies war ein hormonelles Märchenland. War sie wirklich menschlich? Sie wirkte auf mich mehr wie das universelle Urtier. Chemikalien, von deren Existenz ich nie etwas geahnt hatte, explodierten in meinem Körper. Ich war hilflos, völlig außer Kontrolle, alles drehte sich, obwohl ich nicht annahm, daß ich mich tatsächlich bewegte.

Ihr weiches Fleisch umschloß sacht meinen Kopf; ich fühlte mich sicher. Blut schoß durch die Wände ihrer Vulva, genau wie Blut durch das Vestibulum meiner Mutter geschossen war kurz vor meiner Geburt auf dem Bücherregal. Seit Äonen hatte ich nicht mehr an Mom gedacht.

Als sich ihr Vaginalgewebe heftig zusammenzog, wurde mir wieder bewußt, daß Ruth nicht Mom und daß dies Feindesland war. Ich zog meinen Kopf heraus in die kalte Nachtluft und verbeugte mich tausendfach vor der Menschheit, die ich so oft verleumdet hatte, aber ich tat dies nicht aus Hochachtung vor ihrem Gehirn – Austern sind scharfsinnigere Denker –, sondern aus Hochachtung vor der Erhabenheit dieser Vagina.

Die Sekrete auf mir trockneten zu einer Kruste, und das Gehen fiel mir immer schwerer. Der Blick von ihren Schamlippen war ernüchternd; die Verteidigungsanlagen waren von innen fast genauso unüberwindbar wie von den Oberschenkeln, und es gab nicht genug Platz, um Anlauf zu nehmen. Ich mußte fort von hier, ehe sie sich umdrehte; für sie gab es jetzt keinen Grund mehr, mich zu schützen.

Nun halfen mir keine Tricks mehr; der Rückzug würde harte Arbeit sein. Ich schiß, um Ballast abzuwerfen. Dann leckte ich die weiße Kruste von meinem Körper, die mich sonst bei meinem Weg durch den Stacheldraht behindert hätte.

Es hätte mich nicht überraschen dürfen, daß das weiße Pulver, bei dem es sich ja um nichts anderes als um getrocknete Hormone handelte, mich erneut entflammte. Mein Rücken brodelte vor explosiver Kraft. Irgend etwas Bedeutendes würde passieren.

Ich bückte mich und steckte meine Fühler wieder in Ruths Schlund. Meine Muskeln spannten sich. Ich schlürfte eine letzte Dosis Pheromone, und meine Flügel öffneten sich endgültig und surrten wie die einer Libelle.

Ich stieg in die Höhe, löste meine Beine mühelos aus dem Schleim. Ich flog, ich war ein verdammter fliegender Kakerlak. Steil schoß ich nach oben, und meine Gedanken überschlugen sich angesichts der Möglichkeiten, die sich mir boten – ich konnte Krümel aus der Luft fangen oder Wasserkäfer bombardieren oder Iras Brillengläser zerbersten lassen, wenn ich die Schallmauer durchbrach. Ich überflog die Abgründe ihres Schoßes, passierte rasch das Niemandsland ihrer Oberschenkel, die Tafelberge ihrer Knie und den Dschungel ihrer Schienbeine. Es war einfach überwältigend! Ich schwor mir, nie wieder zu krabbeln.

Ich flog an Iras Zeh vorbei, wo alles begonnen hatte, und bald lag das Bettende hinter mir. Ich schoß durch die Schlafzimmertür in den Flur. Ich flog im Wohnzimmer einen großen Kreis, begoß die Pflanzen und gab der weißen Dame auf dem Schachbrett einen Flügelklaps auf den Hintern.

Einen Moment später, nachdem ich nur um Haaresbreite einem Begräbnis in der Bibel entgangen war, prallte ich gegen die Wand. Ich rutschte an ihr hinunter. Gegen die Fußleiste gelehnt, als wäre ich ein Säufer, der Halt an einem Laternenmast suchte, hatte ich nur einen einzigen Gedanken: Ruth Grubstein. Ruth, Ruth, Ruth. Ihr Name schwirrte durch meinen Kopf, als wäre ich ein pickliger Menschenjunge im Griff der ersten Liebe. Aber es kümmerte mich nicht. Ich war sogar stolz darauf. Ruth. Hätte ich noch genug Kraft gehabt, ich hätte überall in der Wohnung Herzen ins Holz geschnitzt: N & RG auf ewig.

Die Morgendämmerung zwang mich, an meine Sicherheit zu denken. Als ich aufstand, drehte sich mir immer noch der Kopf von der Kollision. Meine Flügelmuskulatur schmerzte nach der Anstrengung. Aber das erklärte nicht meine schiefe Haltung. Beim Aufprall mußte etwas gebrochen sein, ohne daß ich es – von der Liebe betäubt – bemerkt hatte.

Und dann begriff ich. Das fehlende Gewicht waren meine Spermatophore. Meine Erregung war so groß gewesen, daß ich in meine wundervolle Ruth ejakuliert hatte.

Ich war überwältigt. Die perfekte Vollendung unserer neuen Liebe: unbewußt, spontan, durch und durch romantisch. Ich wußte, daß sie genauso empfinden würde.

Aber die Euphorie ließ nach, und ich begann mich zu fragen, wie unser gemeinsames Kind wohl aussehen würde. Ideal wäre natürlich eine Kombination aus meiner Größe, Tarnfähigkeit, Intelligenz und meinem überwältigend guten Aussehen mit ihrer erstaunlichen Vagina, gekrönt mit einem Mietvertrag für diese Wohnung, der auf sie lautete. Aber die leichtfertige DNA konnte auch ganz andere Wirkungen haben. Ein hundertdreißig Zentimeter großer Junge mit einem Chitinkopf, krausen schwarzen Haaren und neunzig Zentimeter langen Engelsflügeln, die nutzlos an seinem Rücken hingen, und vorn einen Blattella-Phallus. Aber würde er mit seinen Fühlern je einen Hut tragen können? Und wo würde er eine Brille für seine Facettenaugen finden? Und bei jedem Anzug würde er mindestens zwei Hosen benötigen. Ein teures, unansehnliches Kind, das geradezu danach schrie, gequält zu werden. Würden Ruth und ich es wirklich lieben können? Vielleicht gelang es ihr ja; menschliche Mütter lieben alles, was aus ihrer Gebärmutter kommt.

Und was, wenn es ein Mädchen wurde, fleischig und weich wie Ruth, von ihren Chitinbrüsten abgesehen, eine sechsbeinige Brunhild? Oder sie war chitinös und von meiner Größe, von den beiden großen Brüsten abgesehen, die zu tragen ihr Lebensinhalt werden würde. Oder wir hatten eine Frau von Ruths Größe und Proportionen, aber mit einer winzigen Blattella-Pussy gezeugt, in die sich nicht einmal Ira hineinzwängen konnte. Würde solch ein Tier glücklich sein? Konnte man überhaupt wagen, so etwas zu erschaffen?

Die Perspektiven waren zu unerfreulich. Selbst wenn Ruth dagegen sein und ich den Verlust des Produktes unserer Liebe bereuen würde, sie würde abtreiben müssen.

Aber ich hatte keine Möglichkeit, ihr zu sagen, daß ich der Vater war. Arme Ruth. Sie würde während der Schwangerschaft überglücklich sein. Aber dann würde die Geburt alles zerstören. Ira würde sie aus der Wohnung werfen. Sie würde zum Liebling des *National Enquirer* und wahrscheinlich auch der Wissenschaftsseite der *New York Times* werden. Dreiste Reporter würden meiner gut erzogenen Ruth peinliche Fragen stellen.

Was könnte sie darauf erwidern? Wenn sie schlau war, würde sie die Worte der Jungfrau Maria zitieren und behaupten, während der Nacht von Gott geschwängert worden zu sein. Was konnten sie dagegen schon einwenden? Und wäre es wirklich weit von der Wahrheit entfernt?

Dennoch, die Chancen waren groß, daß sie nicht schwanger geworden war. Und wenn doch – nun, Ruth war ein schlaues

Früchtchen und würde mit den Problemen besser umgehen können als ich.

Der klare Sieger im vaginalen Wettstreit war Ruth. Obwohl nach den Maßstäben der Magazine Elizabeth optisch attraktiver war – und ich unterschätze die erschütternde Dummheit der menschlichen Spezies ganz gewiß nicht –, hatte Ruth sie in jeder anderen Hinsicht förmlich zerschmettert. Ich bin schon immer der Überzeugung gewesen, daß überall im Königreich der Tiere die besten Pheromone gewinnen sollten. Deshalb war mein Plan, Ruth durch Elizabeth zu enthronen, von Anfang an zum Scheitern verurteilt gewesen.

Was konnte ich jetzt tun? Eine Frau suchen, die sogar Ruth sexuell überlegen war? Nicht sehr erfolgversprechend. Es würde sich dabei um eine hormonelle Barbarin handeln müssen, um eine Frau jenseits allen guten Geschmacks und jeglichen gesellschaftlichen Niveaus.

Es dauerte einen ganzen Tag, bis sich die richtige Frage ihren Weg durch den Nebel meines Katers gebahnt hatte: Wer weigerte sich denn trotzig, regelmäßig zu baden, weil dies einen Völkermord an dem Nachwuchs bedeutete? Wer hielt denn Körperpflege für eine Verschwörung der Chemieindustrie? Wer lehnte Tampons ab, weil sie der Selbstverwirklichung ihrer Vagina entgegenstanden? Die Barbarin hatte eine bedeutende Rolle in unserem Leben gespielt – sie war sogar in unserem ursprünglichen, kurzlebigen Plan die Erlöserin gewesen –, und dennoch hatte ich sie bisher zugunsten von Elizabeth vernachlässigt.

Es war jetzt April. Ich kletterte auf Iras Schreibtisch, rieb ein Bein an der Spitze seines Kugelschreibers und schrieb vor die Summe, die er in seiner Steuererklärung angegeben hatte, eine »1«. Alles, was Ira dazu bringen würde, an seinen Notgroschen zu gehen, war mir willkommen.

Ich verbrachte die Woche im Stuck der Decke. Am Freitag darauf tauchte Rufus, der Geschäftsmann, wieder auf. Obwohl Ira noch immer über die Ereignisse in der vergangenen Woche verärgert war, lieferte er ein neues Beispiel liberaler Selbstverleugnung und erwähnte die Zwischenfälle mit keinem Wort. Während Rufus von einem Maßschuh auf den anderen trat, ließ ich mich von der Decke auf die weichgegerbte Haut des Reptils fallen, das in seinem zweiten Leben dazu verdammt war, einen Kopf zu krönen; da es mit Rufus' dichtem Haarschopf ausgestopft war, stellte es einen perfekten Landeplatz dar. Als Rufus die Treppe hinunterstieg, krabbelte ich über die Hutkrempe und in das verfilzte Dickicht seines Haars. Es fühlte sich uneinnehmbar an.

»Auf zur Zigeunerin, Junge«, sagte ich. »Aber schnell!«

Auf glühenden Kohlen

Rufus und ich blieben im zweiten Stock stehen, warteten, bis Ira alle drei Schlösser verriegelt hatte, und schlichen dann in den dritten Stock zurück. Ohne mit seinen Absätzen zu klappern, glitt Rufus durch den Flur. Wohin wollten wir, vielleicht Ira belauschen? Nein, wir schlichen an seiner Tür vorbei. Bestimmt wollten wir nicht zu Oliver. Aber vielleicht auf ein Stündchen zu seiner Frau? Nein, auch an ihrer Tür schlichen wir vorbei.

Er wurde langsamer. Nein, nicht, Rufus, alter Freund, ich flehe dich an, jede Wohnung, nur nicht die. Jede andere in der ganzen Stadt. Bitte.

Aber er klingelte. Hector Tambellini öffnete die Tür. »Hi, Rufusbaby, komm rein und laß den Regen draußen.« Er schrie: »He, Violetta, wir haben Besuch.« Rufus schloß hastig die Tür hinter uns.

Während ich mich in seinem Haar festklammerte, suchte ich den Boden nach den perversen Periplanetae ab, die mich geschändet hatten. Der Knall, mit dem die Tür zugeschlagen war, mußte die Feiglinge verschreckt haben, aber sie waren irgendwo dort unten.

Moment. Wieso machte ich mir überhaupt Sorgen? Sie konnten mich hier oben nicht erwischen. Und selbst wenn Rufus eine Überdosis nahm und auf dem Boden zusammenbrach, konnte ich mich im verfilzten Buschwerk seines Haarschopfs verstecken, was mir eine natürliche Überlegenheit gegenüber den Ungeheuern verschaffte. Rufus war meine Festung.

»Frau Amerika!« sang ich. »Ich bin zurückgekehrt, Geliebte. Bitte, komm heraus. Ich kann dich nicht sehen.« Der Boden war mit rötlichbraunen Flecken übersät, die Wasserkäferpalette, von Hectors orthopädischen Schuhsohlen gemalt; sie würde einen wunderschönen Fleck abgeben. Warum gab ich mich derartigen Gedanken hin? Meine eigene Verbitterung verwirrte mich. Mir wurde klar, daß von allen unnatürlichen menschlichen Konzepten, die ich übernommen hatte – von der Bibel bis zu Oliver Wainscott –, das der Rache am befriedigendsten war.

Violetta kam mit einem Sandwich herein. Als sie hineinbiß, fiel ein Teil des Belags aus amerikanischem Käse und Aufschnitt und Mayonnaise in ihre Hand. Sie hob die Hand zum Mund und leckte sie ab. Mir gefiel die Art, wie sie in Nahrung schwelgte, die sie so sehr von den modernen Frauen am anderen Ende des Hausflurs unterschied.

»Rufus«, sagte sie zwischen den Bissen, »du bist so dünn. Sieh ihn dir an, Hec. Er ißt nichts. Gib ihm etwas. Hol ihm die andere Hälfte des Sandwichs. Sie liegt auf der Anrichte. Ich bin auf Diät.«

»Nee, schon in Ordnung«, wehrte Rufus ab. »Ich hab' gerade was gegessen.«

»Kocht denn niemand für dich? Hast du keine Freundin?« In ihrem Mundwinkel hing ein Mayonnaiseklecks.

»Du machst ihn verlegen, Vi«, sagte Hector.

»Niemand braucht verlegen zu sein. Hast du eine Freundin?«

»Wieso, Vi, hast du 'ne hübsche Tussi für mich?«

»Nun, nicht direkt, ich meine ...«

»Kümmer dich nicht um sie.« Hector gab Rufus eine Rolle Geldscheine. Rufus zählte. »Es stimmt«, sagte Hector.

»Jeder kann sich mal verrechnen«, meinte Rufus. Ich zählte zwanzig Dollar weniger, als Ira zahlen mußte; der Preis des Liberalismus und wahrscheinlich auch der Grund für die Heimlichkeit dieses Besuchs.

Rufus nahm seinen Hut ab und zog ein kleines, durchsichtiges Tütchen voll weißem Pulver aus dem Schweißband. Ich kroch tiefer in sein Haar. Er reichte das Tütchen Hector.

»Viel Spaß noch«, sagte Rufus an der Tür.

»Klar, mach's gut.«

»Such dir ein Mädchen, das kochen kann.«

Auf der Straße zog Rufus eine silberne Schachtel aus der Tasche und steckte sich einen Zigarillo an. Die Nacht war windstill, und der Rauch stieg gerade in die Höhe und trieb mich tiefer unter den Hut. Das Haar gab einen guten Filter ab.

Wir blieben schätzungsweise eine Minute stehen, und plötzlich hob sich der Hut. Ich geriet in Panik und vergrub mich. Ich hatte die Kopfhaut noch längst nicht erreicht, als eine Reihe spitzer, schwarzer Spieße durch das Haar fuhren und mich nur knapp verfehlten. Die Haare schnellten wieder in ihre ursprüngliche Position zurück. Die Spieße verschwanden und bohrten sich einen Moment später wieder durch den Schopf, diesmal noch näher.

Das dichte Gewirr der Haare in den unteren Ebenen war fast undurchdringlich. Die Vorstellung, aufgespießt zu werden und auf ewig in dieser schwarzen Stahlwolle liegenzubleiben, war furchterregend – aber nicht so schlimm wie der Gedanke, nur verwundet zu werden und qualvoll zu leiden, bis – ja, bis wann? Bis ich würdelos im verstopften Abfluß einer Gettobadewanne verreckte? Oder würde ich in Rufus' Haaren allmählich verhungern, von der Wunde so geschwächt, daß ich nicht einmal meinem eigenen Verwesungsgestank entkommen konnte?

Beim achten Durchgang der Spieße hatte ich endlich die Kopfhaut erreicht. Glücklicherweise landete ich auf einem Polster aus Schuppenflechte, einer Krankheit, bei der die menschliche Haut in Form von Flocken abblättert. Ich kroch unter das Polster und lag so gemütlich da wie in einem frischbezogenen Bett. Die Spieße suchten weiter nach mir und drohten einmal sogar, meine Schuppendecke zu entführen. Aber ich hielt sie krampfhaft fest. Um mich jetzt noch zu erwischen, würde er sich die Kopfhaut blutig kratzen müssen.

Nachdem er sich so lange geputzt hatte, daß er jeder Frau Konkurrenz machen konnte, setzte er den Hut wieder auf. Ich schlüpfte aus meinem kleinen Bett. Mit einem Hinterbein verfing ich mich im Grind und riß ihn an einer Seite ab. Ich erstarrte; möglicherweise hatte er etwas gespürt. Aber nichts geschah. Die Haut mußte völlig abgestorben sein. Ich probierte einen Bissen, aber er war so bitter, daß ich ihn sofort wieder ausspuckte. Schade. Rufus und ich hätten echte Symbionten werden können; ich hätte genug zu essen, und er hätte keine Schuppen mehr auf seiner Lederkleidung gehabt.

Um Luft zu schnappen, wollte ich soeben wieder nach oben klettern, als ich auf einer Nachbarflechte einen Klumpen entdeckte. Es handelte sich dabei um eine Schar Nisse, Babyläuse, denen Rufus Wärme und Nahrung lieferte; sein Blut gab ihnen ihre rostbraune Farbe. Kein Wunder, daß er sich so ausdauernd gekämmt hatte; Nissen sind für ihre scharfen Klauen berüchtigt. Ich hielt mich fern von ihnen.

»Wie steht's, Jungs …? Bin gerade zugestiegen. Gibt's etwas, was ich wissen müßte?«

Die gierigen kleinen Mistkerle saugten weiter und antworteten nicht. Dabei gab es soviel, was mich interessierte. Wie oft wusch sich Rufus die Haare? Wie lange hatte es gedauert, bis sie sich an seinen Geschmack gewöhnt hatten? Wie konnten sie in der stickigen Luft hier unten überleben? Ich konnte es nicht.

Ich kletterte nach oben und spähte unter dem Hut hervor. Kalter Wind pfiff mir entgegen. Rufus und ich bewegten uns mit voller Kraft voraus. Bald kehrten wir in Reggie's Bar ein.

»Hi, Rufus, wie geht's?« erklang eine tiefe Stimme.

Ein großer schwarzer Mann legte eine Hand von der Größe einer Pizza auf Rufus' Schulter. Er hatte einen gigantischen Kopf mit einer fliehenden Stirn und einem riesigen, vorspringenden Kinn. Bis auf einen buschigen Irokesenstreifen war sein Schädel kahlrasiert. An seinem rechten Ohrläppchen baumelte ein goldener, pistolenförmiger Ohrring; ein dazu passendes Amulett hing an einer goldenen Kette um seinen Hals. Eine Zigarre steckte in einer Lücke zwischen seinen gelben Zähnen.

Wir drei ließen uns auf einem Paar altersschwacher, vinylbezogener Barhocker nieder. Der Keeper, ein Mann mit den müden roten Augen eines Süchtigen, kam zu uns. »Was darf es sein, meine Herren?«

Alle Gäste in Reggie's Bar waren schwarz, abgesehen von einer fetten Blondine am anderen Ende der Theke, die ein dünnes, weißes T-Shirt trug, zweifellos nur, wie ich vermutete, um allen die Nippel ihrer Hängebrüste zu zeigen. Sie trug eine Nickelbrille mit so dicken Gläsern, daß man den Eindruck gewann, sie hätte große Froschaugen – sie mußte extrem kurzsichtig sein, was wahrscheinlich auch erklärte, warum ihre Kinnpartie mit Lippenstift beschmiert war. Sie seufzte ungeduldig, während ein grauhaariger Mann auf Stahlkrücken versuchte, ihr Feuer zu geben, ohne umzukippen.

»Das übliche«, sagte Rufus.

»Was hast du in der letzten Zeit so getrieben?« fragte sein Freund.

»Nich' viel. Mich ums Geschäft gekümmert.«

Der Keeper kehrte zurück und mixte Rufus einen Drink

aus Courvoisier und 7-Up. Rufus trank einen Schluck und schmatzte. »Ah, scheißgut.« Ein paar abscheuliche Spritzer landeten auf mir. Ich wischte sie an seinen Haaren ab; ich würde in Zukunft Abstinenzler bleiben. »Junior, letztens hab' ich dich mit 'ner scharfen Alten gesehen. Bei Blimpie's.«

Junior grinste breit und lachte. Die Zigarre wippte auf und ab. »Yeah, geil, was?«

»Die schrie geradezu danach, gevögelt zu werden, Jim.« Rufus lachte und streckte die Hand aus, in die Junior so hart einschlug, daß ich schon Angst hatte, er würde sie ihm brechen.

Eine andere Stimme sagte: »Die schrie eher danach, von diesem Fettsack in Ruhe gelassen zu werden.« Die Herausforderung überraschte mich, aber noch mehr überraschte mich, daß Junior sie ignorierte.

»Hast du's ihr besorgt?« fragte Rufus.

»Ging nicht«, sagte Junior. »Die Schlampe sieht gut aus und hat 'ne Pussy süß wie Honig. Aber sie wollte nur high werden.«

»Kann's ihr nicht verdenken. Schau dir doch diesen häßlichen Bock an. Er ist so schmutzig, daß man nicht weiß, wo der Dreck aufhört und der Nigger anfängt«, sagte die Stimme. Aber Junior erfüllte den Todeswunsch auch jetzt noch nicht. Ich konnte es einfach nicht begreifen.

Plötzlich senkte Rufus den Kopf. Nur meiner schnellen Reaktion hatte ich es zu verdanken, daß ich nicht auf den Tresen fiel. Er klatschte in die Hände und gab einen schrillen Laut von sich.

»Warum lachst du denn?« fragte Junior.

»Du hast die größte Niggernase, die ich je gesehen hab'. Deine Mom hätte aus dir 'nen Staubsauger machen sollen.«

»Klar, manchmal nehm ich die eine oder andere Linie. Aber diese Schlampe wollte nichts anderes, nur den ganzen Tag koksen.«

»Yeah, genau wie du. Nur daß du wie 'n Nasenbär aussiehst, und sie 'ne Pussy hat und du nich', stimmt's?«

Junior wurde ärgerlich, und er war stark genug, um Rufus mit einem einzigen Schlag auf den Tresen zu schmettern. Ich sah nach unten, um festzustellen, wo er landen würde. Die Blattella-germanica-Bevölkerung war recht groß, geschützt vom gedämpften Licht und dem braunen Anstrich, und schien sich hauptsächlich von Bierlachen und Popcornresten zu ernähren. Es gab keine Anzeichen von Furcht oder Panik wie in Iras Wohnung. Es war ein angenehmes, sorgloses Leben.

»Du weißt, was ich meine«, sagte Junior. »Mit der Schlampe konnte man nicht mal reden.«

Rufus lachte erneut. »'s reicht doch, wenn ihr Schenkel an deinem Ohr reibt. ›Viel los im Schoß, welch großer Trost.‹« Er schlug Junior auf die Schulter, und erneut wäre ich fast abgestürzt. Aber jetzt bemerkte ich, daß die Bürger auf dem Tresen eine blasse, unnatürliche Farbe hatten, die von dem Neonlicht noch verstärkt wurde. Ich entdeckte außerdem sowohl bei den Bürgern auf dem Tresen als auch bei den Menschen, die davor saßen, Anzeichen von Mikroenzephalitis – Folge generationenlangen Alkoholmißbrauchs.

Halt den Mund, Rufus, dachte ich. Verärgere diesen großen Mann nicht noch mehr. Ich möchte mein Leben nicht hier beenden.

»Die Schlampe hat meinen ganzen Lohnscheck durch die Nase gejagt«, beschwerte sich Junior. »Also, Alter, ich weiß nicht.«

»Das heißt *Wohlfahrtsscheck*, nicht *Lohnscheck*. Dafür hast du gestern drei Stunden lang angestanden, weißt du nicht mehr?« Ich mußte diese Stimme zum Schweigen bringen; wie lange würde sich Junior diese Sticheleien noch gefallen lassen?

»Ich meine, was soll man da machen? Wie kann ich verhindern, daß die Schlampe meine Kohle ausgibt, und gleichzeitig dafür sorgen, daß sie bei mir bleibt?« sagte Junior.

»Frag mich nich'«, wehrte Rufus ab. »Ich hab' für diese dürren Huren nichts übrig.« Ich klammerte mich an seine Haare.

»Siehste?« sagte die Stimme. »Vor fünf Minuten war sie noch 'ne scharfe Alte, die er unbedingt vögeln wollte. Aber kaum hört der magere Bursche, daß sie kein Geld hat, ist sie 'ne dürre Hure. Aber keine Panik – Junior ist so voller Drogen, daß er nichts davon mitbekommen hat.«

»Ich kann den Schlampen nur eine verpassen, wenn ich was für sie übrig hab'«, fuhr Rufus fort.

Jetzt lachte Junior. Die Zigarre tanzte in seinem Mund. »Wieso? Kriegste sonst keinen hoch?«

»Ich fass' diese koksenden Schlampen nich' an. Is 'n Geschäftsprinzip von mir. Apropos Geschäfte, hast du Lester irgendwo gesehen?«

Junior leerte sein Bier und bestellte ein neues. Das Spiegelbild der Miller-High-Life-Uhr an seiner schweißglänzenden Stirn verriet mir, daß es schon spät war. »Lester? Weißt du, was er gemacht hat? Er hat sich eines von diesen Schildern gemalt, du weißt schon: ›Ich bin blind, Gott segne Sie für Ihre milde Gabe.‹ Jeden Tag sitzt er jetzt vor diesem großen Bürohochhaus auf dem Bürgersteig und schwenkt 'ne Sammelbüchse. Abends hat er genug zusammengebettelt, um sich 'n Zimmer im Interconti zu nehmen. Was willst du von ihm? Ihm was spenden?«

»Der Kerl hat sich vor sechs Monaten Geld von mir geliehen und anschließend 'nen bösen Anfall von Gedächtnisschwund bekommen.«

»Scheiße. Ich dachte, ihr seid Freunde.«

Rufus trank sein Glas aus und wischte sich mit dem Handrükken über den Mund. »Mein einziger Freund ist der Dollar.«

»Der erste wahre Satz aus dem Maul deines Niggers«, sagte die Stimme.

Er hat mich entdeckt. Ich tauchte unter. Aber auf halbem Weg dachte ich: *Mein* Nigger? Was glaubte dieser Kerl denn, daß ich mit Rufus Gassi ging?

Aber wer konnte mich hier bemerken? Wer würde so mit mir

reden? Und warum hatten Rufus und Junior diese aufrührerische Stimme ignoriert? Natürlich – es war die Stimme eines Kakerlaken. Mein ständiger Umgang mit den Menschen stumpfte mich ab.

Ich kletterte nach oben und hielt nach dem angeberischen, dreisten Mitbürger Ausschau. Die Blattellae auf dem Tresen, auf dem Boden, in der Schüssel mit den Maraschinokirschen und im Popcornautomaten waren vollauf mit Fressen beschäftigt.

»Hier bin ich«, rief die Stimme.

Endlich entdeckte ich ihn – er saß auf Juniors Irokesenfrisur. »Dieser Packesel ist nicht mein Nigger«, erklärte ich. »Projiziere bloß nicht deine Probleme auf mich, Alter.«

»Ach? Glaubst du etwa, der hier ist meiner? Absolut nicht. Ich wohne in der Innenstadt bei einer professionellen Entspannungsexpertin. Sie heißt Nirwana.«

»Was machst du denn dort oben?«

»Eines Nachts schlief ich bei meinem Baby, und am nächsten Morgen erwachte ich auf diesem Stinktier in der U-Bahn. Irgendwie muß er mich mit seiner Pomade erwischt haben.«

Rufus streckte die Hand aus. »Ich muß weiter. Halt die Ohren steif, Junior.«

»Viel Spaß noch mit deinem neuen Heim auf Beinen«, sagte ich.

»Ich werd' ihn schon los. Warte nur ab. Wenn er nur nicht so ein abgewrackter, armseliger Doper wäre.«

»Warum gehst du nicht zu Fuß?«

»Wo an jeder Straßenecke Ratten und Tauben lauern? Keine Chance.«

»Na ja, dann mach doch einen kleinen Spaziergang auf dem Tresen. Guten Appetit!« Rufus erhob sich von seinem Hocker.

»Nein, ich will nicht. Ich will nicht hierbleiben. Ich will zurück zu Nirwana. Er hat es ihr versprochen, und diesmal ...« Er redete weiter und sprang wie Rumpelstilzchen auf Juniors Kopf herum, bis er schließlich, unvermeidlich, auf einem Klecks Pomade ausrutschte. Mit einem grausigen Schrei schlidderte er von der Irokesenfrisur, prallte von Juniors Stirn ab und stürzte mit einem leisen Platscher ins Bierglas.

Junior hatte es nicht bemerkt. »Yeah, mach's gut, Rufus, Alter. Auf dich!« Er griff nach seinem Glas und leerte es in einem Zug.

»Danke, Mann«, sagte eine neue Stimme; sie gehörte zu einem Kakerlak, der es sich in der Afrofrisur des Barkeepers gemütlich gemacht hatte. »Dieses Nirwanagelaber kam mir schon zu den Ohren raus. Nacht für Nacht, Woche für Woche. Ich dachte, wir würden diesen Burschen nie loswerden.«

»Es war mir ein Vergnügen«, sagte ich.

Einen Moment später spazierten Rufus und ich die Straße hinunter. Ich hörte primitives Trommeln und dann eine Stimme rappen. Es war keine Musik; es gab keine Melodie, keine Harmonien, nicht einmal eine Veränderung der Tonhöhe. Der Text handelte nur von Liebe, Verführung und Sex, gelegentlich auch von Geld. Dies war ein erfrischender Extrakt menschlicher Begierden; wäre Ira so klarsichtig, wäre ich jetzt in der Sicherheit und Wärme meines Heims. Der Aufstieg des Rap vollendete wahrscheinlich den menschlichen Entwicklungskreis; als der Homo sapiens zum erstenmal schnatternd auf einen Holzstamm getrommelt hatte, hatte es nicht viel anders geklungen.

Als wir um eine Ecke bogen, sahen wir einen Gettoblaster auf der Kühlerhaube eines alten Autos stehen. Sechs schwarze Mädchen lehnten an dem Wagen, umringt von zehn Jugendlichen, die versuchten, sie auf bewährte Art zu beeindrucken: »Du siehst heute hübsch aus.« »Bock drauf, high zu werden?« Die Mädchen reagierten mit wissendem Gekicher. Sie waren keine Novizinnen des Flirtens. Sie hatten keine Angst.

Ihre Reife spiegelte sich in ihren Körpern. Eines der Mädchen namens Beatrice hatte riesige, vorspringende Titten, die an den

Schultern begannen und in die Luft ragten, als gäbe es keine Schwerkraft. Selbst die Jüngste in der Gruppe, die nicht älter als zehn oder elf Jahre sein konnte und dünn wie eine Bohnenstange war, befand sich bereits in voller Blüte.

»Schwester, das sind die größten Titten, die ich je gesehen hab'«, sagte einer der Jungens zu Beatrice.

Sie lächelte selbstbewußt. »Im Spiel des Lebens, Brutus, sind sie der erste Preis.«

Was für ein komischer Kontrast zu den jüdischen Teenagern, die ich kannte. Ruths Kusine Mindy, fünfzehn Jahre alt, war genauso groß und schwer wie Beatrice, nur daß Mindys Fett über ihren ganzen Körper verteilt war. Beatrice würde die Männer immer mit ihrem Fettgewebe anziehen; Mindy würde ihr Leben lang Diät halten müssen. Iras Neffe Lennie war an Mädchen nicht interessiert, weil sie ihn bei seinen Bemühungen störten, den Nobelpreis zu gewinnen.

Die Folgen waren deutlich erkennbar: Schwarze werden schon in jungen Jahren zum Flirten, Prahlen und zu sexuellen Eroberungen ermutigt. Wenn jüdische Frauen zum erstenmal an eine Schwangerschaft denken, sind die schwarzen bereits Großmütter geworden. Das jüdische Volk hat in diesem Ökosystem keine Zukunft.

Ich sah jetzt verfallene Häuser und vergitterte und vernagelte Fenster und Türen. In den leeren Hauseingängen schliefen die Penner auf Zeitungen. Ganze Heerscharen von Periplanetae hatten bei ihnen Schutz vor der Kälte der Nacht gefunden.

»Verdammt!« sagte Rufus fröstelnd und trat auf die Straße. Er winkte ein rostiges Taxi heran. Als Rufus sich setzte, stieg eine Staubwolke aus dem Polster auf. Die Plastiktrennscheibe, mit Speichel verschmiert, glitt zur Seite, und der Fahrer fragte: »Wohin?« Reifen quietschten; wir hoben ab.

»Wow!« rief Rufus. »Wir sind hier in Amerika, Jack. Rot bedeutet Anhalten.«

»Tut mir leid, Mann. Ich bin fertig. Gestern nacht haben die

Ricaner von nebenan ’ne Party gefeiert.« Er drehte sich zu uns um, formte mit Daumen und Zeigefinger ein Mundstück und ahmte eindrucksvoll eine Salsatrompete nach. »Konnte bis fünf Uhr morgens kein Auge zutun.«

»Paß auf, wo du hinfährst. Einmal haben die Latinos das gleiche mit mir gemacht. Ich rief die 110 an. Sie sagten, sie würden ’nen Wagen rüberschicken. Niemand kam. Ich rief wieder an, verstellte meine Stimme, als wär ich ’n Weißer, und sagte, ich hätte ’nen Schuß gehört. Vier Wagen kamen angerast, mit heulenden Sirenen, Bullen in kugelsicheren Westen. Danach war Ruhe.«

Der Fahrer lachte. »Ich probier’s das nächste Mal aus.«

Der Wagen hielt. Wir waren in die falsche Richtung gefahren, weg von der Wohnung der Zigeunerin. Ich konnte im Wagen bleiben und hoffen, daß er umkehrte. Aber im Taxi war es so muffig und schmutzig – und weit und breit keine Blattella, ein schlechtes Zeichen –, daß ich entschied, bei Rufus zu bleiben.

Er zahlte und gab dem Fahrer fünf Prozent Trinkgeld. Als wir ausstiegen, faßte er in seine Armbeuge. Ich konnte den Perlmuttgriff erkennen. Klick. Die Sicherung? Oder hatte er den Hahn gespannt? Wohin gingen wir eigentlich?

Wenn ich jetzt von Rufus’ Kopf sprang – welche Chancen hatte ich dann, lebend aus dem Getto zu entkommen? An jeder Ecke lauerten Ratten. Ich konnte es nicht riskieren.

Es gab nur einen sicheren Ort für mich – Rufus’ Schädel. Furchtsam wühlte ich mich in seinen Haarschopf und machte mich auf das Schlimmste gefaßt. Als ich mich wieder hervorwagte, befanden wir uns in einem schäbigen Zimmer. Auf einer altersschwachen Couch saß eine schwarze Schönheit. Sie zog Rufus zu sich.

»Laß uns ins Bett gehen, Ambrosia«, sagte er.

»Okay, Liebster. Ich muß nur kurz ins Bad.« Mit wackelndem Hinterteil tänzelte sie durch den Flur. Rufus schaltete den Fernseher ein und sah sich eine Catchsendung an. Schließlich kehrte sie in einem Nachthemd zurück, die Haare geflochten, leuchtend wie ein Buddha.

»Meine Güte, was hast du mit deinem Gesicht gemacht?«

»Vaseline, Daddy. Hält mich jung und schön für dich.«

»Mädchen, jung und schön kannst du in 'ner anderen Nacht bleiben.«

»Jede Nacht, Süßer«, sagte sie und küßte ihn.

Er wich zurück und wischte sich das Gesicht ab. »Bleib mir mit diesem Scheiß vom Leib.«

Bald waren wir im Schlafzimmer. Sie ließ ihn sich aufs Bett setzen, während sie vor ihm stand und langsam ihr Nachthemd auszog. Sie war das wahnsinnigste Säugetier, das man sich vorstellen konnte. Ihre Brüste reichten bis zum Nabel, waren aber fest und voll. Ihre dunklen, breiten Brustwarzen waren groß wie Wasserkäfer. Ihre Schultern und Arme waren fleischig und kräftig, und ihr Bauch war rundlich. Ihr Busch war prächtiger als jede Afrofrisur, die ich bisher auf der Straße gesehen hatte.

Sie drehte sich, damit Rufus sie von allen Seiten betrachten konnte. Im Profil sah sie wie eine Haarnadelkurve aus – sie streckte den Hintern heraus und zog gleichzeitig den Bauch ein, eine überlegene Haltung, die man nur bei schwarzen Frauen findet. Sie streichelte sich, als würde sie es genießen, ein großes, dralles Sexobjekt zu sein; ich bezweifelte, ob selbst eine so außergewöhnliche Frau wie Ruth es mit ihr in Sachen Fortpflanzung aufnehmen konnte.

Rufus zog sich bis auf den Hut aus, den er nach hinten schob. Er preßte sein Gesicht zwischen ihre Beine – viel los im Schoß, welch großer Trost. Ich hatte gehört, daß sein Volk diese Praktiken nicht kannte. Sein Haar und ihr Busch verschmolzen. Ich rührte mich nicht; wenn ich bei Ambrosia strandete, war ich für alle Zeiten verloren. Nicht, daß ihre Düfte unangenehm waren. Absolut nicht. Im Gegenteil, der Moschusduft aus ihrer Vagina übertraf alles, was ich bisher erlebt hatte, selbst bei Ruth.

Ruths Hormone hatten mich vergiftet. Aber Ambrosias waren Geschichte. Es handelte sich dabei nicht um die Essenz der Sexualität, sondern eher um ein chemisches Bindeglied. Die sexuelle Komponente war überwältigend – ich konnte das Lächeln auf Rufus' Gesicht erkennen, während er ihre Schamlippen ableckte. Aber wie unsere Pheromone, so erzählten auch ihre die ganze Geschichte, von Anfang an. Ich konnte hinter der Menschheit den kleinen Primaten riechen, wie er sich zum erstenmal von den Bäumen wagte. Ich konnte die ersten vierbeinigen Kreaturen riechen und die Amphibien, wie sie mit verzweifelter Entschlossenheit das Wasser verließen. Ich roch Fische und die primitiven Meereslebewesen, bis zurück zum ersten mehrzelligen Organismus, sogar bis zu den ersten Einzellern, wie sie im Urschleim herumflitzten und sich nährten, in jener Suppe, in der alles begonnen hatte. Rufus leckte nicht nur eine Pussy, er fand seinen Ursprung.

Ambrosia war furchterregend leidenschaftlich; sie heulte und schlug um sich und reizte Rufus mit atemlosen Beschreibungen seiner Heldentaten. Sie schrie und zuckte, und ihre Schenkel schlossen sich um seinen Kopf, während ihre Fäuste aufs Bett trommelten. Ich floh unter den Hut. »Oh, Daddy, du tötest mich!« Ein paar Minuten später war sie wieder lebendig genug, um ihn erneut anfeuern zu können.

Ich krabbelte unter dem Hut hervor und sah Rufus knien, so daß sein bleistiftdünner Penis von seinen welken Lenden abstand: im Vergleich zu ihm sah Ira wie ein Preisbulle aus. Als er Ambrosia bestieg, war ihre Reaktion so extrem, daß ich mich fragte, ob es an Daddys Schwanz lag oder an der Tatsache, daß Daddy ihre Miete bezahlte.

»Gott segne dich!« rief Rufus ein paar Minuten später und rollte von ihr herunter. Ambrosia schlief sofort ein. Ich erwartete, daß wir aufbrechen würden, aber Rufus legte seinen Kopf auf das Laken neben ihren fruchtbaren Schoß.

Ich schlief gut, obwohl ich lebhaft von der Serengeti träumte. Sonnenlicht fiel durch die schmutzigen Fenster, als Rufus erwachte. Er zog sich an. Ambrosia wurde wach. Sie stützte sich auf die Ellbogen und umfaßte provokativ ihre Brüste: »Mama hat ein Geschenk für dich, weil du gestern nacht so brav gewesen bist.«

»Muß gehen, Süße. Geschäfte.«

Plötzlich wurde sie wütend. »Hör auf, mich Süße zu nennen. Wahrscheinlich sagst du zu jeder Hure, die du fickst, Süße. Weißt du nicht, wie ich heiße?«

Rufus tänzelte vor dem gesprungenen Badezimmerspiegel und suchte nach einem Stück, in dem er sein ganzes Gesicht bewundern konnte. »Sicher, Süße.«

»Wann sehe ich dich wieder?« fragte sie schmollend.

»Wenn ich wiederkomme.« Und schon waren wir durch die Haustür.

Es war ein herrlicher Tag, kühl und frisch, und Rufus' Kopf gab genau das richtige Maß an Wärme ab. Die Gullys in diesem Teil der Stadt waren mit Hühnerknochen und -haut, Zigarettenkippen, Hundescheiße, Kondomen, Rotz und einer Reihe anderer Dinge verstopft. Ich konnte Tausende meiner größeren Verwandten glücklich summen hören, während sie speisten.

Rufus war beliebt. »Wie geht's?« sagte er zu zahllosen Leuten, denen wir begegneten. »Wie läuft's?« grüßte er viele andere, und sie antworteten mit demselben Spruch.

Ein paar Blocks weiter stellte sich eine dralle, hübsche Frau, die mindestens fünfzehn Jahre jünger als Rufus war, uns in den Weg. »Uh-oh«, hörte ich Rufus murmeln. Wütend stemmte sie die Hände in die schmalen Hüften.

Rufus reagierte schnell. »Tut mir leid, daß ich's nich' geschafft hab', Baby. Is' was dazwischengekommen. Geschäfte. Wirklich wichtig.«

»Warum hast du mich nicht angerufen?«

»Ich hab' deine Nummer nicht.«

»Die steht im Telefonbuch.«

»Ich hab' kein Telefonbuch. Wie wär's mit heute abend? Is' doch genausogut wie gestern abend. Könnt' sogar besser werden.«

Sie schmollte. »Ich habe zwei Stunden gewartet. Du hast meine Gefühle verletzt.«

»Ich mach's heute abend wieder gut. Was macht deine Nase?« Er zwinkerte ihr zu.

Sie lächelte. »Der geht's gut, und groß ist sie auch.«

»Um halb neun. Sei pünktlich, Süße.«

»Du auch.«

Zerlumpte Männer in dreckstarrender Kleidung hausten in leeren, mit Einkaufstüten ausgelegten Hauseingängen. Vor einem Gebäude saß ein Teenager auf einer umgedrehten Holzkiste und versah eine Ausgabe von *Krieg und Frieden* mit Anmerkungen. Ich war verblüfft. Als wir an ihm vorbeikamen, krabbelte ich auf die Hutkrempe. Die Buchseiten waren mit kleinen Kreisen übersät; er markierte überall den Buchstaben »j«.

Die Umgebung veränderte sich bald. Es gab keine leerstehenden Gebäude mehr. Die Pennerinnen gesellten sich zu den Männern. Die Straßen waren sauberer; dies war ein überwiegend von Weißen bewohntes Viertel. Die Flirtsignale wurden subtiler. Die Männer machten den Frauen nicht mehr den Hof, indem sie sie ansprachen, ihnen hinterherpfiffen oder sich ihnen direkt näherten; sie grinsten nur anzüglich. Gettofrauen lächelten manchmal, wenn ihnen ein obszönes Kompliment gemacht wurde; aber diese wohlhabenden weißen Frauen zeigten nur Verachtung für die Männer, die sie bewunderten.

Wir befanden uns im Universitätsviertel. Ich wußte dies nicht, weil wir an Hörsälen, Bibliotheken oder Jugendlichen mit Büchern unter dem Arm vorbeikamen, sondern weil ich diese drei Iraner sah, die sich an einen Zaun gekettet hatten und Plakate trugen, auf denen sie verlangten, daß Amerika sie von der Tyrannei der Mullahs befreien sollte.

Sie riefen uns nach. Rufus drehte sich um. »Ihr kriegt, was ihr verdient, Swami. Nehmt ja keine amerikanischen Geiseln. Fangt diese Scheiße bloß nich' in den USA an, oder wir schieben euch die Bombe in den Arsch.« Ich fragte mich, was Ira wohl gesagt hätte.

Die Zahl der Straßenaktivisten nahm zu. Am nächsten Block saßen zwei übergewichtige Frauen in Flanellhemden an einem Bridgetisch, der mit Flugblättern überladen war. Auf ihren Plakaten stand: »Pornographie ist Gewalt gegen Frauen.« Eintönig sangen sie: »Sagt nein zu Porno. Respektiert die Frauen. Sagt nein zu Porno.« Eine von ihnen stand auf und bedrängte uns mit einer Unterschriftenliste.

»Machst du Witze?« knurrte Rufus. »Schlampen wie du sind Gewalt gegen Pornographie. Welche Größe hat dein Kopf? Ich kauf' dir 'nen Sack.«

Zwei hagere Männer mit sorgfältig gestutzten Bärten hatten nebenan einen Tisch aufgebaut; ihr Aufruf wandte sich gegen die Diskriminierung von Homosexuellen bei der Einstellung in den öffentlichen Dienst. Sie machten sich nicht die Mühe, Rufus um seine Unterschrift zu bitten. Die Frau mit der Unterschriftensammlung für den örtlichen Mieterverein ließ uns ebenfalls in Ruhe.

Aber dann kam ein Mann, etwa so groß wie Junior, schwarz, mit kahlrasiertem Kopf, direkt auf uns zu. In seine rechte Brust war eine Tätowierung *eingeritzt:* »Attica 1970«. Selbst Rufus versuchte, ihm aus dem Weg zu gehen. Aber er ergriff Rufus' Arm und sagte: »He, Bruder, trag dich in die Liste ein. Die Brüder im Knast brauchen 'ne Berufsausbildung.«

Mach schon, Rufus, gib ihm, was er will, damit wir hier wegkommen. Aber Rufus warf einen Blick auf die Liste und sagte: »Willst du mich verarschen?«

»Was?«

»Seh' ich aus wie 'n weißer Idiot? Ich schreib' doch nich' meine Adresse auf, damit der nächstbeste Knacki nach seiner Entlassung bei mir reinschneit und da seinen Beruf ausübt. Scheiße!«

Ich wußte, daß es nur noch einen Moment dauern konnte, bis ich im verdammten Rinnstein lag. Aber der Attica-Mann grinste. Zwei seiner Vorderzähne waren schwarz. »Yeah«, sagte er und ließ Rufus' Arm los. Sein Gesicht wurde wieder ernst, als er sich zu den zögernd näher kommenden Passanten umdrehte.

Die Tische und Unterschriftenlisten zogen sich entlang der nächsten sechs oder acht Blocks. Den Schwerpunkt bildeten jüdische Aktionen: Juden für sozialistischen Frieden, Juden für die PLO. Warum machten sie das? Juden für Jesus ist wie Kakerlaken für Borsäure.

Columbo erzählte mir einmal, daß die Entomologen bei den Insekten zwei Entwicklungen unterscheiden. Bei der unvollständigen Metamorphose wird aus der Larve ein ausgewachsenes Insekt. Die Larve ist im Grunde ein kleiner Erwachsener, dem nur bestimmte Details fehlen. Trifft dies nicht auch auf schwarze Menschen zu? Jugendliche lungern herum, rappen, prahlen, belästigen Frauen und nehmen Drogen wie die Erwachsenen.

Die vollständige Metamorphose kennt noch ein zusätzliches Stadium, die Puppe, eine häßliche Schöpfung, die nichts mit dem erwachsenen Insekt gemein hat, das ihr entschlüpft. Trifft dies nicht auf jüdische Menschen zu? Man vergleiche nur die zottelhaarigen, ungepflegten Teenager, die sich aller Übel dieser Welt annehmen, mit den sorgfältig frisierten (oder kahlen), gut gekleideten Karrieristen, zu denen sie werden. Geld, von der Puppe als Wurzel allen Übels verachtet, ist das Wahrzeichen des Erwachsenen. Ich glaube, der traumatische Anblick ihrer Puppen hindert Juden und Schmetterlinge daran, soviel Spaß und Erfolg bei der Vermehrung zu haben wie die Schwarzen.

Ich kannte die Adresse der Zigeunerin von dem Umschlag eines ihrer Haßbriefe, die sie Ira geschickt hatte, und Rufus hatte sich ihr bis auf vier Blocks genähert, als er die falsche Abzweigung nahm. Ich sprang von seinem Hut, glitt an seiner glatten Lederhose nach unten und landete auf dem Bürgersteig. Traurig sah ich meinem alten Kumpel nach.

Ohne einen Hut, unter dem ich mich verstecken konnte, wurde ich vom grellen Sonnenlicht geblendet, und ich war überzeugt, daß jeder Fuß in der Stadt hinter mir her war. Das Schild am Straßenrand verriet mir, daß die Kehrmaschine in Kürze vorbeifahren würde. Ich konnte nicht im Rinnstein bleiben.

Ich sprintete durch eine Ritze im heißen Bürgersteig und sprang hinter einen Mülleimer, der vor dem nächsten Haus stand. Die Gebäude dieses Blocks grenzten aneinander, so daß dieser Teil der Reise leicht aussah.

Als ich das Ende des Eckhauses erreichte, erkannte ich, daß ich warten mußte, bis es Nacht wurde; ich war zu alt, um Fangen mit Taxen und Lastwagen zu spielen.

Ich versteckte mich in einem Riß im Beton, wo ich vor der Abendkälte geschützt war. Alle halbe Stunde steckte ich den Kopf nach draußen, in der Hoffnung, daß ein Unfall den Verkehr zum Erliegen gebracht hatte.

Fußgänger kamen vorbei.

»... aber er wollte nicht zuhören, und er ist der Scheißboß, und jetzt liegt der Nettowert bei nur noch fünfzehn Prozent. Und *ich* trage die Verantwortung! Ich brauche einen Drink ...«

»... diese bescheuerte Kuh hat mir völlig grundlos eine schlechtere Zensur gegeben ...«

»... mir ist es egal, was du denkst. Du machst das, was deine Mutter dir sagt ...«

»... aber wenn ich ihm einen blase, bekomme ich die Rolle. So gesehen ist es gar nicht so schlimm ...«

»... Koks, Grass, Speed, Acid, Crack, Upper, Downer, alles, was ihr wollt. He, Missy ...«

»... die Schlampe wollte hundert Dollar haben, nur damit sie mir die Farbe ihres Höschens zeigt. Ich hab' ihr gesagt, sie soll durchs Fenster verschwinden ...«

»... Mama tut es ja so leid, daß sie sich verspätet hat, aber ihr großer böser Chef wollte, daß sie noch bleibt und etwas tippt. Meine kleine Fifi muß eine ganz volle Blase haben. Hier ist deine Stelle, Schätzchen. Ja, du bist ein gutes Mädchen.«

Dieser Monolog verklang nicht wie die anderen. Plötzlich traf mich ein Schwall heißer, brennender Pisse. Ich versuchte, meine Tracheen zu schließen, aber vergeblich. Ich spürte, wie ich leichter wurde, als der Riß sich zu füllen begann, und dann, obwohl ich mich festklammerte, stieg ich nach oben. Bald befand ich mich auf Straßenhöhe und bekam Fifis Strahl direkt ins Gesicht. Ich war völlig wehrlos, als sie sich umdrehte, um ihr Werk zu bewundern.

Zum Glück versiegte Fifi, bevor ich ganz aus meinem Versteck gespült wurde. Als der Beton langsam die Flüssigkeit aufsaugte, sank ich wieder nach unten. Die Pisse auf meinem Rücken wurde kalt und hinterließ einen Gestank, der mich noch tagelang begleiten würde. Ich kletterte nach oben und sah Fifi nach; der kackbraune Hintern des weißen Zwergpudels wackelte im Rhythmus des Klickediklicks seiner manikürten Zehen. Die Vorstellung, wie Fifi und ihr fettärschiges, blondiertes Frauchen in den kurzen Hosen von einer Meute heulender Wölfe durch den Wald gejagt wurden, befriedigte meine Rachsucht.

Erst gegen Mitternacht ließ der Verkehr nach, und dann gelangte ich problemlos zum Haus der Zigeunerin. Ich hatte eigentlich ein Loch erwartet, aber sie wohnte in einem luxuriösen Gebäude mit einer großen, prächtigen Lobby und einem schlafenden Portier in Uniform. Ich krabbelte an ihm vorbei und zu den Briefkästen, wo ich feststellte, daß sie im Apartment 8 B wohnte.

Das war zu hoch oben, um zu Fuß zu gehen, also begab ich mich in den Aufzug. Ich wußte, daß ich eine Weile warten mußte, aber ich brauchte die Zeit, um mir genau zu überlegen, was ich tun würde, wenn ich in ihrer Wohnung war.

Die Zigeunerin. Esmeralda Kosar. Die Geschichte, wie sie in Iras Leben getreten war, kannte jede Larve.

Ira war am Telefon. »Lenny? Ira. Hör zu, du wirst mir nicht glauben, was heute abend passiert ist. Ich ging zur Party von Lefkowitz. Ich unterhielt mich mit Mrs. Lefkowitz – eine richtige Kuh –, und irgendein Tölpel rempelt sie an. Sie schüttet Rotwein über meinen beigen Anzug. Den, den ich letztes Jahr im Schlußverkauf bei Bernstein's gekauft habe. Direkt auf meinen Hosenstall, wenn du den Ausdruck gestattest.

Ich wische daran herum. Ohne Erfolg. Und jetzt hör zu. Dann passiert es. Diese Frau kommt herüber, starrt auf meinen Hosenstall und sagt: ›So, Sie sind also Feminist. Das gefällt mir.‹

Wie? Etwas klein, gutaussehend. Alle anderen sind formell gekleidet, aber sie ist in diesem Hippieblumenkleid. Es stand ihr hervorragend.

Warte. Dann sagt sie: ›Seien Sie doch so nett und holen Sie mir einen Drink. Diese Absätze bringen mich um.‹ Sie hält die Schuhe in der Hand! ›Sie dienen dazu, unsere Ärsche richtig zur Geltung zu bringen. Was meinen Sie, sind sie die Mühe wert?‹ Ich konnte es nicht fassen. Was? Ich habe nichts gesagt. Oh, sicher, du bestimmt. Hinterher läßt sich das leicht sagen.

Sie nennt mir ihren Namen und sagt, daß er der einzige im Telefonbuch ist, und geht. Das war alles.

Was meinst du, soll ich sie anrufen? Oder ist sie verrückt?«

Lenny war offenbar der Überzeugung, daß dies jede Menge Spaß versprach, denn er bestand darauf, daß Ira sie anrief. Am folgenden Samstag hatte sie einen Auftritt, wie ihn unsere Kolonie noch nie erlebt hatte.

Sie trat in die Mitte des Wohnzimmers, ließ ihre bunte Tasche fallen, drehte sich und sagte: »Gott, wie sauber es hier ist!« Ihre Stimme und ihre Augen hatten etwas Subversives.

Ira stand etwas abseits. »Danke«, sagte er unbeweglich. Es war von Anfang an klar, daß sie unter seinem Niveau war. Niemand in der Kolonie hatte die leiseste Vorstellung, was sie hier suchte.

Sie griff nach unten und zog ihre Schuhe aus. »Mal sehen. Es muß hier ein wenig bewohnter aussehen.« Sie warf einen Schuh auf das Sofa, den anderen auf einen Sessel.

»Bitte nicht. Sie kommen doch gerade von draußen.«

»Nein, das reicht noch nicht. Versuchen wir es damit.« Sie schob ihr Kleid über die Hüften, so daß sie die Strumpfhalter aufknöpfen und die Strümpfe ausziehen konnte; einen drapierte sie über die Couch, den anderen über einen Sessel.

Ira öffnete protestierend den Mund, aber kein Laut drang hervor. Er wich einen Schritt zurück.

»Nein, immer noch nicht genug.« Sie griff hinter ihren Kopf und öffnete ihr Kleid, zog es dann aus. Bis zur Hüfte war sie nackt und so stolz auf ihre Jungmädchenknospen, wie Ambrosia auf ihre vollen Brüste gewesen war. Die Zigeunerin legte ihr Kleid auf das Sofa, so daß es aussah, als wäre es halb mit Blumen bedeckt. Sie setzte sich, nur mit Strumpfhalter und Höschen bekleidet, und zog die Beine an. »Nun, das ist schon viel besser, meinst du nicht auch?«

Ira wagte nicht, ihr seine Meinung mitzuteilen, aber nur, weil er sich bereits in der Küche versteckte. Sie lachte. Sie brauchte eine Stunde, um ihn auf dem Wohnzimmerboden zu unterwerfen, die Ordnung seiner Wohnung zu zerstören und die Kontrolle über sein Leben zu übernehmen.

Von ihr verzaubert, bat er sie bald, bei ihm einzuziehen. Sie faszinierte ihn. Mit ihrer düsteren Intuition wußte sie, wie weit sie ihn biegen konnte, ohne ihn zu zerbrechen. Ihm gefiel es, gebogen zu werden.

Warum blieb sie? Wir vermuteten, aus einer Laune heraus, die sich dann länger als geplant hinzog. Dann wurde daraus eine Demonstration sexueller Macht. Bei ihm zu wohnen, ersparte ihr eine Menge Geld, und sie war arm. Und wer weiß, vielleicht hatte sie sogar Mitleid mit dem armen Kerl.

Nachdem ich mehrere Stunden lang hoch- und runtergefahren war, hielt der Aufzug endlich im achten Stock an. Es war sehr spät, und so spazierte ich direkt durch den Flur und kroch unter der Tür hindurch ins Apartment 8 B.

Ich erkannte sofort, daß ich mich geirrt hatte. Der Ort war fleckenlos und stank nach Reinigungs- und Desinfektionsmitteln. Es gab kein Anzeichen von Insektenleben; selbst die Bakterienpopulation war gering. Auf dem Boden lagen keine Kleidungsstücke, auf der Anrichte keine Speisereste. Ich hatte den verdammten Briefkasten falsch abgelesen, und jetzt mußte ich den ganzen Weg zurück zur Lobby.

Stundenlang saß ich vor der Aufzugstür, bis sie sich öffnete. Während der morgendlichen Stoßzeit versteckte ich mich in einem Polstersessel in der Lobby. Der Postbote kam. Dann krabbelte ich wieder über die polierten Chromkästen, dem Tageslicht ausgeliefert. Eine ältere Dame, die den Briefkasten neben mir öffnete, kreischte: »Igitt!« und schlug auf das Metall. Ich rutschte durch einen Schlitz und landete in einem Versandhauskatalog. Als ich sicher war, daß sie gegangen war, setzte ich meinen Weg fort.

Bei 8 B stand tatsächlich Kosar. Aber da war noch ein anderes Namensschild, das von dem der Zigeunerin fast völlig verdeckt wurde. Ich tastete die Buchstaben mit meinen Füßen ab; sie lauteten McGuire.

Also hatte sich die Zigeunerin wieder in der Wohnung eines Mannes eingenistet. Trotz war ein derart integraler Bestandteil von Esmeraldas Beziehung zu Männern, daß McGuire sie nur zu dieser extremen Sauberkeit im Haushalt gezwungen haben konnte, weil McGuire den Verlockungen einer Pussy gegenüber immun war. Es mußte also Mrs. McGuire heißen.

Während ich auf den Aufzug wartete, dachte ich über meine Strategie nach. Da es keine Blattella-Kolonie gab, würde McGuire meine einzige Verbündete sein. Aber je mehr ich über die Bürde nachdachte, die sie auf sich geladen hatte, desto schwerer fiel es mir, sie mir vorzustellen. Ebensowenig war es mir je gelungen, ganz zu verstehen, warum die Zigeunerin in Iras Leben getreten und wieder verschwunden war. Konnte ich ihre Gefühle neu beleben, ganz gleich, wie sie ausgesehen hatten, und sie zur Rückkehr bewegen? Ich begann zu befürchten, daß mich eine weitere bittere Niederlage erwartete.

Schließlich gelangte ich wieder in die Wohnung. Dies war ein seltsames Paar. McGuire kam aus einer Welt aus Stahl und Glas im modernen dänischen Stil. Im Bücherregal standen die eselsohrigen Ouspensky- und Gibranausgaben der Zigeunerin, aber McGuire hatte sie in eine Ecke im untersten Regal verbannt; die Bücher in Augenhöhe waren dick und hatten makellos blaue Einbände mit Goldlettern.

Ich kletterte am Regal hinauf und fand mich bald auf einem Buchrücken mit dem Titel *Korrektur schiefgewachsener mandibularer Molaren als Vorbereitung der restorativen Behandlung* wieder. Zu meiner Linken ragte die *Anatomie des Schneidezahns* auf. Ich betrachtete das Wohnzimmer. Auf der Lehne von McGuires Sofa lag eine Häkelarbeit. Eine perfekte Hausfrau, eine Wissenschaftlerin oder Ärztin mit einer Vorliebe für Handarbeit – wie konnte diese McGuire nur mit der Zigeunerin zusammenleben?

Vielleicht war sie der Zigeunerin gegenüber gar nicht immun, sondern nur nicht so unterwürfig wie Ira. Ich erinnerte mich an eine Nacht etwa einen Monat vor der Trennung, als die Zigeunerin Iras geringe sexuelle Erfahrung mit ihrer verglichen und sich über ihn lustig gemacht hatte. Sie schrie durch das Kissen, das er sich um den Kopf gewickelt hatte: »Ich kann die Schwänze nicht einmal zählen, Ira! Und ich habe auch mehr Pussys gehabt, als du jemals haben wirst.« Gehörte auch McGuires dazu?

Den Rest des Nachmittags saß ich auf dem *Handbuch des okklusiven Wachsabdrucks*. Die Sonne ging bereits unter, als sich endlich die Tür öffnete und McGuire hereinkam. Sie war klein, hatte kurzgeschnittenes braunes Haar und ein hübsches Gesicht. Sie trug einen attraktiven blauen Nadelstreifenanzug. Sie stellte einen Strauß Blumen in eine Vase und trug sie zum Kaffeetisch im Wohnzimmer. Sie schaltete das Radio ein und häkelte, während sie die populären Schlager mitsummte. Ich konnte sie mir einfach nicht als Freundin oder Mitbewohnerin der Zigeunerin vorstellen, und als Geliebte schon gar nicht. Sie waren zu verschieden.

Etwas später öffnete sich die Tür erneut, und ein Mann trat ein. Jetzt war ich verblüfft. Er war plump und häßlich, mit schmalen Schultern und breiten Hüften, vielleicht ein paar Zentimeter größer als sie. Ich war mir sicher, daß er nicht der Typ für eine ménage à trois war. Vielleicht war er ein schwuler Untermieter. Ich wünschte, ich hätte die Zahl der Schlafzimmer überprüft.

Als McGuire ihn küßte, schied diese Theorie aus.

»Wie war dein Tag?«

»Gut. Und deiner?«

»Gut.«

»Hübsche Blumen«, sagte er.

»Danke.«

Im Vergleich zu ihnen waren die Wainscotts heißblütig.

Wie konnte die Zigeunerin sie nur ertragen? Ich wünschte, sie wäre bereits hier.

McGuire verschwand in der Küche. Der Mann setzte sich ins Wohnzimmer. Aus seiner Aktentasche zog er eine Ausgabe von *Zahnbelag heute*. Also war er Zahnarzt! Das Gruppenbild blieb noch immer unscharf.

Kochdüfte erreichten das Wohnzimmer. McGuire rief ihn, und wir begaben uns in die Küche.

Sie aßen fast schweigend, hielten den Mund beim Kauen sorgfältig geschlossen, Messer und Gabel beim Schneiden hübsch gekreuzt. Servietten dienten zum Abtupfen der Lippen. Wein wurde aus Kristallkelchen gegossen. Die Zigeunerin hatte das Fleisch immer mit dem Messer aufgespießt und den Wein direkt aus der Flasche getrunken. Aßen sie so früh, um nicht mit ihr essen zu müssen? Kam sie später nach Hause, um nicht mit ihnen essen zu müssen?

Als sie fertig waren, half der Mann McGuire das Geschirr in die Spüle zu tragen. Sie begannen abzuwaschen, und er küßte sie leicht auf die Wange und sagte: »Sehr gut, Esme. Aber putz dir bitte vorher die Zähne.«

Esme. Esme? Esmeralda? Die Zigeunerin? Unmöglich. Sie haßte den Namen Esme. Sie trug ihr Haar hüftlang. Sie würde niemals einen Anzug tragen. Das Verhalten, die Manieren, der Geruch, die Handarbeit. Nein. Ganz gleich, wie unwahrscheinlich es auch sein mochte, daß es in diesem Haushalt zwei Esmeraldas gab, sie war nicht die Zigeunerin.

Sie verbrachten den Rest des Abends vor dem Fernseher und sahen sich Komödien an. Esme häkelte weiter. Die Zigeunerin tauchte nicht auf. Noch immer die alte Wilde.

»Ich gehe ins Bett«, sagte Esme nach ein paar Stunden. Ich folgte ihr ins Schlafzimmer. Ich wollte es wissen.

Esme trug einen rüschenbesetzten kleinen BH; die Zigeunerin bezeichnete BHs als »Tittenketten« und trug nie einen. Esme hängte ihre Kleidung auf; die Zigeunerin ließ sie einfach fallen. Als Esme ihren BH auszog, mußte ich zugeben, daß sie dieselben kleinen Teenietitten hatten. Aber unter ihrem Kleid trug sie lange Unterhosen, die die Zigeunerin als »Liebestöter« verunglimpfte. Der entscheidende Beweis schlängelte sich aus Esmes dünnem Mäusebusch hervor: der Faden eines Tampons. Die Zigeunerin war eine erklärte Gegnerin des »Vaginaknebels«.

Als Esme duschte, rasierte sie sich die Beine und Unterarme. Wie konnte dies meine Esmeralda sein?

Trotzdem nagten noch immer Zweifel an mir. Ich versteckte mich unter dem Toilettensitz. Zuerst der Tampon – raus mit dem alten und rein mit dem neuen. Sie fummelte eine Weile an der Verpackung herum, ungewöhnlich für eine Frau mit über zwanzigjähriger Erfahrung. Zitronenähnliche Gerüche stiegen von dem Tampon in der Schüssel auf. Die Zigeunerin würde eher sterben, als sich so zu vergiften. Aber der Hormongeruch war viel zu schwach, um eine positive Identifizierung zu ermöglichen.

Esme urinierte, was mir auch nicht weiterhalf. Ich konnte es nicht länger ertragen. Als sie Toilettenpapier abriß, krabbelte ich über ihre Hinterbacken, um auf die Schnelle eine Kostprobe von ihrer Pussy zu nehmen. Ich mußte es wissen.

Alles geschah ungeheuer schnell. Sie mußte einen überaus empfindlichen Hintern haben, denn sofort griff sie nach hinten und wischte mich fort. Ich fiel in die Schüssel, direkt auf den sich auflösenden Tampon, und meine Fragen fanden endlich eine Antwort. Der Tampon hielt mich lange genug an der Oberfläche, um ihr beim Abwischen zuzuschauen; zum erstenmal bemerkte ich den goldenen Ring an ihrem Ringfinger. Diese Frau war mit dem Zahnarzt verheiratet. Dies war Mrs. McGuire. Und die Chemikalien in den aufquellenden Fasern verrieten mir den Rest. Unter dem Zitronengeruch fand ich sie. Mrs. McGuire war die Zigeunerin. Die Wilde, die Anarchistin, die die freie Liebe praktizierte – jetzt war sie rasiert, geduscht, desinfiziert, tamponiert und mit einem Zahnarzt verheiratet.

Wieder ein Plan gescheitert. Selbst wenn ich sie dazu bringen konnte, zu Ira zurückzukehren, nach dieser Metamorphose war sie nutzlos. Ruths Sekretionen würden sie zerschmettern. Und wie zur Strafe griff die Zigeunerin in dem Moment, als ich das dachte, nach hinten und betätigte die Spülung. Zumindest war ihr noch ein Hauch ihrer alten Tücke geblieben.

Sie stand auf. Ihre Gestalt verschwand aus meinem Blickfeld. Vom kalten Wasser gegen die Seite gedrückt, begann ich in der

Schüssel zu kreisen, schneller und schneller, bis meine Gedärme gegen meinen Rücken gepreßt wurden. Ich wollte tauchen, aber die Kraft des Wassers war zu groß. Mir schwanden langsam die Sinne; aber der schwache Geschmack von Esmes Hormonen blieb bei mir. Ich Armer. Arme Esmeralda. Ob die Zivilisation dir diesen Verlust je vergelten kann?

Mit dieser Wehklage rauschte ich durch das Abflußrohr; die Falle war zugeschnappt.

Gott segne Ratte und Kakerlak

Tamponfasern und Toilettenpapierfetzen wickelten sich um meine Beine, als mich das kalte Wasser nach unten spülte. Der Sturz vom Kühlschrank war entsetzlich gewesen, aber zumindest hatte ich das Ende vor Augen gehabt; das Rohr war eine schwarze Unendlichkeit.

Wie lange würde ich noch mit dieser schrecklichen Geschwindigkeit in die Tiefe schießen? Ich bereitete mich auf den Aufprall vor. Plötzlich wurde mein freier Fall gestoppt – aber ich hatte den Grund noch nicht erreicht. Ein seitlicher Strom aus einem anderen Abflußrohr hatte mich gepackt. Wäre nicht das Polster um mich gewesen, ich wäre an der galvanisierten Innenseite des Rohrs zerschmettert worden.

Nach ein paar Sekunden übermächtigen Drucks ließ der Schwall nach. Aber er hatte mich von den Zellulosefasern befreit und mir meine alte Stromlinienform wiedergegeben, und ich stürzte mit noch größerer Geschwindigkeit.

Einen Moment später prallte ich gegen ein Rohr und schoß dann durch einen kurzen Kanal. Es war vorbei. Ich trieb in einem stillen, schleimigen See. Ich war im Abwasserkanal. Ich hätte nie geglaubt, daß ich so glücklich wäre, an diesem Ort zu sein.

Für mich war der Abwasserkanal immer ein unbeschreiblicher Hades am Grund des Abflusses gewesen. Jetzt stellte ich fest, daß meine Phantasie mich getäuscht hatte. Wie großzügig die Menschen doch waren, ein riesiges System aus undurchdringlichen Tunnels anzulegen, in denen wir sicher in der Stadt herumreisen konnten. Diese Kanäle waren wie geschaffen, neue Wohnungen auszukundschaften, Freunde und Verwandte zu besuchen oder – wie in meinem Fall – um nach der Totgeburt eines verruchten Plans nach Hause zu schleichen.

Ich wußte jetzt, was ich immer hätte wissen müssen: Die Schlacht um meine Wohnung mußte auf dem umkämpften Gelände selbst ausgetragen werden. In Gedanken wälzte ich neue Taktiken, die ich mit Bismarck und den anderen diskutieren wollte. Ich mußte nur nach Hause schwimmen. Ich zog die Beine an und stieß mich ab. Mein Körper bewegte sich nicht, aber das Abwasser; es schlug über mir zusammen und verklebte meine Tracheen mit Kotpartikeln – wie Schokostreusel auf einem Eishörnchen. Ich versuchte mich zu säubern, ganz vorsichtig, um nicht unterzugehen. Ich hatte immer geglaubt, daß jedermann schwimmen konnte; ich hatte nie gedacht, daß man es erst lernen mußte.

Der Strom der Abwässer trug mich langsam fort; ich war überzeugt, daß ich mich auf dem direkten Weg zum Meer befand. Ich bildete mir ein, das Rauschen der Brandung hören zu können. Das Meer. Allein die Vorstellung ließ mich schaudern. Tiere, die wie Seetang aussahen oder im Dunkeln leuchteten oder Elektrizität erzeugten. All dieses unheimliche Protoleben, weder Tier noch Pflanze. Überall Schleim. Meine Vorfahren hatten vor Hunderten von Millionen Jahren das Meer verlassen, und ich war sicher, daß sie einen verdammt guten Grund gehabt hatten.

Meine Beine zuckten, wollten sich dem Strom entgegenstemmen, aber ich hielt sie ruhig. Warum sich auch die Mühe machen? Ich war verdammt. Es gab nichts, was ich tun konnte.

In meiner Verzweiflung keimte in mir die Hoffnung auf, daß der Weg zum Meer vielleicht an Iras Wohnung vorbeiführte. Wo befand ich mich jetzt? In diesen größeren Kanälen gab es etwas Licht, und ich konnte Buchstaben und Zahlen an der Decke erkennen; aber sie hatten nichts mit den Straßennamen der Stadt zu tun. Ich betete, daß ich den Kode entschlüsseln würde, bevor mich das Meer verschlang.

All meine Stunden unter dem Toilettensitz machten sich jetzt bezahlt; ich konnte meine Position anhand der Exkremente bestimmen. Derzeit registrierte ich den fettigen Geschmack von gebratenen Bohnen, mit Blähungen gewürzt, gelbem Reis und Öl und Tomaten. Der Urin war scharf, säurehaltig, schmeckte ebenfalls nach Tomaten. Eine Spur von Kokosnußraspeln rundete die Mahlzeit ab. Ich befand mich im Süden der Stadt.

Diese Kostprobe war ungewöhnlich rein gewesen. Bald wurde die Analyse schwieriger, weil in manchen Teilen des Kanals die Abwässer aus verschiedenen kleinen, nur vage voneinander abgegrenzten Vierteln zusammenliefen; ihre Exkremente vermischten sich. Um zu verhindern, daß ich übersättigt und unempfindlich für Geschmacksnuancen wurde, kostete ich nur dann und wann und immer vor den Öffnungen kleinerer Röhren, bevor sich ihr Strom mit dem Hauptstrom vermischte.

Ich hielt weiter nach Hinweisen auf meinen Standort Ausschau. Große Keramikbrocken waren von der Decke des Kanals gefallen, der über hundert Jahre alt zu sein schien. Alle ursprüngliche Pracht war vergangen; die Menschen würden sich erst dann darum kümmern, wenn er ganz zusammenbrach. Ich sah es schon vor mir: ein brütendheißer Sommertag. Hitze verformt den Asphalt, eine Schwachstelle gibt nach, und der ganze Kanal stürzt ein. Binnen Stunden staut sich die Scheiße und überflutet die Straßen, ersäuft Kinder und alte Männer, kleine Hunde wie Fifi und – was am schönsten war – eine große Menge Wasserkäfer. Die teuren Schuhe ertrunkener Fußgänger trieben in der Brühe. Ansteckende Krankheiten entstünden in der feuchten Hitze und suchten die menschliche Bevölkerung heim, allen Behandlungs- oder Eindämmungsversuchen der Gesundheitsbehörde zum Trotz. Die lokalen Fernsehsender ließen ihre Übertragungswagen und Hubschrauber ausschwärmen, um das Drama in Wort und Bild festzuhalten. Einige Leute würden korrupten Politikern die Schuld an dem Desaster geben, andere hielten es für einen Fingerzeig Gottes.

Nach dem, wie es hier unten aussah, würde es mich nicht überraschen, wenn die gesamte Infrastruktur der Stadt zum Teufel ginge, Wasserversorgung, Stromversorgung und auch das Telefonnetz. Die Fundamente der Gebäude würden nachgeben. Die große, vertikale Stadt würde in die Horizontale sinken. Dann konnte nichts mehr die Blattella germanica daran hindern, jede Wohnung, jedes Büro, jede Küche und jedes Bad zu erobern und zu beherrschen. Es war ein erhebender Gedanke.

Ich passierte eine Engstelle und gelangte in die nächste Sektion des Kanals. Plötzlich wurde es stockfinster. Die Luft war heiß und roch faulig nach verdorbenem Fleisch. Ich nahm nicht an, daß ich mich in der Nähe des Geschäftsviertels befand, aber der Gestank ließ Bilder von Kannibalismus in mir entstehen.

Doch es dauerte nicht lange. Bald trieb ich an einer regelmäßigen Reihe gelblicher Stalaktiten vorbei, einen kleinen Wasserfall hinunter und zurück in das fahle Licht und das kräftige Aroma frischer Abwässer.

Ich blickte zurück. Etwas Dunkles, Ovales ragte aus dem Schlamm hervor, trieb aber nicht mit der Strömung. Auf der anderen Seite des Kanals entdeckte ich ein zweites dieser Gebilde. Dann begriff ich. Die Engstelle, von der ich gedacht hatte, daß sie durch abgelagertes Toilettenpapier und verklebte Tampons entstanden war, bestand in Wirklichkeit aus ledriger Haut. Ich war soeben durch das Maul eines riesigen Alligators getrieben.

Mom hatte Junior erlaubt, einen aus Florida mitzubringen,

aber er wollte nicht sterben, und so spülte sie ihn die Toilette hinunter, als er dreißig Zentimeter lang war. Sie sollte mal herunterkommen und ihn sich anschauen. Er mußte jetzt ungefähr zehn Meter lang sein. Seine Tarnung war perfekt. Es war, als hätte sich das Tier hier unten entwickelt.

Aber das hatte es nicht. Die Alligatoren hatten in der Außenwelt überlebt. Wie war das möglich gewesen? Oder besser gefragt, warum waren alle Dinosaurier ausgestorben, sie aber nicht? Die Kakerlaken des Juras hatten geglaubt, daß die Dinosaurier für alle Zeiten die Erde beherrschen würden. Der Homo sapiens hält sich für die Krone der Schöpfung, aber dieses häßliche hellhäutige Geschöpf existiert erst seit einem kosmischen Augenblick, und seine Krone sitzt recht wackelig. Die Dinosaurier herrschten. Sie waren riesige, phantastische Tiere. Im Vergleich zu ihnen war jeder Leopard eine Schnecke, jeder Elefant ein Schwächling. Aber alle überragte der *Tyrannosaurus Rex,* ein Tier, so furchterregend und gleichzeitig so majestätisch, daß man selbst seinen Knochen den schuldigen Respekt erwiesen hatte (niemand war auf den Gedanken gekommen, diese Bestie Tyrannosaurus germanica zu nennen).

Damals spielten die Kakerlak-Larven nicht Plemplem; sie spielten Tyrannosaurus. Und sie ahmten die Bestie nicht nur nach, sondern sie lebten auch von ihr. Ihre spindeldürren Vorderbeine konnten kaum die erlegte Beute halten, so daß viel herunterfiel; noch mehr Nahrung schlüpfte durch ihre großen Zähne, zwischen denen breite Lücken klafften. Jeder Tyrannosaurus verfügte über einen Hofstaat von Tausenden von Kakerlaken.

Warum sind diese heroischen Kreaturen ausgestorben? Ira, der seinen Neffen ein- oder zweimal im Jahr ins Naturhistorische Museum schleifte, entwickelte eine Reihe von Theorien (entsprechend der jeweils vorherrschenden Meinung in den populärwissenschaftlichen Magazinen). In dem einen Jahr lag es an einer Klimaveränderung – die Eiszeit löschte sie aus (aber uns nicht). Dann lag es an der Konkurrenz kleinerer, angeblich klügerer Tiere. (Als ob die Spitzmaus dem Tyrannosaurus in irgendeiner Hinsicht überlegen wäre, sieht man vom Piepsen ab.) Nach der Theorie des nächsten Jahres hatte eine Veränderung des irdischen Magnetfelds zur Zerstörung der Ozonschicht und einer extremen Zunahme der ultravioletten Strahlung geführt. (Sie wurden runzlig und lederig und verloren das sexuelle Interesse aneinander.) Und im letzten Jahr brachte er das beste Argument: Ein Asteroid traf vor fünfundsechzig Millionen Jahren die Erde, durchschlug die Kruste und erzeugte eine gewaltige Explosion, deren Rauchwolken jahrelang den Planeten verdunkelten und zuerst die Pflanzen, dann die Pflanzenfresser und schließlich die Fleischfresser töteten (aber wieder nicht die Kakerlaken).

Was wirklich geschah, war viel einfacher. Eines Tages in South Dakota (viele von uns hielten sich in Nordamerika auf, als sich der Kontinent Afrika ablöste) genoß ein Tyrannosaurus ein Stegosaurusbaby zum Nachtisch. Tausende von Blattellae, Periplanetae, Corporatae und andere Verwandte mästeten sich am vergossenen Blut und den sonstigen Resten. Als der Kadaver fortgeworfen wurde, stürzten sie sich darauf. Normalerweise rülpste dann der Dinosaurier und trollte sich, um unter einem Riesenfarn ein Nickerchen zu machen. Doch an diesem Tag blieb er und betrachtete die hungrigen Kakerlaken. Mit zwei donnernden Schritten war der Tyrannosaurus über ihnen, und mit seinen gewaltigen Füßen stampfte er jeden einzelnen in den Boden.

Die Kakerlaken-Stämme rund um den Sumpf waren entsetzt; noch nie zuvor hatte es eine Auseinandersetzung zwischen einem großen Reptil und einem Insekt gegeben. Die Bestie berichtete dann den anderen Sauriern, wieviel Spaß ihr das Massaker gemacht hatte (»als ob man mit Murmeln spielt«). Am nächsten Tag ereigneten sich fünfzig ähnliche Zwischenfälle. Der Frieden war vorbei.

Die Corporata-Kakerlaken entwickelten daraufhin Schlachtpläne und verbreiteten sie noch in derselben Nacht von Küste zu Küste. Am nächsten Tag fielen die Bataillone der Corporatae über jeden Tyrannosaurus auf dem Kontinent her; sobald sie miteinander redeten oder ein Nickerchen machten oder schissen, nutzten die Corporatae die günstige Gelegenheit und kletterten an ihren Beinen hinauf. Auf den Köpfen der Ungeheuer angekommen, teilten sie sich in zwei Gruppen, jede rund fünfhundert Kämpfer stark. Bei Sonnenuntergang schlugen sie los: Sie besetzten die Nasenlöcher der Bestien und drängten sich dicht aneinander. Der letzte Kakerlak benutzte den Schleim des Tyrannosaurus, um alle Lücken und Ritzen zu verstopfen.

Nun erwiesen sich zwei anatomische Defekte der Spezies als verhängnisvoll: Die verkrüppelten Vorderbeine reichten nicht bis zu den Nasenlöchern; und der Tyrannosaurus konnte nicht durch das Maul atmen. Die Bestien brüllten, rannten dann panisch umher, rammten ihre Schädel gegen Pflanzen, gegen andere Tiere und sogar gegen Felsen. Aber die Corporatae ließen sich nicht abschütteln. Eine halbe Stunde, nachdem die Sonne an der Westküste untergegangen war, war der Tyrannosaurus Rex in Amerika ausgerottet. Ähnliche Unbesonnenheiten führten überall auf der Welt zu seinem Ende. Bald spielten andere Fleischfresser, die die Herrschaft übernehmen wollten, dasselbe Spiel, und die Corporatae erledigten auch sie.

Die Pflanzenfresserpopulation nahm explosionsartig zu. Ohne den kontrollierenden Hunger des Tyrannosaurus kam es bald zu Überbevölkerung. Viele von ihnen waren liederliche Tiere, die den ganzen Tag mampfend und dösend im Sumpf herumstanden. Im Gegensatz zu den großen Fleischfressern hatten sie nichts Bewundernswertes an sich, und die Kakerlaken töteten sie, ohne mit der Wimper zu zucken. Die meisten wurden nach der Tyrannosaurus-Methode erledigt. Jene mit massiver nasaler Panzerung bekamen die Stöpsel-Behandlung; eine Abteilung Corporatae rannte ihre Harnröhren hinauf und zerstach entweder ihre Blasen mit spitzen Zweigen oder sorgte mit mitgeschlepptem Schmutz für eine tödliche Infektion. Nur die kleinen Eidechsen waren zu schnell für uns, deshalb gibt es sie noch immer. Und die Alligatoren überlebten nicht in den Abwässerkanälen, sondern draußen im Meer.

Wir hätten mit den richtigen Wasserkäfern einen Handel abschließen können, um auch die Alligatoren zu erwischen. Aber nun wurde mir klar, warum die Kakerlaken von damals darauf verzichtet hatten. Dumm, fügsam und langsam, aber groß und furchterregend aussehend, so stellten die Alligatoren das denkbar ungefährlichste Souvenir des Juras dar. Aber trotz all ihrer Fähigkeiten brachen die Corporatae-Kakerlaken-Kolonien unter der gesellschaftlichen Verantwortung ihrer Organisation zusammen und starben aus.

Ich stürzte einen weiteren kleinen Wasserfall hinunter und gelangte in einen großen Kanal. Licht fiel durch einen vergitterten Einstieg. Sprossen führten zu einem Gehweg neben dem Kanal. Aber die Strömung hatte sich verlangsamt, und eine Abwasserprobe ergab so viele widersprüchliche Werte, daß sie mir nicht weiterhalf.

Zu Tausenden trieben Exkremente dahin. Zum erstenmal, seit ich durch die Toilette gespült worden war, sah ich, wie sich etwas gegen die Strömung bewegte. Es ähnelte einem winzigen Boot, und erst als es näher kam, erkannte ich, daß es eine *Blattella germanica* war.

»Ahoi!« rief ich. (Ich hatte diesen Ausdruck von meinem Bruder Moby gelernt.)

Sie hielt an, und ich schwamm zu ihr hinüber. »Neu hier unten?« fragte sie.

»Ja, aber nicht freiwillig.«

»Ein Glück für dich. Die Abwässerkanäle sind wundervoll – Nahrung im Überfluß, absolute Sicherheit, geregeltes Klima. Perfekt für den Ruhestand geeignet.« Sie war eine gute Werbung – schlank, exotisch, anmutig. Sehr aufregend.

»Ich habe bei mir zu Hause noch etwas zu erledigen, bevor ich an den Ruhestand denken kann.« Ich erklärte ihr mein Navigationssystem auf Exkrementenbasis.

»Sag mir, wonach du suchst«, bat sie. »Ich bringe dich hin.«

»Es handelt sich um eine Mischung. Die Basis ist Huhn in allen Variationen. Dann gibt es Spuren diverser ethnischer Nahrungsmittel sowie hohe Konzentrationen von Zucker, Schimmel, Pilzen und Bakterien. Und erhebliche Mengen an Antazida, Laxativa, Aspirin und Valium.«

»Kein Problem. Jeder kennt diese Gegend. Wir müssen aber in die andere Richtung. Du bist auf dem Weg in die Kläranlage.«

»Ja, ich dreh' mich um.«

Aber sie war verschwunden.

Was hatte ich gesagt? Warum hatte sie mich verlassen? O Gott, eine Kläranlage. Organische Materie wurde dort in ihre Bestandteile zerlegt. Und ich – wie Zuckerwerk auf einem heißen Bürgersteig.

Ich mußte kämpfen. Gegen die Strömung ankämpfen. Exkremente schlugen über mir zusammen, während ich weiter in Richtung Kläranlage trieb. Komm schon. Kämpfe. Aber ich schaffte es einfach nicht. Kot verstopfte meine Tracheen und machte mich benommen. Was für eine schreckliche Art zu sterben.

Plötzlich wurde ich aus dem Wasser gehoben. Ich stand auf hartem Chitin; sie war unter mich geschwommen. Wie hatte ich nur so zynisch sein und glauben können, daß sie mich verlassen hatte? In der Scheiße mußten menschliche Gifte sein.

Wir schwammen stromaufwärts. Es war ein Vergnügen, ihre gleichmäßigen Bewegungen zu beobachten. Ich senkte meinen Hinterleib auf ihre Epidermis, um die Vibrationen zu spüren – ein sexueller Reiz, der ohne Pheromone auskam. Sehr provokativ; sehr ungewöhnlich.

Wir passierten drei lange Kanalsegmente, jedes enger und düsterer als das vorherige. »Wir warten hier«, sagte sie.

Schwärme großer, spitzer, grauer Objekte durchpflügten das Abwasser. Als eines näher kam, konnte ich exkrementverklebtes Fell, Schnurrbarthaare und kleine, gelblich verkrustete Knopfaugen erkennen. Die legendären Kanalratten.

»Du kennst sie doch nicht näher, oder?« fragte ich. Sie waren im Wasser lebende Alpträume, unersättlich und gnadenlos – unsere ältesten Feinde.

»Keine Sorge. Die hier unten sind praktisch blind. Eine von ihnen wird dich nach Hause bringen.«

Ich starrte sie an. »Dann bring mich lieber zur Kläranlage.«

»Sie sind extrem primitive Kreaturen. Sie schwimmen Tag für Tag dieselbe Route, die sich während ihres ganzen Lebens kaum verändert, und sie interessieren sich für nichts anderes. Deshalb sind sie auch die Stars in den Laboratorien der Menschen.

Die Ratte, die jeden Tag an deinem Viertel vorbeikommt, ist gerade aufgetaucht.«

Wir schwammen auf die Ratte zu. Ihre zitternden Schnurrbarthaare warfen Scheiße durch die Luft, und aus der Nähe waren ihre Augen klarer, rötlicher und mörderischer. Ich wollte nicht in die Nähe dieses Dings. Als mir der Rattengestank entgegenschlug, wäre ich fast vom Rücken meiner Kakerlakenfreundin gefallen.

»Sie wird ihre Schnauze auf diesen Sims legen und sich kurz ausruhen«, erklärte sie. Und so war es auch. Wir pirschten uns weiter heran. »Klettere jetzt auf sie drauf. Such dir einen festen Halt.«

»Ich möchte bei dir bleiben. Es gefällt mir hier unten.«

»Dort oben bist du sicher. Du wirst sehen.«

»Ich bin charmant, gebildet, ich habe süße Pheromone und bin ungebunden. Ich wäre der perfekte Partner für dich.«

»Rauf mit dir.« Sie bockte, und ich flog auf den Rücken der

Ratte. Es war abscheulich, voller kalter, klebriger Scheiße, die ganz anders war als die kalte, klebrige Scheiße, in der ich die ganze Zeit getrieben hatte. Die Ratte zuckte zusammen; ihr Körper verkrampfte sich, primitiv und hirnlos wie eine Qualle. Ich hatte mehr von den Ratten erwartet. Ich ließ mich in ihrem langen, dichten Nackenfell nieder und versuchte, nicht daran zu denken, in wessen Krallen mein Schicksal lag.

Meine Retterin entfernte sich und blies Wasser durch ihre Tracheen wie ein Löschboot. »Danke«, sagte ich.

»Du kannst jederzeit vorbeischauen.« Ich hoffte es.

Nachdem sie sich ein paar Minuten ausgeruht hatte, drehte sich die Ratte und glitt zurück in den Kanal. Sie schwamm zielstrebig, mit kraftvollen Stößen durch die Abwässer und murmelte dabei vor sich hin: »Links, rechts, links, rechts ...« Zuerst hielt ich es für einen Scherz, aber sie hörte nicht auf. Hatte sie Angst, aus dem Rhythmus zu geraten? Oder war dies nur ein weiterer Beweis für die Beschränktheit ihres Gehirns?

Ich kletterte nach vorn und flüsterte ihr ins Ohr: »Rechts, links, rechts, links ...« Das Ohr zuckte. Als ich weitermachte, schüttelte sie den Kopf und schleuderte mich fast in den Kanal.

Es war verrückt von mir, weil ich doch so schnell wie möglich nach Hause wollte. Aber die Herausforderung war zu groß. Ich kletterte wieder zu ihrem Ohr und sagte: »Rattenpussy. Süße, warme Rattenpussy. Heiße, saftige Rattenpussy. Direkt hinter dir. Wenn du dich von ihr einholen läßt ...« Keine Reaktion. Deshalb versuchte ich es mit: »Rattentitten. Süße, große, feste Rattentitten.« Ich nahm an, daß es sich um eine männliche Ratte handelte, obwohl ich nicht vorhatte, es zu überprüfen. Trotzdem konnte der nächste Versuch auch nicht schaden: »Rattenschwanz. Süßer, großer, harter Rattenschwanz.«

Und die Ratte sagte: »Links, rechts, links, rechts ...«

Wer am unschuldigsten aussieht, ist oft am perversesten, und so versuchte ich es mit: »Rattenfüße. Rattenfüße in schwarzen

Stöckelschuhen.« Obwohl diese menschliche Perversion die einzige ist, die das Interesse anderer Spezies erregt hat, reagierte meine Ratte nicht. Der nächste Versuch: »Rattenbabys. Illegale Rattenbabys aus einem Kanal, heimlich über die Grenze gebracht.« Und schließlich: »Rattenpeitschen. Rattenpeitschen in den Händen von Rattendominas in schwarzen, ledernen Rattenkorsetts, die deinen kleinen Rattenhintern verdreschen.«

»Links, rechts, links, rechts ...« Nichts konnte diesen Nager von seiner vorprogrammierten Route ablenken.

Ich kehrte zum Nacken zurück. Der Weg war so kompliziert, daß ich es allein nie geschafft hätte, selbst wenn ich hätte schwimmen können. Gott segne Ratte und Kakerlak.

Hin und wieder schlug ein Schwall Scheiße über uns zusammen; sie war immer noch viel zu komplex für mich, und die Kodierungen an der Decke blieben rätselhaft.

Die Ratte schwamm unermüdlich weiter. Stunden vergingen. Gelegentlich kamen uns andere Ratten entgegen, aber sie waren zu sehr mit sich selbst beschäftigt, um Notiz von uns zu nehmen. Trafen mehrere Ratten zusammen, hallte im Kanal ein ganzer Chor von: »Links, rechts, links, rechts ...«

Einige wurden von Blattellae geritten. »Wohin geht's?« rief ich. Besuche machen. Einkaufen. Eine wollte surfen. Sie alle behandelten die Ratten wie ein Massenverkehrsmittel.

Meine bog plötzlich scharf ab. »Wow, Nelly!« schrie ich. Die Abwässer, die über uns zusammenschlugen, kündeten von einer dramatischen Veränderung. Kleine verkohlte Stücke trieben in großen Öllachen, die Überreste verbrannter Mahlzeiten, und wurden begleitet von Kartoffelchips, jeder Menge Zucker und einer Vielzahl alkoholischer Endprodukte.

Wir hatten Iras Viertel passiert und das Getto erreicht.

»Mach's gut, Micky«, sagte ich und sprang in den Dreck. Die Ratte paddelte konzentriert weiter stromaufwärts. »Links, rechts, links, rechts ...«

Mit gespreizten Gliedern trieb ich dahin und suchte nach Anhaltspunkten für meine derzeitige Position; ich wollte nicht zu früh hinaufklettern und mich mit den Gettoratten herumschlagen. Rohr um Rohr glitt an mir vorbei.

Jemand stieß mich von hinten an. »Immer mit der Ruhe«, sagte ich. Wieder ein Stoß. »He, Alter, hier ist genug Platz für jeden.«

Erst beim dritten Stoß drehte ich mich und sah mir den Störenfried genauer an. Diese Spezies war mir unbekannt, offenbar eine Mutation aus den Kanälen. Er hatte ungefähr meine Länge, aber die Proportionen konnten nicht unterschiedlicher sein; er hatte einen riesenhaft geschwollenen Kopf, der weit nach vorn gebeugt und gegen die Brust gepreßt war. Seine Augen waren geschlossen; ich fragte mich, ob er wohl deshalb gegen mich gestoßen war. Die kurzen Vorderbeine sahen wie Blumenkohlstücke aus, die Hinterbeine wie dicke Flossen. Noch nie hatte ich eine Kreatur mit zwei Schwänzen gesehen: der eine war reptilisch, der andere dünn und lang. Am widerwärtigsten war die Haut der Kreatur, ein nacktes, breiiges Purpurbraun, das an Eingeweide erinnerte. Die Vorstellung, daß sie mich berührt hatte, war übelkeiterregend.

Im Vergleich zu diesem Ding war ich stromlinienförmig und wohlproportioniert, selbst wenn ich nicht schwimmen konnte. »He, Romeo, wenn du vorbei willst, dann nur zu. Ich suche nach etwas.«

Aber er trieb wieder auf mich zu und stieß mich an. Mir reichte es. Ich versetzte ihm einen kräftigen Tritt mit den Hinterbeinen. Er bäumte sich auf, als hätte ich auf ihn geschossen, und der widerliche Kopf hob sich ganz aus dem Wasser. Dann fiel der Kopf zurück, und die Mißgeburt ging halb unter.

Sie blieb reglos liegen. Ich stieß sie mit dem Bein an. »Dreh dich um, du häßliche Kröte. Niemand wird dir helfen.« Aber er rührte sich nicht. Mir gefiel das nicht. Er war ebensowenig ein

Geschöpf des Wassers wie ich; so konnte er nur bleiben, wenn er tot war. Ich hatte ihn bestrafen, aber nicht töten wollen.

Was war los mit mir? Ich war angegriffen worden und hatte mich verteidigt. Im Schlachtengewühl denkt man nicht an die möglichen Konsequenzen seiner Handlungen. Das ist menschliches Zeug, liberales Zeug, der Luxus eines Tieres, das keine natürlichen Feinde mehr hat. Ich bin überzeugt, daß dem Homo sapiens damals in der Savanne derartige Gedanken nicht gekommen sind. Das dumme Ding war also tot.

Die Bibel fiel mir wieder ein. Die Sanftmütigen sollen die Erde beherrschen und dieser ganze Mist. Aber davon ließ ich mich nicht beirren. Ich konterte mit einem Spruch aus den Psalmen: Deine Feinde sollen vor dir im Staub kriechen.

Endlich gelang es mir, den Satansbraten umzudrehen. Der lange Schwanz hatte sich um seinen Hals gewickelt; daran also war er gestorben. Nicht, daß es eine Rolle spielte.

Wieso hatte er einen Schwanz, der ihn umbringen konnte? War er zum Greifen da, während der andere dem Gleichgewicht diente? Hatten sie einen gemeinsamen Ursprung, oder waren sie separat? Wegen all der Scheiße ließ sich das schwer feststellen, also drehte ich das Monster wieder um.

Ich hätte es sofort wissen müssen. Der längere Schwanz hatte mit dem Reptilienschwanz nichts zu tun. Er wuchs aus dem Bauch heraus. Es war kein Schwanz. Es war eine Nabelschnur.

Dies war kein abscheuliches neues Geschöpf. Dies war ein abscheuliches altes. Es war ein menschlicher Fötus. Ich hatte ihn nicht getötet; er hatte nie gelebt.

Woher war er gekommen? Ich wußte, daß er nicht im Getto weggespült worden war, denn Babys waren dort so gut wie Essensmarken. Weiße Frauen lassen ihre Abtreibungen in Kliniken oder in gynäkologischen Praxen vornehmen und tragen den Verlust, Folge ihrer eigenen Sorglosigkeit, wie Verwundetenabzeichen. Vielleicht stammte er von einer Jugendlichen, die mehr Angst vor ihren Eltern als vor dem Verbluten gehabt hatte.

Eine ursprüngliche Wut packte mich, während ich neben dem Fötus dahintrieb – dies war die einzige Gelegenheit in meinem Leben, bei der ich einem Menschen gegenüberstand, der nur so groß war wie ich. »Wenn du gelebt hättest, wärest du wie alle anderen geworden. Borsäure. Motels. Sprays. Du hättest uns zertreten, zerschmettert, zerquetscht. Dabei haben wir deiner Spezies seit ihrem Auftauchen auf der Erde nie etwas zuleide getan.« Ich konnte mich nicht länger beherrschen. Ich versetzte ihm einen Schlag gegen den geschwollenen Kopf. Er kippte nach hinten.

Ich trat ihm in den Bauch und gegen die Brust. Ich haßte die Konsistenz seines Fleisches, aber das hielt mich nicht davon ab, weiter auf ihn einzuschlagen. Ich trat ihm gegen das geschlossene Auge. Das Lid gab nach, und mein Bein bohrte sich in die Höhle. Angewidert stemmte ich mich mit dem anderen Bein gegen das Gesicht und befreite mich, verlor das Gleichgewicht und stürzte in das Abwasser. Ich drehte wie ein Kriegsschiff bei und trat mit meinen Steuerbordbeinen nach dem Ding. Als diese erschöpft waren, machte ich mit den Backbordbeinen weiter. »Deine Hand wird kein Spray ergreifen, deine Schuhe werden keinen Tod bringen, du wirst keinen Spaß haben.«

Schließlich, als er mit Schrammen und Striemen übersät war, trieb der Fötus stromabwärts, mit tanzendem Kopf, als wollte er sagen: »Du hast recht, du hast ja so recht.«

Ich kletterte zum nächsten Kanaldeckel hoch und auf die Straße.

Es war wundervoll, wieder festen Boden unter den Füßen zu haben. Ein Bus blies mir seine Auspuffgase ins Gesicht. Es störte mich nicht. So wurde ich schneller trocken. Ich folgte dem Rinnstein. An der Kreuzung verrieten mir die Schilder, daß ich nur fünf Blocks von zu Hause entfernt war. Ich war so glücklich, daß ich nicht einmal auf die Dämmerung wartete.

Einchecken

3 B – Friedhof meiner Freunde und Verwandten. Warum war ich zurückgekehrt? Hatte ich hier nicht schon genug gelitten? Aber kaum hatte ich die Türschwelle überquert, erkannte ich, daß dies wirklich mein Zuhause war und ich alles tun würde, um es zu behalten.

Da ich die Kolonie seit der Woche nach der Niederlage gemieden hatte, wußte ich nicht, wie meine Mitbürger darauf reagiert hatten. Der Flur war leer, und ich fürchtete das Schlimmste.

Aber als ich mich ins Eßzimmer begab, sah ich das Unvorstellbare: eine Horde von Hunderten von Bewohnern – die meisten, vielleicht alle der Überlebenden – im hellen Tageslicht auf dem Fußboden, wie in Trance das Zimmer durchquerend. Einige trugen nutzlose Andenken auf dem Rücken – Haare, Staub, Holzstücke –, während andere sich auf selbstgemachte Spazierstöcke stützten, was für Sechsbeiner eine unglaubliche Zumutung war. Sie gaben sich alle Mühe, noch hungriger und leidender auszusehen, als sie es ohnehin waren.

Ich hätte nie für möglich gehalten, daß sich die Lage so schnell verschlechtern würde.

Ich trottete zur Spitze des Zuges.

Der Anführer hatte den längsten Stock, einen halben Zahnstocher, und er spielte seine Rolle am besten. Es war Exodus. Es überraschte mich nicht.

»Was hast du vor?« fragte ich. »Wohin führst du sie?«

»Wer bist du, daß du diese Frage stellst, du, der du stinkst, als hätten die Ziege und die Kuh und das Huhn ihren schmutzigen Hintern mit dir abgewischt?«

»Ich bin dein Bruder. Erkennst du mich nicht?«

Sein Blick glitt an mir vorbei. »Wenn du einer von uns bist, schließe dich uns an. Wenn nicht, hebe dich hinfort.«

»Ruth und Ira kommen in ein paar Stunden nach Hause. Du führst alle in den Tod.«

»Ich bin auserwählt, sie aus diesem Land zu führen und in ein gutes Land und ein großes, in ein Land, wo Milch und Honig fließen«, sagte er.

»Ins Wohnzimmer?«

»Ins Land der Kanaaniter und der Hethiter und der Amoriten und der Perizziten und der Hiviten und der Jebusiten.«

»Aber Exodus«, wandte ich ein, »wir sind im Land der Fishblatts und der Grubsteins und der Wainscotts und der Tambellinis. Überall lauert der Tod.«

»Fremdling, der einzige Tod, den ich spüren kann, geht von dir aus, ein schrecklicher Gestank, wie der Kadaver des Ebers in der Sommersonne. Wenn du gelitten hast und dir wurde Unrecht getan, so erbarme ich mich deiner. Aber führe nicht mein Volk in die Irre.« Er wies mit seinem Hinterbein auf die Heerschar. »Stolze Sechshunderttausend!«

Ich griff nach seinem Stab, aber er entriß ihn mir wieder. Der Glaube machte ihn stark. »Es liegt an diesem Buch, erinnerst du dich? Dies hier ist nicht der Sinai, Exodus, sondern Apartment 3B. Führe sie zurück, ich bitte dich.«

Aber er wanderte weiter. Ich sah viele von meinen einst hellsichtigen und klugen Freunden unter seinen Anhängern. Was hatte ihnen die Vernunft geraubt? Ich ging zu Snot. »Warum ins Wohnzimmer? Dort gibt es nichts. Du weißt es. Du wirst sterben.«

»Der Weg mag weit sein und voller Gefahren«, sagte er. »Aber das Land ist uns verheißen worden.«

»Früher haben wir über derartige Sätze gelacht.«

»Es war Blasphemie. Der Exodus hätte schon vor langer Zeit stattfinden müssen, wie es prophezeit wurde.«

Exodus intonierte: »Des Abends sollt ihr Fleisch essen, und des Morgens sollt ihr mit Brot gesättigt werden.«

»Amen!« intonierten jetzt seine Jünger.

Sie setzten ihren Weg durch den Flur und ins Wohnzimmer fort. Ich kannte diese falschen Versprechungen und faulen Mythen nur zu gut, und gleichzeitig war ich ihnen gegenüber machtlos.

Als der Heerwurm die gegenüberliegende Wand unter dem Fenster erreichte, kam er zum Stehen. Unfähig, sich für rechts oder links zu entscheiden – es gab keine entsprechenden Bibelverse –, blieb Exodus einfach stehen.

Aber der Prophet war gerade zur rechten Zeit entscheidungsschwach geworden – sie befanden sich im sichersten Teil des Raums, durch die Rückenlehne der Couch und die Schatten der Stehlampe den menschlichen Augen entzogen. Wenn sie sechs Stunden lang so paralysiert blieben, hatte ich vielleicht eine Chance, sie alle im Lauf der Nacht hinter die Fußleiste zu bringen.

Ira und Ruth kamen nach Hause. Nach dem Abendessen begaben sie sich ins Wohnzimmer, aber ein Fernsehbericht über seminolische Töpferkunst bewahrte die Gemeinde vor der Entdeckung. Wenn sie bloß still blieben ...

Aber Exodus war viel verrückter, als ich vermutet hatte. Bei ihm war es keine Pose; er lebte im alten Sinai. Er drehte sich um und marschierte zwischen seiner Gemeinde durch, die sich auf ein Wort von ihm teilte.

Sein heiliger Berg war der Kaffeetisch. Er kletterte auf die Glasplatte, richtete sich auf, hob seinen mächtigen Stab und rief: »Wenn ein Mann einen Ochsen stiehlt oder ein Schaf, und wenn er es tötet oder verkauft, dann soll er fünf Ochsen für einen Ochsen geben und vier Schafe für ein Schaf.«

»Hosianna!« rief die Kolonie.

»Jesus Christus!« schrie Ira und starrte über seine Zeitung zum Kaffeetisch. Er erschlug Exodus mit dem Wirtschaftsteil; es gab ein knirschendes Geräusch, das mich an meine eigene Sterblichkeit erinnerte. Als Ira die Zeitung hob, war Exodus verschwunden; aber IBM, dessen Börsenkurs vor einem Moment noch um einen Punkt gestiegen war, hatte jetzt um elf zugenommen.

Die anderen waren überzeugt, daß er von Gott geholt worden war. Sie würden geduldig warten; ich konnte mich später um sie kümmern. Ich kehrte ins Eßzimmer zurück. An unserer Fußleiste war frische Borsäure gestreut worden. Das Exodus-Phänomen begann allmählich Sinn zu bekommen.

Vorsichtig trat ich ein. Niemand war in der Höhle, keine Toten, keine Lebenden. Wenn es kein Massaker gegeben hatte, was war dann passiert? Vielleicht hatte Ira eine kleine, halbverhungerte Patrouille in der Nähe entdeckt und dann Gift ausgelegt, beobachtet von der Kolonie. Der Anblick mußte die Hölle gewesen sein: Würde er die Öffnung sehen und die Borsäure hineinkippen, sie alle massakrieren? Die ersten bitteren Moleküle, die ins Innere fielen, versetzten die Kolonie in Angst und Schrecken und trieben sie zur panischen Flucht. Wer konnte da der Aussicht auf ein Land widerstehen, in dem Milch und Honig flossen?

Ich sprang von der Öffnung und über die Säure hinweg.

Es war jetzt später Abend, und in der Küche war es dunkel. Bevor ich ins Wohnzimmer zurückkehrte, mußte ich meinen Hunger stillen – keine leichte Aufgabe, da ich wegen der verkrusteten Abwässer auf meinem Rücken kaum etwas anderes riechen konnte. Ich sah an den üblichen Plätzen nach, aber ohne Erfolg. Aber als das Gebläse unter dem Kühlschrank ansprang, wehte mir ein Aroma reinster Süße entgegen, das selbst den Gestank der Abwässer überlagerte. Warum hatte Exodus seine Gemeinde nicht zu diesem Honig geführt?

Ich suchte nach der Quelle des Duftes. Am Rande des Kühlschranks hörte ich mehrere Stimmen, die in vollmundigem Überfluß schwelgten. In der Lücke zwischen dem Kühlschrank und der Spüle wurde das Aroma sehr intensiv. Die Stimmen wurden lauter, kreischten und grunzten wie im Endstadium einer Orgie.

Ich war mehr als bereit, für meine Mahlzeit mit Sperma zu bezahlen.

Ich folgte den Stimmen in die Finsternis. Drei Tage vergeudet. Statt durch die Scheiße zu schwimmen, hätte ich hier sein und nach Herzenslust fressen und vögeln können. Jetzt war es meine Pflicht, die Verzögerung aufzuholen. Als die Stimmen ganz nah waren, fiel ich ein: »Laßt uns essen und trinken, denn morgen müssen wir sterben!«

Zwei Schritte. Weiter nicht. Dann klebte ich fest, war mit den Beinen in etwas absolut Zähes eingesunken. Ahornsirup, dachte ich. Ich mußte mich eben wieder freifressen.

Aber ich irrte mich.

Jetzt konnte ich die Stimmen mit schmerzhafter Deutlichkeit verstehen.

»Hilfe!«

»Hol mich hier raus, ich flehe dich an.«

»Numeri, laß mich hier nicht sterben.«

Nur ein Analphabet würde es wagen, ein Kakerlak-Motel zu betreten – und ich hatte es soeben getan.

Es war meine Idee gewesen, es in diese Ecke zu schieben, ins Dunkle – wo niemand die Warnung lesen konnte. Wie hatte ich das nur vergessen können? Wie war es nur möglich, daß mich jener abscheuliche Geruch getäuscht hatte?

»Ein gut gewähltes Sprichwort, Numeri. Hier ist ein anderes, über das du nachdenken solltest – und du wirst genug Zeit dafür haben – ›Wer den Schaden hat, braucht für den Spott nicht zu sorgen.‹«

Es war Bismarck. Ich hatte auch ihn verdammt.

Ich versuchte, mein linkes Vorderbein aus der klebrigen Masse zu befreien, aber das einzige Ergebnis war, daß meine Gelenke nachzugeben begannen, und ich mußte aufhören; wenn eines meiner Beine abbrach, würde ich mit dem ganzen Körper in den Sumpf sinken, und dann hätte ich keine Bewegungsfreiheit mehr und absolut keine Chance, der Falle zu entkommen. Als ob ich jetzt eine hätte!

Sobald sich meine Augen an die Dunkelheit gewöhnt hatten, sah ich, daß meine Beine in einer klebrigen Masse feststeckten, die wie gebrauchte, flachgedrückte Kaugummis aussah. Bismarck war noch schlimmer dran als ich. Nicht nur seine Beine, sondern auch ein Fühler und sein Kopf klebten fest, als hätte er sie als Hebel eingesetzt, um seine Beine zu befreien. Es gab noch acht weitere Gäste; einige grunzten und fluchten, der Rest war still und reglos.

»Zum Schluß haben wir es doch nicht gemerkt«, sagte Bismarck, »und deshalb haben wir eingecheckt.«

»In diesem Fall«, meinte ich, »rufe den Manager. Es stinkt. Der Zimmerservice reagiert nicht. Der Teppichboden ist scheußlich. Und es gibt Kakerlaken hier. Ich schlage vor, wie checken aus.«

»Ich bin dabei.« Sein Gelächter hallte dumpf und unheimlich im Motel wider. »Du sagtest, dieser Ira würde das Ding nie vermissen. Wir haben es ihm wirklich gegeben.«

»NEIN!« Ein Schrei aus dem Hintergrund. Das Motel erbebte unter wilden Schlägen.

Ich war in einem Kakerlak-Motel gefangen. Ich würde hier lange Zeit bleiben, immer dünner werden und sterben. Nach Jahren, wenn der Kühlschrank seinen Geist aufgab oder ein neuer Mieter einzog, würde jemand das Motel finden und es wegwerfen, und wir würden auf dem Müll enden, unter anderem Abfall begraben. Millionen Jahre später, lange nach dem Aussterben des Menschen, würde mein Fossil von dem Wissenschaftler einer intelligenteren Spezies ausgegraben werden, der staunend feststellen würde, wie wenig die Kakerlaken sich doch verändert hatten. Wurde ich nicht gefunden, würde ich für alle Zeiten hier begraben bleiben.

Eine Ewigkeit in diesem Motel verbringen zu müssen, dieser Gedanke war unerträglich. Ich zerrte und zog. Dann beruhigte ich mich wieder. Es wurde Zeit, daß ich mein Schicksal akzeptierte: keine Traubenkerne mehr, keine Kekskrümel, keine Pheromone (das schmerzte am meisten). Aber auch keine Desinfektionsmittel mehr, keinen Staubsauger, keine übervölkerten Fußleisten. Keine Borsäure und Giftsprays. Keine Wasserkäfer mehr. Und Gott sei Dank war auch Schluß mit den Versuchen, Ira Fishblatts Penis in eine Frau zu bugsieren, die er nicht zu berühren wagte.

Geheul aus dem Hintergrund des Motels gefährdete meinen inneren Frieden. Ich brauchte Gespräche, Ablenkung. »Also wirklich, Bismarck, ich kann mir nicht vorstellen, daß du so nach draußen willst, mit dem Kopf am Boden. Das sieht nicht besonders elegant aus.«

»Das tut weh, Mr. Hirnlos. Wofür hast du das eigentlich gehalten, für eins von diesen Freudenhäusern?«

»Und ob es mir Freude macht, dich da kleben zu sehen!«

Wir hörten, wie draußen jemand vorsichtig am Motel kratzte. Bismarck brüllte: »Geh weg! Dies ist eine Falle! Komm nicht herein.« Besorgt beobachteten wir den Eingang. Die Schritte entfernten sich. Er hatte ein Leben gerettet.

Der Zwischenfall ernüchterte mich. »Vor ein paar Monaten«, sagte ich, »ging es uns noch gut. Die Kolonie hatte eine Zukunft. Und jetzt? Die einen sind im Wohnzimmer, die anderen in einem Motel, und für keine Gruppe gibt es irgendeine Hoffnung. Was ist nur passiert?«

Bismarck schwieg eine Weile und sagte dann: »Ich hatte Gelegenheit, darüber nachzudenken, und meine Meinung ist: Als wir Larven waren, wurde jeder, der vom Bücherregal mit einem Plan zur Verbesserung der Spezies kam, einfach ausgelacht. Wir hatten unsere Instinkte; wir wußten genau, wie wir am besten zurechtkamen.

Dann begannst du mit deinen Operationen. Der Staubsauger, das Schloß, die Drähte für den Kurzschluß und nicht zuletzt das

Kakerlak-Motel. Ich habe dich unterstützt, weil du ein Praktiker warst, kein Ideologe. Ich glaube immer noch, daß wir mit etwas Glück den Kampf um ein besseres Leben gewonnen hätten. Und du hast die Kolonie dazu gebracht, an eine Zukunft zu glauben, auch als eine Hungersnot drohte.

Aber gleichzeitig haben deine Aktionen zu einer subtilen Organisation der Kolonie geführt. Die Mitbürger begannen, sich Gedanken über Pläne, die Zukunft, die Kolonie zu machen und erst in zweiter Linie an ihr eigenes Wohlergehen zu denken. Sie gewöhnten sich daran, das zu tun, was man ihnen sagte. Ihr Glaube an die Zukunft basierte nicht auf ihren eigenen Fähigkeiten, sondern auf deinen.

Als du in der Nacht nach der Party nicht zurückgekehrt bist – du Feigling –, waren sie verloren. Nach Monaten der Abhängigkeit wußten sie nicht mehr, was sie tun sollten. Sie hatten verlernt, für sich selbst zu sorgen.

Jetzt sind sie leichte Beute für jeden, der ihnen irgendwelche Versprechungen macht. Der Traum von einem Land, wo Milch und Honig fließen, kommt mir auch nicht bizarrer vor als eine Reihe von deinen Plänen. Und schau dir an, was aus mir und dir geworden ist. Wie erklärst du dir das?«

Ich war verblüfft. Abgesehen von meinen engsten Freunden hatte ich in der Kolonie nie die geringste Unterstützung gehabt. Hilfe hatte ich nur gegen Bestechung bekommen. Falls die Mitbürger durch meine Vision korrumpiert worden waren, konnte ich mir nicht vorstellen, auf welche Weise; das bißchen Hilfe beim Transport einer Wasserkäferschale konnte unmöglich eine derartige Wirkung gehabt haben. Die meiste Zeit hatten die Bürger egoistisch und faul hinter der Fußleiste gelegen und mir aus sicherer Entfernung bei der Arbeit zugesehen.

Ich war nie als Erlöser aufgetreten. Wenn ich eine Strategie entwickelt und die Bürger sie für richtig befunden hatten, waren sie mir aus purem Eigennutz gefolgt; wenn nicht, hatten sie mich allein gelassen. Wie konnte man dies für Selbstverleugnung oder Organisation halten?

»Wenn du dir die Schuld daran gibst«, erklärte Bismarck, »dann bist du ein hoffnungsloser Egoist. Dann werde ich dich bitten müssen, das Motel zu verlassen, damit ich in Frieden sterben kann.«

»Vielleicht habe ich mich zu sehr mit der Bibel beschäftigt. Aber ich fühle mich weder schuldig noch verantwortlich. Ich war nur der einzige, der versucht hat, unser Schicksal zu ändern. Ich wollte niemandem schaden.«

Bismarck applaudierte, indem er sein einziges freies Glied, den einen Fühler, gegen seinen Kopf schlug. »Gute Arbeit, Junge. Du hast die Wahrheit umgeschrieben, damit du in Frieden sterben kannst.«

»Bastard. *Ich* kenne die Wahrheit.«

Sein Lachen klang gezwungen. Zweifellos lag es an seiner anstrengenden Haltung. Er verstummte und schlief bald darauf ein.

Ich verlor jedes Zeitgefühl. Plötzlich wurde ich durch Schritte geweckt. Ira und Ruth. Die Schritte passierten uns in einer Entfernung von nur einem Meter. So nah und doch so sicher – als würde man sich im Mittelpunkt einer Artilleriestellung befinden und wissen, daß man nicht getroffen werden konnte.

Bald erfüllten Düfte das Motel. Bismarck wurde davon geweckt. Er schnüffelte. »Ich muß auf meinen Cholesterinspiegel achten. Gott sei Dank bin ich hier und brauche keines von diesen Eiern zu essen.«

Als die Teller und Töpfe gespült wurden, roch ich das Spülmittel und hörte das Scheuern der Bürste. »Pinky!« sagte ich. »Soeben ist es mir eingefallen. Das ist dein richtiger Name. Du bist einer von den Brillo-Boys!«

»Wer hat das behauptet?«

»Du. Vor langer Zeit.«

»Und du glaubst jemandem, der Pinky heißt?«

»Das ist doch ein schöner Name. Warum hast du ihn geändert?«

»Frag Barbarossa ... Und erfülle einem sterbenden Kakerlak seinen letzten Wunsch: Nenne mich nie wieder Pinky.«

Die Schritte entfernten sich, und im Motel wurde es still. Die anderen bewegten sich nicht. Waren sie tot? Schliefen sie? Ich konnte nicht schlafen; bald würde ich genug Zeit dafür haben. Der Kompressor des Kühlschranks neben uns sprang an und ging wieder aus, unsere gnadenlose Uhr.

Ira und Ruth kehrten nicht vor dem nächsten Morgen in die Küche zurück. Bismarck sah wesentlich schlechter aus. Die grauen Flecken, die sich im Lauf der Nacht an seiner Schale gebildet hatten, kündeten seinen Tod an. Er würde lange Zeit vor mir sterben. Die Vorstellung meines eigenen Todes war für mich nur erträglich gewesen, weil ich geglaubt hatte, bis zum Ende mit ihm zusammenzusein, scherzend und guter Dinge. Ohne ihn würde ich das heulende Elend bekommen.

»Bismarck!« rief ich.

Er erwachte. »Was ist?« Seine schwache, krächzende Morgenstimme klang in meinen Ohren wie die von Caruso.

»Guten Morgen.«

»Guten Morgen? Du weckst mich, um mir guten Morgen zu sagen? Laß mich in Ruhe. Kann ein Kakerlak denn hier nicht einmal ungestört schlafen?«

Er döste noch ein paar Stunden und wachte in ernster Stimmung wieder auf. »Weißt du, daß du entkommen kannst?«

»Großartig. Laß uns gehen.«

»Nicht wir. Du. Schau dir deine Beine an. Nur die Spitzen kleben fest. Wenn du vorsichtig bist, kannst du sie hier zurücklassen.«

Ich lachte. »Und wie soll ich dann gehen?«

»Mit deinen neuen Beinen. Nach deinem nächsten Wachstumsschub. Bist du denn inzwischen ganz vertrottelt?«

»Wachstumsschub? In meinem Alter? Wer ist hier vertrottelt?« Ich klopfte mit einem Fühler gegen meinen Kopf. Er klang hohl wie ein Kürbis.

»Laß die Toten die Toten begraben. Ich werde dich retten. Dafür wirst du für immer in meiner Schuld stehen, und ich bedaure nur, daß ich nicht dasein werde, um dich daran zu erinnern ...

In einem Tag, vielleicht auch erst in zwei, werde ich sterben. Iß mich. Verzieh nicht das Gesicht; im Vergleich zu dem, was du normalerweise zu dir nimmst, bin ich Champagner und Kaviar. Du wirst wachsen und deine alte Schale abwerfen und frei sein, mein Freund.«

Ich konnte den Vorschlag nicht akzeptieren. Aber da er auf eine Antwort wartete, sagte ich: »Ich will eher sterben als dich verzehren.«

»Numeri, du bist ein hoffnungsloser Fall.«

Den ganzen Tag über war es still im Motel. Aber unser Hungertod rückte im Takt des Kompressors näher, dem Herzstück des Gerätes, das Kilos von Nahrungsmitteln enthielt, die für uns unerreichbar waren.

Ira und Ruth kehrten zurück und nahmen ihr Abendessen ein. In dieser Nacht starben weitere Bewohner. Soweit ich das feststellen konnte, hatte das Motel jetzt acht tote und zwei lebende Gäste. Und der nächste Todesfall stand kurz bevor.

Am nächsten Morgen sah Bismarck noch schlechter aus. Er war noch grauer, und von seinem Rücken rieselten Chitinflocken.

»Bismarck«. sagte ich.

Keine Antwort.

»Bismarck!«

Noch immer keine Antwort. Keine Bewegung.

»Verdammt, Bismarck, antworte mir!« schrie ich.

»Was gibt es so Dringliches am frühen Morgen?« Seine Stimme war leise und schwach.

»Mach das ja nicht noch einmal mit mir!«

Ich ließ ihn dösen. Das Brummen des Kühlschranks war heute unerträglich laut. Gegen Mittag konnte ich es nicht länger aushalten. »He, Bismarck, weißt du noch, wie ich die Wand hochgekrabbelt bin, während Ira herumhurte? Er hat sich so aufgeregt, daß ich schon dachte, er würde im Sattel sterben. Bismarck?«

»Sicher.«

»Und weißt du noch, wie ich den Rauchmelder ausgelöst habe, als Ruth im Bad war? Das war ein großartiger Streich, nicht wahr? Bismarck?«

»Warum stellst du mir diese Fragen?«

»Ich gebe mich nur meinen Erinnerungen hin.«

»Ich bin müde.«

Ich ließ ihn in Ruhe. Ich war froh, als Ira und Ruth zurückkehrten und das Motel mit dem Aroma von Corned beef und Kohl füllten. Ihre Schritte und Stimmen durchbrachen den nervenzerfetzenden Rhythmus des Kompressors. »Was für ein Glück, daß wir nach dieser Mahlzeit nicht saubermachen müssen«, sagte ich.

Bismarck antwortete nicht. Ich hatte zuviel Angst, um ihn noch einmal anzusprechen. Am Morgen machte ich mir nicht die Mühe, ihn aufzuwecken. Es war nicht mehr möglich.

Ich rieb seinen Rücken mit meinen Fühlern. »Pinky«, flüsterte ich, »du Schuft. Zuerst hast du mich hereingelockt, damit du nicht allein sein mußt, und jetzt verläßt du mich. Was sind das für Manieren? Was soll ich jetzt machen, zusehen, wie du verwest?« Der Kompressor sprang an.

Später am Tag hörte ich Schritte in der Küche. Meine Gedanken überschlugen sich; was, wenn ein Mitbürger sich näherte? Sollte ich ihn warnen, während ich einem grausamen Tod in diesem verrotteten Wachsmuseum entgegensah? Oder sollte ich mich von ihm ablenken lassen, so wie ich Bismarck in den letzten Tagen abgelenkt hatte? Ein heftiger Kampf entbrannte in mir.

Er kam. Mein Herz raste. Meine Mundmuskulatur spannte

sich. Ich wußte, daß ich im nächsten Moment sprechen würde – und bis zum heutigen Tag weiß ich nicht, ob es eine Warnung oder eine Einladung geworden wäre –, als ich eine Stimme hörte.

Es war ein Silberfisch. »Schau dir das an. Ein Kakerlak-Motel.«

Sein Freund sagte: »Weißt du, nicht einmal ein Kakerlak würde darauf hereinfallen. Man sollte meinen, sie hätten es inzwischen aufgegeben.«

Es war eine schreckliche Nacht. Jedesmal, wenn ich gerade einnickte, glaubte ich eine Bewegung zu sehen. Ich starrte angestrengt in die Dunkelheit und suchte nach einem Lebenszeichen. Die Anstrengung, alle neun Leichen zu beobachten, erschöpfte mich, aber sobald ich in den Schlaf zu dämmern begann, sah ich wieder eine Bewegung, und alles begann von neuem.

Als der Schlaf endlich kam, wurde es noch schlimmer. Im Traum wurden alle Leichen lebendig. Vor jeder erschien eine Treppe, die nach draußen führte. Ich bekam keine. Mühelos befreiten sie sich aus dem Klebstoff und stiegen nach oben. Ich flehte sie an, mich mitzunehmen. »Jemand muß das Motel bewachen«, sagte Bismarck. Zum Teufel mit dem Motel; ich würde ihnen folgen. Aber ich klebte noch immer fest. Ich rief: »Sagt mir, wie ich mich befreien kann.« – »Du mußt glauben«, sagte eine andere Stimme. Es war Exodus; er stand im Haupteingang. »Ich werde dich ins Land führen, wo Milch und Honig fließen. Glaubst du an mich?« – »Ja, ja, führe mich«, sagte ich. Er hob seine Vorderbeine und murmelte eine Zauberformel. Das Klebstoffmeer teilte sich in der Mitte, und meine Beine waren frei. Ich war überwältigt. Exodus winkte mich nach draußen. Aber kurz bevor ich ihn erreichte, schrie er: »Lügner! Ungläubiger!« Er hob seine Vorderbeine, und das Klebstoffmeer schlug über mir zusammen, umhüllte mich, fesselte mich wie tausend Ketten.

Zitternd erwachte ich und schwor mir, nie wieder zu schlafen.

Jetzt bemerkte ich die ersten grauen Flecken an meinem

Rücken. So schnell? Ich hatte nicht das Gefühl, daß ich im Sterben lag. Ich war nicht einmal müde. Aber andererseits wußte ich inzwischen, daß der Tod nicht von Chorälen und Zimbelklängen eingeläutet wurde.

Bismarcks Augen begannen bereits zu verwesen, einzufallen und ihm einen düster entschlossenen Ausdruck zu verleihen, als wäre der Tod nicht die letzte Ruhe, sondern eher die nächste Runde. Ich wußte, daß dies Fäulnis war, nicht Emotion, aber es fiel mir schwer, den Ausdruck eines Gesichts zu ignorieren, dem ich so lange vertraut hatte.

»Warum sehne ich mich so verzweifelt nach dem Leben, Pinky, wo ich doch im Grunde gar nicht leben will? Wir glaubten, die einzigen Tiere zu sein, die frei von genetischen Zwängen sind und ein selbstbestimmtes Leben führen. Vielleicht traf dies auf dich zu, aber nicht auf mich. Du wußtest, wann es Zeit war, aufzugeben. Ich bin Gefangener meines Selbsterhaltungstriebs.«

Ich betrachtete meine kleine Welt mit neuen Augen. Vor mir lag ein Fleischhaufen im frühen Verwesungszustand. Das war alles. Menschenfilet, Rattensteak? Ich wußte es nicht, und es spielte keine Rolle. Ich musterte es, spürte, wie meine Speicheldrüsen zum Leben erwachten, und fragte mich, wo ich den ersten Bissen nehmen sollte. Meine Blicke wanderten zum Gesicht. Plötzlich lag wieder Bismarck vor mir – meine Mahlzeit war verschwunden.

Ich riß mich zusammen und konzentrierte mich auf seine Hinterbeine, weit weg von seinen wissenden Augen. Rasch beugte ich mich nach vorn und öffnete meinen Mund. Mein Herz klopfte so heftig, daß meine Fühler zitterten. Ich biß in den Schenkel.

Das Chitin zerbröselte zwischen meinen Mandibeln. Ich spuckte es aus. Ich konnte es nicht.

Komm schon, Numeri. Hör dir den Kühlschrank an; die Zeit läuft dir davon. Wir sind alle aus Fleisch und Blut, aber sein

Fleisch ist tot, und deines lebt. Ihn würde es nicht stören; er hat es dir selbst angeboten.

Ich konzentrierte mich und näherte mich ihm erneut. Ich biß zu, unterdrückte die Übelkeit und schluckte. Bevor ich nachdenken konnte, hatte ich den nächsten Bissen geschluckt und den übernächsten. Ich verspeiste den Schenkel, arbeitete mich dann am Bein hinunter und hörte dicht über dem Klebstoff auf. Beim letzten Biß brach das Bein entzwei, und der Leichnam kippte mir entgegen. Ich durfte nicht aufhören, durfte nicht zulassen, daß mein Mund leer wurde. Ich bückte mich und aß den nächsten Schenkel. Bismarck war jetzt nur noch Fleisch, gutes Fleisch, kühl und zart, wohlschmeckend.

Ich aß instinktiv. Meine Bewegungen wurden automatisch, effizient. Es war keine Frage des Hungers; ich aß, weil ich Nahrung vor mir hatte. Ich verzehrte Brust und Bauch, arbeitete mich von hinten nach vorn durch, von oben nach unten, aß schneller und schneller, wie im Rausch, war endlich nichts anderes mehr als ein Kakerlak. Bald spürte ich, wie mein geschwollener Bauch gegen meine Schale drückte. Bismarck hatte recht gehabt: ich würde sie ohne Probleme abwerfen können.

Kurz vor dem Kopf hörte ich auf. Ich wollte nicht in diese Augen blicken. Ich war überzeugt, daß ich mehr als genug Fleisch zu mir genommen hatte.

Ich lehnte mich zurück und betrachtete mein Werk. Der Kopf war unversehrt, aber der Rest war eine leere Hülle. Ich war ein Vielfraß, ein Kannibale! Der Gedanke machte mich krank. Aber gleichzeitig machten die ersten Nährstoffe von seiner Leiche meinen Kopf frei. Obwohl mir übel war, kämpfte ich gegen den Brechreiz an, denn er hätte mir meine einzige Überlebenschance genommen.

Zum erstenmal, seit ich eingecheckt hatte, schlief ich gut. Am nächsten Tag fühlte ich mich krank, als ob mein geschrumpfter Magen von der Menge, die ich verschlungen hatte, überfordert wäre. Meine Eingeweide verkrampften sich, aber der Verdauungsprozeß schritt voran. Und, oh, ein Königreich für eine frische Brise, um meine fauligen Blähungen aus dem Motel zu vertreiben.

Am zweiten Tag spürte ich, wie neues Gewebe wuchs. Im Gegensatz zu den neun anderen Gästen wurde ich fetter. Ich war ein Überlebenskünstler.

Der Wachstumsschub macht sich als Reißen am ganzen Körper bemerkbar, ein Gefühl, als müßte man in alle Richtungen gleichzeitig scheißen. Als ich jung war, ging es mühelos: Eine Kontraktion, und die Epidermis zwischen meinen Flügelmuskeln riß auseinander. Danach war es kein Problem, den Riß zu verbreitern, und nach ein paar Minuten zwängte ich mich als neuere, größere Ausgabe aus meiner alten Schale.

Ich wußte bereits, daß es dieses Mal nicht so einfach sein würde. Ich war zu alt, und meine dicke, harte Schale wollte nicht nachgeben; obwohl ich sie ganz ausfüllte, war ich nicht sicher, ob ich genug Kraft oder die nötige Ausdauer aufbringen würde, um sie zu sprengen.

Während des dritten Tages erreichte mein Wachstum den Höhepunkt. Es wurde Zeit. Ich öffnete meine Tracheen, so weit es ging, um soviel Luft wie möglich in meine Schale zu pumpen. Dann schloß ich sie und spannte meine Flügelmuskeln, die seit dem Flug von Ruths Venushügel kräftiger geworden waren. Ich setzte meine Bauch- und Brustmuskulatur ein. Der Druck war so stark, daß die verdammte Schale an sechs Stellen zugleich hätte zerspringen müssen. Meine Augen quollen hervor und vergrößerten die Kadaver, die überall herumlagen. Ich würde nicht so enden wie sie.

Aber inzwischen tat mir alles weh. Ich konnte nicht noch stärker drücken. Was sollte ich nur tun?

Dann hörte ich es draußen kratzen. Ich war überzeugt, daß es Blattella-Beine waren.

»Komm nicht herein! Es ist eine Falle! Bleib draußen!« schrie ich.

Aber schon kam G-Saite hereinspaziert. »Hast du was gesagt?«

Im nächsten Moment entdeckte sie, daß sie eingecheckt hatte. »He, ich klebe fest! So hilf mir doch! Steh nicht nur herum.« Als sich ihre Augen an die Dunkelheit gewöhnt hatten, sagte sie: »Du bist es also. Ich hätte es wissen müssen. Du willst uns alle erledigen.«

G-Saite war ein Ekel; ihr fehlte jeglicher Charme – in der Tat hatte sie ihren Namen einem Stück Darm von Howies Gitarre entlehnt. Jetzt war ich überzeugt, daß mir die Flucht gelingen würde; ich konnte mir einfach nicht vorstellen, mein Leben in ihrer Gesellschaft zu beenden.

»Ich will raus!« kreischte sie und zappelte wie die anderen, was zur Folge hatte, daß sie in einer äußerst unbequemen Position festklebte. Sie begann mich zu verfluchen.

Ihre Verwünschungen waren Musik in meinen Ohren. Meine Kräfte verdoppelten sich. Ich spannte meine Muskeln. Komm schon, brich auseinander, du Bastard!

G-Saites heftige Gegenwehr sorgte dafür, daß sich ihr Körper nur noch mehr verdrehte. Für sie mochte dies tragisch sein, aber für mich war es eine große Komödie; jede Drohung und jede Verwünschung quetschte Exkremente aus ihrem Körper. »Ich erwische dich doch!« kreischte sie, und zwei Köttel fielen aus ihrem Anus. »Lachst du etwa?« Eine Urinfontäne stieg von ihrem Hinterleib auf.

Als die ersten Spritzer mich trafen, verging mir das Lachen. Der Urin war mit Pheromonen vermischt.

Gefangen in einem Kakerlak-Motel, ein Kannibale an meinem engsten Freund, bombardiert von G-Saites verbalem Gift, dem Tode nahe – und dennoch konnte ich nur noch an eines denken: an ihre Pheromone.

Augenblicklich schwoll mein Phallus. Aber meine Unterleibsmuskulatur war so sehr verkrampft, daß ihm der Weg nach draußen versperrt blieb. Der Penisdruck wuchs. Gegen die Chemie konnte man nicht ankämpfen. Chitin knackte, und dann sprengte meine Männlichkeit die undurchdringliche Schale.

Ich spannte erneut die Muskeln, und der Riß in meiner Schale wurde breiter. Das Knirschen war ein wundervoller Laut. Frische Luft drang herein. Bald brach die alte Schale vollends entzwei. G-Saite hatte es geschafft! Ich war frei!

Nach jedem Wachstumsschub ist man größer und stärker, aber zuerst ist man so weich wie Muschelfleisch und so bleich wie Ira. Nach einer halben Stunde bräunt Melanin die härter werdende Schale. Ich wollte warten, bis der neue Panzer fertig war, ehe ich mich wieder in die Welt wagte, aber ich konnte es nicht riskieren, in der Schale meiner alten Beine steckenzubleiben.

Als ich meine Vorderbeine herauszog, spürte ich, wie sie wie Teig aufgingen. Vorsichtig stieg ich auf den Kadaver neben mir.

Die Aussicht war beunruhigend. Ich war hier oben, aber ich konnte mich gleichzeitig unten liegen sehen. Hier oben war ich weich, weiß, schwankend. Dort unten war ich braun und hart, lag für alle Zeiten erstarrt neben Bismarck, meinem unersetzlichen Freund. Aber dort unten war ich ein Toter unter Toten. Hier oben war ich nur ein paar Schritte von einem neuen Leben entfernt.

Nur G-Saite befand sich zwischen mir und dem Ausgang des Motels. Noch immer mit dem Klebstoff kämpfend, hatte sie das Interesse an mir verloren. Sobald sie sich einen Moment ausruhte, sprang ich mit meinen weichen Beinen auf eine freie Stelle auf ihrem Rücken. Nur noch ein kurzer Sprung, und ich war frei!

Dann überwältigten mich wieder die Pheromone. Mein Penis schlüpfte mühelos zwischen meinem weichen Fleisch hervor und richtete sich stolz auf: G-Saite, meine Schöne, meine Geliebte! Darunter schrie es: Agonie, Hunger, Tod! Ich hatte noch nie zuvor das Pro und Kontra von Sex abwägen müssen, und die Auseinandersetzung war binnen einer Sekunde entschieden. Das einzige Problem war technischer Natur: Wie konnte ich es ihr von hier oben besorgen, wo doch die normale Position meine Rückkehr in den Klebstoff verlangt hätte?

»Verdammt, was soll das?« kreischte G-Saite. Mit einem freien Fühler packte sie eines meiner Beine und bohrte es in die Klebmasse.

Die Lust verging mir; der Selbsterhaltungstrieb übernahm die Kontrolle. Ich sprang zur Öffnung und drehte mich wegen meinem gefangenen Bein in der Luft. Aber die anderen fünf landeten auf Vinyl.

Ich war überglücklich und wütend zugleich – aber vor allem war ich neugierig. Noch nie in meinem Leben hatte es in der Kolonie einen Fall von Sadismus gegeben. »Warum hast du das gemacht, G-Saite? Kannst du mir das sagen?«

»Ein Leben für ein Leben, Numeri. Du hast es selbst gesagt.«

Aber nicht dieses Leben. Das Geiselbein war bleich und schlüpfrig wie eine Made. Ich zerrte daran, aber die Made wollte nicht mitkommen. Mir blieb keine andere Wahl, als mich mit einem Biß zu befreien. Kannibalismus war hier nicht das Problem, da es mein eigenes Fleisch war. Ich biß in das Gelenk. Der grelle Schmerz ließ rasch nach. Ich war frei!

»Ich hoffe, du stirbst«, sagte sie. »Ich hoffe, daß jemand auf dich trifft und dich zerstampft und vergiftet. Laß mich nicht allein hier zurück.«

»Mein Bein ist ein Souvenir. Schau es dir an und denke an mich.«

Ich ging hinaus in die Küche und verkroch mich in eine stille Ecke, wo mein Körper erhärten konnte. Ich hatte das Gefühl, daß ich nach meiner Rückkehr ins Wohnzimmer eine dickere Haut brauchen würde.

Der Bruch

»Albany … Pierre … Baton Rouge, das kenne ich … Portland … Was? Salem? Soll das ein Witz sein? Salem?«

Es hätte durchaus nichts weiter als ein absurder Traum sein können, bis eine Explosion mich weckte. Der Anblick von zwei bösartigen Alligatoren ließ mich in die Höhe springen, aber dann bekam ich einen Schlag auf den Kopf und fiel wieder auf den Boden. Dann sah ich allmählich klarer. Ich war unter dem Spülschrank und hatte mir an dessen Boden den Kopf gestoßen. Diese Alligatoren waren Iras Schuhspitzen. Der Meister hatte die Schachtel Rosinenflocken mit dem unmöglichen Quiz auf der Anrichte über mir mit einem Schlag zerschmettert. Der Wachstumsschub und die Flucht hatten mich so erschöpft, daß ich die ganze Nacht hier geschlafen hatte – keine besonders kluge Wahl.

Während ich mir den Kopf rieb, stellte ich fest, daß meine neue Schale hart und braun geworden war. Mein Leben konnte neu beginnen. Das Gebläse des Kühlschranks blies mir direkt ins Gesicht. Es störte mich nicht mehr; immerhin hatte es geholfen, meinen Chitinpanzer zu härten.

Ruth kam zum Frühstücken herein. »Ich frage mich, wer wen dafür bezahlt hat, daß Salem die Hauptstadt wird«, sagte Ira, als sie zusammen zur Arbeit gingen.

Ich spazierte unter dem Schrank hervor, schwerer nun und stärker. Meine Gelenke knackten, was bei neuem Chitin normal ist. Ich konnte mich auf meinen fünf Beinen überraschend schnell bewegen. Was mich störte, waren die Geräusche. Nachdem ich mein ganzes Leben lang im Sechsertakt verbracht hatte, zögerte ich nach dem fünften Takt und wartete auf den letzten. Ich mußte mich daran gewöhnen.

Bevor ich ins Wohnzimmer zurückkehrte, mußte ich mich entscheiden, wohin ich die Kolonie führen wollte. Beim Klettern waren fünf Beine ein größerer Nachteil als beim Gehen, aber ich kämpfte mich am Schrank hinauf. Die scharfe Türkante schnitt in meine neue Schale.

Im Schrank hatte sich nichts verändert. Die Geldscheine versperrten noch immer unser Loch. »Alles klar, Ben?«

Bens Epitaph verriet, daß sein Körper Nahrung für die Würmer war. Da es hier keine Würmer gab, entschloß ich mich zu einer Kostprobe. Ich biß ihn mit meinen Mandibeln. Das Papier gab nicht nach. Es war ein harter Bursche. Der fermentierte Gestank von Hunderten menschlicher Hände stieg von ihm auf und brannte in meinen Augen. Ben wollte dafür sorgen, daß ich nicht zuviel aß, daß ich überhaupt nichts aß.

Ich tastete hinter die Geldscheinrolle. Das Loch, das ins Paradies führte, war noch immer da.

Aber der alte Mann stand zwischen mir und der Zukunft und wollte nicht weichen. Ich wurde wütend, als ich mir vorstellte, daß ich ihm wieder zum Opfer fallen würde. Ich sprang ihn an, um ihn zu erdrosseln, und vergaß für einen Moment, daß ich ein Bein zuwenig hatte. Ich landete schief auf seiner Schulter. Eines meiner spitz zulaufenden Vorderbeine steckte fest, so daß ich weder nach oben noch nach unten klettern konnte, und als meine anderen Beine ermüdeten und ihren Halt verloren, hing mein ganzes Gewicht nur noch an einer Gliedmaße. Ich konnte mich nicht losreißen. Ben lächelte etwas breiter, als ob er sich denken würde: Wenn ich nicht alle erwische, dann erwische ich wenigstens dich.

Ben begann zu zittern und quiekte, als hätte mein Bein einen Nerv getroffen. Er sprang, warf mich um und fiel mit seinem ganzen Gewicht auf mich. Ich war überzeugt, daß er wirklich lebendig geworden war.

Auf dem Rücken liegend, ächzend unter seiner furchtbaren Last und seinem Gestank, gelang es mir, langsam mein Bein zu befreien und hervorzukrabbeln. Ich kletterte an den gestapelten

Bens und anderen Patrioten hinauf – das Loch über mir lag frei! Die Zukunft gehörte mir!

Diese Papierfetzen, die monatelang Zentrum meines Lebens, Angelpunkt meiner Mühen und Leiden gewesen waren, hatten sich plötzlich bewegt – nicht durch komplizierte psychologische Manipulationen, sondern durch einen kühnen Sprung. Bis zu diesem Moment war ich überzeugt gewesen, daß es richtig gewesen war, andere Bürger in meine Pläne einzubeziehen. Aber jetzt war es unmöglich, Bismarck zu widersprechen: Hätte ich allein gehandelt, hätte ich mein Ziel schon am ersten Tag erreicht. Es war nicht meine Schuld gewesen, aber es machte mich traurig. Ich würde den Fehler nicht wiederholen.

Poe! Ihn hatte ich ganz vergessen. Er war in der Wand verschwunden, als der Ausländer die Küche renoviert hatte. Ich krabbelte durch das Loch und in eine neue Welt. Ich rief seinen Namen. Er antwortete nicht, aber die Höhle war so groß, daß meine Stimme nicht bis zu ihrem Ende reichte. In ihr war es warm und still. An einem der Wasserrohre hingen kondensierte Wassertropfen wie schwere Euter. Es war einfach perfekt. Bismarck hätte es bestimmt gefallen.

Eine Weile streifte ich umher und machte mir Gedanken über die Inneneinrichtung. Erst auf dem Rückweg in den Schrank sah ich Poes Fühlerspitzen hinter einem Mörtelbrocken hervorlugen. Ich rannte zu ihm – oder besser, zu seinen stark verwesten Überresten. Die ganze Zeit hatte ich geglaubt, er hätte sich inzwischen fettgefressen. Aber natürlich, als Ira uns aus der Wand aussperrte, hatte er gleichzeitig Poe eingesperrt.

Also gehörten die Nahrungsmittelvorräte mir allein. Ich konnte nicht um Poe trauern; ich war zu sehr mit meinem Glück beschäftigt. Zum erstenmal seit der Begegnung mit dem Ausländer konnte ich mich in aller Ruhe im Schrank umsehen. Ich hatte nie wirklich daran geglaubt, daß es passieren würde. Tupperwaren standen wie Mausoleen, aber es gab auch viele Kartons. Die Pasta gehörte mir, Eier und Spinat, alle Größen und Formen. Die Kekse, die Pfannkuchenmischung, der Reis, die Kascha, die Rosinen, der Schokoladenpudding, das Matzemehl – mein, alles mein.

Am nächsten Abend saß ich hinten im Schrank, ohne mich um Ira und Ruth zu kümmern, die nur ein oder zwei Meter entfernt kochten. Ich aß so viel, daß ich einen zweiten Wachstumsschub für möglich zu halten begann. Ira entdeckte die umgefallenen Banknoten am zweiten Tag meines Aufenthalts. »Das ist komisch«, sagte er laut zu sich, als er sie aus dem Schrank nahm und in seine Tasche steckte.

Ich hatte ein herrliches Leben. Ich war allein, aber ich war nicht einsam. Die Gesellschaft von psychotischen biblischen Kakerlaken reizte mich nicht. Es war seltsam, daß ausgerechnet die Pasta – etwas, was ich im Überfluß hatte und nur allein genießen konnte – mich zum Nachdenken brachte.

Während ich mich in der Höhle an einer Rosine gütlich tat, spürte ich in meinem Unterleib ein zunehmendes Jucken. Obwohl die Chemikalien längst verflogen waren, war in mir immer noch die Erinnerung an die Erektion lebendig, die G-Saite im Motel ausgelöst und nicht genutzt hatte. Bilder von Genitalien suchten mich heim. Ich konnte die Vorstellung nicht ertragen, daß meine letzte Spermatophore, die schon lange in der Kammer wartete, nicht abgeschossen werden und ich nie wieder Pheromone schmecken und dem aberwitzigen Rausch des Sexes verfallen würde.

Ich brauchte Sex; ich brauchte auch Gesellschaft. Dies zuzugeben, fiel mir nicht schwer.

Ich war entschlossen, zu den Prinzipien der natürlichen Auslese zurückzukehren. Aber ich würde nicht doktrinär sein. Wenn Bismarck noch immer leben und dort draußen um sein Leben kämpfen würde, wo die Gefahren größer und die Beute kleiner geworden waren, er hätte gewiß nichts gegen den Überfluß und die Sicherheit meiner Speisekammer und meiner Festung einzuwenden gehabt. Nahrung und Sicherheit würden vielleicht die Kolonie wieder zur Vernunft bringen. Was hatte ich auch zu gewinnen, wenn ich sie dort draußen sterben ließ?

Als ich die Türschwelle zum Wohnzimmer erreichte, waren alle fort. Ich war zu spät gekommen. Dann entdeckte ich einen einsamen Bürger vor dem Kamin. Es war Columbo. Ich brachte ihm die frohe Botschaft über den Schrank.

»Du hast uns manipuliert«, sagte er, »und dann hast du uns verlassen.«

»Ich war auf einer langen Mission, und dann war ich in einem Motel gefangen.«

»Aber du bist hier. Ein Wunder.«

»Schau mich an. Ich bin fett wie ein Schwein. Ich sage dir die Wahrheit.«

Er sah mich mißtrauisch an. »Ich sehe, daß du ein Bein verloren hast.«

»Was ist aus den anderen geworden?«

Er deutete mit einem Fühler nach oben. »Du verschwendest deine Zeit.« Der Kaminsims.

Konnte man die Sache denn nicht auf dem Boden erledigen? Mühsam kletterte ich mit meinen fünf Beinen an der Wand hinauf. Columbo schien nur auf meinen Absturz zu warten, und fast hätte ich auch den Halt verloren, als der Ziegelstein in Mörtel überging. Ich erreichte den Sims, aber von der Kolonie gab es noch immer keine Spur; ich hoffte, daß sie noch genug Verstand hatten, um sich zu verstecken. Ich umrundete den gläsernen Kerzenhalter und die Sturmlaterne aus Porzellan, spähte sogar in ihren Ölbehälter. Die Arme des schweren Messingleuchters – der vielleicht Exodus' Ziel gewesen war – waren ebenfalls leer.

Dann sah ich sie – aber sie waren nicht mehr die hungernden Tiere, die auf so mitleiderregende Art und Weise in das Zimmer gewankt waren. Sie rannten, tanzten, sprangen um das Schachbrett herum. Als ich das Brett betrat, umringten sie mich, übertönten meine Stimme mit ihren Gesängen.

Aaron, der etwas abseits stand, wackelte mit dem Kopf. »Ihr Weg führt sie ins Verderben.«

»Zum Teufel, was hat das zu bedeuten?«

»Der Springer, der aus Bronze. Siehst du, wie die Bürger ihn umringen?«

Jetzt sah ich ein Muster auf dem Schachbrett.

»In ihren Augen ist das kein Springer. Kaum war Exodus verschwunden, wurde er ihr neuer Gott – das Goldene Kalb.«

»Exodus hat sie aufgefordert, ihn zu verraten?«

»Nein, mein Bruder. Ein anderer hat es getan, vor langer Zeit, und sie haben es nie vergessen. Du bist es gewesen.«

Ein Bürger schlidderte über das Brett. Wir duckten uns hinter den Rand, und er flog über unsere Köpfe.

»Ich habe ihnen nur eine Geschichte erzählt«, protestierte ich. »Es war ein Scherz. Das ist lächerlich.«

»Ja, ich verstehe, nur ein Scherz.« Er drehte sich zum Brett.

»Binnen einer Stunde könnte ich sie in ein sicheres Versteck hinter dem Schrank führen.«

Vorsichtig, warnte mich Bismarcks Geist. Ich will nur ihr Leben retten, mehr nicht, sagte ich. Ich hatte nicht vor, diese Bewohner zu organisieren oder ihre Fortpflanzung zu beeinflussen. Aber sie dem Tod überlassen? *Das* wäre eine Manipulation unseres Genpools. Mit meinen fünf Beinen konnte ich keinen Bürger fallenlassen, nur weil er einen Schaden hatte.

Aaron antwortete nicht. Ich mußte es allein schaffen.

Am Kerzenleuchter besorgte ich mir ein Stück von einem schwarzen Docht, einen Stab, und wanderte durch das Gewühl auf dem Schachbrett zum Feld des Springers. »Wer auf Gottes Seite steht«, intonierte ich, »der möge hervortreten.«

Die Bewohner blieben abrupt stehen. Es schien keine Rolle zu spielen, wer der Prophet war.

»Ihr habt eine große Sünde begangen«, fuhr ich fort, »und nun werde ich vor den Herrn treten und Buße für eure Sünden tun.«

Stille herrschte, als ich langsam über das Brett wanderte, humpelnd und gebeugt unter der Last ihrer Schlechtigkeit. Ich überquerte den Sims und verschwand hinter der Lampe.

»Sünder! Ihr sollt meinen Zorn spüren!« donnerte ich mit weithin hallender Stimme, eine Folge meiner neuen Baßschale. Ich bekam fast Angst vor mir selbst.

»Das blendende Licht und die Hitze haben sie verwirrt. Wahrlich, es sind Gerechte«, sagte ich mit meiner normalen Stimme.

»Rechtschaffenheit schmilzt nicht wie Butter in der Mittagssonne dahin!« donnerte ich wieder.

Ich schielte um die Lampe. Die Kolonie war wie erstarrt. Ich verringerte die Lautstärke und flehte weiter, hob dann und wann meine Stimme, etwa bei Worten wie »Vergebung« und »noch eine Chance«. Dann kehrte ich zum Brett zurück. Die Bürger empfingen *mich* wie ein Goldenes Kalb.

»Ihr habt den Herrn mit eurem Götzen schrecklich erzürnt; Er ist ein eifersüchtiger Gott.«

Die Bewohner schoben die Bauern zur Seite, und eine große Horde sammelte sich hinter dem Bronzespringer. Mit einem Gebrüll aus sechshunderttausend Kehlen schleppten sie ihn zum Rand des Brettes und stürzten ihn in die Tiefe. Ich fragte mich, wie Ira darauf reagieren würde.

Ich sagte: »Der Herr sagt, ihr seid ein halsstarriges Volk.«

»Aber wir sind kein Volk.«

»Und wir haben keinen Hals.«

»Vergeßt das«, erklärte ich. »Und ich sprach zum Herrn: Ich flehe Dich an, erbarme Dich ihrer. Und Er sprach: ›Euer Glück liegt in Meiner Hand, und ihr sollt den Namen des Herrn loben, und dann wird euch Gnade erwiesen, und der Herr wird bei euch sein!‹«

Die Kolonie war verzückt. Die Zeit für den nächsten Zug war

gekommen. »Und der Herr sprach: ›Siehe, ich führe euch in das Gelobte Land, und ihr sollt zum Küchenschrank ziehen …‹«

Ich bereitete mich auf den Proteststurm vor. Aber es gab keinen. Sie kauften es mir ab.

»… und der Geist des Herrn wird in euch fahren, und Er wird den Schrank vor euch teilen, und ihr werdet sicher sein wie in Abrahams Schoß …«

Ich deklamierte noch ein paar modifizierte Bibelverse, aber meine Jünger stürmten bereits zum Rand des Kaminsimses. Sie fluteten durch das Wohnzimmer und ins Eßzimmer. Ich mußte meinen Docht fallen lassen, um mit dem langsamsten meiner Jünger mithalten zu können.

Mir war nicht klar gewesen, wie sehr ich jedes Zeitgefühl verloren hatte, bis ich den Schlüssel in der Wohnungstür hörte. Uns blieben immer noch ein paar Sekunden, genug Zeit, um uns im Eßzimmer zu verteilen. Aber die Kolonie marschierte weiter, als wäre nichts geschehen, als ob das Schicksal sie vor dem Bösen in der Welt bewahren würde.

Ich glaubte noch immer an das Böse in der Welt. Ich bahnte mir den Weg zur Spitze der Gemeinde. Die ersten hatten die Küchentür fast erreicht. »Halt! Halt! Das ist Wahnsinn!«

Sie ignorierten mich und rannten weiter. Was war aus dem Einfluß geworden, den ich noch vor wenigen Minuten gehabt hatte? Dann entdeckte ich Aaron am Ende der Gemeinde, wie er sich aufrichtete und auf sich zeigte.

Ich mußte es versuchen. »Und der Herr spricht: ›Begebt euch nicht in den Küchenschrank in der Gegenwart eures ärgsten Feindes, denn dies erzürnet mich. Ihr sollt euch hinter die Fußleiste begeben und dort harren.‹« Sie blieben sofort stehen und machten kehrt. Geschickt umgingen sie die Dünen aus Borsäure und strömten durch die Öffnung in der Fußleiste. Archaische Präpositionen und Suffixe hatten den Tag gerettet.

Nach dem Abendessen folgte ich Ruth ins Wohnzimmer.

»Ira, schau dir das an, das Pferd liegt auf dem Boden.«

Er kam hereingerannt. »Das ganze Brett ist verschoben worden. Ich habe dir doch gesagt ...«

»Hör auf damit«, unterbrach sie ihn. »Das hatten wir doch schon.«

»Zum Teufel, was geht dann hier vor? Glaubst du, irgendein Vandale bricht ein und bringt das Schachbrett durcheinander?«

»Wer hat Bronze, du oder Lew?«

»Ich.«

»Dann war es dein Pferd. Ich schätze, es hatte keine Lust mehr.«

»Sehr komisch«, sagte Ira. »Und es ist ein Springer, kein Pferd.«

»Dann muß er abgeworfen worden sein und sucht es jetzt.«

Es machte mir Spaß, Ira beim Schmollen zuzusehen, wußte ich doch, daß ich in ein paar Stunden für immer davon erlöst sein würde.

Ich wartete, bis sie geduscht und ihre Toilette hinter sich gebracht hatten und schlafend im Bett lagen, ehe ich mit neuen Instruktionen für den Auszug ins Gelobte Land hinter dem Schrank zur Fußleiste zurückkehrte. »Lobet den Herrn!« grüßte ich jeden Bewohner.

Der erste war Augustin, den ich schon so lange nicht mehr gesehen hatte, daß ich ihn für tot gehalten hatte. Er würde die Führung übernehmen; neu Bekehrte waren immer fanatischer als andere Gläubige. Die anderen folgten schnell und bildeten eine ordentliche Marschkolonne. Augustin bog um die Ecke in die Küche ein, und die Kolonie bewegte sich wie ein großes, segmentiertes Insekt. Unsere Leidenszeit würde bald vorüber sein.

Sobald mich die Kolonne passiert hatte, warf ich einen letzten Blick hinter die Fußleiste, um etwaige Nachzügler anzutreiben. Alle waren draußen. Ich sprang über die weißen Dünen. Ich sah zurück und salutierte. Leb wohl, du Land des Mangels! Wir ziehen fort, und siehe, wie gut und segensreich es doch ist, unter Brüdern zu leben. Aus einem sollen tausend werden, und aus einem Stamm ein starkes Volk.

Die anderen waren in der Küche verschwunden. Als ich eintraf, kletterte Augustin bereits den Schrank hinauf, wie ich es ihm gesagt hatte, gefolgt von den anderen in perfekter Ordnung. Ich war zufrieden; aber gleichzeitig störte es mich, daß sie den Küchenschrank nicht im Sturmangriff nahmen. Es war zu berechnend. Ich hatte immer gedacht, nur Ameisen würden diszipliniert angreifen.

Es spielte keine Rolle. In der Kolonne waren meine Freunde, darunter Barbarossa, Lebensretter, Kotex und Harris Tweed. Sie alle waren älter geworden, und die Schalen zeigten Spuren von Unterernährung. Aber das würde ich schon ändern.

Ich verlor Augustin aus den Augen, als er über die Kante der Anrichte kletterte. »He, Numeri«, hörte ich eine Stimme hinter mir. »Is' das der Ort? Wo Milch und Honig fließen? Verarsch mich bloß nich' wie dein Psychobruder mit dem Zahnstocher!«

»Keine Sorge. Du wirst Milch und Honig finden.«

»Okay, Arschgesicht!« Sufur hielt mir ein Bein hin, und ich schlug ein, dann schloß er sich der Marschkolonne an.

Die Unterseite des Wandschranks – unlackiertes Holz, das wir mit dem Kopf nach unten überqueren mußten – stellte den schwierigsten Teil des Aufstiegs dar. Augustin nahm die Unterseite in Angriff, als Sufur den Boden verließ. Aber als die ersten die lackierte Schranktür erreicht hatten, kamen sie schneller voran. Die ganze Kolonie war auf dem Weg. Schuldig oder nicht, ich hatte alles wiedergutgemacht.

Es wurde Zeit, daß ich mich ihnen anschloß. Ich würde diese Küche nie wiedersehen oder nur durch die offenen Schranktüren schauen. Es gab wenige Dinge, die ich vermißte. In Wirklichkeit nur eines – lebe wohl, Bismarck, mein einziger Freund. Du wirst in mir weiterleben.

Ich ließ das Vinyl unter mir. Lebe wohl, du mit deinem Stolpermuster und deinem widerlichen Kieferndufte. Wir wußten immer, daß es nur Schwindel war. Mach's gut, Borsäure; wir werden auch ohne dich auskommen. Auf Wiedersehen, Konservendosen; wir werden euch nicht vermissen. Ade, Kochbücher; wir greifen in Zukunft zur Rohkost. Lebe wohl auch du, Salmiakgeist. Du wirst mir ewig unvergeßlich bleiben. Die Dinge hier draußen werden nie wieder so sein, wie sie einst waren.

Ira, zum Abschied will ich dir folgendes sagen: Ich verspreche dir, während du älter und kahler wirst, werden wir mehr und immer mehr, bis unsere Zahl ins Unvorstellbare steigt und wir die Höhle hinter dem Schrank ausfüllen, die ganzen vier Meter fünfzig vom Boden bis zur Decke. Eines Tages werden wir uns wieder begegnen: Die Wand wird unter unserem Gewicht nachgeben, und wie eine Sturmflut werden wir über dich hereinbrechen und dich und dein Hab und Gut verschlingen. Erwarte keine Gnade, denn du hast uns keine erwiesen. Du wirst aussterben wie die Dinosaurier.

Als sich Augustin in den Schrank zwängte, wurde die Kolonne hinter ihm langsamer, behielt aber ihre perfekte Marschordnung bei. Nun war das gute Leben nur noch ein paar Schritte entfernt.

Mit meinen fünf Beinen kletterte ich an der Frontseite des Schranks hinauf, innerlich von einem Frieden erfüllt, wie ich ihn noch nie verspürt hatte. Dann hörte ich das ferne Flap-Flap von Sisallatschen; seit Frau Amerika zog Ira sie immer an, wenn er das Bett verließ. Ein Alptraum über die Plünderung seines Schachbretts mußte ihn geweckt und zur Toilette getrieben haben, um dort ein paar tröstende Urintropfen herauszuquetschen. Vielleicht hatte ich den Verlust unterschätzt, den er für die Kolonie bedeutete. Wer sonst konnte so unterhaltsam sein? Wer sonst konnte uns an schlechten Tagen das Gefühl der eigenen Überlegenheit vermitteln?

»Locker, Numeri. Keine Panik, er kann uns nich sehen«, sagte Sufur. Er war etwa dreißig Zentimeter über mir. Ich stimmte zu.

Die Toilette rauschte. Das Flap-Flap der Latschen hielt zu lange an und wurde auch noch lauter. Er war nicht ins Schlafzimmer zurückgekehrt. Vielleicht konnte er nicht warten – vielleicht wollte er die Schachfiguren neu aufstellen.

Die Schritte wurden noch lauter. Er war bereits am Wohnzimmer vorbei. Er kam hierher. Gott allein wußte, was er vorhatte. Nachts aß er nie etwas, weil er davon schlechte Träume bekam. Wahrscheinlich wollte er sich überzeugen, daß er die Tür abgeschlossen hatte.

Aber ich irrte mich. Er näherte sich der Küche. Eine Katastrophe. »Rennt!« brüllte ich. »Ira kommt!«

Warum reagierten sie nicht? »Hört mir zu! Ira kommt! Springt! Rennt! Verschwindet vom Schrank!« Die Kolonne marschierte weiter. Bis zum heutigen Tage frage ich mich, was passiert wäre, hätte ich gesagt: »Satan naht. Springt wie die Frösche vor dem Bösen davon!«

Das Flap-Flap des Todes kam unerbittlich näher. Und die gesamte Kolonie war schutzlos wie Sonnenbadende am Strand in einem Film des Grauens. Nur daß dies die Wirklichkeit war.

»Sufur! Spring! Wir klettern später nach oben.«

»Wenn ich erst mal in Bewegung bin, kann ich nich einfach aufhören.« Er kletterte weiter.

Ich sprang vom Schrank und krabbelte unter den Kühlschrank. »Bitte!« schrie ich. Aber das Licht ging an. Das Schicksal war besiegelt.

Jeder Schritt war wie eine Explosion. Die Kolonie hatte keine Chance. Moment. Sie hatte eine Chance. Ira hatte seine Brille nicht auf.

Das Rätsel seines Besuchs fand dann eine Lösung. Ira zog ein Bündel Geldscheine aus der Tasche seines Bademantels. Er öffnete den Schrank, rollte sie und legte sie wieder an ihren Platz.

Hatte er nicht selbst gesagt, daß es albern war, sie dort aufzubewahren? Mir fielen zehn verschiedene Gründe ein, warum er es trotzdem tat. Aber ich bezweifelte, daß er ohne seine Brille das Loch wieder versiegeln konnte.

Schließlich – obwohl Hunderte von Bewohnern weniger als dreißig Zentimeter von seinem Kopf entfernt dahinmarschierten, hatte Ira sie noch nicht gesehen. Viele mußten bereits das Loch passiert haben, noch mehr standen kurz davor. Aber die meisten waren noch mit dem Klettern beschäftigt. Zusammen mit Ira stellten sie eine aberwitzige, mörderische Slapstickszene dar, das gejagte Wild, wie es über das Fadenkreuz im Zielfernrohr des blinden Jägers schlafwandelte.

Ira rieb seine Finger. Schmutz. Der ungewaschene Ben war ein rachsüchtiger Mann und versuchte, Ira aufzuhalten. Ira beugte sich über die Spüle, um seine Hände zu waschen. Direkt über seinem Kopf marschierte die Kolonne weiter. Es machte mich krank.

Zum erstenmal seit unserem Aufbruch von der Fußleiste hörte ich eine andere Blattella als Sufur das Wort ergreifen. Sie befand sich am Unterhang. »Das halten meine Füße nicht aus. Ich kehre um und mache ein Nickerchen.« Typisch für diese Familie: zuerst Julia und G-Saite, jetzt Julias Tochter Anis.

Es war nicht einfach, auf dem rohen Holz umzudrehen, und sie brauchte länger, als tolerierbar war. Clorox, die direkt hinter ihr war, erwachte lange genug aus ihrer Trance, um einen Zusammenstoß zu verhindern – obwohl sie meine Warnung ignoriert hatte. Junior prallte dann gegen Clorox' Hinterteil. Dann prallte Knoblauch gegen Junior.

»Geh aus dem Weg! Schau dir an, was du angerichtet hast«, sagte Clorox zu Anis.

»Dies ist ein freies Land.«

Die Bewohner stauten sich jetzt zu einem gefährlich anschwellenden Pulk an der Unterseite des Schranks direkt über Iras erkahlendem Kopf. Bei jedem neuen Aufprall erhielt Clorox einen heftigen Stoß. »Geh endlich aus dem Weg, du blöde DAP!« schrie sie Anis an. Deutsch-amerikanische Prinzessin.

»Laß mich in Ruhe.«

Clorox packte sie an der Brust und riß sie vom Holz. Bitte, laß sie nicht los, betete ich, noch nicht, nicht, bevor Ira gegangen ist. Sie schleppte Anis an die Seite des Unterhangs und setzte sie wieder auf dem Holz ab, so gelassen, als würde sie den Müll nach draußen tragen.

Die Bürger lösten sich voneinander, und die Kolonne nahm wieder ihren disziplinierten Marsch auf. Anis fluchte. Niemand kümmerte sich um sie, und das schien sie nicht ertragen zu können. Als sie sich auf die Kolonne stürzen wollte, verfing sich eins ihrer Beine an einem Splitter.

Sie hing fest. Sie streckte ihr Bein so weit aus, daß ich schon glaubte, es würde abbrechen. Aber es war stärker als sie, und wie ein elastischer Zweig schnappte ihr Körper zurück. Sie konnte das Holz nicht mehr erreichen und schaukelte an einem Bein unter dem Schrank, ein kleines braunes Pendel. »Was für ein Mist!« sagte sie. Die Kolonne marschierte an ihr vorbei. Ira wusch sich weiter die Hände.

Und dann brach das Bein. Begriff Anis, was mit ihr geschah? Schrie sie »Nein!« oder »Hilfe« oder »Rennt«? Nein, sie sagte: »Ups!« und landete mitten auf Iras kahler Stelle. Er schlug mit einer seifigen Hand nach ihr. Volltreffer. Anis war plattgedrückt, wie aus allen Nähten geplatzt, und aus jeder Pore quollen ihre Eingeweide. Jetzt konnte sie ihr Nickerchen machen.

Hätte sie weiter an seinem Kopf geklebt, hätte Anis die ganze Kolone retten können. Aber sie schien ihm aus der Hand zu fressen, die er sofort einer Prüfung unterzog. »Jesus Christus!« sagte er und schüttelte die Hand. Aber sie blieb kleben. Er drehte beide Wasserhähne voll auf, und schon war sie im Abfluß verschwunden und auf dem Weg zur Meeresbrandung.

Ira schrubbte sich die Hände wie ein Chirurg, riß dann mehrere Papierhandtücher ab und wischte achtmal über seine kahle Stelle. Gott segne deinen Sauberkeitswahn, Ira; mit jeder Sekunde gelangte ein weiterer Bewohner in Sicherheit.

Ira hielt die Papiertücher dicht vor seine Nasenspitze und untersuchte sie. Sie mußten sauber gewesen sein; er wischte nicht weiter. Dann begann das Nachdenken: Ira, wie ist dieser Kakerlak auf deinem Kopf gelandet? Ist er geflogen?

Er blickte auf, kniff die Augen angestrengt zusammen. Dann keuchte er und wich zurück. Ich bin überzeugt, daß er so etwas wie die Kolonne noch nie gesehen hatte. Ich hatte so etwas auch noch nie gesehen.

Er riß sich zusammen. Vorsichtig, mit knackenden Kniegelenken und klappernden Latschen, bückte er sich und öffnete den Schrank unter der Spüle. Langsam richtete er sich wieder auf. In der Hand die Dose mit dem Insektenspray.

Er nahm den Deckel ab, hielt die Dose vor sich, kniff ein Auge zu und zielte. Die Kolonne marschierte unbeirrt weiter. Ich konnte es nicht ertragen, aber ich konnte mich auch nicht abwenden. Aber Ira senkte die Dose. Gewissensbisse, weil er einen Völkermord plante? Nein, er befolgte nur die Gebrauchsanweisung; er hatte vergessen, die Dose zu schütteln.

Er hob sie erneut, und diesmal feuerte er. Seine erste Salve ging sechzig Zentimeter daneben, aber die zweite traf die Bewohner an der Spitze der Kolonne. Sie kreischten, als die Chemikalie zu wirken begann. Zuckend stürzten sie in die Tiefe und landeten mit dem grausigen Knacken brechender Gliedmaßen in der Spüle und auf der Anrichte. Der Instinkt – Minuten zu spät erwacht – trieb die Opfer dazu, sich mit Beinen, Stümpfen und Mandibeln von der Anrichte zu stoßen; einige benutzten sogar den Kopf, um ihre abgetrennten Gliedmaßen über die Kante zu schieben, als ob sie sie später auf dem Boden wieder anbringen konnten, als hätten sie irgendeine Überlebenschance.

Zumindest würde der schwarze Regen aus Gliedmaßen die Bewohner weiter unten warnen; sie konnten noch entkommen. Aber zu meinem Entsetzen bewegte sich die Kolonne weiter nach oben, als wäre nichts geschehen, ohne sich um den Regen aus Fühlern und Beinen zu kümmern, ohne die Schreie zu beachten, die wahrscheinlich noch die Blattella-Kolonien im fünften Stock veranlaßten, sich irgendwo zu verkriechen. Dies war keine Organisationskrise. Es war ein Marsch der Lemminge.

Ordentlich wie stets, besprühte Ira dann die Unterseite des Schranks. In dichten Trauben stürzten die Bewohner in die Spüle. Er drehte das Wasser auf und spülte sie in den Abfluß. Und noch immer kletterte die Kolonne am Schrank unter der Spüle hinauf.

Dann die Anrichte. Ein zweiter Giftgasangriff tötete viele der dort liegenden Verwundeten und löste schreckliches Geschrei aus. Aber es gab noch ein zweites grausiges Crescendo, als das Spray die Bürger auf der Abtropfplatte traf. Ira sprang zurück, damit die Bürger, die sich über die Kante stürzten, nicht auf seinen nackten Füßen landeten. Aber er lächelte. Dieser Mann, dieser Humanist, der die Vorstellung nicht ertragen konnte, daß Nagetiere anästhesiert und für medizinische Zwecke vivisektiert wurden, genoß das Massaker an unschuldigen Kakerlaken.

Viele starben beim Aufprall auf dem Boden, einige explodierten buchstäblich, eine Folge des Giftes. Eine Palpe, fühlerartiges Mundorgan eines Unglücklichen, rollte über den Boden und zu mir unter den Kühlschrank. Ich trieb sie mit einem Tritt zurück. Der Anblick machte mich krank.

Ira wischte die neuen Opfer mit einem gefalteten Papiertuch in die Spüle und schwemmte sie hinunter, beugte sich dann nach vorn und nahm die restlichen Überlebenden am Spülschrank aufs Korn. Vor Entsetzen war ich wie gelähmt und bekam etwas von dem Spray ab. Ich schloß meine Tracheen, so fest ich konnte, aber das Gift fraß sich in mich hinein.

Ich hatte nur eine Kostprobe bekommen. Vergiftete Leichen

stürzten weiter zu Boden und türmten sich zu einem Haufen auf. Die wenigen Überlebenden konnten sich nicht aus der heulenden, zuckenden Masse befreien.

Ich sah, wie zwei Bürger neben dem Haufen landeten. »Lauft!« schrie ich. Ira war so mit seinem Massenmord beschäftigt, daß sie unter den Herd fliehen konnten. Sie legten die Hälfte der Strecke zurück, dann drehten sie um und kamen zurück. »Nein! In die andere Richtung!« brüllte ich. Sie drehten sich wieder um und liefen zum Herd, machten aber vorher wieder kehrt. Dann wurde mir klar, daß sie überhaupt kein Ziel hatten, sondern chemikalisch bestimmte Kreise beschrieben, die immer enger und enger wurden, bis sie sich auf der Stelle drehten. Dann fielen sie auf den Rücken, noch immer mit den Beinen strampelnd, um nie wieder aufzustehen. Einer schlug mit den Flügeln, ein sexuelles Lebewohl, das so grotesk war wie die Erektion eines Gehängten.

Plötzlich kam ein Bürger direkt auf mich zugerannt. »Setz deinen Arsch in Bewegung!« Sufur! Ich hatte immer gewußt, daß er ein Überlebenstyp war!

Er fiel zu sehr auf, der einzige Bewohner, der sich zielstrebig und mit einiger Geschwindigkeit bewegte, und die Latschen nahmen die Verfolgung auf.

»Nicht!« schrie ich. »In die andere Richtung!«

»Weg da, Alter. Hier komm' ich.«

Das Spray traf Sufur voll am Rücken. Ein Teil des feinen Sprühnebels hüllte auch mich ein. Es brannte. Mein Körper begann sich zu verkrampfen, aber ich kämpfte dagegen an. Das Gift fraß sich weiter vor. Als es mein Herz erreichte, wußte ich, daß ich erledigt war. Wie lange würde es dauern? Ich stellte mir vor, wie sich zwei parallele Stollen in mich hineinfraßen. Aber nach ein paar Minuten ließ der Schmerz nach. Das Gift war aufgebraucht, die Dosis war zu klein gewesen. Ich würde überleben.

Sufur hatte weniger Glück. Mit dem markerschütterndsten Schrei dieser Nacht sprang er in die Höhe, mehr wie ein Gummiball als wie ein Kakerlak, und landete auf der Seite. Er zuckte so wild, daß seine Schale auseinanderplatzte und seine Eingeweide herausquollen. Ich wich weiter unter den Kühlschrank zurück. Als seine Augen hervortraten wie Kaviar aus dem Mund eines überempfindlichen Debütanten, wandte ich mich ab.

Die Schranktüren wurden geöffnet, und ich drehte mich wieder um. Ira hatte Hunderte getötet, aber schlußendlich hatten wir doch triumphiert. Bereit, jene zu vergiften, die der ewigen Glückseligkeit am nächsten waren, würde er feststellen müssen, daß sie sich in braunen Rauch aufgelöst hatten. Und da Ben den Blick auf das Loch versperrte, würde er sie niemals finden. Selbst wenn er das Loch entdeckte, konnte er nichts anderes tun, als Gift hineinzusprühen – und das mußte wirkungslos bleiben.

Aber ich irrte mich erneut. Als die Türen sperrangelweit offen waren, befanden sich Augustin und die anderen noch immer im Schrank. Sie waren auf dem falschen Regal. Sie hatten das Loch nicht gefunden.

Langsam räumte Ira die Kartons nach links, die Konservendosen nach rechts, laut und rasselnd atmend. Dann, mit einem langanhaltenden Giftstoß, massakrierte er alle. Endlich war die Spraydose leer, aber es war zu spät für uns. Das Geschrei flaute langsam ab und wich Gewimmer und dem übelkeitserregenden Knacken, mit dem weitere Bewohner auf der Anrichte landeten. Das Kühlschrankgebläse sprang an.

Ira latschte aus dem Raum und kehrte kurz darauf mit dem Staubsauger zurück.

Zum erstenmal in meinem Leben war ich froh über den Lärm, den die Maschine machte, denn er übertönte die letzten Todesschreie meiner Kolonie. Als er den Schrank und die Anrichte abgesaugt hatte, wandte sich Ira dem Boden zu. Er mußte den Leichenberg mit der Ecke des Saugaufsatzes verteilen, weil er zu groß und zu sehr ineinander verkeilt war, um in einem Stück aufgesaugt zu werden. Es machte *Ping*, als die Leichen durch den

Schlauch und in den Staubbehälter schossen. Ich betete, daß der Aufprall die Überlebenden getötet hatte, damit sie im Innern des tragbaren Grabes nicht noch mehr Qualen litten.

Ira sah sich noch ein letztes Mal nach etwaigen Flüchtlingen um, dann lächelte er breit, zog den Stecker aus der Steckdose, schaltete das Licht aus und verließ die Küche. Die Besenschranktür im Flur wurde geschlossen. Kurz darauf hörte ich, wie er Ruth von seinem Krieg erzählte und sie sanft wegen ihrer mangelnden Hygiene schalt. Alles in mir revoltierte bei dem Gedanken, daß der Tod meiner Mitbewohner die beiden noch enger zusammenschweißen würde.

Hinter dem Schrank hatte ich geglaubt, ich wäre einsam. Jetzt wußte ich, was Einsamkeit wirklich war. Was sollte ich tun? Hierbleiben? Selbst wenn es in der Wandhöhle sicher war, konnte ich den Gedanken nicht ertragen, durch die Gliedmaßen zu waten, die noch immer das Regal bedecken mußten. Sollte ich ausziehen und versuchen, mich einer anderen Kolonie anzuschließen? Aber wo? Wer würde einen Krüppel tolerieren, und dazu einen in meinem Alter? Wenn Kundschafter anderer Kolonien herausfanden, was passiert war, würde 3 B annektiert und ich ins Exil getrieben werden. Ich hatte Angst. Ich wußte nicht, was ich tun sollte. Ich hatte nie der letzte Überlebende sein wollen, der ohne Freunde dastand. So sehr hing ich nun wiederum auch nicht am Leben.

Ich mußte die Küche verlassen. Die Fußleiste im Eßzimmer. Dort war es unheimlich, aber sicher. Für die erste Zeit mußte ich mich damit begnügen.

An der Küchentür blieb ich noch einen Moment stehen und warf einen letzten Blick zurück. Im Raum war es so still, daß ich kaum glauben konnte, was soeben geschehen war. Dann sah ich eine Gestalt in der gegenüberliegenden Ecke. Geh nicht hin, sagte ich mir. Es wird dir nicht gefallen. Nur noch mehr Leid, gegen das du nichts tun kannst. Aber ich konnte nicht widerstehen.

Der große Bürger war schrecklich verkrampft; sein Kopf war geschwollen und steckte zwischen zwei Unterleibssegmenten. Ich näherte mich ihm von der anderen Seite, so daß er mich nicht sehen konnte.

Ich überquerte den Boden. Dann erkannte ich ihn. Barbarossa! Wer sonst war so groß? Ich hatte klug gehandelt. Er war der letzte meiner Freunde, mit dem ich sprechen konnte, obwohl ich auch ihn verlieren würde. »Sage mir, mein Freund, was kann ich für dich tun?«

»Numeri?«

»Ja. Soll ich deinen Kopf befreien?«

»Gelähmt ... Numeri, bist du wirklich mein Freund?«

»Sei nicht albern«, sagte ich, aber er machte mir angst.

»Versprich es mir.«

Ich gab auf. »Ich verspreche es.«

»Ich glaube, daß du ein Kakerlak von Ehre bist.« Ich wünschte, Bismarck hätte das hören können. »Da ist ein Riß im Segment hinter meinem Kopf. Siehst du ihn?«

Ich trat näher an ihn heran. Er stank nach Gift. Ich konnte nicht verhindern, daß ich sehnsüchtig zur Tür schaute. »Ja.«

»Ein letzter Gefallen. Ich schwöre, daß ich dich nie wieder um etwas bitten werde. Reiß ihn weiter auf.«

Hatte ich in dieser Nacht nicht schon Hunderte getötet? Als ich Barbarossa ansah, sah ich sie alle, wie sie schreiend von der Anrichte stürzten, und es war so real, daß ich zur Seite sprang. Und dann sah ich die stumme, reglose Silhouette des ausgeweideten Bismarck. Dieses Gemetzel reichte für ein ganzes Leben.

Ich wollte Barbarossa unbedingt helfen, aber das konnte ich nicht tun. Heimlich schlich ich davon. Dann ließ mich seine Stimme erstarren.

»Numeri, warum hast du mich verlassen?«

Das war zuviel. Ich rannte aus der Küche und durch den Flur, und dann weiß ich nicht mehr, was weiter passierte. Ich kann mich nur daran erinnern, wie Möbel an mir vorbeiflogen. Die Beine einer Blattella können direkt durch einen externen Stimulus aktiviert werden, ohne Beteiligung des Gehirns; kaum hatte sich mein Gehirn abgekapselt, wollte es sich auch nicht mehr einmischen. Ich war meinen Beinen dankbar, daß sie mich retteten.

Einige Zeit später fand ich mich hinten im Besenschrank wieder, inmitten von Staub, modrigen alten Pantoffeln, schimmeligen einzelnen Handschuhen und anderem Unrat. Ich fühlte mich jetzt besser. Ich haßte die Betriebsamkeit, mit der ich mir monatelang selbst das Leben schwergemacht hatte. Ich sehnte mich danach, wieder Teil eines langen, langsamen, vorhersagbaren Prozesses zu sein. Hier konnte ich in Frieden sterben.

Bald fiel ich in einen unruhigen Halbschlaf, in dem die Grenzen zwischen Traum und Wirklichkeit verschwammen. Leises Kratzen, das lauter und wilder wurde, beherrschte meinen Traum. Ich konnte nicht erkennen, wer dafür verantwortlich war. Zitternd erwachte ich. Aber das Kratzen war noch immer da.

Barbarossa! Er lebte! Ich mußte ihn retten ... Nein, dieses Geräusche kamen von hier. Jemand war in meiner Nähe, in einem Stiefel oder einem Schuh gefangen. Ich suchte verzweifelt. Ich rief. Ich horchte sogar an den Koffern. Niemand antwortete.

Dann begriff ich. Der Besenschrank war gleichzeitig die Gerätekammer. Mir war es gelungen, den Staubsauger zu übersehen, der neben mir aufragte. Die gequälten Überlebenden waren in dicken Schmutzklumpen eingeschlossen, aufgespießt von den Gliedmaßen ihrer unglückseligen Leidensgenossen, dem Erstickungstod ausgesetzt, verzweifelt bemüht, sich einen Weg aus dem ausbruchsicheren Staubbeutel zu graben.

Meine Beine warteten nicht auf Instruktionen. Ich floh aus der Besenkammer, und dieses Mal hielten sie nicht inne.

Auge um Auge

Wenn du betest, begib dich in deinen Schrank, und wenn du die Türen geschlossen hast, bete zu deinem Vater im verborgenen; und dein Vater im verborgenen wird dich erhören.

Mein ganzes Leben lang hatte ich mich gegen diese innere Stimme gewehrt, sie verhöhnt und verspottet. Jetzt, in der Stunde der Hoffnungslosigkeit, erkannte ich, daß ich ein Narr gewesen war. Was war ich denn, wenn nicht geistig arm und sanftmütig? Hätte ich zugehört, wäre mir klargeworden, daß dies keine Schande war und zweifellos keine Rechtfertigung für Monate sinnlosen Krieges und ein Leben in Skeptizismus. Ich hätte in Frieden wandeln können, in dem Bewußtsein, daß mir die Erde untertan war. Jetzt klärten sich meine Gefühle und Gedanken. Ich wollte nichts anderes als jauchzen und glückselig sein.

Für den Rest der Woche mied ich die Küche. Beim samstäglichen Großreinemachen wurde die Küche entgiftet. Nach dem Staubsaugen wechselte Ruth den Staubbeutel. Jetzt konnte ich tun, was unser Vater verlangt hatte, und zum Gebet in den Besenschrank einkehren. Der Staubsauger neben mir war eine Ikone der Macht des Cäsar, aber ich kannte endlich den wahren Glauben.

Und ich, die erste Blattella germanica, die auf die Knie sank, hörte: Selig sind die, die um der Gerechtigkeit willen verfolgt werden; denn das Himmelreich gehört ihnen.

Das Himmelreich. Der Ausdruck löste liebliche Vorstellungen in mir aus. Ich sah mich, wie ich die Fühler mit meinen Freunden rieb, scherzte, speiste. Um wieviel nobler und prächtiger war das Himmelreich doch im Vergleich zu der Zukunft, die ich mir ausgemalt hatte, eine endlose, sinnlose Tour durch den Stickstoffzyklus. Wie selbstgefällig war ich doch gewesen, wie gottlos.

Im Besenschrank betete ich für die Kolonie. Der Herr vergab mir, und er zeigte sie mir in ewigem, schuhlosem, spraylosem, motellosem Frieden. Und es war gut.

Am späten Samstag abend kehrte ich in die Küche zurück. Im Schrank fand ich das nächste Zeichen des Herrn: Er hatte Ben davon abgehalten, erneut das Loch zu blockieren. Oh, Vater! Du bist zu großzügig! Ich betrat mein irdisches Reich.

Ich lebte hinter dem Schrank, aber nicht nur von Pasta, sondern auch von jedem Wort aus dem Munde Gottes, an das ich mich erinnern konnte. Jetzt, wo die Kakerlaken ausgerottet waren, wurde das strenge Haushaltsregiment allmählich gelockert, und meine Frömmigkeit wurde mit solchem Überfluß belohnt, daß es mir schon peinlich war. Aber ich achtete darauf, den Herrn nicht zu verärgern, indem ich seine Gaben zurückwies.

Zum erstenmal war ich innerlich wahrhaft ruhig und spirituell gefestigt. Ich lebte gut und in der Gewißheit, daß ich eines Tages in ein besseres Leben übergehen würde. Nur eines nagte an mir: Iras Gleichgültigkeit. Er führte sein Leben genauso weiter wie bisher. Die alten Hebräer hatten die ihnen unterlegenen Volksstämme im Alten Testament unsterblich gemacht; sicherlich verdienten auch unsere Märtyrer Anerkennung.

O Stolz, du elende Sünde. Was spielte es schon für eine Rolle, wer davon wußte, solange unser Vater sie nicht vergaß? Mir fielen die Gebote wieder ein: Liebe deine Feinde, segne die, die dich verfluchen, tue Gutes denen, die dich hassen, und bete für die, die dich mißbrauchen und verfolgen; damit du das Kind deines Vaters im Himmel bist. Ich ging den ganzen Weg bis zum Besenschrank, um dort Buße zu tun. Der Herr glaubte an Liebe, Gebete und, wie ich feststellte, körperliche Betätigung.

Nach dem Abendessen am folgenden Dienstag begab sich Ira ins Wohnzimmer und nahm das Schachbrett vom Sims. »Völlig unmöglich, das noch einmal hinzukriegen.«

Ruth stand hinter ihm. »Bevor du die Figuren wieder alle auf die alte symmetrische und langweilige Art sortierst, laß uns etwas anderes ausprobieren. Laß uns auf beiden Seiten helle und dunkle Figuren aufstellen. Ich frage mich, wieso der Oberste Gerichtshof dieses Spiel noch nicht wegen Rassendiskriminierung verboten hat.«

»Du willst, daß ich die Apartheidsgesetze aufhebe?«

Sie baute die Figuren auf. »Jetzt brauchen sie nicht mehr soviel zu kämpfen. Diese Dame kann mit diesem Pferd reden – diesem Springer –, und er kann zur anderen Dame hinüberreiten und ihr die Botschaften überbringen. Die Damen können zusammen zu Mittag essen, ins Theater gehen und darüber diskutieren, wie sie am besten ihre Könige manipulieren. Diese Läufer können die Damen im Auge behalten. Und diese Türme sollten alle in einer Ecke stehen. Das verringert das Gedränge in der Mitte des Brettes.

Du mußt der Realität ins Auge blicken, Ira. Die Figuren sind verärgert. Du und Lew, ihr habt sie gegeneinander ausgespielt als – ich sage es nicht gern –, als wären sie nichts weiter als bloße Bauern. Versuch es doch einmal auf die freundliche Tour.«

Selig sind die Friedfertigen; denn sie werden Gott sehen.

Es klingelte. Ira ging zur Tür und kehrte mit Oliver ins Wohnzimmer zurück. »Hallo«, sagte Ruth. »Wie geht's? Was macht Elizabeth?«

»Ihr geht's gut. Sagt mal, das ist aber ein seltsames Spiel. Wie sind deine Bauern in deine hinterste Reihe gekommen? Und da – jeder König steht dreifach im Schach. Woher weißt du, wann das Spiel zu Ende ist? Wenn einer von ihnen stirbt?«

»Das ist Ruths Werk«, erklärte Ira. »Pazifistenschach.«

»Laß mich raten«, bat Oliver. »Ziel des Spieles ist es, den gegnerischen König gefangenzunehmen und ihm ein Album von Peter, Paul and Mary zu schenken.«

»Nein, nein«, wehrte Ruth ab. »Es gibt keine Gegner. Alle arbeiten zusammen. Schau dir das Muster auf dem Brett an – es ist fraglos postimpressionistisch. So etwas bekommt man nicht zustande, wenn man gegeneinander spielt.«

Oliver setzte sich und sagte: »Sicher, warum nicht?«

Oliver baute die Figuren neu auf. »Stellt euch vor, das Brett ist das Getto.«

»O nein«, stöhnte Ira.

»Dieser Bauer ist der Anwalt. Dieser König ist der Pusher und Mörder. Er ist von der Polizei umstellt und verhaftet worden, nachdem jemand gesungen hat. Das Ziel ist es, den Anwalt durch den Polizeikordon zu bringen und den Mörder zu befreien, bevor das Singvögelchen die Stadt verläßt.«

»Wolltest du etwas Bestimmtes, oder hattest du nur Langeweile?« fragte Ira.

»Eine Taschenlampe.«

»Dort, wo ich herkomme, nennt man so etwas Chuzpe«, sagte Ira.

»Ihr werdet es mir nicht glauben, aber meine Frau glaubt, daß sie schwanger ist ...«

»Wirklich!« Ruth klatschte in die Hände. »Massel-tov!«

»Nicht so voreilig, Ruth. Sie glaubt das einmal pro Monat. Sie möchte, daß ich einen Blick hineinwerfe, ob man schon etwas sehen kann.«

Ruth und Ira wechselten einen ungläubigen Blick. »Natürlich«, sagte Ira. »Ich bin geschmeichelt, daß du meine Taschenlampe dafür nehmen willst.«

»Erinnerst du dich noch an den Abend, als du die Taschenlampe holen wolltest und statt dessen meine Frau belästigt hast? Weißt du, was für den Stromausfall in der Küche verantwortlich war? Kakerlaken! Genau. Ich habe eine ganze Horde in einer Steckdose gefunden, alter Freund. Du hast sie nicht zufällig dort hineingesetzt, oder?«

Zorn kochte in mir hoch. Zum erstenmal seit meiner Wiedergeburt fand ich keinen Trost in der Bibel.

»Laß uns die Taschenlampe holen. Du solltest deine Untersuchung vornehmen, ehe die Wehen einsetzen«, sagte Ira. Er führte Oliver hinaus und kehrte anschließend zum Schachbrett zurück.

»Wann hast du seine Frau belästigt, Ira? Du hast mir bisher noch nichts davon erzählt.«

»Du kennst mich doch. Sittenstrolch ist mein zweiter Vorname.« Er ordnete die Figuren nach Farben.

»Dann erzähl es mir jetzt, Ira Sittenstrolch Fishblatt. Was hast du von ihr gewollt? Einen Kuß? Einen Griff ins volle? Ihr saftigstes Teil?«

«›Ihr saftigstes Teil‹? Das ist nun wirklich pornografisch. Was ist heute los mit dir? Er meinte den Abend, als der Strom ausfiel und ich mir meinen Anzug zerrissen habe.«

Aber Ira fühlte sich schuldig; ich spürte es. Wen nach einer Frau gelüstet, mit der er bereits im Herzen Unzucht getrieben hat, der hat ihr saftigstes Teil schon besessen.

»Oh«, sagte Ruth. »Glaubst du, daß in unserer Verteilerdose Kakerlaken waren?«

»Wenn es ein Tier gibt, das dumm genug ist, sich selbst zu grillen, dann der Kakerlak. Sein Gehirn ist nicht größer als ein Stecknadelkopf.«

O Ira. Wer auch immer sagt, du bist ein Stecknadelkopf, der soll in der Hölle braten.

Ira stellte die Schachfiguren auf. »Hast du sie geküßt?« fragte Ruth. »Ich könnte es dir nicht übelnehmen. Sie ist sehr schön.«

»So etwas glaubst du also? Nun, von mir aus. He, es fehlt ein Springer.« Ira sah auf dem Sims nach, dann auf dem Boden vor dem Kamin. »Da ist er, hinten in der Ecke«, sagte er und bückte sich. Dann wich er zurück, und seine Stimme veränderte sich. »O Gott. Es ist widerlich.« Er trottete in die Küche und kam mit Salmiakgeist und einem Papierhandtuch zurück.

»Hat das Pferd etwas fallen lassen?« fragte Ruth. Mit spitzen Fingern hob er die Figur auf, einen Finger an der Mähne, den

Daumen am Filz, und goß Salmiakgeist drüber. »Vorsichtig! Du spritzt mich voll!«

Grimassenschneidend machte Ira die Figur sauber. »Weißt du, was daran war? Kakerlakeninnereien. Der Käfer liegt noch immer auf dem Boden.«

Ich sah nach unten. Es war Columbo. Wieder einmal mußte ich Abschied nehmen.

»Wenn du dich davor ekelst, dann denk daran, wie sich der Kakerlak fühlen muß«, sagte Ruth.

Oh, Vater, wir befolgen deine Gebote und zerstören die Idole, die dich erzürnen. Warum prüfest du uns dann so?

»Man tötet sie und tötet sie, und es tauchen trotzdem immer neue auf«, nörgelte Ira. »Als ob sie direkt aus dem Mörtel entstehen. Könntest du den Käfer fortschaffen?«

»Ich würde es liebend gern tun, aber ich habe geschworen, dein Schachspiel nicht anzufassen.«

»Großartig.« Er faltete das Papierhandtuch mehrere Male und hob Columbo mit abgewandtem Kopf auf. Den Arm weit ausgestreckt, ging er in die Küche.

Als ich mit ansah, wie Columbo von einem triefnasigen, steifbeinigen Rechtsanwalt fortgetragen wurde, zerbrach etwas in mir. Es war, als würde ich aus einem langen, qualvollen Schlaf erwachen. Wie an meinem ersten Tag ließ ich die Bibel hinter mir – und dieses Mal für immer. Welche Liebe konnte ich, ganz gleich, wie groß mein Glaube und wie umfassend meine Vergebung war, von einem Gott der Menschen erwarten? Als die Überreste meines ersten Freundes zwischen Iras Fingern zerquetscht wurden, dachte ich an den Ochsen, der gestern das Abendessen geliefert hatte, an das Schaf, dessen Fell Ruth wärmte, sogar an den Alligator, der Rufus' Hühneraugen bedeckte. Für diese sündhafte, grausame Gattung waren wir nichts weiter als Opferlämmer. Wie hatte ich nur jemals denken können, daß wir mehr sein würden?

Ein verzeihlicher Irrtum hatte mich einer falschen Lehre in die

Arme getrieben, und jetzt mußte ich gehen. Bleibe bei mir, Vater, wenn du einen Funken Ehrgefühl in dir hast. Ich habe dir treu, wenn auch nur kurz gedient. Du sagst: Bitte, und so werde euch gegeben. Ich bitte.

Der Herr verleugnete mich in der ersten Woche und auch noch in der dritten, aber ich glaubte weiter an unseren Bund. Nach einem Monat war mein Eifer größer als je zuvor. Und am fünften Sabbat fuhr der Herr in mich, und ich jauchzte. Wir waren quitt.

Es war Samstag morgen. Ira zog sich gerade an, als es klingelte. Als er in seine Hose schlüpfte, fiel das Plastiktütchen mit dem Kokain, das er am Abend zuvor von Rufus gekauft hatte, aus seiner Tasche. Kaum hatten er und Ruth das Zimmer verlassen, schob ich das Tütchen hinter eines der Bettbeine. Es war an einer Ecke aufgerissen. Perfekt.

Die Unterhaltung im Wohnzimmer endete, als Ira sagte: »Wir begleiten Sie.« Sobald sich die Tür geschlossen hatte, machte ich mich an die Arbeit.

Ich hatte noch nie in meinem Leben Kokain probiert. Jetzt hatte ich einen ganzen Berg davon. Aus Gewohnheit probierte ich das Pulver zunächst mit meinen äußeren Sensoren, die nicht mit dem Verdauungsapparat in Verbindung standen. Ich registrierte zwei Substanzen, von denen die eine wie Muttermilch schmeckte, die andere bitter, ätzend. Das mußte das Kokain sein. Ich war erstaunt, daß jemand bereit war, so etwas zu sich zu nehmen, geschweige denn, teuer dafür zu bezahlen.

Die Milchzucker- und Kokainkörnchen waren von unterschiedlicher Größe, so daß ich sie mühelos sortieren konnte. Der Milchzucker war süß und köstlich und schmolz auf meiner Zunge dahin, löste eine Gier in mir aus, der ich nicht widerstehen konnte. Er durchglühte meinen ganzen Körper, versorgte mich mit neuer Energie. Das Kokain schob ich beiseite.

Ich war wieder ein Glaubender – Milchzucker war mein Gott.

Eine weise und perfekte Nahrung. Ich konnte mir nicht vorstellen, jemals irgend etwas anderes zu essen. Ich wühlte mich tiefer in das Tütchen. Das Pulver fühlte sich wie tausend Larven an, die meine Bauchseite massierten. Daß Ira hundert Dollar pro Gramm für mein Vergnügen zahlte, machte es nicht geringer.

Meine Kraft war jetzt gewaltig. Ich konnte wie ein Frosch springen. Der Kühlschrankgriff, die Wandschränke, die Schachtel mit den Rosinenflocken, alles war mein. Kommt nur her, ihr Wasserkäfer! Komm auch du, Ira, und ich mache dich fertig!

Meine Mandibeln mahlten weiter, aber ich spürte sie nicht mehr. Sie brauchten eine Ruhepause. Ein vernünftiger Entschluß; ich sollte etwas von dem Milchzucker für später aufheben, wenn ich ihn so genießen konnte, wie er es verdiente.

Aber ich war zu aufgedreht, um schlafen zu können. Gierig, fast zwanghaft, leckte ich meine Mandibeln ab. Mein Herz raste. Ich tänzelte auf und ab. Zum ersten Mal, seit ich mit Ruth geschlafen hatte, spannte sich meine Flügelmuskulatur. Wie hatte ich nur so lange ohne diesen Stoff leben können?

Durch die Kunststofftüte konnte ich das Schlafzimmer nur verschwommen und verzerrt sehen. Hatte ich mein ganzes Leben hinter einem derartigen Schleier verbracht, einem Schleier aus Feigheit und Konfusion, von Ira und seiner Bibliothek über mich geworfen? Es war eine Ironie, daß ein von Menschenhand geschaffenes Tütchen mit von Menschenhand raffiniertem Zucker nötig gewesen war, damit ich die Wahrheit erkannte – daß ich die Vergangenheit dieser Wohnung, ihre Zukunft war. Sicher, Ira und Ruth kamen jede Nacht für ein paar Stunden zu Besuch, aber sie konnten ebensowenig einen Anspruch auf diese Räume erheben wie die Schatten, die jeden Tag zu Besuch kamen. Mit meiner kleinlichen Rebellion hatte ich Iras unrechtmäßige Herrschaft anerkannt; vom heutigen Tag an war es vorbei damit. Ich konnte ihn nicht länger fürchten.

Ein letztes Mal kletterte ich auf den Kaminsims, berauscht von meiner ungeheuren Kraft. An den Stümpfen der Sabbatkerzen rieb ich meine Vorderbeine, bis sie lange Handschuhe aus Wachs trugen.

Steifbeinig machte ich mich auf den Weg ins Bad. Hinter der Badewanne, oben auf der Fensterbank, standen eine Anzahl Dosen und Flaschen – Putz-, Reinigungs- und Desinfektionsmittel, Iras Waffenarsenal. Ganz hinten fand ich den Abflußreiniger.

Diese Dose mit ihrem roten, halbkugelförmigen, kindersicheren Verschluß, der wie ein Moskitoradar aussah, hatte mir schon immer gefallen. Um ihn zu öffnen, mußte man ihn kräftig mit dem Daumen nach unten drücken und gleichzeitig nach oben drehen. Am hochgewölbten Rand der Dose blieben immer ein paar Pulverreste hängen.

Mit meinen wachsgeschützten Vorderbeinen hob ich ein Natriumhydroxidkörnchen auf. Es war größer als die Körnchen in der Tüte. Würde Ira Verdacht schöpfen? Nein, ich konnte mich darauf verlassen, daß er von Rufus nie etwas Böses dachte.

Das ernste Handicap, auf drei Beinen gehen zu müssen, wurde von der Dosis Milchzucker mehr als wettgemacht, als ich das Körnchen über die Fliesen und ins Schlafzimmer trug. Ich warf das Körnchen in die Tüte und nahm eine neue Dosis des wundervollen Zuckers. Das Zimmer pulsierte vor Spannung. Blitze zuckten aus den Schränken.

Obwohl ich den ganzen Nachmittag arbeitete, hatte ich noch nicht besonders viel Natriumhydroxid zusammengetragen, als Ira und Ruth nach Hause kamen.

Während sie ihre fetten, öligen Speisen kochten und verzehrten, vergrub ich mich im Milchzucker, um nichts von den Übelkeit erregenden Dünsten und dem unverdaulichen Geschwätz mitzubekommen. Ich wollte mich von Ira nicht noch einmal provozieren lassen.

Er gab sich große Mühe. Es war kein Zufall, daß er in dieser Nacht den Koitus vollzog, lag ich doch direkt unter ihnen. Möglicherweise hätte ich meine Arbeit ungestört fortsetzen können, aber bei dieser Mission wollte ich nicht das geringste Risiko eingehen. Das Bett ächzte und quietschte, und ich mußte mir ihr unerträgliches Gestöhne anhören: »O Gott! ... Hör nicht auf, Liebster ... Niemals! ... Es ist so schön ... Ich liebe dich ... Ich liebe dich auch ...«

Geduldig wartete ich, bis sie fertig waren. Als das Geschnarche einsetzte, machte ich mich wieder an die Arbeit. Ich bewegte mich in einem perfekten Kreislauf; jeder Schritt stimmte. Der Haufen Abflußreiniger in der Plastiktüte wuchs.

Kurz nach Sonnenaufgang zog ich mich wieder unter das Bett zurück. Füße tauchten auf, schlüpften in die Pantoffeln, und Ira schlurfte ins Badezimmer. Als er zurückkam, spürte ich, daß etwas nicht stimmte. Er hatte hinter der Badewanne nachgesehen. Er wußte Bescheid.

Er polterte durch den Flur, und ich wußte, daß er mit Gift bewaffnet zurückkehren würde. Ich würde nicht fliehen. Er würde mit mir kämpfen müssen.

Er kehrte mit zwei Tassen zurück.

»Oh«, murmelte Ruth verschlafen, »danke, Liebster.«

»Ich habe schrecklich geschlafen«, sagte Ira. »Mein Rücken bringt mich um.«

»Du Armer. Hast du eine Tablette genommen?«

Schließlich waren sie aufgestanden, hatten sich angezogen, und der Gestank des Frühstücks erfüllte die Wohnung. Ich vergrub mich tiefer im Milchzucker.

Erst als die Wohnungstür ins Schloß gefallen war, wagte ich mich heraus. Gegen Mittag hatte ich jedes einzelne ätzende Körnchen vom Rand der Dose ins Schlafzimmer geschafft.

Das Kokain und Natriumhydroxid bildeten zusammen nur ein kleines Häufchen. Obwohl ich viel davon gegessen hatte, stellte der Milchzucker den größten Haufen dar. Ich konnte den Gedanken nicht ertragen, daß meine Ambrosia Iras verfilzte Nasenhaare verkleben würde. Ich verbrachte den Rest des Nachmittags damit, die Milchzuckerkörnchen unter das Bett zu schleppen, wo sie sicher vor dem Staubsauger waren. Dann mischte ich das Kokain mit dem Abflußreiniger. Es war wirklich sehr wenig. Aber Ira würde es Rufus schon verzeihen.

Ich zerrte das Tütchen in die Mitte des Schlafzimmers und kehrte in mein Versteck zurück, um dort das Tausendjährige Reich zu erwarten.

Ira und Ruth kamen am Nachmittag nach Hause. Zweimal tauchte er in der Schlafzimmertür auf, immer auf dem Weg zur Toilette. Erst als es Schlafenszeit wurde, kam er herein. Ein Schuh streifte das Tütchen, als er sich im Spiegel beim Ausziehen zusah. Schau nach unten! Tritt drauf, und du bist hundert Scheine los. Er drehte sich um, das Tütchen zwischen den Schuhen, und setzte sich aufs Bett. »Ich will verdammt sein.« Kopfschüttelnd hob er es auf. Zieh es dir rein, Ira! Du hast doch einen harten Tag bei Bloomie's hinter dir! Aber er legte das Tütchen in die Nachttischschublade.

Ich kann warten, Ira. Laß dir ruhig Zeit. Ich werde hiersein, wenn es soweit ist.

Aber es war keine leichte Woche für mich. Ich lebte vom Zucker und war völlig überdreht. Ich rannte unruhig herum und schlief schlecht. Wütend mußte ich zusehen, wie Ira seine Abende verplemperte.

Endlich wurde es Freitag. Am Tag vor dem Sabbat gab es keine Besuche, keine Einkäufe, keine Verpflichtungen. Nach dem Abendessen nahm Ruth ein Bad und wusch sich die Haare. Während das Wasser in die Wanne lief, tauchte Ira im Schlafzimmer auf. Er nahm das Tütchen.

Als ich das Wohnzimmer erreichte, lagen alle Utensilien schon bereit. Ira schüttete meine Spezialmischung auf den Taschenspiegel. Ahnungslos zermörserte er die unterschiedlich großen Körnchen zu feinem Pulver. Die Rasierklinge kratzte über den Spiegel, als er das Pulver zu Grabhügeln formte. Er rollte einen Geldschein zusammen.

Würde er die Spezialmischung mit Ruth teilen? Ich hatte darüber nachgedacht. Ja, sie war nicht so wählerisch, war mehr Tier als er. Aber schließlich, sie mußte wissen, daß ihr Überleben ihr eigenes Problem war. Hatte sie sich um mich gekümmert? Wo war sie gewesen, als Ira die Kolonie massakriert hatte? Sie war der böse Geist, der hinter der Renovierung und natürlich auch der Tupperware steckte. Wenn ich sie erledigen mußte, um ihn zu erledigen – warum nicht?

Ira rief sie, aber zu leise, als daß sie ihn hören konnte. Das Schwein. Mit einem Schulterzucken beugte er sich über den Spiegel. Das Pulver schien in einem von Andrew Jacksons Ohren zu verschwinden und aus dem anderen wieder herauszukommen, direkt in Iras riesigen Riechkolben.

Er sprang so abrupt in die Höhe, daß er fast mit dem Sessel umgekippt wäre. Er preßte die linke Hand auf seinen Nasenrücken. Er sagte heiser: »Wow!« Die Augen zusammengekniffen, vor Schmerz mit den Zähnen knirschend, gelang es ihm trotzdem noch, sich ein Lächeln abzuquälen. Was mochte der Idiot wohl denken? Daß Rufus ihn letztendlich doch akzeptiert und ihm eine Dosis vom echten Gettostoff gegeben hatte?

Ira zog die nächste Prise durch das andere Nasenloch, und die Nasenscheidewand begann sich nun auf beiden Seiten aufzulösen. Er kam wieder ruckartig hoch, wischte Tränenströme von den Wangen, aber trotz seiner fest zusammengebissenen Zähne lächelte er noch immer. Ich war außer mir! Ich wollte, daß er genau begriff, was geschah, daß er das Entsetzen spürte, das er so großzügig verbreitet hatte. Ich wollte, daß er sich unter Höllenqualen auf dem Boden wälzte, wild mit den Beinen strampelnd, ohne je wieder aufstehen zu können. Ich wollte, daß er durch seine Tränen aufsah und in mir seinen Meister erkannte.

Bestürzt verfolgte ich, wie Ira erneut den Kopf senkte, doch wenn er mich auf diese Weise herausfordern wollte – nun gut. Als er schnupfte, fiel der erste Blutstropfen auf den Spiegel, aber durch die Tränen konnte er ihn nicht sehen. Der zweite Tropfen landete auf seiner Hand. Er hielt sie vor seine Brille und berührte dann mit einem Finger seine Nüstern. Das Blut, das bisher von der Oberflächenspannung dort festgehalten worden war, tropfte über seine Hand. Seine bebrillten Lemurenaugen weiteten sich vor Entsetzen. Ja, Ira, diesmal ist es dein Blut.

Er drehte den Kopf zum Badezimmer und öffnete den Mund. Kein Laut drang über seine Lippen. Seine Gesichtsmuskulatur verkrampfte sich. Er senkte den Kopf und drückte mit Daumen und Zeigefinger seine Nase zusammen, als könnte er den Schmerz herausquetschen. Gesicht und Kopf waren dunkelrot. An seinem Hals und seinen Schläfen traten die Adern hervor.

Blut strömte über seine Lippen und sein Kinn und tropfte auf sein zerknittertes weißes Hemd, purpurne Spuren, die rasch breiter wurden und einsickerten. Ira wischte mit der Hand darüber und hinterließ ein blutiges Muster. Wurde ihm endlich klar, daß er sich wegen der Wäsche keine Sorgen mehr zu machen brauchte?

Ira hielt sich an der Tischkante fest und stand auf, schwankend wie ein Betrunkener. Mit tränenüberströmten, zusammengekniffenen Augen sah er sich um. Blut auf dem Spiegel, Blut auf seinem Hemd, Blut auf dem weißen Brokatbezug des Sessels. Er starrte seine blutige Hand an, seine blutigen bebenden Finger. Er nahm den Spiegel und zerschmetterte ihn an der Wand. Weißes Pulver stäubte über den Teppich. »Nigger!« krächzte er. Jetzt war ich sicher, daß er mir gehörte.

»Was?« rief Ruth aus der Badewanne.

Ira machte einen Schritt zur Tür. Aber das Natriumhydroxid brannte sich bereits in sein Gehirn, und sein linkes Knie knickte ein. Er drehte sich und fiel, und als er mit dem Kopf gegen die Tischkante knallte, schlug er einen kühnen, aber dissonanten Akkord: Über den gedämpften Baß von Schädel und Metallkante legte er den Schlagzeugtenor seiner platzenden Nasenknorpel, das helle Klingeln des postmodernen Nippes und das scheppernde Becken seiner splitternden Brille. Fortissimo!

Sein Kopf prallte vom Tisch ab; er drehte sich und fiel rücklings zu Boden. Jetzt blutete er nicht nur aus der Nase, sondern auch aus dem rechten Auge und der Platzwunde an seiner Schläfe.

Ich hörte ein leises Rülpsen. Saures, halbverdautes Huhn mit Reis füllte langsam seinen Mund und tropfte über seine Wange. Es hätte zu Ira gepaßt, wenn er auch noch die andere Wange hingehalten hätte. Aber er reagierte noch weitaus feiger und profaner. Er hustete, würgte und beschmutzte sein ganzes Gesicht. Bereits beschnitten, salbte er sich nun mit Erbrochenem, in einer extremen Version der Letzten Ölung.

In der Ewigkeit würde ihm nicht vergeben werden, und ich hatte nicht vor, ihm den flüchtigen Trost der Hoffnung auf Vergebung zu lassen. Ich krabbelte auf seine Stirn und wischte die bittere Flüssigkeit fort. Wenn der unreine Geist aus einem Menschen fährt, durchwandert er Wüsten, Frieden suchend, niemals findend.

Krämpfe erschütterten seine Brust. Er hatte die Kontrolle über seinen Körper verloren, als wäre er mit Insektenspray vergiftet worden. Seine aufrührerischen Hände winkten zum Abschied, statt seinen Mund zu säubern und ihn zu retten. Sein Husten brach ab. Sein linkes Auge war glasig, schockiert, verwirrt. Das andere Auge, von den Scherben der Brille zerschnitten, war von Blut und Sekreten verkrustet. Vergiß nicht, Ira: Wenn dein rechtes Auge sich versündigt, so reiße es heraus und wirf es fort; denn es soll dir zum Wohl gereichen, daß ein Teil von dir Qualen leidet, damit nicht dein ganzer Leib zur Hölle fährt. Aber da liegt der Hase im Pfeffer, alter Mann. Da du es nicht herausreißen kannst, bleibt dir die Hölle nicht erspart.

Meine Beine schmerzten, und ich kehrte ins Schlafzimmer zurück, um mich mit einer Dosis Milchzucker zu stärken. Ruth war noch immer in der Badewanne und sang: »Kein hübsches Gesicht wird je den Platz meines Liebsten einnehmen ...«

Ich kehrte ins Wohnzimmer zurück und spazierte Iras blutverkrustetes Gesicht hinauf. Ein durchdringender Gestank von verätztem Fleisch und Erbrochenem lag über seinem Gesicht. Die Haut um seine Lippen färbte sich blau, was in Anbetracht seines käsigen Teints eine deutliche Verbesserung war.

Ich krabbelte seine verfärbte Wange zur Brille hinauf. Das linke Auge war noch glasiger geworden. Möglicherweise sah mich Ira jetzt, groß und haarig, sein Blickfeld beherrschend, wie ich sein Schicksal beherrschte. Ich hüpfte auf dem Brillenglas herum, in der Hoffnung, daß sein Sehnerv lange genug funktionierte, um mein Bild mit in die Hölle zu nehmen. Oder vielleicht sollte ich ihn hierbehalten, damit er von Kakerlaken und Würmern und Maden zu Scheiße und Nachkommen verarbeitet werden konnte.

Ich blieb auf dem Brillenglas sitzen, bis er sich nicht mehr bewegte. Das Blut auf seinem Gesicht war zu braunen Streifen getrocknet. Die Luft um Mund und Nase roch faulig, doch er atmete nicht mehr. Ich wanderte zu seinem Hals und legte einen Fühler auf seine Schlagader. Nichts. Ich war frei. Die Wohnung war mein. Ich kletterte wieder auf das Brillenglas und sah mein Spiegelbild in Iras gebrochenem Auge. Und ich sagte zu uns beiden: Leben um Leben. Auge um Auge, Zahn um Zahn, Hand um Hand, Fuß um Fuß, Ira, so spricht der Herr.

Die Badezimmertür knarrte. »Ira, Liebster, könntest du mir bitte meine Tasche bringen? Sie liegt in der Küche auf der Anrichte. Danke.«

Ich schwang mich an einem Nasenhärchen hinunter, sprang zu Boden und machte mich auf den Weg zu meinem Milchzuckerdepot.

»Ich brauche meine Tasche, Ira. Bitte, Liebster, ich bin naß. Hörst du mich? Ira?«

Das Himmelreich

»Wer hat normalerweise die Tür geöffnet?«

»Manchmal ich, manchmal Ira.«

»Wie ging es dann weiter?«

»Wenn er kam, hatten wir meistens Besuch, und er schaute stets im Wohnzimmer vorbei, um hallo zu sagen. Manchmal setzte er sich für ein paar Minuten dazu.«

»Und dann?«

»Dann gingen Ira und Rufus in die Küche, um dort das Geschäft zu erledigen. Sie waren dabei immer allein.«

»War das nach dem Abendessen?«

»Ja.«

»Okay, wir werden etwas kochen müssen. Wer waren Ihre Gäste?«

»Die Wainwrights, unsere Nachbarn. Aber sie hatten nichts damit zu tun.«

»Sehen Sie, Ruth, wenn er kommt, muß alles normal wirken, damit er nicht Lunte riecht und abhaut. Wenn er die Wainwrights zu sehen erwartet, muß er die Wainwrights sehen. Wie sind sie? Können sie sich normal benehmen, wenn Rufus hereinkommt?«

Ruth dachte nach. »Nein, ich glaube nicht, um ehrlich zu sein.« Sie tupfte sich die roten, geschwollenen Augen ab.

»War irgend etwas Spezielles auf dem Tisch? Knabbereien oder etwas Ähnliches?«

»Im Wohnzimmer gab es Kaffee und Kekse, aber das kann man von hier aus nicht sehen. Und die Sabbatkerzen.«

»Verzeihen Sie meine Unwissenheit, aber ist das da eine Sabbatkerze, die da im Glas?«

»Nein, die ist für die Toten.«

»Glauben Sie, wir könnten sie wegstellen, nur für eine Stunde oder so?«

Sie legte die Hand auf den Mund. »Ja, ich glaube, das ist schon in Ordnung.«

»Wissen Sie, wo Rufus seine Waffe trägt? Haben Sie eine Wölbung unter seiner Armbeuge, an seinem Gürtel oder seinen Socken bemerkt?«

»Nun, er zieht seinen Mantel nie aus.«

»Sagen Sie, ist diese Tür der einzige Zugang zur Wohnung, oder gibt es eine Feuertür oder ein großes Fenster, durch das man entkommen könnte?«

»Nur die Wohnungstür.«

Er zog ein Funkgerät aus der Tasche. »Dracula an Blutbank. Wir bitten im vierten Stock zu Tisch. Aufgetragen wird durch den Haupteingang.«

Aus dem Funkgerät drang statisches Knistern. »Verstanden, Dracula. Ich bin schon unterwegs. Jefferson wartet in der Bank auf Van Helsing. 10–4.«

Sein Partner, der sich in der Wohnung umgeschaut hatte, kehrte in den Flur zurück. »Das ist die einzige Tür.«

»Machen Sie keinen Scheiß, O'Connell. Meinen Sie, die Dame weiß das nicht?«

»Nur weil sie das weiß, heißt es noch lange nicht, daß Sie das wissen, DiNunzio.«

»Nun, ich weiß es.«

»Jetzt wissen Sie es eben doppelt.« O'Connell begab sich wieder ins Wohnzimmer.

»Okay, Ruth. Wir machen folgendes. Zunächst, ich möchte, daß Sie keine Telefongespräche führen oder am Fenster stehen, bis wir ihn haben. Nur aus Sicherheitsgründen.«

»Was denken Sie eigentlich von mir, Detective? Daß ich den Mörder meines Freundes warne?«

»Reine Routine. Sie wissen schon. Also, wenn Sie die Tür öffnen, führen Sie ihn weit genug in die Wohnung, damit O'Connell oder ich zwischen ihn und die Tür gelangen können. Von da an übernehmen wir. Und am wichtigsten ist, Ruth: Verschwinden Sie dann. Ich möchte nicht, daß Sie verletzt werden.«

»Sagen Sie mir nur, was ich ihm erzählen soll.«

»Bitten Sie ihn in die Küche. Sagen Sie ihm, daß Ira übel geworden ist und Sie im Bad nachschauen wollen, ob es ihm inzwischen wieder bessergeht. Rufen Sie seinen Namen, dann gehen Sie durch den Flur und bleiben dort. In Ordnung, versuchen wir's. Ich bin Rufus.«

»Ich bin Ruth«, sagte Ruth. Sie gefiel mir. Sie war eine prächtige Frau. »Nur noch eines, Detective. Wieso glauben Sie eigentlich, daß er noch einmal herkommen wird?«

»In diesem Geschäft ist alles möglich, Ruth. Aber ich habe es oft genug erlebt, daß die Täter, die sich für besonders schlau und uns für besonders dumm halten und deshalb meinen, daß wir sie nie erwischen, genau die sind, die wir erwischen.«

Während sie probten, ging ich ins Wohnzimmer. O'Connell spielte mit dem Schachbrett und verstellte die Figuren, als würde er Dame spielen.

Ich hörte, wie Ruth den Kühlschrank öffnete, und ein paar Minuten später quietschte die Herdklappe und wurde wieder zugeschlagen. DiNunzio gesellte sich zu O'Connell ins Wohnzimmer. Er stellte die Gedenkkerze auf das Fensterbrett, während sie darüber diskutierten, wie sie bei der Festnahme vorgehen sollten. Dann warteten sie.

DiNunzio öffnete seinen Matchbeutel und warf O'Connell eine weiße Weste zu. »Könnte nicht schaden, sie anzuziehen.«

»Ich liebe es, meine Freitagabende mit dem Warten auf einen bewaffneten Gewaltverbrecher zu verbringen. Das hält mich davon ab, auszugehen und zuviel Pussy zu lecken. Ich bin auf Diät«, erklärte DiNunzio.

»Wo ist die Braut?«

»In der Küche.«

»Steht da ein Telefon?«

»Nein. Entspannen Sie sich.«

»Ich bin entspannt«, versicherte O'Connell. Er zog seinen Revolver und drehte die Trommel, überprüfte das Magazin.

»Haben Sie sich die Braut mal näher angesehen? Junge, Junge, was für eine häßliche Schabracke! Ich sage Ihnen, das hier ist kein Mord, sondern ein Selbstmord.« Er steckte die Waffe wieder ein.

»Dann wäre es der verdammteste Selbstmord, den ich je erlebt habe. Haben Sie die Analyse des Stoffs gelesen?« DiNunzio machte ein grimmiges Gesicht und griff nach seinem Funkgerät. Er gab sich zu erkennen und sagte: »Alles vorbereitet. Wir warten auf den Verdächtigen. 10–4.«

»Wenn die Weiber so fett werden, legt sich die Haut in Falten, und darunter fängt's dann zu schimmeln an. Widerlich!«

»Gegen ein bißchen Fleisch ist nichts einzuwenden«, widersprach DiNunzio. »Sie kennen doch das Sprichwort: Je fetter, desto netter.«

»Ihr verdammten Makkaronis. Euch ist auch nichts zuviel.«

Und so schleppte sich ihre Unterhaltung etwa eine Stunde lang dahin. Der Geruch von gebratenem Huhn erfüllte jetzt die ganze Wohnung; geistesgegenwärtig hatte Ruth es schärfer gewürzt als gewöhnlich. Ich fragte mich, ob Rufus wirklich auftauchen würde. Wahrscheinlich war er von seinen Kontaktleuten schon vor zwei Wochen gewarnt worden; wie er immer zu sagen pflegte, er war Geschäftsmann.

Aber zu der Uhrzeit, zu der er gewöhnlich kam, summte das Funkgerät. »Dracula, bitte kommen. Person, auf die die Beschreibung zutrifft, betritt das Gebäude: männlich, schwarz, groß, dünn, in langem grünen Ledermantel. Wir folgen ihm. 10–4.«

Ruth trottete ins Wohnzimmer. »Das ist er.«

Die Detectives sprangen auf. DiNunzio sagte: »Okay, Ruth, verhalten Sie sich ganz normal, bleiben Sie ruhig und freundlich. Bitten Sie ihn in die Küche und tun Sie so, als müßten Sie zu Ira ins Bad gehen. Es wird schnell vorbei sein.«

Sie rang die Hände. »Soll ich das Huhn aus dem Herd nehmen?«

»Vergessen Sie das Huhn, Ruth. Denken Sie nur daran, was Sie zu tun haben. Wir sind in Ihrer Nähe.« Ich folgte ihr in die Küche. Die Detectives versteckten sich.

Es klingelte. Sie holte tief Atem und öffnete. »Hallo, Rufus.«

»Wie geht's?« Die Tür schloß sich hinter ihm. »Stimmt was mit deinen Augen nicht?«

»Oh«, sagte sie und rieb ihre Augen. »Ira hat mir etwas von dem Insektenspray hineingesprüht. Es war ein Versehen. Es geht ihm nicht gut; er hat Durchfall. Geh schon mal in die Küche; ich schau' im Bad nach, ob er herauskommen kann, ohne daß es ein Malheur gibt.«

Rufus ging ahnungslos in die Küche, die Hände in den Taschen, summend. Ruth hastete in verdächtiger Eile ins Bad, aber Rufus achtete nicht auf sie. DiNunzio schlich in Turnschuhen durch den Flur, und O'Connell versperrte den Weg durch die Tür. Gleichzeitig zückten sie mit der linken Hand ihre Dienstmarken und mit der rechten die entsicherten Waffen. »Polizei«, sagte DiNunzio.

Rufus war geschockt. »Was für ein Scheiß ist ...«

Man legte ihm die Handschellen an und zerrte ihn zur Tür. »Der Barkeeper von Reggie's liegt im Leichenschauhaus«, sagte DiNunzio. »Er war auch ein Kunde von dir, nicht wahr? Er ist auf die gleiche Weise gestorben wie Mr. Fishblatt. Hast du irgendwas dazu zu sagen?«

Wir hatten uns erhoben!

Ruth war tapfer gewesen. Während der Untersuchung, der betriebsamen Woche Shivas, der Telefonate und Briefe hatte sie keine Träne vergossen und Selbstbeherrschung bewiesen. Jetzt war der Fall abgeschlossen; es gab nichts mehr zu tun, und ihre unterdrückte Trauer überwältigte sie. Sie schluchzte herzzerreißend. Tränen befleckten ihr Kleid. Als sie verstummte und ich schon glaubte, sie wäre fertig, kam es zu einem noch heftigeren Tränenausbruch.

Ich beobachtete sie von der Tür aus und fand den Anblick so mitleiderregend, daß ich meine Tat fast bereute. Ich wollte in die Stille und Einsamkeit der Wand fliehen. Aber dann sah ich die großen leeren Zimmer, die Möbel, die Fenster. Ich hatte die Wohnung erobert, nicht nur eine Höhle in einer bröckligen Wand. All das gehörte mir.

Und was am besten war, auch Ruth gehörte mir, so wie den alten Hebräern die Frauen der Städte gehörten, die sie erobert hatten. Ich würde sie behalten und sie gut behandeln, freundlich zu ihr sein, wie es Ira nie gekonnt hatte. Sie würde lernen, mir zu gehorchen. Sie würde lernen, mich zu lieben. Wir würden glücklich miteinander sein. Aber wenn sie sich mir verweigerte, würde ich sie verstoßen. Ich war die neue Krone der Schöpfung.

Ich krabbelte ihren Rücken hinauf und auf ihren Kopf, während sie weiterschluchzte. Ich streichelte ihr Haar. »Es wird alles gut, Liebling«, flüsterte ich. »Ich bin ja bei dir.«